U0651332

福尔摩斯
探案全集

I

〔英〕柯南·道尔/著　　傅　聪/译

九州出版社
JIUZHOUPRESS

图书在版编目（ＣＩＰ）数据

福尔摩斯探案全集 ／（英）柯南·道尔著；傅聪译 . -- 北京 ：
九州出版社，2017.9

ISBN 978-7-5108-5867-3

Ⅰ．①福… Ⅱ．①柯…　②傅…　Ⅲ．①侦探小说－小说集
－英国－现代 Ⅳ．① I561.45

中国版本图书馆 CIP 数据核字 (2017) 第 235746 号

福尔摩斯探案全集

作　　者　（英）柯南·道尔 著

译　　者　傅聪 译

出版发行　九州出版社

地　　址　北京市西城区阜外大街甲 35 号　（100037）

发行电话　(010) 68992190/3/5/6

网　　址　www.jiuzhoupress.com

电子信箱　jiuzhou@jiuzhoupress.com

印　　刷　三河市九洲财鑫印刷有限公司

开　　本　710 毫米 ×1000 毫米 16 开

印　　张　103

字　　数　1530 千字

版　　次　2018 年 1 月第 1 版

印　　次　2018 年 1 月第 1 次印刷

书　　号　ISBN 978-7-5108-5867-3

定　　价　168.00 元

★ 版权所有 侵权必究 ★

永远的福尔摩斯

《福尔摩斯探案集》问世一百多年以来，经久不衰，一版再版，版版畅销，印数以千万计，"福迷"遍布世界各地。该书缘何有这么大的影响力？

答案明显而清晰，最主要的原因自然是因为书中的主人公夏洛克·福尔摩斯。虽然他是作者虚构出来的人物，却丝毫不影响他的魅力。一百多年以来，他的形象早已经深入人心，俨然成为侦探的标志，形成了巨大影响力，乃至英国皇室史无前例地将条件苛刻且严肃的爵士爵位授予这位传说中的英雄人物。

在"福迷"心中，福尔摩斯是无可替代的，是侦探中真正的"智慧之神"，是当之无愧的"神探"，其地位无可撼动。在"福迷"看来，无论多么神秘复杂，甚至匪夷所思的案件，只要福尔摩斯想弄个水落石出，就一定能办到，毫无悬念。其查案、断案的角度、手法，还有速度，让人不得不冠以其"神"。

虽是"神"，福尔摩斯却生活在人间，好像就在你我身边。他出行也经常乘坐人们熟悉的马车或火车；也时常出没于十一月伦敦的大雾中；下榻在很多人都住得起的廉价旅馆里；也有普通人的喜怒哀乐……

所以，福尔摩斯对于人们，是既远又近的。他给人们带来了希望、信仰。他的出现和存在，让人们相信正义真的离生活不远，让人们坚定了邪不压正、好人有好报的信念。

作者曾经让这位英雄式人物"中途退场"，安排他在一次与犯罪分子的博斗中坠入深渊淹死，并让他的助手华生来结束这个故事，可是，没想到却引起了痴迷的"福迷"的强烈反对，成千上万的伦敦警察、工人、市民情绪激动地上街集会，高呼着"福尔摩斯，复活"的口号，此情此景，让作者热泪盈眶，感动不已。为了顺应"民意"，他让福尔摩斯在下一个故事里"复活"，福尔摩斯由此得以永生。

可以断言，正义善良的人们都不愿意福尔摩斯离去，愿他永远活着，永远成为正义、智慧、勇敢、善良之"神"。永生的福尔摩斯，永远的福尔摩斯！

目　录

SHERLOCK HOLMES THE COMPLETE NOVELS AND STORIES

血字的研究

四签名

传说中的猎犬

血字的研究

下面摘自前陆军军医部医学博士约翰·H·华生的回忆录：

一　夏洛克·福尔摩斯先生

　　1878年，我从伦敦大学获得医学博士学位之后，选择到内特利学习军医。当我学完必修的军医课程之后，被派往诺森伯兰第五火枪团任助理军医。当时，这个火枪团驻扎在印度。在我赶到部队之前，爆发了第二次阿富汗战役。当我到了孟买时，听说我们的部队已经越过重重障碍，挺进到敌人的腹地了。在这种情况下，我跟着和我一样掉队的军官努力追赶部队，终于在坎大哈追上了部队，并立刻被任命为部队的新军医。

　　在那场战役中，很多人得到了升迁和荣誉，而我只得到了不幸和灾难。当时我被调到巴克州旅，参加了本旅在迈望德的一场激烈战斗。在战斗中，我的肩部中弹，锁骨被打断了，并擦伤了其下面的动脉，如果不是勤务兵莫瑞勇敢地把我托到一匹马的背上，带回本国阵地，我一定会落到那些残忍的敌人手里。

　　因为伤痛的原因，再加上长途跋涉的劳顿，我的身体变得非常消瘦虚弱，所以，我和大批伤员一起被送到了设在波舒尔的后方医院。在医院里，我的身体很快好转，不仅能在病房里走动，还能去走廊上晒晒太阳。可是，我却再次病倒了，因为我染上了印度属地的瘟病伤寒。那时是真够倒霉的，好几个月都处于昏迷不醒的状态。最后，经过抢救，我恢复了神志，渐渐痊愈。

　　大病初愈的我十分憔悴，身体更加羸弱不堪。医生经过会诊之后，决定立刻送我回国。很快，我就乘"奥伦蒂兹号"运兵船回到英国。在路上走了一个月之后，我到达了朴茨茅斯港。那时，我的身体状况十分堪忧，似乎很难恢复的样子，所幸政府给了我九个月的假期，让我治病疗养身体。

　　当时我在英国无亲无故，可自由来往，无所羁绊，每天还有十一便士六先令的收入维持我的生活。在这种情况下，我掉进了伦敦这个大染缸里——因为大英帝国的流氓无赖全都汇集在这里。当年我住在伦敦河滨马路的一所公寓里，并没有和其他人说。当时的生活既不舒适又非常无聊，钱花得很快，因此常常入不敷出，手头日益紧张。不久，我发现在大都市生活难度很大，如果我不改变自己的生活方式，将没法生存下去，因此，我决定离开这个大都市到乡下去住，彻底改变自己的生活方式。

我决定搬走的那天，在克莱蒂里安酒吧门口居然遇到了小斯坦佛，他是我在巴茨时的助手。这对当时孤零零的我来说，能在陌生的伦敦碰到一个熟人，真是一件天大的快事。尽管小斯坦佛当初并不算我的好友，但现在我对他表现出了很大的热情。他见到我时，明显也表现得特别高兴。我决定邀请他和我共进午餐，后来我们便一起乘车前往侯本餐馆就餐。

当我们的车子在前往餐馆的路上时，小斯坦佛惊讶地问我："华生，你现在做什么工作，身体这么糟糕，居然瘦成了这个样子？"

我简单地向他叙述了我前段时间所经历的种种事情，直到进了餐馆，我还没讲完我的经历。

小斯坦佛听完我过去的传奇经历后，不无同情地说："你真是个可怜的家伙！那么，你有没有想过接下来怎么办呢？"我回答说："我现在就想租个比较便宜但又舒适的房子，不知道哪儿可以租到这样的房子。"

小斯坦佛脸上浮现出一种看起来很奇怪的表情，说："你已经是今天第二个和我说这话的人了。"

"是吗？第一个人是谁？"我问他。

"那是一个在医院化验室工作的人。他今天早晨还和我发牢骚，称找到几间合适的房子，但租金太贵，他一个人住不起，可是一时间又不知道谁能跟他合租房子。"

"原来是这样，"我说道，"我觉得我可能就是他要找的合租伙伴，如果他真想找人合租的话。不管怎么说，两个人合住比一个人住更好。"

小斯坦佛有点儿惊奇地望着我说："我认为你肯定不知道夏洛克·福尔摩斯这个人，不然，你压根不会答应和他常年作伴儿的。"

我很疑惑地问："请说明白点，我为什么不会答应与夏洛克·福尔摩斯先生合住呢？难道他是坏人？"

小斯坦佛马上否认了我的说法："不，不，不，我可不是说他是坏人，只是想告诉你，这个人的想法常常比较古怪——他喜欢研究一些奇怪的东西。

而据我所知，他在其他方面倒是表现得很正派。"

"我猜，他是不是也是个学医的人？"我问道。

"猜错了，虽然我不知道他在研究些什么东西，但我知道他精通解剖学，是个一流的药剂师。当然，他很可能从未系统地学过医学。他研究过的东西很杂，而且很奇怪。简单几句话说不清楚，他在这些奇怪的研究中积累了许多稀奇古怪的知识，就连他的教授也对此感到困惑。"

"那么，你没有问过他研究些什么吗？"我问。

"没有，他说话比较谨慎，从不轻易让你知道他的想法。但他高兴的时候，也会滔滔不绝地说很多话。"

"我可以见见他，"我说道，"如果选择与别人合住，我宁愿和他这样的人住在一起。因为我的身体不太好，受不了过多的吵闹和嘈杂声。我在阿富汗的时候已经饱受折磨，不想再这样下去了。现在，你能不能告诉我，怎样才能见到你这位朋友呢？"

小斯坦佛回答说："很简单，我知道有个地方能找到他，那就是医院的化验室。按我的了解，他要么很久不去化验室，要么从早到晚一直待在化验室工作。如果你急着见他的话，我们吃完饭就一块儿去找他。"

"很好，吃完饭我们一块儿去找他吧！"我说。然后我们接着聊了一些别的事情。

在我们离开餐馆前往医院的路上，小斯坦佛再次详细地跟我说了那位合租伙伴的一些情况。

他说："我对他的了解其实也不是很详细，只是偶尔在化验室里见面聊几句，所以，可能需要你自己通过和他的沟通来做出决定。要是你同意与他合租，而又处理不好你们之间的问题，请不要怪我。"

"要是我处理不好我们之间的问题，那就分开好了。"我说道。稍后，我继续对他说："斯坦佛，看你的意思，你似乎不想再参与这件事了，你是不是有什么事情没告诉我？是这个人真的很难和其他人相处，还是有别的事情？请你坦率地告诉我。"

听了我的话之后，他笑了笑，说："实际上也没那么严重。怎么说呢？我觉得福尔摩斯有点儿过于理智了，或者说近乎冷酷，打比方说，有一次他让他的朋友尝植物碱。虽然我相信他并无恶意，而只是想研究一些东西。这样做只是表明他想正确地了解这种药物对人的使用效果。说真的，我觉得他自己可能也吃过了，但他还是想多掌握一些药物使用的知识。"

"我觉得他这种研究学问的精神很可贵。"我说道。

"嗯，可以照你这么理解，但我觉得他有些过分。更让人理解不了的是，他甚至在解剖室里抽打尸体，这又算什么事呢？"

"什么，抽打尸体？"

"是呀，我亲眼见过他抽打尸体。而事实上他只是为了观察抽打尸体能在尸体上留下什么样的伤痕。"

"你不是说他从未系统地学过医学吗？"

他回答道："是的，他从未系统地学过医学。一会儿我们到了，你自己观察一下他的言行吧。"我们下车走进一条狭窄的胡同，然后穿过一道小门，就来到了医院的配楼。因为我很熟悉这个地方，所以我们无须向其他人问路。我们直接走上白石台阶，穿过了一条长长的被刷得雪白的走廊。走廊两侧开着许多褐色的小门，走廊的尽头有一个拱形的门道，可以直接通往医院的化验室。

这个化验室是一间高大的屋子，里面杂乱不堪地堆着很多玻璃瓶子，即使是陌生人进来一眼也能看出屋子的用途。屋子中间摆放着几张又矮又大的桌子，横七竖八地摆在一起，上面放着许多蒸馏器和试管，我们进来的时候，旁边的酒精灯还闪着蓝色的火焰，一个人正坐在一张桌子的前面聚精会神地伏案工作。听到我们的脚步声后，他抬头看了我们一眼，然后突然兴奋地跳了起来，嘴里嚷着："我发现了！我发现了！"并拿着一个试管向我们跑过来，嘴里还继续嚷着："我发现了一种只能用血红蛋白沉淀的试剂，用别的东西都不行。"看他那兴奋的样子，几乎让人以为他发现了金矿。

这个时候，小斯坦佛才想起介绍双方："我来介绍一下，这位是华生医生，这位是福尔摩斯先生。"

"您好，华生医生！"福尔摩斯马上热情地与我打招呼，并使劲地握着我的手。令人难以相信的是，这个人居然有那么大的力气。

"华生医生，你是不是去过阿富汗了？"

5

"是的，我去过！不过您是怎么知道的？"我吃惊地反问他。

"知道这个其实很容易啊！"福尔摩斯先生笑笑说，"我现在想和你谈的是血红蛋白的事情。我想知道，你是不是知道了我刚才和你说的这一发现的重要性？"

"在科学上，这一发现应该很有意义，"我回答说，"不过，在实用性方面……"

"哦，在实用方面？我不得不告诉你，这一发现是近年来在法医学上最为关键的发现，难道你不明白？我们可以使用这种试剂精确地鉴别血迹。哦，你过来看看！"说到这里，福尔摩斯先生伸出手拽住我的袖子，把我拉到他不久前伏案工作的桌子前面。"现在，我要用鲜血试试。"说着，他拿出一根针刺破自己的手指，然后用吸管吸了一滴血。

"现在，我要把这滴血融进一升清水中，你仔细观察一下，在这种混合液体里，看不见丝毫血的痕迹——毕竟混合液体中血只占很小的比例。虽然表面看上去如此，但我确信能让它产生一种特殊的反应。"福尔摩斯先生一面和我说着话，一面把几粒白色结晶放进容器，并往里面放了几滴透明的液体。很快地，容器里面的混合液体变成了暗红色，并有一些棕色的颗粒逐渐沉淀到瓶底。

福尔摩斯先生开心地拍着双手，就像一个刚刚拿到新玩具的小孩子一样，朝我激动地喊道："你看，这个发现怎么样？"

"不得不说，这可真是个很棒的发现，"我说道。

"那是啊！简直是棒极了！我们过去习惯了用愈创木液检验，那种方式不仅费事，结果还不够准确。即使是用显微镜检验血球的方法结果也不理想，因为当血迹干了几个小时之后，再用显微镜检验，结果就不准确了。如今，用我发现的这种新的试剂，不论血迹存在的时间长短，结果都一样有效。假如科学家们早些发现我这种检验方法，肯定能够抓住很多逍遥法外的人，让他们接受应有的惩罚。"

"我同意你的说法！"我禁不住说道。

"不夸张地说，目前发生的许多刑事犯罪案件，也许在罪行发生几个月之后才能够查出嫌疑犯是谁，因为他的衣物上可能会留下褐色的斑点，这些斑点究竟是什么东西呢？是铁锈还是果汁？是血迹还是污渍？这些问题常常使很多专家感到困惑。这是为什么呢？因为没有可靠的检验方法来认识这些斑点。现在，有了我夏洛克·福尔摩斯发明的这种试剂检验法，这些困惑就十分轻松地解决啦！"

福尔摩斯先生说这些话的时候，两眼炯炯有神。他还把一只手按在胸前，朝前面鞠了一躬，那情景仿佛在向台下热烈鼓掌的听众致谢。当然，这是我的感觉和想象。

看着他那兴奋的样子，我由衷地对他说："祝贺你，福尔摩斯先生！"

"你知道吗，去年法兰克福发生的冯·比绍夫凶案，假如当时警方有这种检验方法，我发誓罪犯早就被绞死了。还有，布莱德福的梅森案，莫勒的案件，毛姆培利耶的罗菲沃案，还有新奥尔良的赛姆森案——类似的案件我可以举出二十多个，完全可以用这种检验方法来破译上面的案件，保证行之有效。"

这个时候，旁边的小斯坦佛听了他的话，忍不住笑着说："你记性这么好，像个案件活字典，可以考虑去办一份名为'警务新闻旧录'的报纸了。"

"啊，真是好主意！我认为阅读一份这样的报纸肯定特别有意思。"福尔摩斯一边回答，一边在手指的伤口上贴了一小块橡皮膏，然后转过脸对我们笑了笑，解释道："我必须非常小心，因为我日常工作需要经常和毒品接触。"说着他把手伸出来，只见上面贴满了橡皮膏。由于化学药品的侵蚀，有的橡皮膏的颜色都变了。

"我们找你有点儿事需要与你商量。"斯坦佛说道，同时他顺手搬了一个三条腿的高凳，并把另一个凳子往我这边推。他接着说："因为你一直在和我抱怨找不着合住的人，刚好我这位朋友需要找个住的地方，我想正好介绍你们两个人认识一下，你看怎么样？"

福尔摩斯听说找到了合住的人，显得非常高兴，他马上告诉我："我注意到在贝克街的一个公寓里有套不错的房子，环境也挺好的，适合两个人住，如果你不讨厌浓烈的烟草味，我们可以考虑住那房子。"

我回答说："没关系，我也喜欢抽烟，并且经常抽'船牌'的烟。"

"是吗？那真的棒极了。还有，你也看到了，我需要经常搞些化学药品做实验，你不会讨厌这样的室友吧？"

我急忙回答说："放心吧，我一定不会讨厌你。"

"允许我再想想——我还有什么问题呢？是这样的，如果你有时看到我情绪不好，几天不说话的情况，你也不要以为我在生气，不用理我，我发誓我很快就会好起来的。现在，你能告诉我你有什么缺点吗？因为毕竟我们两个人住在一起，最好先了解一下彼此都有什么样的缺点。"

我没有意料到他这么直接地问我有什么缺点，我不禁笑了。我告诉他说我养了一只小狗。另外，有些神经衰弱，喜欢安静的环境，最怕吵闹。还有，每天不确定什么时候起床，给人总的感觉是非常懒散，并且在我身体健康的时候，还有一些别的坏习惯，但现在的主要缺点就是前面提到的这些了。

他有些忐忑不安地问我："如果我拉提琴，你是否能接受？"

"我认为这要取决于拉提琴的人，"我说，"如果拉琴的人水平高，那就是美妙动听的音乐，我喜欢。如果拉得不好……"

福尔摩斯先生听后，显得很高兴，他笑着说："这样啊，我认为我的小提琴演奏水平很好。如果你对那房子的各种条件都满意，合住这事我们就算说定了啊。"

我问他："那我们什么时候去看看房子？"

他回答说："那就明天中午吧，到时你先到我这里来，我陪你一起去，然后我们把一切事情都谈好，就可以把房子定下来了。"

我听后心满意足地握着他的手，说道："那就这样吧，我明天中午再过来找你。"

随后，我和斯坦佛便向我的公寓走去。福尔摩斯先生又做起了他的化学实验。

"有件事很让人不解，"我突然停下脚步，扭过头问斯坦佛，"他怎么知道我到过阿富汗的？"

斯坦佛笑了笑，说："我觉得这个就是他与众不同的地方。其实，他经常能够知道这种事，但他究竟是怎么看出来的，我并不知道，实在太让人好奇了。"

"原来是这样？太让人不可理解了，"我搓着手说，"这个人真的太有意思了。我很开心你介绍我认识他，让我们两个人住在一起。毫无疑问，事实上，对人类的了解最直接的办法还是先了解具体的个人。"

和我告别时，斯坦佛说："我认为，你仔细观察这个人，会发现很多有趣的事情，但你也会发现，你很难琢磨他这个人。必须告诉你的是，他能轻易地看透你的心，但你却不一定能同样地了解他。再见！"

我和斯坦佛道"再见"后，朝着公寓慢慢走去，心里不停地想着这个新结识的朋友留给我的各种印象，内心认定他一定是一个非常有趣的人。

二　演绎法

按照事先约定好的，第二天我又见到了福尔摩斯先生，然后和他一起到贝克街二百二十一号 B 座，看上次见面他提到的那个房子。这个房子是两室一厅的格局，两个卧室看上去都很舒适，客厅也宽敞明亮，室内摆设也很讲究，各种家具色调和谐，光线从宽大的窗户中透进来。无论从哪个方面看，这房子都很令人满意。如果我们租下这里，租金也不算高，价格非常合适，于是我们当场就把房子租了下来。当天晚上，我便收拾好自己的东西，从我原来的住所搬了出来，住进了新租的房子。第二天早晨，福尔摩斯也把他的行李——几只箱子和旅行包一块儿搬了进来。我们花了一两天的时间，布置安排室内空间，等一切就绪之后，生活也逐渐安定下来。我们也逐渐熟悉了这个新环境。

没用多长时间，我发现福尔摩斯其实挺容易相处。他的性格谦和沉静，生活很有规律。一般情况下，他会在晚上十点以前睡觉，往往早晨我还没起床，他就吃过早饭出门了。有时，他整天待在化验室或解剖室里；偶尔也会外出散步，并且走得很远，他好像常常走到伦敦的贫民窟一带。他工作起来精力非常充沛，干劲儿十足，远远超过一般人；但如果情绪不高，他会整天躺在客厅的沙发上，很少说话，一副对任何事情都不感兴趣的样子。而每逢这种情况，我能从他的眼里看出一种茫然的神色。要不是对他平时生活有所了解，我甚至会怀疑他有服麻醉剂的习惯。

在一起生活几个星期之后，我对福尔摩斯先生的个人兴趣和生活目的越来越感到好奇。他的相貌和外表很容易引起别人的注意。他身高六英尺，身体瘦削，因此看上去格外颀长。除非遇到难题，或者他情绪不高的时候，他的目光大多时候都是炯炯有神的；细长的鹰钩鼻子让他显得机警而果断。他方方的下颚有些凸出，这说明他有坚韧的毅力。虽然他的双手布满了墨水和化学药物的斑点，但是一旦摆弄起那些精致易碎的化学仪器，他的双手又会显得极其灵巧敏捷。

我对我的室友充满了好奇心，总是想方设法让他谈谈他自己，也许我因此会给人留下爱管闲事的印象。在此之前，我的生活是多么空虚难耐，生活中，几乎没有什么东西能勾起我的兴趣。总之，我的生活被单调乏味充斥，甚至没有朋友来访，只有在天气特别好，并且我的健康又允许户外活动的情况下，我才到外面去转一转。所以，我对福尔摩斯的个人秘密产生了极大的兴趣，因此，当时我的大部分时间都用于揭开这个秘密。

正如我的朋友所说，福尔摩斯先生确实不是研究医学的。有一次他回答我的问题，证实了斯坦佛的看法。至少他不像是为获得某个学科的学位而进行他的研究，也不像是想通过这种方法进入学术界，但他对他的研究工作充满了惊人的热情，而且常常有重大发现，并且在某些奇特的领域，他拥有的知识非常渊博。可以肯定的是，没有特定的目标而泛泛读书的人，其所获得的知识不可能非常精确、完备。而且，人们愿意在细枝末节上下功夫，通常都是为了某个具体的目标。

我发现福尔摩斯先生对某些领域的知识惊人地无知，就如同他在某些方面的知识储备特别丰富一样。比如对于现代文学、哲学和政治方面的知识，他几乎一无所知。当我引用托马斯·卡莱尔的文章时，他居然还天真地问我卡莱尔是谁，做什么工作的。最让人惊讶的是，我无意中又发现他居然不知道哥白尼的学说和太阳系的构成。在19世纪，作为一个有知识的人，不知道地球绕太阳运转的道理，实在是一件令人难以理解的怪事，尤其当这事还发生在一个知识分子身上。

对此，福尔摩斯先生微笑着对我说："我发现你好像非常惊讶。其实，我会选择尽量遗忘很多知识。"

继而，他又解释说："事实上，我认为人的脑子是一个容量有限的空间，你不能把什么东西都放进去，而必须有选择地吸收知识，如果不加选择地一概吸收，那样做无疑是不明智的，你就会丢掉有用的东西，留下的也会和许多其他东西混杂起来，到时候也难以应用。所以，我们一定要进行非常仔细的选择，吸收那些对我们来说有用的东西，而将那些对我们无用的东西抛弃。如果你认为大脑的空间具有弹性，因而是可以任意扩展的，那你就错得离谱了。总有一天，随着你大脑空间吸收的新知识的增加，你会逐渐忘记很多以前熟悉的东西。而最重要的是，不能让无用的东西排斥有用的东西。"

"问题是，"我争辩说，"那是太阳系的问题！"

福尔摩斯先生有些不耐烦地打断我的话："你说的这些与我的生活有什么关系呢？即便地球围绕月亮转，这些对我和我的工作又有什么关系？"

虽然我很想问问他到底在做什么工作，但我从他的言行中发现这些问题可能会引起他的反感，因此我力求从我和他的谈话中找出一些可以推理的线索。他说他不去追求那些与他的研究无关的知识，由此他所掌握的一切知识自然都是对他有用的东西。

我暗暗地把他提及过的、他相当了解的学科一一列出，并抄下来，写完之后一看，我感觉实在太好笑了。事实是这样的：

夏洛克·福尔摩斯能够熟练运用的知识：

1. 文学知识——无。

2. 哲学知识——无。

3. 天文学知识——无。

4. 政治学知识——浅薄。

5. 植物学知识——相当片面，不过他对莨蓿制剂和鸦片十分了解；毒剂知识一般，实用园艺学知识少得可怜。

6. 地理学知识——实用性知识丰富。他一眼就可以看出不同的土质。他能够根据散步时溅在身上的泥点儿的颜色和硬度，告诉你是在伦敦还是在其他地方溅上的。

7. 化学知识——渊博。

8. 解剖学知识——精深，但并不系统。

9. 惊险文学——非常广博，他熟悉近一个世纪发生的几乎所有恐怖事件。

10. 小提琴拉得相当不错。

11. 善用棍棒，熟练刀剑拳术。

12. 英国法律知识——丰富实用。

当我写下上面这些东西之后，我觉得有些失落，便随手把它扔在火里，自言自语道："就算我把这些东西联系起来，也无法确定到底是什么职业才会需要它们。既然它们对我揭开福尔摩斯的秘密什么作用都不会起，那么我干脆放弃这种努力算了。"

在前面我提到过福尔摩斯先生拉小提琴的事。不得不说，他的小提琴确实拉得很不错，但和其他人不一样的是，他拉小提琴透着古怪。虽然我知道，他可以拉一些很难拉的曲子，因为我曾请他拉过门德尔松的短歌以及一些他也喜欢的曲子。可是，他独自一人却很少拉什么像样的乐曲，更不拉脍炙人口的曲子。每当黄昏时分，他常常靠在扶手椅上，闭着眼睛，随意拉着放在膝上的小提琴，琴声时而高亢，时而忧郁，时而古怪，时而又欢畅。这些琴声听起来显然受他当时的情绪所控制，但不知道是助长还是排遣了他的情绪。虽然我很讨厌他那些刺耳的独奏，但又因为他常常在独奏之后，再拉几个我喜欢听的曲子，好像要补偿我似的，所以我也就不再对他的这种行为说什么。

在一起生活两个星期，没有任何人上门拜访，我便以为福尔摩斯也和我一样没有朋友。但是我很快就发现他其实认识许多人，这些人来自不同的社会阶层。有个人面色苍白，长相丑陋，有一双黑色的眼睛，福尔摩斯称他为雷斯垂德先生。他每星期过来三四次。一天早上，家里来了一位年轻时髦的姑娘，坐了半个多钟头。当天的下午，又有一位头发灰白、衣衫褴褛的老人过来，他的样子与犹太小商贩很像，看起来精神很紧张，身后还跟着一个衣着不甚整洁的老妇人。还有一个满头白发的绅士来访；一名身穿棉绒制服的列车员也来访过。

这些人一来，福尔摩斯就要求使用客厅，于是我只得回到我的卧室，虽然他常常向我道歉，觉得他的事情给我带来了不便。他是这样说的："这些人都是我的客户，我只好利用客厅作办公的地方。你可以去自己的房间待着。"这使我有了直接让他回答我的问题的机会，但出于礼貌，我没有坚持让他袒露心扉。我想，他不说他究竟是干什么的一定有什么原因。但没过多久，他主动和我谈到了他的职业，这改变了我原来的某些想法。

我还十分清楚地记得，那天是 3 月 4 日，我比平时起得要早一些，福尔摩斯还没吃完早饭。因为我有晚起的习惯，所以房东太太就没有安排我的座位，也没有为我准备咖啡。我很郁闷，便马上按铃告诉房东太太，准备我的早餐。我在等待早餐的时候，从桌上随手拿起一本杂志打发时间，而我的合住伙伴福尔摩斯先生却吃着面包，一言不发。我在杂志上发现一篇被人做了记号的文章，于是我先阅读了它。

这篇文章的标题起得有点夸张，称为"生活宝典"。它要表达的意思就是：一个善于观察的男人，时时对自己身边的事物加以系统的观察，最终会获得巨大的收获。这篇文章给我的印象是虽有独到之处，可是结论也不免有些荒唐。文章的论证紧凑、严密，没有明显的毛病，但其推论在我看来却有点差强人意，有夸大其词之嫌。本文作者声称可以通过一个人瞬间的表情、肌肉的抖动以及眼神的转动将其内心深处的想法推测出来。他还认为，欺骗一个受过观察和分析训练的人是不可能的。我感觉他所推导出来的结论几乎与欧几里得定律一样准确无误。对于那些没有摸清他推理过程的外行来说，这个结论着实有些惊人，他们由此还把他当作一个会招魂的巫师。

我发现该文的作者写道："逻辑学家通过一滴水就可以推测出它是来自

大西洋还是尼亚加拉瀑布，而并不需要亲眼见到或者听说过大西洋以及尼亚加拉瀑布。生命可以看作是一条很大的链条，只要看到其中的一环，我们就会将整个链条的特性推想出来。推断和分析是一门科学，只有经过长期耐心的钻研才可以掌握，但是生命是有限的，无法给我们凡人很长的时间来完善这门科学。在还未转向制造巨大困难事物的道义以及精神方面之前，初学者还是先从掌握较为粗浅的问题开始比较好。让他在见到一个凡人的时候，一眼就能够看出他的经历以及所从事的行业。乍一看这样的锻炼似乎有些让人难以置相信，可是它却可以让人的观察力变得更加敏锐起来，还能教会人们向哪里看以及看些什么。通过一个人的指甲、衣袖、靴子、裤子的膝盖处、大拇指和食指上面的老茧、表情、衣袖等等诸如此类的东西，哪一样都可以准确无误地看出他的职业。假如将全部的情形都联系起来还不能使有能力的调查者了解清楚，那简直就是非常奇怪的事情了。"

我实在无法看下去了，就把杂志使劲地往桌上一摔，大声说道："狂妄至极，垃圾！我发誓我一辈子也没有读过这种垃圾文章。"

"你说的垃圾文章是哪一篇啊？"福尔摩斯先生问道。

"就是这篇。"我坐下来开始吃早餐，还用小汤匙指着那篇文章，"我想你应该读过了这篇文章，因为你还在上面做了标记。我个人认为这篇文章写得很漂亮，不过它还是让我生气。显然易见，这是哪位不干实事的人吃饱了撑的把自己关在书房里，挖空心思想出来的一套似非而是的妙论，事实上一点儿也不切合实际。我让他说出地铁三等车厢同乘人的职业，哪怕是下一千对一的赌注都行。"

"这样你会输得倾家荡产的，"福尔摩斯告诉我，"其实，那篇文章是我写的。"

"什么，是你写的？"

"不错。我在观察和推理这两方面都很有天分。你可能会觉得我在文中提到的那些理论是异想天开，其实它却非常具有实用价值。我一直都是靠它养活自己的。"

"这究竟是怎么回事？"我无比困惑地问他。

"实话实说，我的职业可能是全世界独一家。这样说吧，我是一个'咨询侦探'，或许你能了解这是个什么工作吧。在伦敦城中，有许多官方侦探和私人侦探。这些人遇到难题时就会来找我，我就会想方设法把他们引入正轨。当他们把所有的证据摆到我的面前时，我一般都能凭借我对犯罪历史的了解，引导他们回到正道上去。所有的罪行就像一个家族有相似的地方，如果你对一千个案子耳熟能详，却破译不了第一千零一件案子，那真的是很奇怪了。最近，著名的侦探雷斯垂德就深陷一桩伪造案之中，于是他就来找我调查此案。"

"那么，还有其他人来找你吗？"

"其他人多半是经由私人侦探所推荐而来的。他们都是遇到了一些麻烦事，需要人指点。我在听了他们的故事后，会给他们提供各种建议，如此这般，我就可以挣钱了。"

"你的意思是不是说，你足不出户就能解决别人面临的却无法解决的多种问题？"我问他。

"可以这样理解。因为我天生就有一种直觉。如果遇到了稍微复杂一些的案件，我就得四处奔波，亲自到犯罪现场考察。事实上，我有许多特殊的知识可以应用到各种案件的侦破中去，它们往往可以有效地解决问题。在那篇文章里，我使用的推断法虽然令你生气，但对我的工作却有着不可估量的价值。我与生俱来的第二天性就是观察力。我记得咱们初次会面时的场景，我对你说你是从阿富汗过来的，当时你还吓了一跳。"

"当时我认为肯定有人告诉过你。"

"当然不是。我稍微推理一下就能知道你是从阿富汗来的。这是我长久以来养成的一种习惯，往往某种想法从脑海中一掠而过，我就能据此得出某些结论，而不用经过中间的某些环节。你一定很好奇我是怎么做到这些的，我告诉你我的推理过程：'这位先生有军人的气概，并且是从事医务工作的，他必定是一位军医。他脸色黝黑，但是不是皮肤本来的颜色，因为他的手腕皮肤是金黄的，由此可见他刚从热带回来。此外，他憔悴的面容清楚地说明了他曾经受过磨难和疾病的折磨。他左臂的动作僵硬、不自然，说明左臂受过伤。那么，综合这些推理结果，一个英国的军医曾在热带的某个地方经受过苦难，并且手臂还受了伤，那么可以推断出像这样的地方就比较少了，那么这会是什么地方呢？结论自然是阿富汗了。'我做出这一连串的推理历时不到一秒钟。因此当我说出你是从阿富汗来的，难免吓你一跳。"

我恍然大悟地说道："听你这么解释之后，这事还真是挺简单的。你让我想起了埃德加·爱伦·坡作品中的那个杜班。我没有想到小说之外居然还真的有这样的人存在，真是让人意外。"

福尔摩斯将烟斗中的烟丝点燃，然后站了起来，说道："你肯定觉得把我比作杜班就是在称赞我了。可是我在我眼里，杜班实际上是一个蠢人。他沉默了半天后，才一语道破了别人的心事，我认为耍这种伎俩真是有点儿做作，同时也过于浅薄。毫无疑问，他在分析问题方面是有些天分，不过也绝不是我们想象中的那种高人。"

"你读过加波利奥的作品吗？"我问他，"如果读过，我想问你一下，你认为勒高克算得上一个侦探吗？"

福尔摩斯对我的问话嗤之以鼻。他无比轻蔑地评价道："勒高克是一个非常糟糕的绣花枕头。他只有一样让我服气，那就是他的精力。我对那本书毫无兴趣。假设去辨别一个无名的罪犯，我只需要不到二十四小时就能解决这个问题。可勒高克却需要用六个月左右的时间来过这一关。它完全可以作为一本反面教材供侦探们使用，教导他们避免干哪些蠢事。"

我所佩服的两个人物居然被他如此轻率地给否了，我不由得无名火起，于是我走到窗口，望着窗外热闹的街道，喃喃自语道："这个人也许很聪明，可是却太过于妄自尊大了。"

"好长时间以来，一直没有罪犯出现，尤其是没有罪案发生。"他不满地抱怨说，"做我们这行，光是头脑灵活不管用。虽然以我的能力要想出名并非难事，尤其是像我这样在案件的侦破上既做过深入研究，同时还有如此的天赋。可结果呢？我竟没有可以侦查的案件，或者只有那些充其量也不过是些作案动机异常简单的小案，就连苏格兰场的官员都能够一眼识破。"

他这一番话，让我无言以对，心想最好换个话题。

我指着一个体格魁梧、穿着很简朴的人说："我不知道那人在找什么！"那人手中拿着个蓝色大信封，正在街那头焦急地一边走着，一边看着门牌号码。一看就知道分明是个送信的人。

福尔摩斯说："你说的是那个退伍的海军陆战队军曹吗？"

"他是在说大话吧！"我心中暗想，"他明知我没有办法证实他的猜测。"

这个想法还没有从我的脑海中消逝，就见到那个人看了我们的门牌号码后，飞速穿过马路走了过来，然后楼梯上便响起了沉重的爬楼的脚步声。很快我们就听见一阵急促的敲门声，并伴随着一个低沉的说话声："这是给福尔摩斯先生的信。"那人走进房来后，就把一封信交给了我合住的伙伴福尔摩斯先生。

在我看来，现在正是打击福尔摩斯自信的大好机会。他刚才信口胡说时绝没想到会有这样的结果。我尽量用温和的声音问他："小伙子，你是干什么的？"

那人粗声回答道："先生，我是信差，我的制服拿去修补了。"

"你过去是做什么工作的？"我一边问他，一边眼观六路，还瞟了我合住的伙伴一眼。

"军曹，先生。我曾在皇家海军陆战队的轻步兵部队中服役，先生。你不需要回信吗？好的，先生。"

他按之前已经形成的习惯将双脚跟一碰，举手向我们敬了个礼，然后走了出去。

三　劳瑞斯顿花园街惨案

我不得不承认，福尔摩斯的理论又一次在实践中得到了证明。这个事实的确让我大吃一惊，我由此更加钦佩他的分析能力了，但是我心里仍然有些怀疑，猜测这是他事先设好的，打算捉弄我一下的圈套。至于他为什么要利用此事来捉弄我，我就不知道了。我这样想着，又看着他，此时他已经读完了来信，但两眼茫然出神，一副心事重重的样子。

我好奇地问他："请你告诉我，你到底是怎么推断出来的呢？"

他有些气闷地反问道："你说我推断出了什么？"

"哦，我想问的是，你怎么知道那个送信的人是个退伍的海军陆战队的军曹呢？"

"我现在没有时间和你讨论这些琐碎的小事，"他以粗鲁的口吻回答我，但很快又微笑了，"对不起，请原谅我的无礼。你的问题打断了我的思路，但这没什么。顺便问一下，你真的没看出来那人曾经是海军陆战队的军曹？"

我说："是的，我真的没看出来。"

"实际上，判断这件事并不难，可是要说明我判断的过程，却没那么简单。这样说吧，假如让你证明二加二等于四，你会觉得是比较困难的事情，这差不多是毋庸置疑的事实。刚才我从远处看到这个人的手背上有一个蓝色船锚的刺青，这种特征在海员身上是很常见的。而且他的举止看起来有种军人气概，他还留着军人式的络腮胡子，所以，我就可以据此判断，他过去曾经是一个海军陆战队员。他与人交流时的态度有些自高自大，还有一种颐指气使的神气，结合他的外表，可以得出结论：这是一个既稳健而又庄重的中年人，而且曾当过军曹。"

我听了福尔摩斯先生的分析后情不自禁地夸奖他："真是厉害！"

"其实这并没有什么了不起的，"福尔摩斯平静地说。虽然他这样说，可是我从他脸上的神情来看，他是很开心的，尤其是当他看到我惊讶而钦佩的样子后。"我刚才还说没有罪犯，看来我需要收回我的说法了——因为这个！"他说着就把之前那个军曹送来的短信扔给我看。

我接过信大略看了一遍，禁不住惊呼："这真是耸人听闻！"

福尔摩斯先生很镇静地说："我觉得这件事的确不寻常。请你大声地把信给我读一遍好吗？"

接下来这段话就是我读给福尔摩斯先生的：

亲爱的福尔摩斯先生：

我不得不告诉你，在昨天夜里，位于布瑞克斯顿路尽头的平常无人居住的劳瑞斯顿花园街三号发生了一件凶杀案。今晨两点钟左右，巡逻警察看到该处有灯光，怀疑这里出了什么事情。后来该巡警从大开的房门进去，发现前室空无一物，但是有一具男尸。出人意料的是，尸体衣衫整齐，口袋里装有写着"伊瑙克·J·锥伯，美国俄亥俄州克利夫兰城人"等字样的名片。

18

据他所说，在案发现场没有任何打斗抢劫的迹象，也没有发现任何能证明死者死亡原因的线索。屋中有几处血迹，但死者身上并未找到伤痕。而对于死者是如何进入空屋的问题，我们百思不得其解，深感这是个棘手的难题。希望您能够在十二点之前来一趟犯罪现场，我将在此恭迎您。在接到您的回复之前，犯罪现场的一切均将保持原状。如果您无法过来，请一定要告诉我，若能够就此事尽心指点，我将十分感激。

特白厄斯·葛莱森   敬

福尔摩斯先生告诉我："在伦敦警察厅中，葛莱森也算是首屈一指的人物。他和雷斯垂德在那一群蠢货之中，算是鹤立鸡群的人物了，可以说眼明手快、机警干练，可惜都因循守旧，并且守旧得厉害。同时他们就像两个干无耻之事的女人一样钩心斗角，互相猜疑。依我看，如果这两个人都想插手这件案子，那将会是一场闹剧。"

福尔摩斯侃侃而谈，从容淡定。我真的没有见过如此稳重的人，我非常诧异，忍不住大声问道："命案要紧，最好连一分钟也不能耽误，需要我给你雇辆马车来吗？"

"可是，我还没有决定去不去呢。我向来都比较懒，是世上少有的懒人。当然，我只是在懒劲儿上来的时候才这样，因为有时候我的身手也非常敏捷呢。"

"是这样吗？在我看来这就是你一直盼望的大展身手的好机会。"

"可是，我亲爱的朋友，你难道不觉得这事跟我没有什么关系吗？就算我彻底解开了这件案子背后的各种谜团，毫无疑问的是，葛莱森和雷斯垂德他们一定会把全部功劳都据为己有的。就因为我是个非官方人士。"

"但是他现在可是有求于你呀。"

"不错。不得不承认，我胜他一筹，在我面前他会这样认为，但是，他不愿在任何第三者的面前承认这一点。宁愿割掉他的舌头，他也不愿意承认，虽然事实如此，我决定还是走这一趟吧，我想我可以嘲笑他们一番。走吧！"

他匆忙披上了大衣。终于没有按捺住跃跃欲试的心理，放弃了之前无动于衷和消极冷淡的一面。

他说："你把帽子戴上，我们现在就过去吧。"

我忍不住问他："你是希望我和你一块儿去吗？"

"是的，如果你没有其他事情，请和我一块儿过去。"一分钟后，我们就坐上了马车，匆匆忙忙地向信中提到的发生凶杀案的布瑞克斯顿路驶去。

这是一个阴霾雾气弥漫的早晨，天昏暗阴沉，路旁的屋顶上笼罩着灰褐色的帷幕，街道上一片泥泞。福尔摩斯的兴致很高，一路上和我畅谈起意大利克里莫纳出产的提琴以及斯特莱迪瓦利提琴与阿玛蒂提琴之间的区别，我只是静悄悄地听着，没发表什么意见，这个阴沉的天气加上莫名其妙的任务让我的情绪一时之间无法调动起来。

后来我不得不出声打断了福尔摩斯一直不间断的音乐讨论，我说："你看起来有些不太关心眼前的这件案子。能告诉我是什么原因吗？"

他回答道："我还没有开始搜集案件资料。按我的经验，在没有掌握全部证据之前，先作出判断来，那绝对是不合理的行为。这样会使判断出现误差。"

"我想你很快就能得到案件的资料了。"我一面说，一面指着前面，"假如我的记忆没问题的话，这里就是布瑞克斯顿路，出事的房子应该就在这里。"

"是的。停车，车夫，快停车！"在离那所房子大约一百码的距离，他就坚持要下车，于是我们改为步行前往那里。

劳瑞斯顿花园街三号，给人的感觉就是一座不祥的住宅。这里离街稍远，共有四幢房子，只有两幢有人居住，三号房平时一般都空着。空房临街的那一面有三排窗子。因为长期没人居住，房子看起来有些衰败的气象。窗户的玻璃上落满了灰尘，上面贴着"招租"的广告好像牛皮癣一样。每幢房子的前面都有一个小花园，小花园中草木丛生，把这几幢房子和街道隔开。小花园里有一条用黏土和石子铺成的黄色小路。昨夜下了一场大雨，到处泥泞不堪。花园的外面围着一道高约三英尺的矮墙，墙头上装有木栅栏。靠墙处站着一个高大魁梧的警察，周围还有几个伸直脖子往花园里张望着的闲人，他们希望能看到屋里的情景，但是什么都看不到，完全是白费力气。

在我看来，福尔摩斯一定会马上去观察作案现场，着手开始研究怎么破译这个离奇的案子，可是他看起来一点儿也不着急。在目前这种紧急的情况下，他的散漫让我觉得他有些做作。他在人行道上走来走去，不停地观察着地面、天空和对面的房子以及墙头上的木栅栏。仔细地察看了一会儿之后，他又慢慢地从路边的草地走上小路，仔细地观察着小路。中间还曾两次专门停下脚步细细观看，有一次他还露出笑容，兴奋地欢呼了一声。在小路湿滑泥泞的地面上，留下了许多脚印，不过由于警察来往穿梭，破坏了这些脚印，我想不出来我的同伴能从这些散乱的脚印上面辨认出什么来，但是我还记得他曾经出色地证明了他对事物敏锐的观察能力，因此我觉得他通过这短短一段时间的观察，肯定有了巨大的收获，看出了很多我所没有注意到的东西。

有一个头发浅黄、脸色白皙的高个子，从房子的门口走过来迎接我们，他的手里拿着笔记本。他热情地握住福尔摩斯的手说："没想到你真的过来了，真是太好了！我把现场的一切都保持着原样子，丝毫未动。"

"可是那儿没有保护好！"福尔摩斯指着那条小路说，"这里简直太糟了，就是有一群牛从那里走过，也不会弄成这样子。不过没关系，葛莱森，你一定已经做出了你的结论，所以才允许别人把现场弄成这样的吧？"

侦探含糊其辞地说："我把外边的事都托付给我的同事雷斯垂德先生了，我自己一直在房子里忙着。"

听了他的话之后，福尔摩斯略带点嘲讽意味地说："有你和雷斯垂德这样的人物在场，其他人就不会有更多的发现了。"

葛莱森搓着手，得意地说："这个案子的确非常离奇，我认为我们已经竭尽全力了。我觉得这个案子很符合你的胃口。"

"你是坐马车来的吗？"福尔摩斯问道。

"不是，先生。"

"雷斯垂德先生也不是坐马车来的吗？"

"他也没有，福尔摩斯先生。"

"那好，我们一块儿进屋里瞧瞧去吧。"

问完这些看似毫无头绪的问题，福尔摩斯便大踏步领先走进房子里。他的身后跟着满脸惊奇的葛莱森。

进入房子，沿着一条短短的过道可走到厨房，没有铺地毯的过道上落满灰尘。过道左右两侧各有一扇门，其中一扇显然很久没有打开过了。另一扇是餐室的门，就在这个餐室里面发生了一场惨案。我跟在福尔摩斯的后面走进去，心情因为这个案件变得有些沉重。

这是一间方形的大房间，没有家具陈设，整个房间显得格外宽敞。房间的墙壁上糊着廉价的壁纸，有些地方已经长了霉，斑斑点点的，有的地方壁纸已经大片大片地剥落下来，露出里面黄色的墙。门对面有一个漂亮的壁炉。壁炉框是用白色的假大理石镶嵌成的，在炉台的一端放着一段红色蜡烛，已经燃烧得差不多了。这个大房间只有一个窗子，因为很久没有清理过，显得污秽不堪。房间里非常昏暗，黯淡无光，加上满地的灰尘，整个房间显得更加阴沉可怕。

这些情况是我后来才注意到的。当我进去的时候，我把全部注意力都集中在那具让人心惊肉跳的尸体上。死者仰卧在地板上，一双失神的眼睛凝视着头上褪色的天花板。死者四十三四岁的样子，中等身材，宽肩膀，黑鬈发，留着有些短硬的胡子，身上穿着厚厚的黑呢礼服和背心，戴着洁白的硬领和袖口，穿着一条浅色的裤子。地板上还放着一顶整洁的礼帽。死者双手紧握、两臂伸开、双腿交叉，看上去在临死前有过一番痛苦的挣扎。他那僵硬的脸上露出的神情，在我看来，是一种我从来都未曾见过的、极度怨恨的表情。死者那凶神恶煞的相貌，极端痛苦的表情，让人感觉特别恐怖。死者低削的额头、扁平的鼻子以及突出的下巴，看上去就像一个古怪的扁鼻猿猴。此外，死者在临死前的那种极不自然的姿态，让他看上去更可怕了。我曾经见过很多的尸体，但是都没有这个伦敦市郊大道旁的黑暗污浊的房间里的这具尸体更让人感到恐惧了。

雷斯垂德先生，就是那个削瘦而具有侦探风度的人，这时正在门口站着，向我和我的朋友打招呼："这个案件肯定会形成轰动全城的影响，先生。我已经是一个经验丰富的老手了，可是我还从来没有碰到这么离奇的案子。"

葛莱森问道："有没有新发现什么线索？"

雷斯垂德应声答道："目前一点儿也没有。"

福尔摩斯默默地走到尸体前，蹲下来仔细地察看尸体身上的每一处特征。

"你们最初发现尸体时，肯定上面没有伤痕么？"他指着屋子四周的血迹问道。

两个侦探一起回答："肯定没有。"

"这么说，这些血迹不是凶手的，那么，就一定是另外一个人的。假如凶杀案的推断成立，这倒让我想起1834年发生在攸垂克特地方的一件案子，就是范·杰森的那件。葛莱森，那个案子你还记得吗？"

"实在不记得了，先生。"

"你把这个旧案翻出来重新看一下。其实世界上压根就没有什么新鲜的事，都是曾经发生过的事情。"

福尔摩斯说话的时候，他灵巧的手指一会儿在这里摸一下，一会儿又解开死者的衣扣检查一番。我发现他的眼里又出现了我之前看到的那种茫然的神情。他的动作极其迅速，而且细致得出人意料。最后，他闻了闻死者的嘴，又看了看死者的靴底。

他问："尸体没有被动过吧？"

"我们只是对现场和尸体做了必要的检查，其他的什么东西都没动过。"葛莱森回答道。

"现在可以送他去安葬了，"他说，"已经没有什么可检查的了。"

葛莱森打了个招呼，让四个人带着一副担架进来把尸体抬出去。当他们抬起死尸的时候，有一只戒指从担架上滚到了地板上。雷斯垂德连忙捡起来，翻来覆去地看了一会儿。

"这是一只女人的结婚戒指，"他叫道，"有个女人来过这里。"

他说完后，将手中一只朴素无华的金戒指展示给众人看。我们围观了一会儿后，一致认定这只戒指是给新娘戴的。

葛莱森说："这么一来，案情就变得更复杂了，这个案子本来就够复杂的了。"

福尔摩斯说："这样傻盯着它是没有任何用处的。这只戒指没准能让这个案子更清楚一些呢。死者的衣袋里都有些什么东西？"

"哦，东西都在这儿了，"葛莱森指着楼梯上的一小堆东西说，"伦敦巴罗德公司制造的一只金表——97163号；有一根较重的爱尔伯特金链；还有一枚刻着共济会会徽的金戒指，还有一枚金别针。名片夹是俄国制造的，里面是一些名片，印着克利夫兰，伊瑙克·锥伯的名字，J字首和衬衣上的

EJD 三个缩写字母相符。没有钱包，有一些零钱，共计七英镑十三先令。还有一本薄伽丘的小说《十日谈》，袖珍版的，扉页上写着约瑟夫·斯坦节逊的名字。另外还有两封信，其中一封是给锥伯的，另一封是给约瑟夫·斯坦节逊的。"

"这两封信是寄到什么地方的？"福尔摩斯问道。

"寄到河滨路美国交易所，留交本人自取。这两封信都是从盖恩轮船公司寄出来的，其内容是告诉对方轮船从利物浦开航的时间。可以由此推断这个倒霉的家伙正要回纽约去。"

"斯坦节逊这个人你们调查过吗？"

"福尔摩斯先生，我当时就调查了此人。"葛莱森说，"我已经把广告稿送到各家报馆，还派人到美国交易所去调查此人，现在还没有结果。"

"你们跟克利夫兰方面有过联系吗？"

"今天早晨就发过电报了。"

"我们把这件事向对方详细地说明了一下，希望他们可以提供一些对我们有用的任何情报。"

"你有没有提出你觉得很重要的问题呢？"

"我问到了斯坦节逊这个人的情况。"

"难道就没有问其他问题？难道整个案子里就没有一个关键性的问题？难道你不能再拍个电报吗？"

葛莱森有些生气地说："我认为我在电报上把我要说的话都说清楚了。"

福尔摩斯暗笑了一声，正要说些什么，这时雷斯垂德又进来了，他似乎颇为自得地搓着双手。当我们和葛莱森在谈话的时候，他一直待在餐室里。

"葛莱森先生，"这个小个子侦探在说话的时候，两眼闪闪发光，"刚才我发现了一件特别重要的事情。如果我没有仔细地检查墙壁，它肯定就会被遗漏的。"一阵难以掩饰的得意之情洋溢在他的脸上，显然他觉得他破译此案的功劳胜过了他的同僚。

"请随我来，"他说着，然后迅速回到前屋里。这时尸体已经被抬走了，屋中的空气好像也变得清新起来了。

"好了，请在那里站着！"到了前屋后，雷斯垂德对跟在他身后的众人说道。

他拿出一根火柴，划着，然后举起来照着墙壁。

"请看看那儿！"他说。

前文已经提过，案发现场墙上的花壁纸有很多地方掉落了。在一个墙角，大片花纸掉落下来，露出一块很粗糙的黄色墙。在这处墙上面，潦草地写着一个字，那应该是用血写成的：

拉契（RACHE）

"不知道你们是如何看待它的？"雷斯垂德侦探不无炫耀性地高声说道，"这个字写在房间里最黑暗的角落，谁也不会想到来这里看的，因而很容易被人忽略。这是凶手用自己的血写的。看，这里有血顺墙往下流的痕迹。从这点我们就可以得出结论：这个案子肯定不是自杀案件。至于凶手为什么要选择在这个角落来写，你发现壁炉上面的那段蜡烛了吗？当时它是点着的，蜡烛点燃的时候，这个墙角就变成了屋子里最亮的地方。"

葛莱森不屑一顾地反问："那么，这个字迹有什么意义呢？"

"有什么意义？这个字可以看出写字的人是想写一个名字，可能是一个女人的名字'瑞切儿'（Rachel），也许是因为当时有什么事让他停止了行动，所以，他或者是她就来不及写完这个名字。或许，以后真相大白的时候，你们会发现一个名叫'瑞切儿'的女人与这个案子有很大的关联。福尔摩斯先生，你也是一位聪明能干的侦探，但你需要承认的一个情形是，姜还是老的辣。"

我的朋友听了他的话，忍不住放声大笑起来，结果让这个小个子侦探很恼火。福尔摩斯说："真是抱歉！在我们几个人之中，你的确是最先发现这个字迹的，那么首功一定是属于你的。就像你刚才所说的，我可以肯定地说，这个字是惨案中另外一个当事人所写。另外，我还没来得及检查这间屋子。要是你没有意见的话，我现在就要进行检查。"

在说着的同时，福尔摩斯快速地从口袋里拿出一个卷尺和一枚很大的圆形放大镜。他拿着这两件工具，在屋里面来回走动，一会儿停下来，一会儿又蹲下去，有时还会趴在地上。他非常认真地检查着，把我们这些围观者都忘掉了；后来，他的嘴里开始自言自语，低声地嘀咕着什么，有时惊呼，有时叹息，有时还吹起了口哨，似乎充满了希望。我在旁边看着他忙碌的样子就像看到训练有素的纯种猎犬在丛林中东奔西跑，大声地欢叫着，要必须发现猎物的踪迹才肯罢休。福尔摩斯检查了大约二十分钟，还非常小心地把一些痕迹之间的距离进行了测量；实话实说，我一点儿都看不出这些痕迹有什么异样。此外，他还使用卷尺测量墙壁的高度，在我看来，这一行为简直是多此一举。后来他极其小心地从地板上面捏起一小撮灰色的尘土，将它放在一个信封里。又用放大镜仔细地检查墙壁上的血字，认真地察看了每个字母的形状。最后，他好像对检验结果都很满意，或者他认为已经找到了破案的线索了，就将卷尺和放大镜放回了衣袋里面。

然后，他高兴地说："有人觉得'天才'就意味着任劳任怨、不畏艰难，我认为这个定义非常不准确，但就侦探工作来说还算是适用的。"

葛莱森和雷斯垂德惊异地盯着这位私家同行的举动，很显然，我已经领会了的东西，他们还没有领会到——福尔摩斯的每一个动作，哪怕是最细微的动作，在我看来都具有实际的而又明确的目的，可是他们却没有领会到。

所以，那两位侦探一起问："先生，你对这件案子的性质是怎么看的？"

福尔摩斯说："要是我对你们透露案情，恐怕会夺取两位在这一案件上所取得的成绩了。另外，现在你们已经调查得很好了，任何人也就不必插手了。"他的话语不无讽刺。接着他又说道："如果愿意随时把调查的情况告诉在下，我想我也愿意尽力协助你们。现在我想去找发现这个尸体的警察了解一下当时的情况。现在，请你们把他的联系方式告诉我，可以吗？"

雷斯垂德看着他的记事本说："他叫约翰·栾斯，现在已经下班回家了。如果你需要找他，可以到肯宁顿花园门路，奥德利大院去找他。"

福尔摩斯掏出笔把地址记了下来。之后他转身对我说："走吧，医生，咱们找约翰·栾斯去。"他又回过头来和两位侦探说："告诉你们一件事情，可能会对这个案件的调查有些帮助。这是一桩谋杀案。凶手是一个中年男人，身高六英尺多。与他那高大的身材相比，他的脚有些小，他穿着一双粗平方头的靴子，通常抽印度雪茄烟。我推断他是和被害者一起乘坐一辆四轮马车来的。不过只有一匹拉车的马，而且那匹马的三只马蹄铁都是旧的，只有右前蹄的蹄铁是新的。凶手也许是一个红脸膛，他的右手指甲比较长。当然这些仅仅是一点儿表象，希望这些信息对你们侦破此案有用。"

雷斯垂德和葛莱森不由得面面相觑，脸上都露出了怀疑的微笑。

雷斯垂德忍不住问："尊敬的福尔摩斯先生，如果事实就像你所说的，死者是被谋杀的，那么，凶手采用了什么样的谋杀手段呢？"

"显而易见，死者是被毒死的。"福尔摩斯肯定地说，之后便转身往外走了。"对了，还有一件事要告诉你，雷斯垂德，"他走到门口的时候又回过头来说，"德语中'拉契'这个词是复仇的意思，所以奉劝你别再把时间浪费在寻找那位'瑞切儿小姐'的事上了。"

说完这几句话，福尔摩斯就走了，这两位侦探对手站在那里，面面相觑，脸上一副惊呆的表情。

四　关于警察栾斯的讲述

我们离开劳瑞斯顿花园街三号的时候，刚好是午后一点。我和福尔摩斯去附近的电报局拍了一封特别长的电报。之后，我们找了一辆马车来到了雷斯垂德给我们的那个地址。

福尔摩斯说："自己搜集来的证据比什么都重要，其实，虽然我对这个案子已经心中有数了，但是我们还是应该把和案件相关的情况弄个明白。"

我说："福尔摩斯，我有些无法理解。你真的那么有把握吗？刚才你所说的那些案情细节，是真的吗？"

"我说的那些话都不是望风捕影。"他回答说，"我在马路石沿旁边看到两道马车车轮的印迹。而据我所知，前一个星期都是晴天，直到昨天晚上才下雨，所以马车昨夜去过那里，才能在路上留下两道那么深的车痕。另外，在马蹄的四个蹄印中，其中有一个蹄印明显要比其他三个蹄印清楚得多，说明它上面的蹄铁是新换的。同时根据葛莱森所说，早晨没有车辆去过那里，所以，这辆马车应该是昨天夜里在那儿停留过。我现在可以确定，正是这辆马车把那两个人送到那幢很久都没人居住的空房子里去的。"

"看起来这事似乎不难做出分析，"我说，"但是你是如何推断出那个凶手的身高的呢？"

"这个其实也是有规律可循的，因为一个人的身高，可以从其脚步的长度上推断出来。这种计算方法非常简单，但此时它不是我们讨论的重点。真实的情况是，我通过那人在屋外的黏土地上和屋内的地板上留下的痕迹，量出了他的脚步长度，推算出了他的身高。紧接着我又有了机会验证我的计算结果是否正确，那就是，大多数人在墙上写字的时候，肯定会写在与视线相平行的地方，而那个墙壁上面的字迹离地面刚好六英尺。这样的话，得出这个结果就是一件十分简单的事情了。"

"哦，是这样。那么，你又是如何推断出他的年龄的呢？"我继续追问。

"是这样的，按照生活常识，如果一个人可以毫不费力地一步跨过四英尺半，他绝对不会是一个体弱多病的老人。花园里的甬道上那么宽的一个水洼，他一步就跨过去了，而另外那个穿漆皮靴子的人却是绕过水洼走的。你看，推断结果出来了，我所做的一切毫无神秘色彩。如果你仔细关注的话，会发现这只不过是把我在那篇文章中所说的那些观察和推理方法应用到日常生活中了。现在，你还有什么不明白的地方吗？"

"还有手指甲和印度雪茄烟呢？"我又问他一个比较复杂的问题。

"墙上面的字是凶手用食指蘸着血写的。利用放大镜可以看到，凶手在墙上写字时有些墙粉被刮了下来。这个人应该很久没修剪过指甲了，否则不可能刮下墙粉来。另外，在地板上我还收集到一些散落的烟灰，颜色特别深而且呈漆状，由于我对雪茄烟灰曾经专门研究过，确信这些烟灰比较符合印度雪茄的烟灰的特征。实际上，这方面的专题论文我也写过呢。不是夸口，我可以一眼辨别出任一品牌的雪茄或纸烟的烟灰。通过这些细节，就可以看出一个干练的侦探与葛莱森、雷斯垂德之流的不同之处。"

"还有那个红脸膛的推测是怎么来的？"我依然打破砂锅问到底。

"啊，那是我的一个比较大胆的推测，但是我坚信我的观点是正确的。但是在目前的情况下，你还是不要问这个问题比较好。"

我用手揉了揉前额："你真是把我给弄糊涂了，越想越觉得这里有很多谜团。比如，就像你所说的那样，有两个人进入了那幢空房子，那么这两个人究竟是怎样进去的？你说有一辆马车送他们，那么马车的车夫哪儿去了？凶手是如何迫使另一个人服毒的？现场那些血又是怎么回事？如果这桩凶杀案不是图财害命，那凶手是出于什么目的动手杀人的呢？那个女人的戒指又是怎么回事？最关键的是，凶手在逃走之前为什么还要在墙上写下用德文写下'复仇'呢？说实在话，我现在也不知道该怎样把这些问题联系起来考虑。"

福尔摩斯见我能有这么多疑问，不由得也认真起来了。

他说："可以说，这件案子的疑难之处实际上都让你总结出来了，简洁扼要，特别好。在主要情节上我已经有了大体的思路，但是也有很多地方没弄明白。在墙上用德文写下'复仇'字样，我认为这可能是一种圈套，凶手是想暗示警察这是什么社会党或其他秘密团体干的，幻想把警察的注意力引入歧途。实际上，那字并不是真正的德国人写的，它存在一个较大的破绽。如果你仔细观察一下，就可以断定字母 A 是模仿德文的样子写的。要知道真正的德国人写的 A 大多都是拉丁字体，这是个重要的疏漏，所以我可以保证，这字母并不是出自德国人之手，而是出自一个不是很高明的模仿者。现在看来，他做这件事似乎有些画蛇添足，只是一个诡计，想要误导侦查工作。好了，华生，关于这个案子我现在不能讲那么多。你知道如果一个魔术师把自己的戏法说穿，他就不可能得到别人的赞赏了；如果我把我一直以来积累的工作经验跟你讲得太多，那么，你马上就会得出这样的结论：福尔摩斯只不过是一个普通人物而已。"

我为自己争辩："我的想法和你说的不完全一样，我认为侦探学迟早会发展成为一门精确的科学，而不是靠耍嘴皮子创立起来。"

福尔摩斯先生听了这话，又看到我说话时毫不做作的样子，不由得有些兴奋。之前我就发现，他最喜欢别人称赞他在侦探学上所取得的各种成就，就如同姑娘们喜欢别人称赞她们的美貌一样。

他忍不住又说："还有件事，穿漆皮靴的和穿方头靴的两个人不但是坐同一辆车子来的，而且两人关系还挺近，也许是手挽着手一起从花园的小路上走过来的。我是从地板上的灰尘上推断他们进了房间之后，还在屋子里走来走去。更准确地说，穿漆皮靴子的人站立没动，穿方头靴子的人一直在屋子里来回走着，而且他越走越激动，因为他的步子越来越大。他一边走一边说，后来由激动变得愤怒了，惨剧就发生了。现在咱们进行工作的基础还不错，我把我所知道的所有信息都告诉你了，剩下的都是猜测和推断了。我们一定要抓紧时间，因为今天下午我还要到阿勒音乐会去听诺尔曼·聂鲁达的音乐呢。"

在我们聊案情的时候，马车穿过一条条昏暗凄凉的大街小巷，来到一个肮脏又荒凉的巷口，车夫把车停了下来，指着一条黑色砖墙之间的狭窄胡同说："那里面就是奥德利大院了，你们出来的时候来这里找我。"

我们走过那条狭窄的小胡同，来到了一个正方形的院子里，院子的地面用石板铺成，肮脏简陋的住房围绕在四周。由此可见奥德利大院绝不是一个高雅的地方。我们要去的是四十六号院。我们从一群群衣衫褴褛的孩子旁边穿过，又从一行行晒得褪了色的衣服下面钻过，最后来到四十六号院。院门上有一个小铜牌，上面刻着"栾斯"的字样。我们走上前打听消息，发现这位警察正在睡觉，我们就去前边的一间小客厅里等他出来。

很快，这位警察出来了。可能因为被我们打搅了好梦，他看上去有些不高兴，他说："我已经把情况向局里报告过了。"

福尔摩斯从口袋里掏出了一个半镑的金币，拿在手中玩弄着，然后说："我们希望你可以把事情的经过从头到尾再说一遍。"

栾斯的眼睛一直盯着那个小金币，说："没问题，只要是我知道的，我很乐意奉告。"

"那么，就把事情的整个经过都讲述一下吧，无论你怎么讲都可以。"

栾斯在马毛呢的沙发上坐下来，开始准备讲了。他眉头紧皱，似乎在思索，努力不遗漏任何细节。

他说："我还是从最开始讲起吧。从昨天晚上十点一直到今天早上六点是我当班时间。除了昨天晚上十一点钟左右的时候有人在白哈特街打架外，总的来说，昨晚我负责巡逻的地区很平静。凌晨一点钟的时候，我遇到了同事海瑞·摩切，他负责在荷兰树林区一带巡逻。我们两个人就在亨瑞埃塔街的街角聊天，这个时候已经开始下雨了。后来，大约是在两点或两点稍过的时候，我想应该去转一圈了，看看布瑞克斯顿路那边有没有什么事。那条路既泥泞又偏僻，一路上都没看见什么人，偶尔会有一两辆马车从我身边驶过。我一边慢慢溜达，一边想着去哪找杯热酒喝。正在这时，我忽然看见那幢闲置很久的房子里有灯光。我很清楚，劳瑞斯顿花园街的两所房子全部是空着的，其中有一所，最后那个房客还是因为伤寒死掉的，所以当我看到那个窗口有灯光，吓了一大跳，我就准备过去看看，免得出了什么差错。可是，等我走到屋门口——"

"停，你当时站住了，然后又转回到小花园的门口，是这样吧？"福尔摩斯突然打断他，"请告诉我，你为什么要这么做？"

栾斯一听这话，吓得差点儿蹦起来，吃惊地瞪着福尔摩斯。

"一点儿不错，我确实是转回去了，但是先生，"他说，"您是怎么知道的？天哪！或许您能够理解，当我走到房子门口的时候，突然感觉有些害怕，我想最好还是找个人和我一同进去吧。并不是因为我怕什么古怪的东西，我当时脑子里的念头是，也许是那个得了伤寒死的房客，正在检查那个要了他的命的阴沟吧。有了这样的想法，吓得我转身就走，又回到了大门口。"

"街上没有一个人吗？"

"是的，街上一个人也没有，先生，连条狗都找不到。我好不容易鼓起勇气，又走了回去，把门推开。里面静悄悄的，一点动静都没有。接下来我就走进了那间有灯光的屋子里。壁炉台上点着一支蜡烛，是一支红色的蜡烛，烛火上跳下跳的，我看见——"

"好了，就到这儿吧，下面的情况我来替你补充完整。你在屋子里面走了几圈，还在死尸旁边蹲下来，后来又走过去推推厨房的门，然后——"

约翰·栾斯一下子跳了起来，满脸惊惧地盯着福尔摩斯先生，眼睛里面流露出深深的怀疑。他大声喊道："当时你在什么地方躲着，竟然看得如此清楚？我认为这些事你是不应该知道的。"

福尔摩斯微微一笑，隔着桌子丢给这位警察一张名片，"请别把我当作凶手拘捕，"他说，"我也是一条猎犬，不是为非作歹的狼。葛莱森和雷斯垂德先生会向你证明这一点的。不要介意，请接着说之后你又是怎么做的。"

栾斯一脸狐疑地重新坐了下来。

"之后，我走到大门口，吹响了警笛。摩切和另外两个警察听到警笛后，很快都赶来了。"

"当时街上有没有人呢？"

"没有，那个时候，大凡正经点的人早都回家了。"

"你这话是什么意思？"

警察笑着说："我在生活中见过无数喝得烂醉如泥的人，可是从来没有见过和那人一样喝得如此不成样子的家伙。我走出来的时候，他倚着栏杆站在门口，放开嗓门，大声唱着考棱班唱的那段小调或是同类型的歌子。他醉得连站都站不住了，实在不像话。"

"是一个什么样的人？"福尔摩斯问道。

或许是因为福尔摩斯老是插话，约翰·栾斯有些不高兴。他想了一会儿后回答说："他是一个少见的醉鬼。如果不是因为我们太忙的话，一定会请他到警察局去待几天呢。"

"他的脸，还有他的衣服，你都观察了吗？"福尔摩斯忍不住又插嘴问道。

"我和摩切揽着他的时候，还真注意到了。我记得他是一个高个子，红脸膛，下巴上长着一圈——"

"知道这些就已经可以了。"福尔摩斯大声说道，"他后来又怎么样了呢？"

"我们当时实在太忙，没谁有工夫去关注他的事情。"他说道。接着又用不屑的口气说："我不敢说，他还记不记得回家的路。"

"他当时穿着什么样的衣服？"

"一件棕色的外衣。"

"他的手里是不是拿着一根马鞭子？"

"马鞭子？这个还真没有。"

"那他一定是把它给扔了，"福尔摩斯先生低声嘀咕，"后来你有没有看见或者听见有辆马车过去？"

"没看见也没听见。"

"这个半镑金币归你了，"福尔摩斯站起身来，戴上帽子，"栾斯，恐怕你在警察局里永远也没机会晋升了。昨天夜里你也许能捞个警长干干。

昨天夜里从你手里溜掉的那个人，正是这件离奇案件的主要线索，现在我们正在找他。你那个脑袋不应该只是个装饰，也该有点儿用处才对。这会儿用不着再争论什么了。我跟你讲，事实就是这么回事。我们走吧，华生。"

在我们出来找马车的时候，那个警察还在半信半疑，迷惑不解，但是他看上去确实有些不安了。

坐车回家的路上，福尔摩斯仍然遗憾不已："这个笨蛋！千载难逢的一大好机会，他却让它白白溜掉了。"

"我还有个问题没弄明白呢。当然，你所想象的那个人和这个警察所形容的基本一致，可是他为什么会去而复返呢？这不像是一个罪犯的行为啊。"

"他回来可能是为了那个戒指吧！对，就是为了这个。我想出一个好办法来了，咱们如果没有其他方法抓他，也可以把这个戒指当作诱饵，诱使他上钩。我肯定会把他抓住的，华生，咱们可以打个赌，我敢和你下二比一的赌注，我肯定能逮住他。说起来我还要感谢你呢。如果不是你，我也许压根就不会去那个让人讨厌的地方，那样的话，我就会失掉一个好的研究机会了。咱们称它为'血字的研究'。咱们也可以借一下华美的词语来形容侦探工作，谋杀案就如同一条红线，横亘在平淡无奇的生活中间。去揭露它是我们的责任，让它彻底地加以暴露，把它从人们的视野中清理掉。可以了，咱们先去吃个饭，再去听听诺尔曼·聂鲁达的演奏。她演奏的指法和弓法实在是棒极了，而且她演奏肖邦的曲子，真是让人感觉回味无穷：特拉—拉—拉—利拉—利拉—莱。"

福尔摩斯靠在马车上快乐地歌唱着，就如同一只云雀在歌唱。而我却陷入了深深的沉思：人的头脑真的是无所不能啊。

五 一则广告引来神秘访客

在折腾了一上午后，我感觉我的身体有点儿吃不消，下午更感到疲惫。福尔摩斯出去听音乐会了，我试图躺在沙发上睡两小时，可是无论如何也睡不着。受刚刚经历的事情的刺激，我的神经过于亢奋，脑子里全都是奇怪的想法和猜测。只要我闭上眼睛，那个死者的样子就会浮现在眼前，实在是太难看太丑恶了。将有这样一张丑恶嘴脸的人从这个世上除掉，我对凶手充满了感激，虽然这想法很恶劣。如果真有"相面"这一说的话，很显然，这位克利夫兰城的伊瑙克·锥伯肯定深藏着罪恶，可惜他伪装太好了，即使我本能地反感他，但是理性告诉我，问题还是应该公平处理的。因为，学过法律知识就会知道，被害人的罪恶是不能将凶手的罪行抵消掉的。

福尔摩斯曾经推测，死者是被毒死的，我想来想去觉得这个推测也是很有道理的。我记得当时福尔摩斯检查现场的时候曾经探下身去闻过死者的嘴，我相信他在那个时候肯定是有所觉察的，所以才会得出这样的结论。况且，案发现场的尸体上既没有伤痕，又没有因为窒息而死的痕迹，如果不是因为中毒而死，那会是什么呢？令人不解的是，地板上面那么多的血迹，这些血液是谁流的？据观察，屋子里既没有打斗的痕迹，也没有发现死者用来击伤对方的凶器。只要这些问题得不到解答，想睡个安稳觉是不可能的了，无论是福尔摩斯还是我。可是福尔摩斯那种镇静而又自信的神态，使我不得不相信他对于所有的情节都了然于胸，虽然我不知道他的推断过程究竟是怎样的。

那天，福尔摩斯回来得很晚。我认为他肯定不会一直在听音乐会，而且音乐会也不会这么晚才结束。他进门的时候，我们已经在准备吃晚餐，实际上，晚饭早就摆在桌子上了。

"今天听到了绝妙的音乐。"福尔摩斯一边说一边坐下来，"你还记得达尔文关于音乐的评论吗？他认为，早在学会用语言表达之前，人类就有了创造音乐以及欣赏音乐的能力。可能这就是为什么我们会很容易受到音乐熏陶的原因，真是让人难以理解。也许在我们的内心深处，还遗留着对于世界混沌时期的一些很模糊的记忆。"

我说："你的见解好像有点过于宽泛了。"

福尔摩斯说："一个人如果想了解和说明大自然，那么，他的想象空间就一定要像大自然一样辽阔。咦，你这是怎么了？你今天的变化好大啊！布瑞克斯顿路的案子把你弄得心神不宁吧？"

我说："正如你所说，这个案子确实让我头疼。我经历过阿富汗战场之后，原以为坚强了很多。在迈旺德战役中，我曾经亲眼看到自己的战友血肉横飞的情景，但是我当时并没有害怕。"

"我可以理解。这件案子是有点儿神秘莫测，因而才成功地引起了观众的想象。恐惧是伴随着想象而来的。对了，你看晚报了吗？"

"还没有。"

"今天的晚报将这个案子描述得特别详细，但是关于搬运尸体的时候，有一个女人的结婚戒指掉在地板上的事情却闭口不提。没有提到这一点倒是更好。"

"怎么理解这句话？"

"你看看这个广告，"福尔摩斯说，"今天上午，侦查过案情以后，我马上就在各家报纸上登了这则失物招领广告。"

说着他把报纸递给我，我看了一眼他指的地方。这是"失物招领栏"的第一则广告。广告的内容是这样的：

"今天早上在布瑞克斯顿路、白鹿酒馆和荷兰树林之间拾得结婚金戒指一枚，有意返还其主人。失主请于今天晚上八时至九时前往贝克街221号乙华生医生处领取。"

"不要见怪，"福尔摩斯说，"我在广告上填的联系人是你。如果用我自己的名字，这些笨蛋侦探也许很快就会识破这个局，他们就要强行插手了。"

"没有关系，"我回答说，"可是如果有人真的按广告前来领取戒指的话，我也没有戒指啊。"

"哦，这个你不必担心，"他递给了我一只戒指，"这一个跟那个很像，以假乱真应该没有问题。"

"那么，你觉得谁会联系你过来取戒指呢？"

"我认为应该就是那个穿棕色外衣、脚穿方头靴子的红脸朋友。即使他自己不来，他也会打发一个同党过来的。"

"他这样做岂不是很危险吗？"

"为了取回戒指，他会铤而走险的，如果我对案情推断没错的话，我有充分的理由相信我没有看错。这个人宁可冒着天大的危险，也不愿意失去这枚戒指。我推测，戒指可能是在他俯身察看锥伯尸体的时候掉下来的，因为当时他并没有意识到身上少了一些什么东西。离开这座房子以后，他才发现戒指不见了，所以又急忙转回去。可是，因为他自己的疏忽，离开前没有熄掉蜡烛，结果把警察给吸引到屋里来了。他知道在这时候，如果他出现在这座房子的门口，就会让人产生很大的嫌疑，所以，他才会装作酩酊大醉的样子蒙混过关。你不妨站在对方的立场上想一想：他把整件事的来龙去脉仔细地梳理了一遍后，他会想到在离开那所房子的时候把戒指掉在了路上，也是有可能的。那接下来怎么办呢？他得赶紧在晚报上面找找，希望在失物招领栏里可以有所发现。如果他真的看到这个广告，一定是高兴极了，根本不会顾忌什么圈套，而且在他看来，寻找戒指并不一定和谋杀这件事扯上关系，这是两件事啊。我相信那个人会来的，他一定会来的，我保证在一个小时之内你就可以见到他了。"

"既然如此，你想好了他来了以后我们该怎么应对吗？"我有些担心地问。

"不用担心，到时候让我来对付他就可以了。对了，你有武器吗？"

"我有一支旧的军用左轮手枪，另外还有一些子弹。"

"很好，你把它收拾一下。弄利索点，再装上子弹。我估计这家伙是个亡命之徒。虽然我有把握在他反应过来之前抓住他，但是还是准备充分点儿吧，可以避免事到临头手忙脚乱。"

我听从了他的话，去我的卧室作准备。当我收拾利索我的左轮手枪出来的时候，只见餐桌上已经收拾干净了，福尔摩斯正在一边信手拨弄着他的宝贝提琴。

福尔摩斯说："我今天发往美国的查询电报，已经收到了对方的回电，案情的发展越来越清楚了。它证明我对这个案子的推论是正确的。"

我有些激动地问："是吗？情况真的像你所说的那样吗？"

"我认为我应该给小提琴换根新弦了，"福尔摩斯说，"你把手枪放进衣袋里，等那个家伙进来的时候，你尽量用平常的语气与他说话，其余的事情就交给我。记住：一定不要大惊小怪，免得让那家伙产生怀疑，提高警惕。"

我看了一下表，提醒福尔摩斯先生："现在已经到八点了。"

福尔摩斯先生一惊："什么，那你把门稍微打开一点儿。他可能在几分钟之内就能到了。好了。钥匙插在门上。哦，谢谢！看，这是我昨天在一个书摊子上买的珍奇的拉丁文古旧书，名字是《论各民族的法律》，1642 年在比利时列日出版的。想想看，出版这本棕色封皮书的时候，查理的脑袋还没有落地呢。"

"它的出版者是谁？"

"据说是菲利普·德克罗伊，现在已经无从考证他的生平了。这本书的扉页上写着'古列米·怀特藏书'，字迹早已经褪色。从字迹来看，也许出自一位 17 世纪实证主义的法学家之手，他的笔迹带着一种法律家常见的风格。哦，可能是那个人来了。"

他的话音未落，就听到门铃被人按响了。福尔摩斯轻轻地站了起来，将他的椅子向房门口移了移。这时候女仆走过门廊，很快就听到她打开门闩的声音。

"华生医生在家吗？"一道有些粗鲁但语调清晰的声音传来。我们没有听到女仆的回答声，只听见大门又关上了，接着听见有人上楼来了。那脚步很缓慢，好像是在拖着步子走。福尔摩斯仔细地听着外面的动静，脸上一副吃惊的表情。一会儿，脚步声沿着过道慢慢移近，很快响起了轻轻的叩门声。

"请进。"我对着门外高声说。

门开了，进来的并不是我和福尔摩斯预想的那个凶恶的亡命之徒，而是一位满脸皱纹的老太婆，她脚步蹒跚地走了进来。她的眼睛被灯光猛地一照，有些迷糊的样子。她行过礼，只是站在那里望着我们，颤抖的手指一直不停地在衣袋里摸索。我转过头看了看我的伙伴，他看上去有些失望，不过也没露出什么破绽。我只好也做出泰然自若的样子。

老太婆从口袋里面掏出来一张晚报，指着我们刊登的那个广告说："先生们，我来这里就是因为这件事。"说着，她又行了一个礼，"广告上面说，你们哪位在布瑞克斯顿路捡到一枚结婚金戒指。我看一眼就知道那是我女儿赛莉的戒指，去年这个时候，赛莉结的婚，她丈夫在一艘英国船上做会计。如果他回来看见她的戒指不见了，天知道他会对她怎么样呢！我不敢想象。平时她的丈夫性子就急，还喜欢喝酒，喝了酒后，脾气就更不得了了。很抱歉，我说得有些啰唆了，可是事情实际上就是这样的，昨天晚上她去看马戏，是和——"

"你看这个是她的戒指吗？"我拿出那枚戒指问她。

老太婆大叫起来："感谢上帝！实话实说，这就是她丢的那枚戒指。赛莉要是在这里，可要高兴坏了。"

我拿起一支铅笔，问："您目前住在什么地方？"

"宏兹迪池区，邓肯街十三号。离这儿还有很远一段距离呢。"

福尔摩斯突然说道："据我所知，来往于宏兹迪池区和任何马戏团之间都不需经过布瑞克斯顿路。"

老太婆转向福尔摩斯，眼神犀利地盯着他，说道："我告诉那位先生的是我的地址。我的女儿赛莉在培克罕区住，具体地址是梅菲尔德公寓三号。"

"您贵姓？"

"我姓索叶，我的女儿姓丹尼斯，她的丈夫叫汤姆·丹尼斯。说起来，在船上他可是一个既漂亮又正直的小伙子，在他们公司的会计里面也算佼佼者了，但是他一上了岸，就管不住自己，又玩女人，还经常醉酒闹事——"

"这个应该就是你要找的戒指，索叶太太，请收好。"我按照福尔摩斯给我的暗示打断了她的话，"这枚戒指一定就是你女儿的。我很高兴看到它重新回到它主人手里。"

这个老太婆又絮絮叨叨地说了一堆感谢的话，然后才把戒指仔细地包好，放进口袋，再拖拖拉拉地走下楼去。她的身影刚消失在门口，福尔摩斯便马上站起来，跑进他的卧室。几秒钟后，他就已经穿上大衣，系好围巾走了出来。他边走边飞快地对我说："我猜她肯定会到凶手那里去，我判断她一定是凶手的同党。我去跟踪她。你先不要睡，等我回来。"

老太婆出门后，大门砰的一声关好，福尔摩斯便下了楼。我从楼上的窗子往外看，那个老太婆步履蹒跚地在马路对面走着，福尔摩斯就在她后面不远处跟着她。我认为如果福尔摩斯的所有推论都成立的话，那他今晚就能够揭开全部的谜底了。他用不着跟我说等他回来，因为我如果没听到他这回冒险的结果，我是不会睡着的。

福尔摩斯是快九点的时候离开的。因为不知道他大概什么时候能回来，我就坐在房里一边抽烟，一边翻阅昂利·穆尔杰的《波亥米传》。十点以后，女仆已经回房间休息了。到了十一点钟的时候，我听见房东太太沉重的脚步声从我们门前走过，她也要回房睡觉了。快十二点钟的时候，我才听到福尔摩斯打开大门上弹簧锁进来的声音。他一走进来，我能看得出来，他肯定没有取得预想中的战果。他的心理应该也处于矛盾之中，高兴和失望交织在一起。可是没过多久，高兴战胜了失望，因为他突然大笑起来。

"记住：这件事千万不能让苏格兰场的人知道。"福尔摩斯一边大声说，一边在他的椅子上坐下来，"之前我经常奚落他们，这次总算被他们抓住了我的把柄，估计他们绝不会善罢甘休的。不过，就算他们现在知道了错误在哪，狠狠地嘲笑我，我也不会太在意，反正我早晚会把面子找回来的。"

我有些诧异地问："你究竟在说什么呀？"

"还是让我来跟你说一下我追踪失败的经过吧，实际上也没什么。那个老太婆还没走多远的时候，就一瘸一拐的，似乎脚特别痛的样子。她突然停下来，叫了一辆马车。我走近些，试图要听一下她去哪儿。实际上我不需要这样做，因为她说话的声音很大，隔一条马路都可以听得见。她大声说：'到宏兹迪池区，邓肯街十三号。'她上了车，我随后也跳上了马车后部。每一个侦探都应该熟练地掌握跟踪的技术。马车一直往前走走，一路上都没有停下来，就这样到达了目的地。还没到十三号的时候，我就从车上跳下来，装作在马路上闲荡的样子。我看见前面的车夫跳了下来，拉开车门等着，但是并没有人下车。我走过去，车夫仍然在黑洞洞的车厢里寻找着，嘴里骂骂咧咧的，我能确定，我从来没有见识过这么粗俗的车夫，更没有听到过这么多的粗话。车上的乘客早就不见了踪影，车夫要想拿到车费也是不太可能了。我们在十三号周边打听了一通，据说那里住着一位行为端正的裱糊匠，叫凯斯维克，从来就没有什么叫索叶或者丹尼斯的人在那里住过。"

听后，我吃惊地大声叫道："你是说那个看起来身体虚弱、步履蹒跚的老太婆，居然会在你和车夫的眼皮子底下，在车还没有停的时候就偷偷地逃走了吗？"

福尔摩斯有些难堪地说道："根本就没有什么老太婆，真是的！我们才是老太婆呢，被人这样愚弄。那是一个精明强干的年轻小伙子。除此之外，他应该还是一个演技高超的演员，他的表演实在是太出神入化了。很明显，他早就知道有人在后面跟着他了，所以才趁机玩个金蝉脱壳，溜之大吉。这件事告诉我们，咱们要抓的那个人，并不像我当初想象的那么简单，我判断他肯定不是一个人，他应该有许多朋友，而且他们甘愿为他冒险。喂，大夫，你看起来很疲倦啊，听我的话去休息吧。"

他说得不错，我确实感觉体力不支了，于是我便回屋去睡了。福尔摩斯独自在火炉旁边坐着，火光越来越微弱了。漫漫黑夜中，寂静无声，只有他那忧郁的琴音在低声回荡，我知道他仍然还陷在他正竭力破解的那个离奇的案子里。

六 特白厄斯·葛莱森的杰出调查

第二天一早，几乎所有的报纸上都报道了昨天发生的"布瑞克斯顿奇案"，有的报纸还特地配了社论。那上面的消息我都闻所未闻。至今，我的剪贴簿里还保留着一些关于这个案子的剪报。现在摘录一些附在下面：

《每日电讯报》说：

所有的犯罪记录里面，再也找不到比这个案子更加悲剧离奇的了。被害人使用的是德国名字，现场也找不到其他的作案动机，墙上还写了那么狠毒的字；毫无疑问，这应该是一群亡命街头的政治犯和革命党所为。死者肯定是因为触犯了社会党在美国很多派别的不成文的法律，所以才会被追踪到这里，遭了毒手。

此外，这篇文章还简略地提到过去发生的达尔文理论案、马尔萨斯原理案、德国秘密法庭案、矿泉案、意大利烧炭党案、布兰威列侯爵夫人案，还有瑞特克利夫公路谋杀案等，文章的结尾还向政府提出忠告，主张以后对于在英侨民，应给予更加严密的监视。

《旗帜报》说：

这类目无法纪的罪行，往往是在自由党执政下发生的。民心动摇和政府权力削弱，是暴行产生的根源。死者是一位在伦敦居住数周之久的美国绅士。他生前租住在坎佰韦尔区陶尔魁里夏朋捷太太的公寓里面，是在其私人秘书约瑟夫·斯坦节逊先生的陪同下来旅行的。主仆二人在本月4日星期二去往尤斯顿车站，准备搭乘快车前往利物浦。当时还有人在车站月台上见过他们，然后就踪迹全无了。后来，在离尤斯顿车站数英里远的布瑞斯克顿路的一所空屋子里面发现了锥伯先生的尸体。然而，他是如何到达那里以及如何被害等问题，仍然还是解不开的疑团。至今斯坦节逊仍然下落不明。不过我们得知一个令人振奋的消息，苏格兰场大名鼎鼎的两位侦探雷斯垂德和葛莱森将联合侦查此案，我们有理由相信此案不久必有分晓。

《每日新闻报》说：

可以明显看出来，这是一件政治案件。由于大陆各国政府对自由主义充满了憎恨，其中许多人被驱逐到我们的国家。让这些人成为好公民也不难，重要的是对于他们的过去不予追究，宽容以待。在流亡人士中，通常有一种严格的"法规"，无论什么人触犯此法规，都会被处死。当务之急是全力寻找死者的秘书斯坦节逊，以便将死者生前特殊的生活习惯查清楚。死者生前在伦敦的住址已经查明，这就让案情的侦破向前迈进了一大步。这个发现完全归功于苏格兰场葛莱森先生的机智干练。

这些报道是我和福尔摩斯在吃早餐的时候浏览的。我看得出来，福尔摩斯对这些报道似乎产生了兴趣。

"你看，无论案情如何发展，功劳还是归于雷斯垂德和葛莱森这两个人的。我始终这么认为。"

"不是要看侦查结果才能确定吗？"

"唉，华生，他们抓到了凶手，自然是因为两人努力断案的结果；可要是凶手逃脱了，他们就可以换个说法说：虽然历尽艰辛，但是……总之，好事总是归功于他们，而坏事却要永远推给别人。因为无论他们做了什么，总会有人给他们歌功颂德，就像一句法国俗语所说的那样：'笨蛋虽笨，总有更笨的笨蛋为他喝彩。'所以，看不看侦查结果有什么关系呢？"

我们正在议论此事的时候，突然听到杂乱的脚步声在外面的过道和楼梯上响起，中间还夹杂着房东太太的抱怨，我有些吃惊地问："外面发生什么事了？"

"我猜应该是侦缉大队贝克街分队过来了。"福尔摩斯一本正经地说。结果话音刚落，冲进来六个街头流浪儿，个个破衣烂衫，蓬头垢面。我从来没见过如此邋遢又肮脏的孩子。

"立正！"福尔摩斯突然朝他们大声喝道。然后我就看到这六个小流浪儿活像六个小泥猴似的站成了一条线。"大家注意一下，以后有事让维金斯一个人上来报告就行了，其他人就不要上来了，在街上等着。好了，你们找到了吗，维金斯？"

一个孩子有些底气不足地答道："还没有找到，先生。"

"这事估计一时半会也办不妥，不过你们还要继续查找，不能放松，一定要给我找到。拿着，这是我给你们支付的薪水，"福尔摩斯递给每个人一个先令。"好，你们现在可以回去了，等下一次报告时，我希望你们有好消息给我。"

说完福尔摩斯挥了挥手，面前的几个"小泥猴"随即飞快地冲下楼去。随后一阵兴奋的喧闹从街上传过来了。

福尔摩斯说："这些家伙人小鬼大，我的经验告诉我，他们中一个人的工作成效比一打官方侦探还要高。因为官方侦探一露面，即便有知情人也会马上闭嘴。可是，这些小家伙百无禁忌，可以去任何地方，打听到任何消息。总之，一个个像针尖一样，无孔不入。如果把他们良好地组织起来，能发挥很大的作用。"

我好奇地问他："你是为了刚才查过现场的布瑞克斯顿路的案子才雇他们去打听消息的吗？"

"是这样的，我特别想弄明白一件事，非他们帮忙不可。不过即便没有他们帮忙，我弄明白这事也只是时间问题。对了，咱们一会儿就要听到新闻了！你看，葛莱森走过来了。你看他那得意的样子，我知道他准是来找我们炫耀的。瞧，他终于站住了。没错，我说的就是他！"

工夫不大，屋外门铃一阵狂响，一转眼的工夫，这位发型标准的侦探先生已经轻快地跳上楼来，然后闪身进了我们的客厅。

"福尔摩斯，我亲爱的朋友，"他紧紧地握着福尔摩斯的手，完全没有注意对方的反应有多么冷淡，仍自顾说着，"请恭喜我吧！这个案子已经一清二楚了，因为我把它摊在阳光下了。"

这时，我注意到福尔摩斯那张表情丰富的脸上掠过一丝焦虑的影子。

他反问道："你确信，你已经彻底查清楚案件喽？"

"可以这么说！肯定没错的！老兄，让我再给你说个好消息，我抓到凶手了！"

"啊，那么，请告诉我，凶手叫什么名字？"

"好，他叫阿瑟·夏朋捷，是皇家海军的一个中尉。"葛莱森得意地搓着他的一双胖手，挺起胸脯向福尔摩斯骄傲地宣布了这个大新闻。

没想到福尔摩斯听了这话，却仿佛如释重负地松了一口气，没有了之前的焦虑感，而且还不觉微笑起来。

"那么，请坐下说，来支雪茄烟吧？"他说，"我们很好奇你的侦破过程，想听一听。要来一杯加水威士忌吗？"

"嗯，那就来一杯吧，"侦探先生立马回答道，"我这两天操心劳神得有些过度，都把我给累坏了。另外，你应该知道的，侦探工作虽然不比什么体力劳动累人身体，可是对脑子的折磨却厉害得很。你肯定了解个中滋味啊，福尔摩斯先生，毕竟咱们干的都是用脑子的活儿。"

福尔摩斯先生煞有介事地说："不是吧，我怎么敢跟您相比呢？您太抬举我了。现在，让我们听听，你这些可喜可贺的成绩是如何获得的。"

这位侦探在扶手椅上坐下来，慢慢地吸着雪茄，得意之情溢于言表，忽然拍了一下大腿，高兴地说：

"让我感到好笑的是，雷斯垂德还自以为很高明呢，可是这个笨蛋从头到尾都搞错了。他还在到处寻找斯坦节逊的下落呢。其实那家伙跟这个案子毫无关系，就像一个还未出生的孩子一样无辜。我敢断定，他现在已经抓到那可怜的家伙了。"

说到这里，他无比得意地大笑起来，笑声之剧让人感觉他要喘不过气来。

"是吗？那么说说看，关于此案的线索你是从哪儿得到的呢？"

"哦，让我告诉你们这个问题的答案吧。当然喽，这是绝对机密，我们之间可以谈论几句，但是一定不能外露。对我来说，这个案子首先需要做的事情是查明这个美国人来自何方。可能有些人会登广告，然后坐等知情者来报告，或者等死者生前的亲朋好友收到信息后出面，报告一些消息。我一直都不支持这样的工作方法。你们还记得在现场看到的死者身旁的那顶帽子吗？"

"当然记得，"福尔摩斯说道，"那帽子是从坎佰韦尔路 129 号的约翰·安德乌父子帽店买来的。"

葛莱森听了这话立刻露出一副非常沮丧的神情，然后问道：

"我真的没想到你也注意到了这个问题。你是不是去过那家帽店了？"

"没有。"

"哈！"葛莱森突然变轻松了许多，"我觉得有些事情不管看起来可能性有多么小，也决不应该放过任何一个线索。"

"我倒觉得，对于伟大的人来说，任何事物都不是微不足道的。"福尔摩斯的话越来越有哲理了。

"事实上，我就找到了店主安德乌，并且问他有没有卖过一顶这样号码、这个式样的帽子。他们在售货簿上很快就查到了，这顶帽子是送到住在陶尔魁里夏朋捷公寓的一位住客锥伯先生那里的。因此，我轻易地就找到了这个住址。"

"不得不说，这件事你做得真是不错！"福尔摩斯小声称赞着。

"在那之后我就去拜访了夏朋捷太太，"侦探先生接着说，"这时候我发现她脸色苍白，神情很不安。她的女儿当时也在房里——她真是一位漂亮的姑娘。我找夏朋捷太太谈话的时候，她的眼睛一直是红红的，而且嘴唇也一直不住地颤抖。这些表情动作当然都逃不过我的眼睛。我开始怀疑她是不是做了什么非同寻常的事情。福尔摩斯先生，你应该有所体会，当你发现了正确的破案线索，那是一种什么样的感觉，我只觉得全身都舒畅起来，舒服得让人颤抖。我当时问她：'你们听说过吗？你们以前的房客、克利夫兰城的锥伯先生被人暗杀了？'

"这位太太马上点点头，但她好像连一句完整的话都说不出来了，而她的女儿在一边却忍不住流下泪来，所以，我越来越觉得他们对于这个案情有所了解。

"我又问：'锥伯先生是什么时候从这里离开去车站的？'

"'八点钟，'我能够感觉到她在不住地咽着唾沫，努力压制着激动的情绪，'听他的秘书斯坦节逊先生介绍：现在每天有两班火车去利物浦，一班是九点十五分，一班是十一点。他们要赶第一班火车。'

"'这是你最后一次见锥伯先生吗？'

"我的问题刚说出口，我发现那个女人面无人色。过了好大一会儿她才回答我：'是的，我确信是最后一次。'可是她回答问题的时候声音沙哑，表情很不自然。

"又过了一会儿，那位姑娘见没有人说话，就自己开口了。这回，她显得很镇静，口齿也很清楚。

"她说：'妈妈，还是跟这位先生实话实说吧！说谎是没用的。后来我们的确又见到过锥伯先生。'

"'希望上帝能够饶恕你！'夏朋捷太太喊了一声，一下子瘫倒在椅背上了，'你这么说是要害死你哥哥了！'

"'我觉得阿瑟也会希望咱们实话实说的。'这位姑娘坚定地回答。

"我乘这个机会吓唬夏朋捷太太：'现在你们不要试图撒谎了，最好把实情都告诉我吧。与其现在说，还不如一开始就不和我谈这事。而且，你们并不了解我们到底掌握了多少情况啊。'

"'这事都怪你，爱丽丝！'妈妈一面高声责怪女儿，一面转过身来对我说，'先生，我都告诉你吧。请你不要误会我们，不要看我一提起我的儿子就一口咬定他和这个人命案子之间有什么关系。我可以保证的，我的儿子完全是清白的。我所顾虑的是，我说出这件事的真相后，在你们或是别人看来，他似乎有很大的嫌疑。但是，我认为这是绝不可能的！他那高贵的气质、他的职业经历，都能证明我说的话绝对没错。'

"我宽慰她说：'那么，请你把事实都跟我说出来吧。要是你的儿子在此事中真是清白无辜的，我敢说他会受到公正的对待，请相信我好啦！'

"她说：'让我们两个人聊一聊吧。爱丽丝，你先出去一下！'于是她的女儿听话地出去了。然后她接着说：'唉，先生，我本来不想跟你说这些话的，可是我的女儿已经说破，现在没有别的法子了，那么我就都说出来吧。我既然要说了，那就痛快点儿，决不隐瞒。'

"我说:'也许这个才是你的聪明之处呢。'

"'是这样的,锥伯先生在我家住了有三个星期。他和他的秘书斯坦节逊先生此前一直在欧洲大陆各地旅行。他们的每只箱子上都贴有哥本哈根的标签,或许那是他们最后旅行抵达的城市吧。在我看来,斯坦节逊先生是一个沉默寡言的人,看起来很有涵养;至于他的上司锥伯先生——可就是和他完全不同的另外一个人了,我简直没法形容他。他的举止粗野不堪,而且还下流,根本就没有任何绅士风度。他们搬来的当天晚上,锥伯先生就喝得不省人事,一直睡到第二天中午十二点钟。我发现他对伺候他的女仆们态度轻浮,喜欢和她们动手动脚,让人厌恶到极点。最糟糕的事情是,他还盯上了我的女儿爱丽丝。他不止一次地对爱丽丝胡说八道。我的女儿年轻单纯,不明事理。可是他居然得寸进尺,有一次竟然把我的女儿紧紧抱在怀里。先生,你可以想想,这是多么令父母们难以忍受的事情啊!就连他的秘书对他这种下流的行径都看不过去,骂他太无耻了。'

"'我有些不太理解,既然他的行为这样恶劣,你为什么还要容忍他租住在你家里呢?'我问,'在我看来,你不愿意的话,完全可以直接把他赶走的。'

"没想到我的提问让夏朋捷太太有些难为情,她满脸通红地说:'假如我是在他来租房的那天就直接回绝了他,那该有多好啊。可是,他们出的租金很诱人啊。他们每人每天的房租是一镑,一个星期就是十四镑;这是一笔不错的收入。而且您知道,现在正是租房的淡季。我是个寡妇,还有个儿子在海军服务,需要很多钱。我实在舍不得这笔不菲的收入,只能尽量容忍下来。可是没想到,这最近一次,因为他闹得实在太不像话了,我才把他撵走了,这就是他们从我家搬走的原因。'

"'哦,是这样,后来情况如何?'

"'一直看着他坐上马车走远了,我心里的石头才落了地。虽然我儿子现在正在休假。不过我可以保证,这些事我一点儿也没对他说起过,因为他脾气很暴躁,而且很疼爱他的妹妹。这两个房客走后,我总算松了一口气,就把大门关上了,可没想到,不到一个钟头,就听见有人叫门,原来是锥伯那个讨厌的人又回来了,而且他又喝多了,整个人显得特别亢奋。他闯进来的时候，我和我的女儿正在房间里坐着；他就口齿不清地说了一堆话，说什么他没有赶上火车之类的话。后来，他竟然当着我的面向爱丽丝说各种不堪入耳的话，还恬不知耻地说要带她私奔。他说：你已经长大了，行为可以不受法律限制了。我们不要管这个老婆子，跟我一起走吧，我很有钱，保证会让你像公主一样幸福地生活。可怜的爱丽丝被吓着了，东躲西藏地想避开他，可是被他一把抓住了手腕，硬要把她往门口拉，当时我吓得大喊大叫。正好这个时候，我的儿子阿瑟回来了。接下来发生的事情，我并不清楚。只听到他们又是咒骂又是扭打，场面乱成一团，我当时真是吓坏了，连头都不敢抬。后来事情平息后，我抬起头来看了一眼，阿瑟手里拿着一根棍子，正站在门口大笑。阿瑟说：这个混蛋逃跑了，他再也不敢来找咱们的麻烦了。我要出去跟着他，看看他接下来准备搞什么勾当。说完，阿瑟就拿起帽子跑到街上去找人了。可我没想到，第二天一早，就听说锥伯被人谋杀了。'

"这是夏朋捷太太亲口和我讲的。她说话的时候时不时要停下来喘口气，有时她声音低得我都听不清楚。不过，我把她所说的话全部快速记下来了，而且我确信中间不会出现大的误差。"

福尔摩斯听得有点累了，打了一个呵欠，说："听起来是一个很动人的故事。后来的情况又怎么样了呢？"

侦探接着讲故事："夏朋捷太太说完上面的话后，我觉得这个案子的很多疑问已经得到了澄清，真相已经浮出来了。所以，我就用一种自以为对女士有很大威慑力的眼神紧盯着她，追问她儿子当天是在什么时候回家的。

"'我不清楚。'她是这样回答我的。

"'你确定你不知道吗？'

"'我确认。我是真的不知道，因为他自己有一把弹簧锁的钥匙，平时回家自己进来，不会敲门。'

"'你的意思是说在你们睡下之后他才回来的吗？'

"'可以这么说。'

"'你是什么时候睡的？'

"'大概是十一点吧。'

"'这么说，你儿子出去一趟至少用了两个小时。'

"'是的。'

"'那有没有可能他出去了四五个小时，而不是两个小时？'

"'我觉得也有可能吧。'

"'那你是否知道他在这段时间里，都干了些什么事？'

"'我不清楚。'她回答，说话的时候她的嘴唇都发白了。

"现在很明显，我已经基本上知道结果了，我也就不需要再问些什么问题了。夏朋捷中尉的下落查明之后，我就带着两个警官，把他逮捕了。当时我拍着他的肩头，严厉地警告他要老老实实跟我们走，结果你猜他怎么说？他竟然大大咧咧地说：'你们抓我，是认为我跟那个混蛋锥伯被杀的案子有关吧。'你也知道，我们事前根本没向他提起这件事，他自己却先说出来了，这不是更让人觉得他行为可疑了吗？"

"的确如此。"福尔摩斯附和着说。

"我们抓到他的时候，他手里还拿着他母亲所说的追击锥伯用的那个大棍子。不得不说，那真是一根很结实的橡木棍子啊。"

"我现在就想知道你对这整件事有什么看法？"福尔摩斯问道。

"根据我的猜想，他提着大棍子一直把锥伯追到了布瑞克斯顿路，在那里他们又激烈地吵起来了。在争吵的时候，他狠狠地打了锥伯一棍子，可能正好打在锥伯心脏那里，这样就可以解释为什么锥伯虽然死了，但他身上却没有半点伤痕的奇怪事情。那天夜里下了很大的雨，附近又没有人。所以他杀人后就顺手把锥伯的尸首拖到那所空屋里去。至于现场发现的那些蜡烛、血迹，还有墙上的字迹和戒指等，都不过是一些掩人耳目的小花招，企图利用这些小物件把警察的注意力引入迷途而已。"

福尔摩斯连声称赞道："葛莱森，十分棒！在我看来，你现在大有长进，我甚至可以肯定你将来一定会飞黄腾达的。"

这位侦探毫不谦虚地接受了福尔摩斯先生的赞美："其实我自己也觉得，这件事做得还算是干净利落。但那个'凶手'可不是这么说的，他说他追了一程以后，就被锥伯发觉，所以锥伯就坐上一部马车逃走了。而他在回家的路上，遇到了一位老同事，他们曾经一起在船上做事，所以他又陪着这位老同事走了很久。可是当我们问到他这位老同事的住址时，他的回答却不是很痛快，而是含含糊糊，所以我认为案情的发展脉络是前后一致的，没有大的出入。可笑的是，雷斯垂德的调查一开始就误入了歧途。我想，恐怕他是绝对搞不出什么真相来的。嘿！说他，他就到了。"

随着话音，进来一个人，这个进来的人果然是雷斯垂德。刚才我们谈论案件的时候，他实际上已经上楼了，现在他走进屋来。依我平时对他的观察，他的得意劲儿和信心十足的派头，向来可以透过他的衣着打扮、言行举止上流露出来，可是他现在明显神情不安、愁眉不展，衣服也皱皱巴巴的，和平时完全不一样。他这次登门到访，虽然突然，但显然是有重要的事向福尔摩斯求教，不然他不会一看到他的同事葛莱森和福尔摩斯在一起，便手足无措起来。他站在房子中间，好半天没说话，两手一直在摆弄着帽子。最后，他终于开口说："你们能相信吗？这真的是个棘手的案子，内情复杂到简直不可思议。"

葛莱森在一旁不失时机地嘲讽了他一句："哦，原来雷斯垂德先生也是这样想的啊。你得出这样的结论，其实早就在我的意料之中。换句话说，你已经找到那个秘书斯坦节逊先生了，对吗？"

雷斯垂德心事重重地说："事情有了大的变化，那位秘书斯坦节逊先生在郝黎代旅馆被谋杀了，时间在今天早晨六点钟左右。"

七　柳暗花明

不得不说，雷斯垂德带来的消息是十分突然的，完全出乎我们的意料。一时间，我们三个人面面相觑，不知道该说些什么话才好。葛莱森猛地站了起来，连杯子里剩下的威士忌酒全洒了出来也没有注意到。我看了看福尔摩斯，发现他嘴唇紧闭，一双眉毛紧蹙着，一副遇到了很大难题的表现。

我正疑惑的时候，福尔摩斯低声说："斯坦节逊被谋杀了，明显将导致案情更复杂了。"

"这个案子本来就够复杂的了，"雷斯垂德一边抱怨着，一边在椅子上坐了下来，"我感觉现在简直像在参加军事会议一样，事情太多，却毫无头绪，完全是一团乱麻。"

葛莱森终于找到机会犹犹豫豫地问道："你，你确定这消息可靠吗？"

雷斯垂德有些不耐烦地说："我刚从旅馆赶过来，关于这事我还是第一个发现情况的人呢。"

福尔摩斯说："刚才我们一直在听葛莱森对于这件案子的分析呢。现在也请你来和我们谈谈你的所见所闻，还有你的想法吧。"

"好的，我很乐意将我内心的想法说出来，"雷斯垂德坐下来说，"不得不说，我原来以为锥伯被害肯定跟他的秘书斯坦节逊有关，但是就目前已经掌握的信息来看，我的推论明显是错的，但当时我坚持认定了这样一个想法，于是就开始打听这位秘书的下落。有人反映情况称三日晚间八点半钟左右，看见他们两个人在尤斯顿车站，但是四日凌晨两点钟，锥伯的尸体就在布瑞克斯顿路被发现了。那么，从八点半到谋杀案发生的这段时间之内，斯坦节逊都干了些什么？又去了什么地方？这就是我当时想搞清楚的问题。我一面给利物浦方面拍了个电报，详细描述了斯坦节逊的外貌，并且要他们监视来往的美国船只；一面查找尤斯顿车站附近的每家旅馆和公寓。我当时推断，那天晚上锥伯和他的朋友分手后，斯坦节逊肯定会随即在车站附近找个地方住下，等到了第二天早晨他再到车站去。按常理来说，确实如此。"

福尔摩斯插了一句话："我认为他们也有可能事先约好了会面的地点。"

"您说得完全正确。昨天我到处打听斯坦节逊的下落，跑了整整一个晚上，但是一无所获。今天一大早我又接着查访了。八点钟的时候，我来到了小乔治街的郝黎代旅馆。当我开始询问是否有一位斯坦节逊先生住在这里，他们立刻给予了肯定的回答。"

"他们说：'你应该就是他所等候的那位先生吧？他在此地等候一位先生，已经等了两天了。'

"'哦，是的，请你们告诉我，他现在在哪儿？'我急忙问道。

"'应该还在楼上睡着呢。他之前吩咐过，到九点钟才能把他叫醒。'

"'我必须马上找到他，'我说。

"我当时是这样想的，如果我突然出现在他面前，给他来个措手不及，那么在情急之下，他很可能会吐露一些我所不知道的情况。后来一个擦鞋的茶房领我上去找他。那个房间在三楼，需要走过一条短短的走廊。到了后，茶房给我指了指房门，就要下楼，正在那时我发现了一幕可怕的景象，简直让人作呕，这种景象连我这个有二十年多年侦探经历的人，也觉得特别恐怖。我发现一道血迹从房门下边流出来，在走道上弯弯曲曲地流淌着，在对面墙脚下汇成一团。我不由得大惊失色地喊叫起来，茶房听到后又走回来想看看是怎么回事。结果当他看见这个情景时，几乎被吓晕了。我们俩合力用肩撞开反锁的房门，硬闯了进去。房间里窗户大开着，窗子旁边有一具蜷曲成一团的男尸，身上还穿着睡衣，看起来早就断了气，因为四肢已经变得僵硬冰冷了。当我们把尸体翻过来时，茶房只瞄了一眼就认出他就是住在这个房间的房客斯坦节逊先生。至于他是怎么死的，我看了下，他的身体左侧被人用刀刺过，伤口很深，足以伤到心脏。另外，不得不提的是，还有个特别奇怪的现象，你们不妨来猜猜看，在死者脸上有什么东西？"

我听到这里，不由得心怦怦跳，这事简直是可怕极了。福尔摩斯马上说："我估计应该是'拉契'这个字吧，用血写的。"

"您说的一点儿没错。"雷斯垂德回答。他声音里带出来的惊惧明显让人感觉到他的内心有多惊惧。一时间，我们都沉默了。

照此看来，这个神秘凶手的暗杀一定是有步骤有预谋的，同时又有些不可理喻，但也因此显得作案手段更加可怕。我自认为死伤遍野的战场已经将我的精神锻炼得足够坚强了，但是每当我想到这个情景，仍然心有余悸，甚至不寒而栗。

雷斯垂德继续讲着："有人曾见过这个凶手。有一个送牛奶的孩子在去牛奶房的时候，偶然路过旅馆后面的那条小胡同，这条胡同可以通往旅馆后边的马车房。送牛奶的孩子说他看见平日一直平放在地上的梯子竖了起来，正对着三楼的一个窗子，那窗子大开着。这个孩子走过之后，无意中回过头看了看，结果正好看到一个人从梯子上走下来。因为那个人是不紧不慢、大大方方地从梯子上走下来的，所以这个孩子以为这个人是正在干活的旅馆里的木匠，也就没有对他特别注意。他说他当时只是觉得，这个时候就出来干活未免太早了。据他回忆，这个人好像是一个大高个，红脸膛，身上穿一件很长的棕色外衣。他在行凶之后，并没有马上逃离此地，而是在房里停留过一会儿。因为我们发现房间里脸盆的水里有血，这说明凶手曾经在房间里洗过手；床单上也有遗留的血迹，可见他行凶以后还从容地用床单擦过刀子。"

听到这里，我忍不住看了福尔摩斯一眼，因为那凶手的身材、面貌与他的推断很相符，但我发现他的脸上没有一点儿得意的表情。

福尔摩斯问："现场有没有发现可以锁定罪犯身份的线索？"

"没有。斯坦节逊掌管着锥伯的开支，所以他的身上一直带着锥伯的钱袋。钱袋里八十多镑的钱财分文不少。可以说，虽然目前还不清楚罪犯的作案动机是什么，但肯定不会是谋财害命，他的行为很不平常。另外，被害人的口袋里也没有发现任何文件或日记本，只有一份一个月以前从克利夫兰城打来的电报，电文没有署名，其内容是'JH.现在欧洲'。"

福尔摩斯继续追问："那么，有没有发现其他东西呢？"

"没有发现其他重要的东西。死者临睡时阅读的一本小说还在床上，他的烟斗放在床边的一把椅子上。桌子上放了一杯水。窗台上还有个放着两粒药丸的木匣。"

福尔摩斯听到这里，突然从椅子上站起来，并高兴地喊了起来，他的神情明显洋溢着激动："补上这最后一环了，现在我的推断是完整的了。"

两位侦探都十分吃惊望着他，不知道他为什么突然这么兴奋。

　　这个时候，福尔摩斯信心十足地说："事实上，这个案子的每条线索我都掌握了。当然，有些细节可能还需要补充。但是，从锥伯在火车站和他的秘书斯坦节逊分手起，到斯坦节逊的尸体在旅馆被人发现，这中间的主要情节，我现在就像亲眼看见一样地清楚。我现在和大家分享一下我的见解，另外，为了证明给你们看，我需要先问雷斯垂德先生一个问题，那两粒药丸你带来了吗？"

　　"我带来了，"雷斯垂德说，随即拿出了一只小小的白匣子来，"我把药丸、钱袋、电报都带来了，虽然把这些东西放在警察分局里，比较稳当。只是事出偶然，我才把它们带在身上，不过我需要说一下，我并不认为这是什么重要的证据。"

　　"那么，请把它递给我吧，先生，"福尔摩斯先生说。"喂，大夫，"他又转身看着我说，"华生，你现在凭你的感觉看一下，然后告诉我，这些是普通的药丸吗？"

　　在我看来，这些药丸确实不太平常，它们又小又圆，呈珍珠般的灰色，迎着亮光看它们几乎是通体透明的。我说："这些药丸分量轻，质地透明，我想它们能被水溶解。"

　　"与我的看法相同，"福尔摩斯说，"麻烦你把楼下那可怜的病狗抱上来好吗？它病了很久了，房东太太一直想请你把它弄死，免得让它活受罪呢。"

　　于是我下楼把病狗抱了上来。这可怜的狗狗显然活不多久了，眼光呆滞，呼吸不畅。即便是不太了解它身体状况的人，单从它那白色的嘴唇就能看出来，它早已过了通常小狗们的平均寿命了。我在地毯上放了一块垫子，方便它躺在上面。

　　"现在，我要把一粒药丸分成两半，"福尔摩斯说着，同时用小刀把药丸切开，"半粒放回去，半粒放在酒杯里，杯子里放一匙水。哦，应该说，咱们这位大夫朋友的眼光果然没错，这药丸立刻就溶解在水里了。"

　　"这是做什么？真不知道在搞什么鬼，"雷斯垂德有些不高兴了，他以为福尔摩斯是在捉弄他，"我真的猜不出来这半粒药丸跟斯坦节逊的死有什么关系？"

　　"我的朋友，请稍安勿躁！马上你就会明白这里面大有文章了。现在，我需要再加些牛奶进去，保证口感良好，把它摆在狗的面前，马上就会被舔光的。"

福尔摩斯慢慢地把酒杯里的混合液体倒在盘子里，并放在那只病狗面前，不出所料，病狗一会儿就把盘子舔得干干净净。看着福尔摩斯那严肃认真的态度，我们都坚信肯定发生了什么不寻常的事情，大家都静静地坐在那里，眼睛直盯着那只狗，好像在期待着某种惊人的结果发生。可是，最终什么事情也没有发生，这只狗仍然在垫子上面躺着，艰难地呼吸着。看来，那半粒药丸既没有给它带来什么好处，也没有给它带来什么致命的坏处。

期间，福尔摩斯把表掏出来看了好几次，时间就这么一点点地过去了，可是期待中的某种结果还是没有出现，他看上去十分懊恼和失望，咬着嘴唇，手指一直不停地敲着桌子，明显的焦虑不安。此前我还没见过他这么失态，心里不由得替他难过。但是那两位官方侦探在旁边有点幸灾乐祸的意思，似乎还露出嘲讽的表情，显然福尔摩斯受到了挫折正是他们乐意见到的事情。

"这怎么可能呢？"福尔摩斯站了起来，在屋里烦躁地走来走去，"它的存在怎么可能仅仅是出于巧合？在锥伯的案子里我就怀疑存在某种药丸可以让人莫名其妙地死去，现在在斯坦节逊死后真的发现了药丸，可是它们竟然没起到什么作用。这中间到底出了什么差错？我完全相信我所做的推论，它绝对不可能是错误的！绝对不可能！但是这个可怜的狗狗并没有吃出毛病来……啊，我知道了！我知道了！"福尔摩斯突然兴奋地尖叫了一声，跑到药盒前，取出另外一粒药丸，又如法炮制，把它切成两半，其中半粒溶在水里，加上牛奶，放在狗的面前。这回立竿见影，这个不幸的小动物甚至连舌头都没有来得及完全沾湿，便四肢抽搐起来，如同被雷电击毙一样，直挺挺地死去了。

福尔摩斯长长地吁了一口气，擦了擦额头上的汗水。"看来我的信心还是不够坚强啊。刚才我就应该明白，要是一个细节与我的一系列推论有所矛盾，那么，这个细节完全可能会有其他的能够解释它的说法。那个药匣里装的两粒药丸，一粒是烈性的毒药，而另外一粒则完全无毒。其实这也是我疏忽，在没有看到这个小盒子之前，我早就该想到有此可能的。"

在我看来，福尔摩斯最后说的这段话委实过于惊人，简直让人怀疑他的脑子是不是出了什么问题，但是那狗的尸体就摆在眼前，证明了他的推断是完全正确的。从这个时候起，我脑子里的重重疑问都慢慢得到了解答，对于案子的真相我也开始有了大概的认识。

福尔摩斯继续发表他的高见："虽然你们肯定觉得特别奇怪，可是我却觉得这可以理解。因为在刚开始侦查的时候，你们就没注意那个线索的重要性，要知道那可是摆在我们面前唯一的正确线索。我幸运地抓住了这个线索，我最初的设想也被以后所发生的每件事所证实，当然这是逻辑的必然结果。所以，那些看起来让案情更加复杂的东西，让你们堕入各个谜团，却对我有所启发，并且不断加强我的推断。一般来说，最平淡无奇的案子往往是最神秘的，因为你看不出它有什么特别之处，让我们作为推理的根据。但是把离奇和神秘混为一谈，肯定是错误的。就这个案子而言，假如被害者的尸体是在路上发现的，又没有那些让这个案子看起来扑朔迷离、超出常规以及骇人听闻的情节，那么，这件谋杀案解决起来就不那么容易了。正因为如此，离奇的情节不但没有增加案子的难度，相反，它却减少了我们办案时的很多困扰。"

葛莱森先生刚开始的时候一直在不耐烦地听着，此时终于忍不住了，说："福尔摩斯先生，我们都承认你是一个精明强干的侦探，而且你确实有一套很特别的工作方法，但是，我们现在最重要的是要捉到这个凶手，而不是听那些空洞的理论和说教。我已经把我所调查到的情况都说了，看来是我搞错了，很显然，夏朋捷这个小伙子不会被牵连到第二起谋杀案里去。而雷斯垂德一直都在追踪那个斯坦节逊，看来，他也弄错了。但是你这样东一句西一句的，好像比我们知道的多得多。那么，现在是时候了，我希望你能够痛痛快快地和盘托出你所知的一切和案件相关的情况，你对于案情的了解究竟有多少？你能告诉我们凶手的名字吗？"

雷斯垂德也在一旁附和说道："我也同意葛莱森的看法，福尔摩斯先生。我们两个人从不同的角度切入案件，结果都失败了。但从我到你这里来的时候起，你不止一次地提到，你已经取得了你所需要的一切证据，那么，现在你不应该再秘而不宣了吧？"

我也忍不住说："是啊，如果现在我们还不去将凶手捉拿归案的话，他很可能会制造出新的凶杀案件。"

福尔摩斯听到大家都这样说，显出一副迟疑不决的样子。他在房间里不停地踱步，脑袋甚至垂到胸口上，眉头紧皱——我知道当他思索的时候就是这个样子。

"我敢保证不会再发生暗杀了，"他终于停下来面向我们说，"这一点你们大可以放心，我这么说是有依据的，而且，我也确实知道凶手的姓名，但是，仅仅知道凶手的名字，还远远不够，还算不上什么本事，只有把凶手捉到才叫高明。我预计这个过程将很快，也一定能把凶手捉拿归案。我要亲自动手安排行动计划，因为我们要对付的是一个凶残而狡猾的人，所以关键是要细致周到，而且事实已经证明，他还有一个同伙，这个同伙跟他一样机警。不过只要凶手没察觉有人发现线索，我就有机会捉住他。但是，要是引起了他的怀疑，他就会隐姓埋名，立即消失在这个大都市里，抓捕他将是个极为困难的事情。想想看，在四百万居民中寻找一个凶手，难度肯定和大海捞针差不多了。到哪里去找？在这里需要强调一下，我绝对没有要伤害你们两位感情的意思，但是，我还是要说明一下，官方侦探绝对不是他们的对手，这就是我没有向你们请求协助办案的原因。如果结果证明我失败了，我当然难逃其咎，因为我没有向官方请求协助，但是我有勇气来承担办事不力这个责任。现在我向你们保证，只要不干扰我实施我的计划，我一定会在适当的时候向两位通报结果的。"

很显然，这席话对葛莱森和雷斯垂德这二位官方侦探造成了重大的伤害，福尔摩斯的这种保证以及他对官方侦探这样轻蔑的嘲讽，引起了他们的不满。葛莱森的脸红到耳根；雷斯垂德则瞪着一对滚圆的眼睛，表情既惊异又愤怒。可是没等他们想好反驳福尔摩斯的说辞，就听见有人敲门，对方是福尔摩斯安排出去打听消息的街头流浪儿的小首领——小维金斯。

维金斯向福尔摩斯敬了个礼说："先生，您要的马车已经来了，就在楼下，请吧。"

"你们真是听话的好孩子。"福尔摩斯先生温和地对维金斯说道，然后又转向两位侦探说："你们苏格兰场怎么不用这种手铐呢？看，这锁簧多好用啊，一下就卡上了。"他一面说，一面从抽屉里取出一副钢制手铐来。

雷斯垂德说："只要能找到戴用手铐的人，那种老式的也就足够了。"

"既然如此，很好。"福尔摩斯微笑着说，"维金斯，你最好让马车夫上来帮我搬箱子。光靠我们自己恐怕不太方便，叫他上来吧！"

我在一旁有些吃惊，看福尔摩斯的样子，好像他要出门旅行去，可是他从来没对我说过这事。房间里只有一只很小的旅行皮箱，他将它拉了出来，要去系箱子的皮带。当他正忙活的时候，马车夫进来了。

"车夫，麻烦你过来帮我把这个皮带扣系好。"福尔摩斯弯腰弓背地弄着皮箱，头也不抬地说。

这个大个子家伙始终紧绷着脸，好像不太情愿地走过去，两只手伸出去正要帮忙系皮带扣。说时迟，那时快，福尔摩斯突然跳起身来，只听咔嗒一响，车夫的双手已经被那副钢手铐铐上了。

"先生们，"福尔摩斯两眼闪烁着光芒，"请让我来给你们介绍一下这个杀死锥伯和斯坦节逊的凶手杰弗逊·侯波先生。"

这件事情都是在一瞬间发生的，我还没有来得及思索。直到如今，当时福尔摩斯那副胜利的表情，响亮的声调，还有马车夫在被闪亮的手铐魔术般地铐上手腕时的那张茫然、凶蛮的脸，还历历在目。当时，我们几个人就好像雕塑一样愣住了。然后，马车夫大声地吼叫一声，猛然挣脱了福尔摩斯的手，用尽全力朝窗子冲去，木框和玻璃被撞得粉碎。就在马车夫将要冲出去的时候，葛莱森、雷斯垂德终于反应过来了，马上和福尔摩斯一拥而上，把马车夫揪了回来。一场激烈的搏斗开始了。不得不说，这家伙特别的凶猛，有着一股疯子似的蛮劲儿，结果我们四个人都斗不过他。虽然他的脸和手在跳窗的时候被划伤了，伤口特别深，血不停地流着，可是他的抵抗并没有丝毫的减弱。后来雷斯垂德用手将他的脖子卡住，使他透不过气来，他才意识到挣扎是徒劳的，从而放弃了反抗。但即使这样，我们也没有掉以轻心，又把他的手和脚都捆了起来。最后，我们终于可以站起身来，大口地喘气。

"他的马车正巧就在这里，"福尔摩斯先生说，"你们就直接把他送到苏格兰场去吧。好了，先生们，"他高兴地说，"这件神秘莫测的案子，终于可以告一段落了。现在，各位可以就任何问题向我提出疑问，我也乐意回答各位提出的问题。"

八　沙漠中的旅人

北美大陆的中部是一大片干旱荒凉的沙漠；从内华达山脉到尼布拉斯卡，从北部的黄石河到南部的科罗拉多，全部都是荒凉死寂，大自然的景色也各有各的特色。这里有铺满白雪的崇山峻岭，有阴沉昏暗的深谷，也有湍急的河流在峡谷之间日夜不停地奔流；在这片无边的荒原上，冬天积雪遍地，夏天则是一片白蒙蒙一片的盐碱地。但是总体来说，这里荒芜不毛，寸草不生，充满着无限凄凉。长久以来，它一直是经济文化发展的不毛之地。

在这片荒寂的土地上，人烟稀少，常见山狗在矮丛林中鬼鬼祟祟地穿行，巨雕在空中缓缓地翱翔，还有那蠢笨的灰熊在阴沉的峡谷里出没，寻找食物。它们是荒原里面绝无仅有的动物居民。波尼人和黑足人会偶尔结队通过这里，前往其他的猎区。但即使是最勇敢、最坚强的人，也希望快点儿穿过这可怕的荒原，赶紧到达大草原。

站在布兰卡山脉北麓四处眺望，会发现一片片盐碱地被矮小的榭树林隔断。在遥远的地平线上，山峦起伏，山顶积雪重重。生息全无，一点儿生命的迹象也没有。或许世界上再也找不到比这里的景象更荒凉的地方了。铁青色的天空中不见飞鸟，黯淡的大地上也看不见任何动物，真正的死气沉沉。这里，除了死寂，还是死寂，给人一种绝望之感。

但是，若说这广袤的原野上没有一点儿生命活动的痕迹，也不尽符合事实。从布兰卡山脉往下看，沙漠中有一条弯弯曲曲的小路，一路向远方延伸，最终消失在遥远的地平线上。这条小路是经过无数车辆的碾轧，经过无数冒险家的踩踏才形成的。路上到处散布着白森森的东西，这儿一堆，那儿一堆，在日光下闪闪发光，在单调的盐碱地上显得十分扎眼。走近了仔细一看，那都是是一堆堆的白骨，是人和动物的遗骨，其中又大又粗的是牛骨；而较小较细的是人骨。人们在这长达一千五百英里的商旅路上，沿着前人倒毙路旁的累累遗骨指示的方向而前进。

1847 年 5 月 4 日，有一个孤单的旅客正从山上俯瞰山下凄惨的情景。这个人的外貌是那种让人一见之下就再也无法忘却的。就算是观察力敏锐的人，也很难从外貌猜出他究竟是四十岁还是将近六十岁。他的脸憔悴瘦削，须发是棕色的，蓬乱不堪，而且已经斑白，一双深陷的眼睛目光呆滞。棕色的皮肤像干枯的羊皮，紧紧地包着一把嶙峋突兀的骨头。他身材高大，体格魁伟，看得出来他曾经是一个十分健壮的人，而现在他那瘦得可怕的脸和骨瘦如柴的四肢，身上穿的大口袋似的破衣服，让他看起来十分羸弱。他一只手握着来复枪，手上的肌肉比骨架也多不了多少。当他站起来的时候，必须要用枪支撑着身体才能立得住。种种迹象说明，这个人正挣扎在死亡线上，随时都可能会倒下。

他沿着山谷一直不停跋涉，历尽千辛万苦，挣扎着来到这片高地，目的是寻找水源。但是在这片广阔的土地上，他的希望恐怕要落空了。他面临的只有无边无际的盐碱地和连绵不断的荒山，甚至连一棵树都看不到。他非常清楚，若找不到水源，他那漂泊的生涯就要走到尽头了，剩下的日子无非是等待死亡的降临，然后和前人一样葬身在这片荒凉的岩崖之上。他低低地自言自语：在这里死去，和二十年以后在铺着鹅绒锦被的床上死去又有什么区别呢？他决定不再做徒劳的挣扎，在一块突出的大岩石的阴影里坐了下来。

坐下之前，他先把来复枪放在地上，然后又把背在右肩的用一大块灰色披肩裹着的大包袱放了下来。他已经筋疲力尽，包袱被很重地放到了地面上。忽然从这个灰色的大包袱里传出了哭声，接着便有一张受惊的、长着明亮的棕色眼睛的脸钻了出来，两个胖胖的长着浅涡和雀斑的小拳头也随着钻出来了。

"你把我摔痛啦。"这是个孩子的声音，稚气里含着埋怨。

"哦，是吗，我的孩子？"这个男人满含歉意地说，"实在抱歉，我不是故意的。"说着他将灰色包袱解开，从里边抱出了一个美丽的小女孩。这个小女孩大约五岁，从她的装扮就能看出，她的母亲对她爱护有加。她穿着一双精致的小鞋，身上裹着一件漂亮的粉红色衣服，还带着麻布围嘴。可能因为环境的问题，这个孩子脸色也有些苍白，但是她的胳膊以及小腿都特别结实，说明她一路走来，还是得到了精心的照顾，没有经历像她的同伴那样多的苦难。她不停地揉着脑后的蓬乱的金黄色头发。

"还疼吗？"她的同伴急切地问，话里明显有着心疼的意味。

"疼。不过，你吻一下这里就好了，"她很认真地说，然后把头上被撞过的地方指给他看，"妈妈总是这样的，她一吻我就不疼了。对了，妈妈去哪儿了？"

"妈妈走了。我想不久后你就会见到她的。"

小女孩说："什么，走了？奇怪，她这次没有和我说再见就走了呢。之前每次去姑姑家里喝茶的时候她都会跟我说一声的。可是这次她已经走了三天了，也没有消息。唉，难道这里什么吃的喝的都没有吗？我的嘴巴快干死了。"

"你说对了，什么也没有。亲爱的，你先忍一忍，过一会儿就会好的。你过来，把头靠在我身上，好了，这样你就觉得舒服些。我的嘴唇也干得要命，说话都有点费劲了，但是我想我还是应该把真实情况给你说说。对了，你手里拿的是什么？"

小女孩把手里的两块云母石片举给他看，高兴地说："看，它们多漂亮啊！真好！等我们回到家我要把它们送给小弟弟鲍伯。"

大人显出深信不疑的样子，说："嗯，不久后你就会看到比这更漂亮的东西了。在刚才我正要告诉你一件事，你还记得咱们离开那条河的情形吗？"

"哦，我当然记得啊。"

"记性真好，当时根据咱们的推测，估计用不了多久就会碰到另一条河的，可是不知道是罗盘，或者地图，或是别的什么出了毛病，我们的路线偏离了目标，可能以后就再也没有办法找到河了。现在水已经要喝完了，只剩下一点点，需要留给像你这样的小孩子喝。后来——后来——"

"那么，你连脸都没法洗了？"他的小伙伴认真地问他，同时，抬起头来盯着同伴那张脏兮兮的脸。

"是啊，不但没法洗脸，连可以喝的水也没有了。后来本德先生就走了，接下来是印第安人品特，然后是麦克格瑞戈太太、江尼·宏斯，再后来，亲爱的，就是你的妈妈了。"

"按照你这么说，我妈妈也死了？"小女孩说完用围嘴捧着脸，哭了起来。

"是这样的，他们都走了，现在就剩下你和我了。我以为这边能够找到水，所以我就把你背上，咱们两个人就走到这里了，但现在看来这边也没水。我估计咱们恐怕也活不了多久了！"

小女孩擦擦眼泪，不再哭了，然后仰起满是期待的小脸问："那么，你是说咱们很快也要死了吗？"

"是的，我想我们大概也要走了。"

小女孩听罢，高兴地笑了起来："你刚才吓了我一大跳。为什么不早说呢？你想想看，要是咱们也死了，我想我就能再一次见到妈妈了。"

"乖宝贝儿，你说得对！你一定能见到你妈妈的。"

"我想你也会见到她的，你对我这么好，她一定会非常高兴的。我要把一切都告诉妈妈。我保证，妈妈一定会在天堂门口迎接咱们的，手里提着一大壶水，还有就是我和鲍伯都爱吃的那种荞麦饼，热气腾腾，两面都烤得焦黄焦黄的，我一次可以吃几个呢。不知道我们什么时候才能死呢？"

"我不知道——也许用不了多长时间吧。"大人一面说着，一面望着北方的地平线。这时，在蓝色的天穹下，出现了三个黑点，迅速朝他们飞过来。黑点越来越大，速度特别快。等黑点飞到跟前，发现是三只褐色的大鸟，它们在这两个流浪者头上来回盘旋着，后来索性就在他们上面的一块大石上落下来。这三只巨雕就是美国西部所谓的秃鹰，它们一般很难捉到，但它们的出现，往往就预示着死亡。

"快看！公鸡和母鸡。"小女孩指着这三个秃鹰快活地叫道，并朝它们连连拍着小手，想把它们吓得飞走，或者说让它们再飞起来。"喂，这个地方也是上帝造的吗？"她问同伴。

"没错，是上帝造的。"她的同伴回答道。她突然问这样的问题，让他感觉很吃惊。

小女孩接着说："那上帝还真是高人啊！那边的伊利诺伊州是他造的，密苏里州也是他造的。我猜这里也许是别人造的。造得可真不太好，连水和树木都没有。"

她的同伴小心翼翼地征求她的意见："让我们来做祈祷，你说好吗？"

小女孩回答："可是现在还没到晚上呢，可以祈祷吗？"

"可以的，祈祷本来就不必一定要安排个固定的时间。我相信上帝不会因此怪罪咱们的，你别担心了。就如同咱们经过荒野的时候每天晚上在篷车里做的那样，你现在就开始祷告吧。"

小女孩瞬间瞪大眼睛，有些迷惑不解地问："那你为什么不祈祷呢？"

他有些难为情地说："我把祈祷文都忘了，但是我认为现在开始祈祷也不算太晚。我跟着你一起念，你把祈祷文念出声来。"

小女孩把包袱皮铺在地上说："那么，你要跪下来，我也跪下。我们还要把手这样举起来，或许这样你就会感觉好些了。"

可以说，除了那几只围观的巨雕以外，估计没有人见过这个奇特的景象：狭窄的披肩上，并排跪着两个流浪者，一个是粗鲁、坚强的冒险家，一个是看起来天真无邪的小女孩，她那胖嘟嘟的小圆脸和他的那张憔悴瘦削的黑脸一同仰望着天空，向着无处不在并为他们所敬畏的神灵祈祷，虔诚地祈祷；流浪汉的祈祷声音低沉而沙哑，小女孩的祈祷声音清脆而细弱，但他们依然同时发出祈祷之声，一起祈求上帝对他们的怜悯、饶恕。当两个人的祈祷做完之后，他们终于重新坐回到大石的阴影里，小女孩倚着流浪汉那宽阔的胸膛，慢慢地闭上了眼睛。他抱着她睡了一会儿，终于也无法抵抗困意的来临，他的眼皮一点点下垂，终于闭上了，脑袋也渐渐地垂到胸前，因为他已经整整三天三夜没有合过眼了。远远看去，流浪汉那斑白的胡须和小女孩那满头金黄的发卷混合在一起。两人都沉沉入睡了。

要是这个疲惫之极的流浪汉再坚持半小时才睡的话，他应该可以看到这样一幕奇景了。在那遥远的盐碱地的尽头，突然扬起了一阵烟尘。最初，烟尘实在很轻很轻，轻得在远处的人眼里，实在跟雾气差不多。结果随着时间的流逝，烟尘越飞越高，越飞越广，渐渐在沙漠之上汇成一片浓云。随后滚滚烟尘飞快地向着流浪汉和小女孩睡觉的峭壁扑来，越来越近。在漫天的烟尘里，渐渐显露出了一队全副武装的骑士的身影，还有一队帆布做顶的篷车，明眼人一看就知道这是往西部进发的篷车。很快，前面的车队已到达山脚下，而后面的车队居然还在地平线那里。好一支浩浩荡荡的篷车队！在无边的荒原上，双轮车、四轮车络绎不绝，随车的男人们有的步行，有的骑在马上，整个行进的行列断断续续。还有很多挑着重担在路上蹒跚走着的妇女，以及迈着不稳的脚步跟着车跑的孩子们；也有一些孩子坐在车上，不停地从白色的车篷里向外张望。显然，这像是一支游牧民族，而不像是一队平常的移民，他们迫于环境，正欲穿过沙漠迁居到别处。在沙漠中这清冽的空气里，车队所到之处，叮叮当当，人喊马嘶，车声隆隆，乱作一团。但流浪汉和小女孩睡得实在太沉了，根本就没注意到附近出现的这批人马欢腾的车队。

有二十几个神情严肃的人骑马走在队伍的前面。他们的穿着都很朴素，衣服都是手工织布做的，每人都带着来复枪。到了山脚下后，他们停下脚步，简短地商议了一会儿。

一个头发已经斑白、胡子刮得很干净的人说："兄弟，要找井水，需要往右边走。"

另一个人接着说："沿着布兰卡山的右侧继续往前走，就可以到达瑞奥·葛兰德。"

第三个人跟着嚷嚷道："水的问题不用担心。能够从岩石中引出水来的真神，肯定是不会不管他的选民的。"

"阿门！阿门！"几个人一起发声应道。

就在他们要重新动身的时候，忽然一个眼光敏锐的年轻小伙子指着他们头上那片陡峭的岩壁大叫起来。原来山的顶峰上有件很小的粉红色的东西在摇摆，在灰色岩石的背景下，显得十分显眼。发现了这件东西，骑手们就一起将马勒住不前，把枪拿在手里。与此同时，后面的骑手也都疾驰上来看发生了什么事。很多人一起高声喊叫："看到红人了。"

"这里怎么可能会有红人！"一位上了年纪的看来是首领的人物说。

"我们已经离开了波尼红人居住区了，在越过前面的大山之前没有其他的部落了。"

一个骑士请示："让我上去看看好吗，斯坦节逊兄弟？""我也去，我也去。"十多个人听后纷纷响应。

那位上了年纪的老者说："将马留在下面，我们在这里接应你们。"

几个年轻的骑手立刻翻身下马，将马拴好，然后沿着险峻的山脊，向着那个给他们带来惊惧的目标攀登。他们前进迅速，却不发出多大的声响，这显示出他们久经磨炼的沉着和矫捷的身手。留在山下的人们只见他们在山石间行动迅速，一会儿就到了山的顶峰。那个眼力敏锐的少年走在前面。跟在后面的人忽然看见他双手一举，看起来他发现了让他意外的东西。大家忙赶上前去，顿时他们也被眼前的情景惊住了。

在山峰顶上的一小块平地上，横着一块大石头。大石头的边上卧着一个高大魁梧的男人，头发胡须蓬乱不堪，相貌冷峻，脸色憔悴。他睡得很香、很熟，面容一片祥和之色、呼吸均匀。另外，还有一个小女孩睡在他的身旁，小女孩小胳膊又圆又白，她搂着男人黑瘦的脖子，小脑袋披着金发，倚着这个男人的胸膛；小小的嘴红红的，微张着，两排整齐雪白的牙齿微露，满含稚气的脸上露出一丝顽皮的微笑；又白又胖的小腿上穿着白色短袜，脚上穿着一双干净的鞋子，鞋子上的扣子明亮耀眼，这些和旁边男人的长大而干瘦的手脚形成鲜明的对比。在这对奇怪的人头上的岩石上，有三只秃鹰对他们虎视眈眈，它们一见有另外的人到来，就发出一阵失望的叫声，无奈地飞开了。

在秃鹰的叫声中两个熟睡中的人醒了，他们惶惑地望着面前的人们。那个男子努力摇晃着站起来，向山下望去。他记得不久前，当睡魔捉住他的时候，荒原上还是一片死气沉沉的安静，现在却出现了这么多的人和马。他的脸上露出十分惊讶的神情，他将他那枯瘦的手举起放在眼睛上仔细端详，然后喃喃自语道："这是不是就是人们常说的神经错乱？"小女孩站在他的身旁，用她的小手紧拉着男人的衣角，一句话都不敢说，只用那种孩子才有的惊惧的眼光，打量着眼前的一切。

不过来人很快就让他们明白了，他们的出现是真实的，而不是什么幻觉。其中一个骑士将小女孩抱起来，放在肩上，另外两个人搀扶着身体虚弱的男人，一起向车队走去。

这个疲惫不堪的男人介绍说："我叫约翰·费瑞厄。二十一个人里只有我和这个小东西生存下来。他们在南边因为饥饿和干渴，都陆续死去了。"

有人问："那个小女孩是你的孩子吗？"

男人真诚地说："我认为她现在就是我的孩子了，她应该是我的孩子，她的命是我救下来的，谁也不能把她夺走，从今天起她就叫露茜·费瑞厄。能告诉我，你们是谁呀？"他好奇地看了看救下他们的这伙人，每个人都高大健壮、面目黝黑，接着又说："你们的人似乎真不少呢。"

一个年轻人说："大约有上万人吧。我们是受到迫害的上帝的孩子，天使梅罗娜的选民。"

这个男人说："虽然我没有听说过这位天使的事情，可是我认为她选择了你们这么多优良的臣民，是非常正确的。"

另一个人一脸郑重之色，说："神的事情不容许随随便便地说。我们是信奉摩门经文的人，这些经文被用埃及文刻在金叶上，在派尔迈拉交给了神圣的约瑟·史密斯。我们来自伊利诺伊州的瑙伏城，我们的教堂都在那里，由我们亲自建造。我们现在是逃避那个专横的史密斯和那些内心没有神的无知的人们，即使是流浪沙漠上也无怨无悔。"

提到瑙伏城，费瑞厄很快就想起来了，他说："我，这回我知道了，你们是摩门教徒。"

"对，不错，我们是摩门教徒。"那些人异口同声地说。

"那么现在，你们打算去哪儿呢？"

"我们自己也不十分清楚。上帝会通过我们的先知给我们以指引。你肯定要去见见先知，他会告诉我们如何安置你的。"

说话的时候，他们已经来到山脚下，移民们立刻围了上去，把他们团团围住，里面有面露温顺之色的妇女，有嬉笑活泼的儿童，还有眼神坦诚的男人。大家看到这两个陌生人，孩子那么幼小，大人那么虚弱，都禁不住摇头叹息，露出一副怜悯他们的样子。但是，护送的人们并没有停住脚步，他们分开众人继续前行，一大群摩门教徒在他们的后面跟着，他们径直来到一辆马车前。这辆马车高大华丽，颇为讲究，和别的马车有很大的差别。这辆车共套有六匹马，而别的车有的套着两匹，有的套着四匹。在车夫旁边，有一个三十岁上下的人端坐着，他那巨大的头颅和坚毅的神情，让人很容易感到他是一个领袖人物。此时他正在读一本棕色封面的书。当这些人来到他的面前时，他将书放在一边，认真倾听着他们汇报遇上的事。听完，他看向这两个落难人。

他脸色异常的郑重，说："只有信奉我们的宗教，我才允许他们带你们一起走。我们绝不允许狼混进我们的羊群。与其让一个腐烂的斑点日后腐蚀掉整个的果子，倒不如现在就叫你们的骸骨暴露在这人迹罕至的荒野中。你愿意接受这个条件而与我们为伍吗？"

"我愿意接受，只要你们带着我们，什么条件都答应。"费瑞厄加重语气说，他严肃的样子让那些稳重的长老都无法抑制地笑了。只有这位首领依旧一副庄严、肃穆的神情没有变。

他说："斯坦节逊兄弟，将他收下吧，给他食物和水，还有那个孩子。你还要负责给他讲授咱们的教义。咱们耽搁的时间很长了，出发吧，向郇山进发！"

"前进，向郇山进发！"摩门教徒们异口同声地喊了起来。出发的口令就像波涛一样，一个接一个地往下传，声音渐行渐远，不久就听不见了。鞭声噼啪，车声隆隆，大队车马开始动了起来，整个队伍又继续蜿蜒前进了。斯坦节逊长老将两个幸运的人带到他的车里，那里已经给他们预备好了食物。

他对那个男人和小女孩说："这里就是你们的家了。过不了多久你们的体力就会恢复了。从今以后，你们要永远记住，你们是我们教的教徒。卜瑞格姆·扬是这样告诫的，他的话是借由约瑟·史密斯说出来的，这个话也就是上帝的意旨。"

九 犹他州的鲜花

在这里，我不准备用过多的篇幅描述摩门教徒们定居以前在移民历程中所遭受的苦难。我只能将其概括为他们在密西西比河两岸一直到洛矶山脉西麓的这片土地上，以前所未有的坚忍不拔的精神努力跋涉前行。他们凭借盎格鲁—撒克逊人的那种不达目的誓不罢休的精神，克服了老天所能降下的一切艰难困苦，其中包括野人、野兽、饥渴、辛劳和疾病等等。然而，长途的跋涉和数不清的恐怖，让即便是最勇敢无畏的人也不免心惊胆寒。因此，当他们看到脚下广袤的犹他山谷沐浴在大好阳光之中，听到他们的首脑告诉他们，这片处女地就是神赐予他们的家园，而且将永远属于他们的时候，都忍不住热泪盈眶、俯首下跪，连连膜拜。

没有多长时间，事实就证明，扬不但是一个办事果断的领袖，而且还是一个合格的行政官。他制订了很多规划图，给未来城市描摹出清晰的轮廓。

城市周围的所有土地，都根据每个教徒的身份高低，按比例分配给每个人。原来是商人依然去经商，原来是工人依旧去做工。简直如同变戏法似的，街道、广场陆续出现，城镇的规模渐渐形成。在城外的农村，人们忙着开沟建垄、种植灌溉，生产气象浓郁。到了第二年的夏天，金黄的万顷麦浪在乡村奇迹般出现。在这个原来是荒无人烟的新移民区内，到处是一派欣欣向荣的景象。特别需要说的是他们在城市中心建造的那座大教堂，既宏伟壮观，又庄严肃穆，眼见着一天天高耸起来。人们虔诚地建造教堂，没日没夜，斧锯之声不绝于耳。这座宏伟壮观的教堂是移民们为了纪念那位帮助他们度过无数困难、最终引导他们来到这片美好家园的上帝而建造的。

　　再说说约翰·费瑞厄和那可爱的小女孩，费瑞厄已经正式将小女孩认作自己的女儿，父女俩相依为命。这两个流浪者与这群摩门教徒一同到达了他们伟大历程的目的地。小露茜·费瑞厄被收留在长老斯坦节逊的篷车里，她是个人人都喜欢的小女孩。她与斯坦节逊的三个妻子，以及他任性的十二岁的儿子生活在一起，很快露茜的身体就没了问题。因为她年纪幼小，性情温柔，而且又没有了母亲的照顾，所以就得到了这三个女人对她的关照。对这种漂泊无定、四海为家的新生活，露茜也习以为常了。与此同时，费瑞厄也渐渐恢复了体力，并且很快就表现出一个优秀向导、勤奋好猎人的特质。因此，很快他就获得了新伙伴们的尊敬。他们父女得到了很多人的认同，因此当他们结束他们流浪日子的时候，大家一致同意：除了先知扬和斯坦节逊、肯鲍、约翰斯顿及锥伯四个长老以外，费瑞厄与任何一个移民一样，都会分得一块面积很大的肥沃的土地。

　　费瑞厄通过自己的表现得到了属于自己的一片土地。他在这块土地上造了一座结实的木屋。经过逐年的增建，这座木屋后来成了一所宽敞的别墅。费瑞厄很讲究实际，为人精明，有一手好技艺，而且体格也十分健壮，可以从早到晚丝毫不停地在他的土地上细细地耕作。在他的辛勤耕耘下，他的田庄非常兴旺。三年的时间还没到，他的田庄就超过了所有的邻居；六年以后，小康之家的气象形成；过了九年，他已经成为一个很富有的人了；到了十二年之后，在整个盐湖城地方，他已经成为有名的富翁了，能跟他并列的有钱人不过五六个人。从内陆海盐湖一直到很远的瓦撒起山区，约翰·费瑞厄的名声广为人知。

不过在一件事上，费瑞厄与同教人有了分歧。那就是无论同伴们如何劝说甚至争论，他都不能按照他的伙伴们那种方式成立一个家庭。至于什么理由，他也从来没说过，只是坚决地固执己见。因此，有人借这个机会说他并不虔诚地信奉宗教。也有人认为他舍不得花钱，不肯为成立家庭破费。还有好事者猜测他早年肯定有过一番忘记不了的情感经历，后来他们就望风捕影地说，在大西洋沿岸有一位金发女郎，曾经因思念他而离世。然而，不管出于什么原因，费瑞厄却依然坚持过着自律的独身生活。除了这一点外，在其他事情上，他对于主宰这个新兴殖民地上的宗教都严格遵守，由此被看作是一个笃信教义、作风端正的人。

露茜·费瑞厄在这个木屋中，渐渐长大了，她协助养父处理一切事务。受山里清新的空气和优美的环境滋养，这个曾经可爱的女孩长成了可爱的少女，出落得挺拔、健康，面颊越来越娇艳，脚步也越来越轻盈。人们在经过费瑞厄家田庄旁的道路时，常常发现一个苗条的少女身影轻捷地穿过麦田，要么就是她骑着她父亲的马在田庄驰行，西部年轻人所独特的成熟而又优美的身姿展露无遗，每当这个时候，人们就会回想起多年前当初那悬崖上的那个幼稚的小女孩。许多年过去了，她的父亲成了农民中最为有钱的一个，而她也长成为太平洋沿岸整个山区里有着傲人容貌的少女。

不过，第一个觉察到这个女孩子已经出落成亭亭玉立少女的人并不是她的父亲。通常这种事情是很少由父亲第一个发觉的。这种变化神秘而微妙，而且过程很慢，慢到不能以时日来计算。首先感觉到这种微妙变化的人不是别人，而是少女自己，当她听到某一个人说话，或者无意中接触到某人的手，她发现自己的心会剧烈地跳动，同时一种骄傲和害怕交织的情感从心头升起。这时，她才慢慢清楚了，一种新奇的、更加奔放的人的本性在她的心灵深处正在觉醒。有过这一过程的人都能回忆起自己当年的情景，也都对那些启示新迹象已经到来的细微琐事如数家珍。不过这对露茜·费瑞厄来说，且不说这件事的发生将对她和其他人的未来产生如何的影响，就现在来说，事态变得越来越不妙了。

那是六月里的一个清晨，天气暖暖的，摩门教徒清晨一起床就像蜂群一样开始忙碌——他们就是以蜂巢作为他们标志的。田野里、街道上，随处可见人们劳动的身影。大道上尘土飞扬，骡群驮着沉重的货物，陆续不断地不停地向西方进发。这个时候，加利福尼亚州一股采金的风头正盛。一条横贯大陆、通往太平洋沿岸的大路正好从这座依雷克特新城穿过。除了骡群，还有很多的牛羊从遥远的牧区赶来；劳累不堪的移民队伍在艰难地长途跋涉。在这人畜纷乱前行之中，露茜·费瑞厄凭着她过人的骑术，纵马在杂乱的人群中穿行。由于东躲西闪，她那美丽脸颊泛起了红潮，栗色的长发在脑后飘扬。她是遵从父亲的命令，去城里办事的。她像往常一样，仗着自己年轻，骑术精湛，正快马加鞭，内心只想着她要去办的事情。路上那些长途跋涉的淘金者，见到一个如此标志的少女都惊为天人，一个个禁不住呆望着她，甚至那些运输皮革的一向不苟言笑的印第安人，看到了这个英姿飒爽的美丽少女，脸上也禁不住展露笑容。

露茜驾马来到了城郊，有六个粗陋的牧民刚好从大草原赶了一群牛过来，将道路挤得水泄不通。露茜在一旁等得实在不耐烦，就策马往牛群中的空隙里前进，想尽快从这群障碍物穿行过去。但是，她刚刚进入牛群，后面的牛就都聚拢了过来，她很快发觉自己陷入牛海之中，那些大瞪着眼睛伸长两角的庞然大物前后簇拥着。生活中她也是和牛群相处惯了的，所以处在这种境地中，她也没有感到有什么不妥，仍是瞅准间隙往前走。可是真是不巧，有一头牛的牛角无意间触了一下马的腹部，马立刻躁怒起来。它将前蹄腾跃而起，狂嘶乱叫，如果不是十分优秀的骑手，就很可能摔落马下。情况十分危急，受惊了的马不断跳跃，每跳一次，就免不了又受到牛角的抵触，而这就更让马变得躁怒。这时的露茜只有将身体紧紧贴在马鞍上。因为稍一大意，就会被摔下来，然后在牛群的踩踏下丢了命。可怜她从没有经历过这种事情，没多久，就觉得自己眼睛不好用了，头晕晕的，手中紧攥的缰绳，也随即要脱手了。而且路上弥漫四起的尘土，还有簇拥的牛群身上蒸发出来的气味让她简直无法呼吸。露茜都快绝望了，她感觉自己马上就坚持不下去了。在这紧要的关头，一个亲切的声音在她耳边响起，她确信有人前来帮她渡过难关了，一只有力的棕色大手一把将惊马的嚼环牢牢抓住，并且在牛群中挤出了一条路，很快，她就被带出了涌动的牛群。

她的救星十分有礼貌地问："小姐，您没有事吧？"

她抬起头看向眼前这张黝黑而粗犷的脸，竟毫不在意笑起来，十分天真地说："刚才真是吓死我了。我怎么会想到我的马旁乔会被一群牛惊扰得如此狂躁！"

来人表情诚恳地说："上帝啊，多亏你使劲抱住了马鞍。"这是一个年纪不大的小伙子，身材魁梧、相貌粗犷，骑着一匹身上有灰白斑点的马。他身穿结实的粗布猎服，而肩上背着一只长筒的来复枪。他说："假如我没猜错的话，你肯定是约翰·费瑞厄的女儿，是吧？我看见你从他的庄园那边骑马过来的。你见到你父亲的时候，麻烦你问他一下，圣路易地方的杰弗逊·侯波一家，他是否还记得。如果他就是那个费瑞厄的话，他和我的父亲曾经是亲密的伙伴。"

她以一种十分认真的口气问道："你自己去问他，不是更为妥当吗？"

听到这个建议，小伙子好像感到很高兴，黑色的眼睛中闪耀着一股兴奋的光辉。他说："我本来是打算这样做的，不过我们在大山里已经待了两个月了，现在这副模样真的不好意思去拜访。不过我想他要是见到我们，一定会款待我们的。"

她回答："他一定会对你十分感激的，我也要谢谢你。我是他宠爱的女儿，要是那些牛把我踩死的话，他肯定要伤心死了。"

小伙子说："我也会很伤心呢。"

"你！怎么这么说？我看不出来我们有什么关系。你现在还不能说是我们的朋友呢。"

听了这话，年轻猎人一张黝黑的面孔顿时晴转阴。露茜忍不住大笑起来，说："不要多想，我不是这个意思。我们现在就已经是朋友了。你一定要过来看我们啊。现在我要去办事了，不然的话，父亲以后就不会再让我出来办事了。有机会见面聊！"

"好吧，再见。"他回答说，一面举起他那顶墨西哥式的宽边帽，低下头去吻了一下她的小手。她将马头调转，扬起鞭子抽打马，在烟尘弥漫的大路上快速离去。

小杰弗逊·侯波与他的伙伴们骑马继续往前进发。一路上，他一副愁肠满腹的样子，沉默寡言。他们一直在内华达山脉中试图寻找银矿，现在打算返回盐湖城，设法弄到一笔足够用的资金来对他们发现的那些矿藏进行开发。以前，对于这个事情，他和他的任何一个伙伴一样有着很高的热情，不过，今天这意外的遭遇却将他的思绪从这件事上引开了。这美丽的少女是如此的清新、纯洁，如同山上那吹过来的微风，深深触动了他内心原本奔放不羁的情怀。当她的身影从他的视线中消失不见后，他一下子感到他生命里最紧要的事情是什么了，现在对他说来，无论什么事都比不上刚刚发生的这件事，它将他全部心神都吸引了过去，包括开采银矿的事，包括世界上任何东西都不能和刚发生的事情相比。他心里萌发的爱情，不再是一个孩童的悠然来悠然去、变化无常的幻想，而是一个坚定不移、性情刚毅的男人特有的那种不可抑制的激情。他是个对自己想做的事情，一定要做成的人。因此，他在心里发誓，只要可以凭借努力能够获得成功的话，那么这一次他也同样要取得胜利。

那天晚上，他就去见了约翰·费瑞厄；而且之后的日子，他又去了很多次，最后他们之间变得十分熟络起来。十二年来，约翰·费瑞厄一直待在他的山庄里，深居简出，专心致志地在土地上耕作，与外界的联系很少。而侯波对于这些年来外面发生的事情却十分了解，因此他把他的所见所闻，具体详细地讲给约翰·费瑞厄听。他讲得十分精彩，不但使做父亲的约翰·费瑞厄听得十分过瘾，就连露茜也感到很有意思。侯波也是当年最早一批去加利福尼亚的人，所以，他对那里的故事如数家珍，在那遍地黄金，暴力事件随时可能发生的日子里，有很多人发了大财，也有很多人颠沛流离。他做过猎人，捕猎过野兽，也探寻过银矿，还在农场里当过工人。哪里有冒险的事儿，他就要前往一探究竟。很快，他获得了约翰·费瑞厄的欢心，他对侯波十分满意。这时候，露茜总是什么也不说。但是，她那绯红的双颊、明亮而幸福的眼睛都明白无误地说明，她的那颗年轻活泼的心已经属于某个人了。她那诚实的老父亲对这些可能还没有察觉，但显而易见的是，这些征兆都被那个已经俘获了她芳心的小伙子看得一清二楚。

那是夏天的一个傍晚，侯波骑马从大道上飞驰而来，径直跑到约翰·费瑞厄的家门口停了下来。露茜正站在门前，她向前去迎接他。他将缰绳扔在篱墙上，沿着门前的小路大踏步走了过来。

"露茜，我就要离开了，"他握着她的手，用十分温柔的眼神看着她，"现在我不要求你跟我一块儿走，可是当我再返回来的时候，你是否可以跟我一起走呢？"

"那么你什么时间能回来呢？"她有些不好意思地笑着问。

"最多两个月，亲爱的。那个时候，我们就可以在一起了，谁也阻挡不了我们。"

她问道："不过，我还不知道我父亲如何看这事呢？"

"他已经同意了，只要我们的银矿开采推进顺利就行。对这个问题我丝毫不担心。"

"啊，那就没什么问题了。既然你跟父亲将什么都安排好了，我只有服从了。"她轻轻地说着，然后把她的面颊靠在男友那宽阔的胸膛上。

"上帝啊！"他声音颤抖着说，俯下身去吻她，"那么，这件事情就这样说定了。我逗留得越久，就越不舍得离开你。他们还在峡谷里等着与我会合呢。再见吧，亲爱的，再见了！两个月内，你就可以见到我了。"

这样说的时候，他从她的怀里挣脱出来，翻身上马，然后头也不回地骑马离去，好像只要他回头看一眼他心爱的人，他的决定可能就要改变了。她站在门旁，久久地望着他的身影，直到什么也看不见了，才回到屋里去，她感觉自己是整个犹他地方最幸福的一个少女了。

十 约翰·费瑞厄与先知的谈话

杰弗逊·侯波与他的伙伴们离开盐湖城已经有三个星期了。约翰·费瑞厄一想到当这个年轻人再次回来的时候，他就要与他的养女分开了，心中便十分不好受。不过，女儿那明亮而幸福的脸庞，却要比任何好听的话都更能说服他接受这个结果，而且他早就打定了主意，无论如何，他是不会将他的女儿嫁给摩门教徒的。在他看来，摩门教徒的婚姻无论如何根本算不上婚姻，简直就是一种耻辱的事情。在这个问题上，他始终坚定不移。不管他对于摩门教教义的看法究竟如何。然而，他也深深地知道，在摩门教统治的地方，发表任何违反教义的言论是十分危险的。因而，对于这个问题，他一直守口如瓶。

事实上，这确实是十分危险的事，而且危险到一般人难以理解的程度，如果哪句话说得不对，一旦泄露出去就会招来危难。现实中，就连教会中那些德高望重的长老们，也只敢在背地里偷偷谈论一些他们对于教会的意见。而那些曾经遭受过宗教迫害的人，有些现在摇身一变成了迫害者，为了将他们曾经受到的伤害报复出去，他们变本加厉，手段极其残忍地对待其他信徒。摩门教徒在犹他州布下的天罗地网，就连塞维尔的宗教法庭、日耳曼人的叛教律以及意大利秘密党所拥有的那些庞大的行动组织，等等，都远远比不上。

这个看不见的宗教组织十分神秘，可以说神出鬼没，加上与之相关的各种私下组织的活动，这个神秘组织更加让人恐惧。现实中，这个组织似乎无所不知、无所不能，但是，人们却不太清楚它的所作所为。但谁要是敢于反对或者非议教会，可能谁就会突然失踪。没有人知道他的下落，更没有人知道他的遭遇。即便家中妻子儿女倚门而望，父亲也照样可能一去就永远不再回来，永远都不会回来诉说他落在那些秘密审判者手中的遭遇。而信徒们的言语稍有不慎，行动偶失检点，马上就会招来杀身之祸，可是，事实上谁也不知道笼罩在他们头上的这种可怕的势力究竟是什么东西。因此，人们都惶惶不可终日，就算在旷野无人的地方，也没人敢对压在他们头上的这种势力表示异议。

最初的时候，这股神秘可怕的势力只用来对付那些犯下比较严重错误的信徒，比方说叛教之徒。但不久后，它的打击范围就慢慢扩大了。这个时候，成年妇女的数量并不足以应付一夫多妻制的需要，而当没有足够的妇女时，一夫多妻制的教条就形同虚设了，于是开始有了一些恐怖的传闻四处散布：在那些印第安人不熟悉的地方，常有新移民在中途被人谋杀，或者旅行人在帐篷里遭到抢劫。而与此同时，很多人发现在摩门教长老的深宅里出现了一些陌生的女人。她们面容悲伤，终日以泪洗面，脸上一直流露出深深的恐惧表情。还有一些经常在山里游逛，很晚才回家的本地人说，在傍晚的时候，他们看见一队队的武装匪徒戴着面具骑着马，悄悄地从他们身旁疾驰而过。

这些传闻一开始不过是一星半点，但是后来越传越有眉目，也让人信服，经过一再口耳相传的印证之后，人们很容易推测出这些武装匪徒是什么人了。直到今天，在西部荒凉的大草原上，类似于"旦奈德帮"和"复仇天使"这样的组织仍然是罪恶与不祥的代名词。

伴随着人们对这个罪恶组织的了解日益加深，对其产生的恐慌情绪也越来越浓，丝毫没有减弱的意思。没人知道在这个残暴的组织里都有哪些成员。这些打着宗教的幌子进行残酷、血腥活动的恐怖分子的姓名是没人知道的，始终是绝对秘密的。你把你对先知及其教会不满的言论讲给某个人，可能那个人就是夜晚明火执仗进行恐怖报复中的一个。所以，长期这样下去，每个人对于他的左邻右舍都心怀疑惧，没有一个人敢说真心话。

一个天气凉爽舒服的早晨，约翰·费瑞厄先生正打算到田里去干活，忽然听到有人打开前门走了进来，他从窗口望过去，看见一个中年男人正沿着小径走过来。那是一个身材健壮、留着淡茶色头发的教会大人物卜瑞格姆·扬。他大吃一惊，也十分害怕，因为他心里很清楚，这种拜访对他说来恐怕不是什么好事。费瑞厄急忙到门口迎接这位摩门教的首领。不料，扬对于他的欢迎没表示什么反应，他面无表情地进了客厅。

"费瑞厄兄弟，"他一面说，一面坐了下来，严峻的眼神透过淡色的睫毛盯着面前这个农庄主，"当你在沙漠中快要饿死的时候，是我们救了你，把食物分给了你，并且把你带到这个上帝给我们选定的山谷来，还分给你一大片土地耕种，让你在我们的保护下，慢慢地发财致富。我们这些上帝的忠实信徒，一直是以对待朋友的善良态度对待你，我说的对不对？"

"没错，是这样的。"费瑞厄先生回答道。

"那个时候我们为你做这一切事情时，只向你提出了一个条件，这个条件就是：你必须虔诚地信奉我们这个纯粹的宗教，而且在各方面要遵照教规行事。这一点，我记得你也曾答应过，可是，如果大家的报告属实的话，我觉得在这一点上，你却言而无信，所以你应该把你之前的承诺再好好想一遍。"

费瑞厄忙摊开双手为自己辩解："毫无疑问，我从来没有做过言而无信的事情啊，难道我没有按照规定缴纳公共基金吗？难道我没有去教堂礼拜吗？难道我……"

"好了，我想知道你的那些妻子在哪里？"扬问，然后环顾四周说，"把她们叫出来，我要见见她们。"

费瑞厄先生回答道："是这样的，我可以告诉您，我没有娶过妻子。另外，您知道，现在女人不多，我认为有很多人比我更需要娶老婆。事实上，我并不孤单，我还有我的女儿侍奉我呢。"

没想到，这位摩门教的领袖告诉他："实话告诉你吧，我这次就是为你的宝贝女儿的事情来的。现在她已经长大成人了，而且出落成我们这个地方的一朵鲜花了。所以，我们教区里有许多有地位的人物都看中了她。"

突然听了他这样一段话，约翰·费瑞厄先生知道坏事果然上门来了，心中暗暗叫苦。

"在这之前，我听见外面有许多传言，说她已经和某个不知道从哪儿来的异教徒订了婚。我是真的不愿意听信这些传言。我觉得这些话一定是那些无聊的人的嚼舌，是吧？圣约瑟·史密斯经典中第十三条说的是什么？'让摩门教中每个少女都嫁给一个上帝的选民；如果她嫁给了一个异教徒，她就犯下了弥天大罪。'我们的经典上就是这样说的。现在你既然信奉了神圣的教义，又怎么能纵容你的女儿去破坏它呢？"

约翰·费瑞厄先生不发一言，他的手中一直抚弄着马鞭子。

"我们认为在你女儿的这个问题上就足以考验你的诚意了，现在四圣会已经决定了。你的女儿很年轻，我们教会肯定不会让她嫁给一个老头子的，而且我们也不会完全不让她挑选嫁给谁。虽然我们这些长老，已经有很多'小母牛'了，可是我们的后代们还有需要。现在斯坦节逊和锥伯都有一个儿子，而且他们都很高兴把你的女儿娶到他们家里去。就叫她在他们两个人的儿子中间选择一个吧。你看，他们既年轻又有钱，而且都信奉正教。我觉得他们都是很好的选择，请问你对这件事有什么要说的吗？"

费瑞厄先生眉头一直紧皱着，好久没有说话。

沉默很久后，他终于开口了："您总得给我们一些时间来考虑吧。另外，我女儿现在还很年轻，还不到结婚年龄呢。"

"可以，那就给她一个月的时间来考虑这事，"扬说着就站了起来，"一个月后，我希望你要给我一个满意的答复。"

走到门口后，扬又突然回过头来，眼露凶光，面颊通红，厉声说道："你听好，约翰·费瑞厄，你要是胆敢违抗四圣的命令，想拿鸡蛋往石头上碰，我认为你们父女俩当年就该死在布兰卡山上！"

说完，他又威胁地挥了挥拳头，才转身离去。费瑞厄听见他的脚步重重地踏在门前砂石小径上，发出沙沙的声音。他一动不动地坐在那里，把手支在膝盖上，想着该怎样对女儿说起嫁给本门教徒这件事。忽然，有一只柔软的小手握住了他的手。他抬头一看，女儿就站在他身旁，苍白的脸上满是惊恐的表情。他明白女儿已经听见刚才他和教会领袖的一番谈话了。

她非常清楚父亲明白自己的想法，就看着父亲说："他的声音那么大，我不可能听不到，整个房子里都听得见他在说什么。哦，爸爸，爸爸，你看我们该怎么办呢？"

"不要惊慌，"他把女儿拉到身边，用粗大的手抚摸着她的栗色秀发说，"我想，总会有办法的。现在你告诉我，你对那个小伙子的感情不会淡下来吧，对不对？"

露茜紧紧握着爸爸的手，没有说话，只是轻轻哭泣。

"我知道，当然不会，我不愿意你放弃他，他真的是一个有前途的小伙子，而且还是个基督徒。光凭这一点，他就比我们这里的人强多了，不管他们说得怎么好，也不管他们怎么礼拜祈祷。我准备给侯波送个信，让他知道咱们现在的危险处境。对了，明天早晨有人动身到内华达去，他很快就能知道这边发生的事情，凭着我对这个年轻人的了解，他知道之后，一定会待不下去的，会飞也似的跑回来找你的。"

听了父亲的话，露茜忍不住破涕为笑了。

"我想，他回来之后，咱们一定可以想个万全之策的。可是，我现在担心的是你啊，爸爸。他们说——就是关于对抗先知的人遭遇到的那些可怕的事，说什么反对先知的人都会遭到可怕的灾难。"

她的父亲回答："可是，要知道，咱们也没有对抗他的想法啊。如果咱们对抗了他，这事还真得注意一下。现在咱们还有整整一个月的时间可以准备。我想，到那时候，咱们最好还是逃离犹他这个地方。"

"您是说，我们离开犹他？"

"目前看也只能这样了。"

"可是这些田庄怎么办呢?"

"变卖吧,尽量把它变卖成钱,实在卖不掉的就算了。说实话,露茜,我并不是现在才想这么做的。我是一个崇尚自由的美国人,我实在看不惯这里的一切。可能我太老了,学不来他们这一套。虽然我并不是很在乎屈服于谁,就像这里的人在他们该死的先知淫威之下服服帖帖一样。可是他们要是胆敢到我的田庄里来横行霸道,欺负我们的话,我想他就要做好准备迎接迎面而来的猎枪子弹了。"

他的女儿还是很担心地问:"这么办的话,他们一定不会放咱们走的。"

"耐心等等吧,等杰弗逊回来后,我想咱们应该能逃出去。我的好女儿,在这段时间里,你可千万不要苦着自己,也不要整天把眼睛哭得肿肿的,如果让他们看见你愁眉苦脸的,估计就会来找我的麻烦了。总之,这事实在没有什么好怕的,不会有什么危险。"

约翰·费瑞厄嘴上虽然说着安慰女儿的话,神情表现得坚定而有信心。但是,当天晚上,细心的露茜还是发现爸爸与往日的表现有所不同,他不仅仔细谨慎地检查了门窗,把门闩上了,还把一直挂在卧室墙上的那支生了锈的旧猎枪也取了下来,擦拭干净,还装上了子弹。

十一 夺路而逃

在约翰·费瑞厄和摩门教先知谈话后的第二天早晨,他就赶到盐湖城去了。他找到了那个准备自盐湖城前往内华达山区去的朋友,他托那位朋友给杰弗逊·侯波捎了一封信。他在信中要求杰弗逊立即赶回来,并详细地告知了他们所面临的危险情况。办完这件事后,他紧绷的心终于轻松了一些,愉快的心情又回来了。

当他返回自己田庄的时候,却惊奇地发现有两匹马拴在大门两旁的门柱上。更让人万分惊讶的是,当他走进屋里,看见他家的客厅里有两个陌生的年轻人。一个身材臃肿丑陋,表情不可一世,正站在窗前,嘴里哼着流行的赞美诗，两手随便地插在裤袋里。而另外一个长脸青年似乎大病未愈，面色苍白地躺在摇椅上，把两只脚高高举起，伸到火炉上方。当他们看到费瑞厄进屋的时候，主动向他点了点头。那个躺在椅子上的好像生着病的青年开口说话了："你大概就是费瑞厄先生了。我们也是第一次见面，先介绍一下，这一位是锥伯长老的儿子，而我是约瑟夫·斯坦节逊。当上帝向你们伸出神圣的双臂，把你们引向善良的羊群的时候，我们就和你们一块儿在沙漠上行走了。"

锥伯长老的儿子说话明显带着很重的鼻音："这么和你说吧，上帝最终是要把全天下的人们都引进来的。上帝虽然动作很慢，但却非常精细，结果毫无疏漏。"

约翰·费瑞厄很快弄明白了面前这两位陌生的来客是何许人了。他态度冷淡地鞠了一躬。

斯坦节逊继续在那说道："我们这次过来是奉了父亲的指示，特地向你的女儿求婚的，请你们父女俩看看，在我们两个人之中选择一个最合你们心意的人。在我看来，我比他更需要老婆。因为目前我只有四个老婆，而锥伯兄弟已经有了七个。你明白我的意思吗？"

锥伯长老的儿子听后大声嚷道："斯坦节逊兄弟，话不能这么说，咱们有了多少老婆并不重要，重要的是我们能养活多少个老婆。我认为我比你有钱，我的父亲已经把他的磨坊给我了，所以，建议费瑞厄先生选择将女儿嫁给我。"

那位叫斯坦节逊的青年随即反应过来，针锋相对地说："可你要看到，我未来的希望比你大。等到我的父亲被上帝请去的时候，我必然会继承他的硝场和制革厂。到那个时候，我在教会中的地位也就比你高了。我就是你的长老了。"

小锥伯一边认真地端详镜子里面的自己，一边满脸堆笑地说："既然这样，不如请这位姑娘来决定选择谁喽。咱们听她的，看她会怎么选择吧！"

约翰·费瑞厄站在门边听了他们恬不知耻的对话的时候，感觉肺都要气炸了，差点忍不住要用他的马鞭子狠狠抽这两个粗鲁无礼的客人几下。

最后，他径直走过去告诉他们："听着，当我的女儿叫你们过来时，你们才能到这儿来。如果她没有叫你们来我这里，我非常不想看到你们出现在这里。"

两位年轻的摩门教徒听了这话后都瞪大眼睛看着费瑞厄，显得十分惊讶。原来在他们看来，他们两个人争着向他的女儿求婚，这对他的女儿也好，或者对他也好，都是一种至高无上的荣耀。

费瑞厄不去理会他们的反应，接着问他们："现在有两条路可以走出这间屋子，一条路是走门，另一条路是走窗户，你们准备走哪一条路？"

两位客人被对方那非常凶狠可怕的脸和那双青筋暴露的手吓住了，他们担心留下来会遇到不测，于是顾不上其他，跳起身来，拔腿就跑。然后被主人一直追到门口。

主人一边追还一边挖苦地说："你们两位最好商量好了究竟哪一位更合适，然后请通知我一声。"

斯坦节逊边跑边大声叫道："你这样做分明是自讨苦吃！"他的脸都气白了，"你竟敢公然违抗先知的命令，违抗四圣会的命令，你一定会后悔的！"

小锥伯也边跑边大声嚷道："我要让上帝的手重重地惩罚你。你要知道，他既然能够让你活下来，也同样能够要你去见他！"

"那好，我现在就要你们死给我看看。"费瑞厄愤怒地喊着。他原想冲上楼去，拿出他的枪来给这两个人一个教训。结果被露茜一把拽住他的胳臂，当他从露茜的手中挣脱出来，只听见一阵马蹄声远去，知道已经无法追上他们了，这两个人跑得太快了。

他一边擦着额头上的汗，一边愤怒地嚷道："要是让你嫁给这两个胡说八道的流氓中的任何一个，我宁愿你死了，我的孩子。"

露茜高兴地说："爸爸，如果真到了那一天，我一定会按你说的做的。不过，杰弗逊马上就要从外地回来了。"

"是啊，他用不了多久就回来了，但愿他早点儿回来我才放心，还不知道那些人下一步要做什么呢。"

现在正是这对曾经的流浪父女人生最危难的时候，他们非常需要有个人来为他们出谋划策，帮助他们摆脱罪恶的教会人员。在这个移民地区的历史上，从来没有发生过拒绝接受教会人士的安排，公然违抗"四圣"权力的事情。

教徒所犯的任何细小的过错都会受到教会严厉的惩罚，那么，干出这种大逆不道的事来，将面临什么样的结果，谁也不知道。但费瑞厄明白，他的财富、他的地位对解决这个问题似乎无用。因为在此以前，一些和他一样有名又有钱的人都被偷偷干掉了，然后他们的财产也全部归了教会。公正地说，他不是懦弱的人，但是，对于降临在他头上的这种不可预知的神秘的恐怖，他每次想起来也会感到不寒而栗。一般来说，他能够咬着牙把所有来自明处的危险，勇敢地承担下来，但是，这种不知道未来会发生什么样不好结果的情况，则会令人惶惶不可终日，难以忍受。虽然如此，为了不让他的女儿害怕，他还是尽量隐藏起他对此事的恐惧心理，而故意装出一副若无其事的样子。可是，他的女儿那双聪明的眼睛又怎么会看不出来他忐忑不安的心情呢？

正像他所猜想的那样，他的行为很快给他招来了扬的警告。他万万没有想到的是，警告的方式让人很不解。第二天早晨，费瑞厄一起床，就发现在他胸口处的被面上，钉着一张纸条，上面歪歪斜斜地写着一行粗重的字：

"限你二十九天改邪归正，要不然，到时候——"

这个警告究竟是如何躲过他的双眼送进他的房中来的，约翰·费瑞厄百思不得其解；因为他的仆人睡的屋子与这房子并不相连，而且所有的门窗都插好了插销的。纸条上的最后这一划比任何恫吓都让人心生恐惧。他把这个纸条揉成一团扔了，没有对女儿提起任何关于这个纸条的话题。可是，纸条上写的"二十九天"分明是指嫁女的一月期限所剩下的日子。这件意外的事，使他心惊肉跳。对付一个拥有可以神秘传递纸条的敌人，他知道逞一时之勇显然是没有用的。当初把纸条钉在他被子上的那只手，完全可以将刀刺进他的心房，而且，他还永远也不可能知道究竟是谁杀害了他。

然而事情发展下去更让人震惊。当他们第二天早晨坐下来吃早餐的时候，露茜忽然惊惧地发现在天花板的中央，有一个用烧焦了的木棒写的数字"二十八"。她对于这个数字明显没有任何概念，只是觉得莫名其妙，她父亲知道那是什么意思，但没有向她说明。那天晚上，他一直拿着他的枪，通宵没有合眼守卫着他的家园。一晚上过去了，什么事情都没发生。可是，第二天的早晨，他家门上又被写上一个大大的"二十七"。

日子一天天地飞逝而过，他每天都能发现隐藏的敌人在家里一些显眼的地方标记着数字，通知他一月期限还剩下几天。这个催命的数字有时出现在墙上，而另外一些时候又出现在地板上，甚至还有几次，这些数字被写在小纸片上，然后贴在花园的门上或栏杆上。虽然约翰·费瑞厄每天晚上百般警戒，但他始终没有抓住每天贴警告的人，更不清楚他们究竟是在什么时候把这警告贴到他家墙上或者地板上的。他感到有一种近乎迷信的恐怖，而让他恐怖的根源，则来自那些警告。他的眼中流露出的惊骇、仓皇的神色，就像被猎人追逐着的野兽那样无助和绝望，因此他每天坐卧不宁，日益憔悴。现在他唯一的希望就放在那个从内华达回来的年轻猎人身上了。

随着期限一天天的减少，年轻猎人的身影始终没有出现。眼看着时间期限从二十天变成了十五天，接着又从十五天变成了十天，那个去了远方的人始终音信全无。到后来，每当听到大路上响起马蹄声，或者听到马车夫吆喝畜群声音的时候，他就以为是他的救星到了，赶紧跑到大门边张望。就这样看着时间从五天变成了四天，又从四天变成了三天，等到最后，他已经不抱有任何希望了，而且完全放弃了逃走的希望。他对这个移民区四周的山区不太熟悉，加上一个人孤单无援，他清楚应该是逃不出去了。四周的通行大道都已经被严密地把守起来了，没有四圣会的命令，任何人都无法通过。临头大祸眼看就要降落了，他该怎么办呢？看来真的无路可走了。然而无论如何，他宁愿拼上一死，也不愿忍受教会人士对他女儿的侮辱。这位老人的决心始终不曾动摇过。

今天早晨，他发现房屋的墙上悄然出现了一个"二"字，这也意味着明天就是给出的一个月期限的最后一天了。这天晚上，他一个人坐在屋里，盘算着有什么办法能逃脱这场灾难。到时候又会发生什么样的事情？他不由得想到了各种各样让人不寒而栗的悲剧情景。可如果他死了，女儿独自一个人该怎么应付接下来面临的困境呢？难道他们真的无法撕破这道无形的天罗地网远走他乡吗？老人想到这些找不到答案的问题，想着自己的无能为力，不禁悲从心来，最后趴在桌上失声痛哭起来。

就在这个时候，他听到一阵轻微的爬行的声音由大门那边传来。虽然声音非常轻微，但在这万籁俱寂的夜里，却异常的清晰。这是什么声音呢？费瑞厄蹑手蹑脚地走进了客厅，凝神倾听着。他刚在客厅站了一会儿，那个令人毛骨悚然的声音又响起来了。这回他听清楚了，有人在外面轻轻地敲门。难道这就是夜半时分奉教会领袖命令前来执行秘密暗杀使命的刺客吗？或者，是那个神出鬼没的人在门上写着期限的最后一天已经到了吗？一时间，约翰·费瑞厄突然觉得痛痛快快地死去，也比现在这样日夜不宁地受折磨好多了。于是，他一下子冲上前去，猛然拔下门闩，把门打开了。

可是门外却是一片寂静，一个人都没有。夜色很好，繁星在天空里闪闪发光。老人仔细看了下门前的花园，花园周围的那道篱笆墙，以及墙边那道门，但显然那里什么东西也没有，无论是花园里，还是大路上，四周都是一片静悄悄的。费瑞厄向左右看了又看，还是不见一个人影，他轻轻地吁了一口气，放下心来。这个时候，他的眼睛无意中向脚下一扫，却发现一个人直挺挺地趴在地上，手脚也紧紧地贴在地上。

费瑞厄看到这副情景，简直恐惧到了极点。他靠在墙上，双手使劲扼着自己的喉咙，以免自己不小心喊出声来。他以为这个趴在地上的人是个将死的人，或者受了伤。但是，那人看到他打开门后，立马手脚并用，在地上像蛇一样迅速无声地爬行过来，一直爬进了客厅才停下。当这个人一爬进屋内，便马上站了起来，顺手把门关上。费瑞厄没想到出现在他面前的人正是他久盼未归的杰弗逊·侯波，他一时惊得目瞪口呆，而后者的脸上则露出了坚毅的表情。

"呀，上帝啊！"约翰·费瑞厄紧张得上气不接下气地说，"好久不见。你可真差点吓死我了。你为什么要用这样的方式进来？"

"快！给我拿点儿吃的，我两天两夜没吃东西了。"侯波看起来筋疲力尽，声音嘶哑。约翰·费瑞厄告诉他晚餐还放在桌上未动，于是他跑了过去，抓起冷肉、面包就狼吞虎咽地吃起来。一会儿他就填饱了肚子，回头问费瑞厄："露茜现在可好？"

"她很好。她并不知道这些危险，我没告诉他。"费瑞厄回答。

"那就好。我之所以一路爬进来，原因是我发现你这个屋子四面都被人监视起来了。他们算是厉害的了，可是要想捉住像我这样的一个瓦休湖的猎人，他们还差一点儿。"

约翰·费瑞厄很清楚他从现在起，已经有了一个忠实可靠的助手，他好像完全变成另一个人了。他紧紧握着年轻人粗糙的大手，满怀感激地说："孩子，除你以外，我现在真不知道还有什么人肯分担我们面临的危险和困难了，我真为你感到骄傲。"

年轻猎人说："老先生。我敬重您的为人，但是，如果这件事情只是关系到您一个人，那么，我还要不要抬腿踏进这样一个危险的陷阱里，我可能要三思而后行。你知道，我是为露茜而来的。我想，在他们朝露茜下手之前，我应该带露茜远走高飞，从此犹他州就再也没有侯波一家人了。"

"听你的，咱们现在该怎么办呢？"

"明天就是期限最后的一天了，今晚若不赶紧行动，就来不及了。我在外面弄了一头骡子和两匹马准备逃跑，现在都放在鹰谷那里。现在您手里有多少钱？"

"一共有两千块金洋和五千元纸币。"

"应该没问题。我那里也还有这么多钱，两边凑在一起不少了。咱们今天晚上必须穿过大山到卡森城去。您现在最好去叫醒露茜。幸好仆人没有睡在这个屋子里，不然就麻烦了。"

杰弗逊·侯波在费瑞厄去叫醒女儿准备上路的时候，顺手把这个家里能找到的所有可吃的东西装入一个小包，又装满了一罐水。他的经验告诉他，山中寻找到水源并不容易，距离也相当远。当他刚收拾完毕，费瑞厄和他的女儿就一起走出来了，他们已经做好上路的准备了。现在起的每分每秒都非常宝贵，而且他们还有许多事情要做。所以这对恋人也只是满怀情意地匆匆问候了一番便停止不说了。

"现在，房子前后都被封锁了。我们必须马上动身。"杰弗逊·侯波声音低沉而又坚决地说，他此刻的情形正像俗语所说的"明知山有虎，偏向虎山行"。"我觉得，只要我们保持足够的小心，从旁边窗子跳出去，然后穿过田野逃走。只要一上大路，再往前走两里路，就可以到达鹰谷了，我的马匹就在那里等着。咱们现在就走，必须在天亮之前赶过半山去。"

费瑞厄内心还是有些不踏实，他不无担心地问："如果我们在半路上被人拦住了，如何应对呢？"

侯波撩了撩衣服，露出里面左轮手枪的枪柄，笑着说："就算对方人再多，咱们有武器至少也能干掉他们两三个。"

这个时候，屋中的灯早就已经全熄了。费瑞厄从黑魆魆的窗子向外面望去，现在要永远放弃外面这片曾属于他的土地了。他并非完全不在乎付出的这些牺牲。但是，为了女儿的荣誉和未来的幸福，他倾家荡产也在所不惜。窗外的一切显得那么安宁和平静。无边无际的田野，还有在夜风的吹拂下簌簌作响的树叶，但谁能想到，这个时候，正是那些为非作歹的人出来活动的好时机！在这个年轻猎人尽力靠近这个屋子的时候，他那苍白的脸色和紧张的表情都说明了，屋外的情况有多么的险恶。

杰弗逊·侯波背着他在这个家里搜罗来的不多的口粮和饮水，费瑞厄拿着钱袋，露茜提着一个小包，包里装着一些对她来说无比珍贵的物品。等到夜晚的乌云遮住了月光，夜色朦胧的时候，他们极度谨慎小心地慢慢把窗子打开，然后一个跟一个翻过窗子，摸进了外面那个小花园中去。

他们弯腰弓背，屏声静气，一路走走停停，试探着走过花园，来到篱笆墙的阴影处。他们慢慢地走到通向麦田的那个篱笆墙缺口处。这个时候，侯波突然回身抓住父女二人，把他们拖到旁边阴暗的地方。之后他们便静静地伏在那儿，吓得浑身颤抖。

侯波的耳朵像山猫一样敏锐，毕竟是在草原上久经历练的猎人，他能够判断出什么地方可能有人存在。就在他们刚刚伏下，就听见有猫头鹰在离他们几步之外的地方发出凄惨的叫声。与此同时，不远的地方又有一只猫头鹰发出同样凄惨的叫声。紧接着在他们亲手所开辟的那个缺口处出现一个隐隐约约的人影，这个人影口中也发出一声这种凄惨的暗号，立刻，又有一个人应声从暗处钻出来了。

"明天午夜时分，你们听到猫头鹰叫三声就动手。"第一个出现的人影说，看起来他是这个团伙的领头人物。

另一个人影口里答应着："好，需要我把行动计划传达给锥伯兄弟吗？"

"可以的，你负责去通知他，让他再把行动计划传达给其他的人。九到起！"

"起到五！"另一个接着说。说完，这两个人就分头悄悄地走开了。他们最后说的两句话，听起来应该是一种问答式的暗号。他们的脚步声刚消失，杰弗逊·侯波判断他们已经走远，就立刻站起来，扶着他的同伴先后穿过那道缺口，一路不停地用最快的速度带着他们飞快地越过田地。这时，露茜已经精疲力竭了，于是杰弗逊·侯波又半搀半拖地带着她逃跑。

"快点儿！再快点儿！"他气喘吁吁地不断催促，"我们已经闯过警戒线了，现在就靠速度甩开那些人了，大家需要再快点儿！"

上了大路后，他们立刻加速前进。为了避免被人识破，他们尽量避开其他路人跑步前进，有一次碰到几个行人，他们马上闪进了一块麦田里。离城边不远的时候，侯波又带着他们折进了一条通向山里的崎岖小路。这个时候的夜色还很黑，迎面是两座巍峨的黑压压的大山。这条狭窄的峡道就是他们事先计划好的撤退地点鹰谷，马匹就在这里等候着他们。

侯波在一片乱石之中带领他们悄无声息地前行，没出一点儿差错，真不愧是久经历练的老猎手。四处静悄悄的，当他们沿着一条干涸了的小溪来到一个山石环绕着的地方，发现有三匹听话的骡、马拴在那里。老费瑞厄带着他的钱袋，骑上了一匹马。露茜骑上骡子，而杰弗逊·侯波骑上另外一匹，继续作为他们的向导，沿着险峻的山道引导着他们继续前进。

这是一条让人恐惧的山路，山路的一边是万丈绝壁，山石突兀，走在路上好像随时都会掉下去似的。绝壁上横着一条条石梁，远远看去就像魔鬼化石身上的一根根肋骨一样。如果是初次见识大自然这种狰狞面目的人，简直能把胆子吓破。另一边则是乱石纵横，根本找不到路。在这种险恶的地方，也只有这条弯弯曲曲的山路勉强可以走。有些地方路况非常糟糕，道路十分狭窄，只允许一个人通过。只有那些善于骑马的人才能安全通过这里。尽管一路走来困难重重，随时可能会有生命危险，但几个逃亡者的心情却是愉快的，因为他们每前进一步，就距离他们刚刚拼命逃出来的那个毫无尊严和人身自由的地方又远了一点儿。

遗憾的是，当他们来到山路中最荒凉的地段时，露茜突然惊叫了起来，并用手向上指着一个地方。他们抬头发现上面有一块可以俯视山路的岩石，在夜色中阴森而单调地矗立着，而岩石上孤零零地站着一个防哨。他们这才意识到，他们仍然没有逃出摩门教徒的势力范围。在他们发觉哨兵的同时，对方也看见了他们。顿时，寂静的山谷响起了对几个逃亡者而言就如一声炸雷般的问话："谁在那里？"

"我们是到内华达观光的旅客。"杰弗逊·侯波回答他的提问时，一只手握住马鞍旁的来复枪。

这个孤单的哨兵手扣扳机，俯瞰着他们，似乎在思考着什么。

随后，他接着又问："是谁准许你们通过此地的？"

这回轮到费瑞厄回答他："四圣准许我们通过的。"根据多年来与摩门教领袖和教徒接触的经验，费瑞厄知道教中最高的权威就是四圣会。

哨兵突然叫道："九到起。"

"起到五。"杰弗逊·侯波立刻反应过来，他在花园中曾经听到这样的暗号。

哨兵随即回应道："过去吧，愿上帝保佑你们。"当他们过了关，路就开始变得宽敞了，就连马也能撒开步子跑了。他们走了一段时间，回头还能看见那个哨兵孤单地倚着他的枪，纹丝不动地站在那里。他们暗自兴奋不已，因为他们已经闯过了摩门教区的边防线，而现在自由就在前方向他们招手。

十二　复仇天使

杰弗逊·侯波带着逃亡的父女俩赶了整整一夜的路，他们已经记不清走过了多少条错综复杂的小路，途中崎岖难行、乱石纵横，他们反复地迷路，幸好有熟悉山中情况的侯波在，他们才能一次次转危为安。

在黎明时分，他们终于看到了一幅无比壮丽的景象，虽然荒凉，但是别有一种风情，这是一片山谷，四周环绕着山顶覆盖着皑皑白雪的群山；山势层层叠叠，一直延伸到遥远的地平线上。山路两旁是悬崖绝壁，落叶松悬在半空。在这荒寂的山谷里，草木丛生，乱石杂陈，一阵风吹过就会有树木和石头滚下来。这并不是杞人忧天般的恐惧，在他们前进的时候，有一块巨石雷鸣般滚落下来，疲乏的马匹吓得惊惶失措，狂奔开来。巨石落下时的隆隆之声在静静的峡谷里回荡了很久。

太阳终于从地平线上慢慢升起来了，四周的群峰一个接一个地被点亮了，时间不长，所有的山头都变成一片微红，转眼间耀眼明亮。大自然这种壮丽的景象让奔波了一路的三个逃亡者精神为之一振，随即继续打马前行。后来他们在谷口停了下来，他们在一道湍急的溪水饮了马，匆匆吃罢早餐。疲惫的露茜和她的父亲想多休息一会儿，可是生活经验丰富的杰弗逊·侯波却坚持继续快走。他给逃难的父女二人打气说："我判断他们多半已经沿着咱们的踪迹追上来了，现在能否脱险全看咱们前进的速度了。再加把劲，只要咱们平安到达卡森城，哪怕休息一辈子也没关系。"

因此，接下来的整整一天，他们都在山道中奔波前行。眼看就要黄昏了，他们计算了一下行程，已经逃到离农庄有三十多英里外的地方了。晚上，他们选择在一处悬岩下面安顿下来以躲避寒风。三个人不得不紧紧地挤在一处互相取暖，这次只睡了几个钟头。当天还没亮时，他们就又动身赶路了。他们一路上并没有发现有人在后面追赶，所以杰弗逊·侯波觉得他们可能已经逃出了那个企图迫害他们的教会组织的虎口，教会对他们的管控已经鞭长莫及了。但是，对于这个可怕的组织的势力范围究竟能伸展到什么地方，他完全没有概念；他更没有想到，这个组织的魔掌马上就要迫近他们，将他们的美好理想打得粉碎。

逃亡进行到第二天中午的时候，他们原本就准备不充分的口粮眼看就要吃完了。但是，这并没有让带路的年轻猎人不安，因为在群山里，完全可以猎取飞禽走兽来填饱肚子。他曾经经常依靠他的来复枪维持生活。因此，他挑了一个隐蔽平静的地方，拾了一堆枯枝回来，准备给他的同伴们生火取暖。如今，他们已经身处海拔五千英尺的高山上，这里的空气冷得彻骨。然后他打算出去碰碰运气，打点儿猎物回来，于是便把骡马拴好，跟露茜告了别，然后就背上他的来复枪离开了。走了几步他还回头看了看正围着火堆取暖的老人和少女，三只骡马一动也不动地站在后边。再走几步，他们便被大的岩石遮住，消失在他的视野中了。

他一路翻山越岭，搜寻了两三个小时，却没有发现任何猎物。他根据树干上的痕迹和其他的动物活动迹象推断，在周围一带有很多野熊出没。到了最后，他已经做好空手而回的心理准备了，却不经意地抬头发现在离地三四百英尺高的一块突出的岩石边上，站着一只看起来很像羊的野兽，这种野兽长着一对巨大的长角。这个据称叫作"大犄角"的家伙，估计正在为同群的动物执行着警戒任务。命运不好的它偏偏背对着侯波，所以它没有及时发觉到危险来临。侯波趴在地上，把他的来复枪取下来架在一块岩石上，小心而稳定地瞄准这个大家伙，开了一枪。那个大家伙中弹后马上跳了起来，接着在岩石边拼命挣扎了几下，最后滚落到谷底去了。

这个大家伙很重，侯波一个人根本背不动，所以他不得不舍弃这个猎物身体的大部分，仅仅把它的一只腿和一些腰肉割下来带走了。到了这个时候，天色已经很晚了，四周一片苍茫。侯波赶紧背起战利品，匆忙地沿着来路往回走，但是，他很快发现自己已陷入了困境。因为他之前一心在寻找猎物，不知不觉间走得太远了，与他离开的山谷有较长的距离，所以现在再想辨认出他所走过的路，绝对是一件十分困难的事。他所在的这个山谷千沟万壑，到处都很相似，给他的辨认增加了很大的困难。他试着沿一条山沟走下去，当他走了一英里多时，来到了一个涧水流淌的地方。他可以肯定在他过来的时候没有见过这个山涧。他确定自己走错了路，于是又换了一条路，结果还是走错了。当夜幕降临时，他终于找到了一条他所熟识的小道，而这个时候天已经完全黑下来了。此时他虽然找对了路，可是要沿这条小路一直走下去，并且不出错，也是一件非常困难的事情。因为月亮还没有升起来，小路两边都是高耸的绝壁，山路格外黑暗难走。侯波背上沉重的猎物，压得他喘不过气来，加上在路上奔波了大半天，他已经疲惫不堪。但是，他仍旧坚持向前走，因为他想每前进一步，就离露茜更近一步，而且他随身带着这么多食物，足够他们以后在路上食用了，因此他振作精神一步一步往前走。

他终于回到了之前他把父女留下的那个山谷的入口。他在夜色中辨认出了遮断入口处的那些巨石的轮廓。他心里想着，那对父女不知道怎么焦急地在原地等待着他回来呢？因为从他离开到返回，间隔差不多有五个小时了。这个时候他特别高兴，就把两只手放在嘴边，大声呼喊着什么，借着峡谷的回音，通知那对父女他已经回来了，他停了一下，倾听着回音。可是，他只听到自己的呼声不停地在沉寂、荒凉的峡谷石壁上来回撞击，形成无数的回音。除此之外，一片静寂。他又喊了一声，声音比之前一声更响亮。可是，还是没有听见任何人的回应。他突然感到一种莫名的恐惧，于是便一路狂奔过去，在慌乱中，他把视如珍宝的兽肉也扔掉了。

拐过一道弯儿，他就看到了刚才生火的地方。那里还有一堆炭火在发出微光，但是不难看出，在他离开这个地方去打猎以后，再也没有人照料过火堆。周围仍然是一片死寂。他刚才的恐惧终于变成了现实。他急忙向火堆边奔去。马匹、老人和少女都不见了。火堆旁没有一点儿活物的迹象。他觉得在他离开这里以后一定发生了什么突如其来的可怕灾难，导致火堆旁的人和牲畜无一幸免，但更让他害怕的是，火堆旁边竟然没有留下一点儿痕迹。

面对这个突如其来的打击，侯波一时间呆在原地不知如何是好，只觉得天旋地转，幸亏他及时抓住了来复枪支撑着，才不使自己跌倒。他毕竟是一个意志坚强的人，懂得控制自己的情绪，他很快便从迷惘中清醒过来，然后从火堆里捡起一段半焦的木头，小心地吹燃。借着这光亮，他仔细察看了一下这块他们休息的地方，试图找到那对父女消失的原因。

地上到处都是马蹄践踏的痕迹，他意识到在他走后，这里发生了什么事情：一大队骑马的人，已经追上了逃亡者。从他们离开的方向看，他们抓住逃亡者后又转回盐湖城去了。那么，他们是不是把那对父女都带走了呢？侯波最开始坚信他们一定是把他们都带走了，可是，当他的眼光落在一个东西上，顿时吓得毛骨悚然。他发现离他们原来休息的地方不远处，堆起了一个小小的红土堆，他能够肯定此地原来没有这个土堆。没错，这是一个新落成的坟墓。年轻的猎人走近坟墓时发现土堆的上面还插着一支木棒，而在木棒的裂缝里夹着一张纸，纸上写有几个字，字迹很潦草，但是依然能够看得很清楚：

约翰·费瑞厄

生前曾居住在盐湖城，死于 1860 年 8 月 4 日

眼前的情形告诉这位年轻的猎人，在他刚离开此地不久，那位健壮的老人就因为他所不知道的原因死去了，而这张纸条上几个简单的字就成了他的墓志铭。杰弗逊·侯波又往四处寻找，想发现是不是还有第二个坟墓，可是没有。至此他可以确信，他的露茜是被这群可怕的追踪者带回去了，而且注定要成为教会长老儿子的小妾了。这个年轻的小伙子此时终于意识到她的命

运或许已经注定，而他已经无力挽回了，他现在特别想跟随着长眠于地下的费瑞厄一同安息于此地了。

最终，积极的精神还是战胜了过度的悲伤。假如他没有其他的路可以选择，至少还能选择用他的一生来复仇。杰弗逊·侯波有非常顽强的毅力和耐心，也因此有坚定想要复仇的决心。这种复仇心理也许是在他与印第安人一起生活的时候被熏陶出来的。他站在凄凉的火堆前，想着一定要干净、彻底、痛快地报仇，并且还要自己亲自杀死仇人，他的痛苦才会减轻。他下定决心，必须要将坚强的意志以及无尽的精力全部都要用在报仇上面。他站了起来，面目狰狞、脸色惨白，一步一步顺着来的时候走的路向回走去，来到了他将兽肉扔掉的地方，将肉扛了回来，又把马上要熄灭的火重新点燃，并将兽肉烤熟，一直烤到熟肉可以维持他很长时间的食用为止。他将烤熟的肉捆成一包。最后他即使特别的疲惫，可是仍然踏着复仇天使们的足迹，翻山越岭，一路返回。

他顺着在前几天骑马走过的道路，历尽艰险，一路往回返，走到第五天的时候，他实在疲惫极了，脚的疼痛让他难以忍受。夜里，他就在乱石堆里躺下，就在这里他睡了几个小时，还没等天亮，就又起来赶路。第六天，他就到达了鹰谷。这里就是他们不幸的逃亡之旅的开始。从鹰谷俯瞰，他可以看见摩门教徒们的田舍家园。到了这时候，他已经疲惫不堪，也消瘦了很多。他靠着来复枪，面对着这个安静并且日益壮大的城市，狠狠地举着瘦削的拳头挥动着。他认真地观察着这个城市，他看见一些主要街道上悬挂着旗帜以及其他节日的标志，他正在猜想着是什么原因时，突然听到了一阵马蹄声，一个人骑着马朝他跑来。等骑马人走近的时候，侯波认出这个人是一个摩门教徒，名字叫考其。侯波跟他认识，以前曾经有几次帮过他，因此，当他靠近的时候，侯波朝他打招呼，试图从他那里了解一下关于露茜的情况。

他说："嗨，我是杰弗逊·侯波，你还能认得出我吗？"

这个摩门教徒用非常惊异的眼神打量着他。实际上，眼前这个脸色惨白、面目狰狞、蓬首垢面的流浪汉，真的是让人难以相信就是那个年轻英俊的猎人。可是，当他终于认出来这个人确实就是侯波的时候，他突然感到万分的恐怖。

他大声地叫起来："你为什么会跑到这里来，难道你精神出了问题？如果让人看见我在和你说话，我的命都会保不住的。因为你协助费瑞厄父女逃走的事情，四圣已经下达命令通缉你了。"

侯波神情坚定地说："我不怕他们，对于他们的通缉我也毫不畏惧。考其，看来这件事情你一定听说了。我现在只求你回答我几个问题。咱们一直都是朋友，请看在上帝的分上，你千万别拒绝我。"

这个摩门教徒非常担心地问："你快说，是什么问题？这里的一草一木可都长着耳目呢。"

"露茜·费瑞厄现在情况如何？"

"昨天她和小锥伯结婚了。啊，伙计，你可一定要挺住，千万挺住啊。我怎么看你就像失了魂似的？"

"不用担心我。"侯波有气无力地说，他的嘴唇变得发白，一下子就跌在了刚才靠着的那块石头上，"你说，她结婚了？"

"是啊，昨天刚结的，就是因为这个原因，那新房上才会挂着旗帜。小锥伯和小斯坦节逊为了争夺该谁娶她，还差一点打了起来呢。他们两个人都去追赶你们了，斯坦节逊还将她的父亲开枪打死了，所以他更有理由要求得到她。回来之后他们在四圣会议上发生了争执，因为锥伯一派的势力更大，因此先知就将露茜交给了锥伯。可是依我看，无论是谁得到她，日子都不会长久的，因为昨天我见到她的时候，她看上去已经是一副要死的样子了，一点都不像个女人，简直就像失去了魂魄。喂，你这就要走了吗？"

"没错，我得走了。"杰弗逊·侯波说着站起身来。他的脸如同用大理石雕刻而成的一般，神情严峻而坚决，眼睛里闪露着凶光。

"你要去哪里呢？"

"这个不需要你知道。"他回答，说完后他将来复枪背起，大步迈下山谷，从那里一直走到了大山的深处野兽出没的地方。现在来看，和这些野兽相比，再也找不出比侯波更危险、更凶猛的动物了。

事实证明，那个摩门教徒的预言变成了现实。可能是由于她父亲惨死，也可能是她被迫成婚心怀怨恨，不幸的露茜状况非常糟糕，不到一个月的时间，就忧郁而终了，而她的混账丈夫之所以要争着娶她，主要的原因就是想要约翰·费瑞厄的财产，所以对于她的死，他并没有悲伤之情，倒是他的其他的妻妾哀悼她，并且按照摩门教的风俗，在下葬之前，为她彻夜守灵。第二天凌晨时分，她们围坐在灵床的旁边，突然间房门大开，一个衣衫褴褛、面目粗野的男人闯了进来。她们感到十分害怕，都吓得缩作一团，说不出话来。可是这个人看也不看她们，一直朝着那个苍白、安静的遗体走去，这可爱的身体曾经包裹着露茜·费瑞厄纯洁的灵魂，可是现在已经由温暖变得冰冷。他弯下身来，虔诚地亲吻了一下她那冰冷的额头。然后，又将她的手拿起，将那只结婚指环从她的手指上拿下来，随后声音凄厉地喊道："她一定不要戴着这个东西下葬！"在人们还没有来得及声张的时候，他已经飞身下楼，不见踪影了。整件事情真是让人难以置信，就连那些守灵人都不敢相信这是事实，更不用说别人了。可是露茜手指上那只新娘的金指环确实已经不见了，这一点是不可否认的。

杰弗逊·侯波一直都在大山里飘荡着，他过着原始人类一样的生活。几个月的时间过去了，他对仇恨更加刻骨铭心，每时每刻都在想着报仇雪恨。就在这个时候，山下的城镇里流传出来一种说法，称有一个怪人在深山沟壑之间神出鬼没，在城外徘徊不去。有一次，一颗子弹嗖地一下从斯坦节逊的窗户穿过，子弹就射在距离他还不到一英尺远的墙壁上面。还有一次，当锥伯路过悬崖下面的时候，一块非常大的岩石从他头顶上面滚落下来，他急忙卧倒在地上，才逃过了这一劫。这两个年轻的摩门教徒很快就意识到了有人要谋害他们的原因。于是他们便带着人马，几次深入到大山里面来寻找，要将他们的敌人抓住，并且要将他杀死。可是他们并没有成功。后来，他们便采取了更谨慎的方法，外出的时候绝对不会单独一人；天黑的时候，就不再出门，而且还在他们住宅里面设立警卫。一段时间之后，他们便放松了，因为已经很长时间没有他们仇人的消息了，那个怪人也不见踪迹了，所以他们就觉得，时间一长，年轻猎人复仇的想法也可能就不那么强烈了。

可是，事情可不像他们想象的那样，甚至可以说，这种复仇心不但没有变淡，反而增强了。侯波本来就具备近于执拗、不屈不挠的精神，报仇雪恨这件事已经深深印在他的心里，每时每刻都在想，除此之外，他再也没有其他的心思。他是一个特别实际的人。没过多久，他就意识到，即使他的身体再强壮，这样过度的操劳也会让他吃不消的。这样整天的风吹日晒，无遮无蔽，而且还吃不到什么像样的东西，他的体力一定会被拖垮的，一旦他如同野狗一样死在大山里面，复仇的大事该怎么办呢？如果一直这样下去，结果肯定会是这样的。如果这样的话，岂不正合了敌人的心意。于是，他就强迫自己回到了内华达，回到了他曾经待过的矿上，去那里恢复体力，顺便还要积聚一些金钱，他所做的这一切都是为了以后继续追踪仇人，继续施行他的复仇计划。

他本来计划最多一年的时候就会回来，但是由于出现了很多次意外情况，他一直没有办法脱身，直到即将五年之后他才回来。时间虽然已经过去了五年，可是之前的切肤之痛，他依然刻骨铭心，复仇的决心如同当年那个让他永远都不会忘记的夜晚，如同他站在约翰·费瑞厄坟墓前一样迫切。他隐姓埋名，乔装改扮回到了盐湖城。他一心只想伸张正义，早已经将生死置之度外了。在他到达盐湖城以后，才意识到情况不对劲。就在几个月前，摩门教徒里面出现过一次很大的分裂，年轻一派的教徒起来反抗长老的统治，动乱造成许多人都心怀不满，很多教徒脱离了教会，离开了犹他，变成了异教徒。其中也包括锥伯和斯坦节逊，但是他们的下落谁都不清楚。据说，锥伯很早就想方设法将大部分的财产变卖了，他离开这里的时候，非常富有，相比之下，他的伙伴斯坦节逊却是特别的穷。但有一点是相同的，那就是他们到底去了什么地方，谁都不知道。

在这样的困难面前，大多数人恐怕要选择放弃了，无论复仇的决心多么迫切。可是，杰弗逊·侯波却从来都不曾犹豫。他带着他所有的薪金，一笔为数不多的款项进行寻找，在美国各地进行搜寻，一个城市接着一个城市不停地寻找着。他身上的钱花光了，他就随便找个地方挣钱，很多年过去了，他的黑发有些变白了，他依然继续流浪着，就如同一只不肯善罢甘休的敏锐的猎犬一般，将他的所有心力全都都倾注在复仇的事业上。

为了这个事业，他已经把他的一生都贡献进去了。终于老天开眼了，虽然只是从窗口中看见了仇人的面貌而已，可是这一幕却告诉他：他苦苦追踪多年的两个仇人就在俄亥俄州的克利夫兰城中。他回到了他那破烂不堪的寄宿地方，将他的复仇计划全部计划好。可是，说来也巧，那天锥伯也从窗口中认出了大街上的这个流浪汉，还注意到了他眼中的杀机非常强烈。所以，他急忙在斯坦节逊的陪同下（他已经是锥伯的私人秘书了）去见了一位负责治安的法官，他报告说：由于一个往日的情敌如今还在嫉恨他，他们的生命现在正处在非常危险的境地。

当天晚上，杰弗逊·侯波就被逮捕了。由于他无法找到保人，被监禁了几个星期。等被释放出来之后，他发现他的住处已经什么都没有了，锥伯和他的秘书也去了欧洲。这回，侯波的复仇大业又功亏一篑。可是他心头的仇恨却一直激励着他，他下定决心再继续追踪下去。他面临着一个费用的问题，由于他没有足够去欧洲的路费，所以他不得不再工作一个时期，省下每一分钱，为以后的行动作准备。他终于攒够了维持生活的花费，就马上动身去了欧洲。

同样，他去了欧洲也是一个城市接着一个城市地追踪着他的仇人。钱花完了，他就工作，无论什么低三下四的活他都会干，但是，他一直都没有追上那两个亡命之徒。他赶到圣彼得堡的时候，他们已经去往巴黎了。当他到达巴黎的时候，他又听说，他们刚刚去了哥本哈根。当他追到丹麦的首都哥本哈根的时候，却发现又来晚，就在几天前他们到伦敦旅行去了。但是，最后他终于在伦敦把他们逼入绝境。关于后来在伦敦发生的所有事情，我们最好还是引用华生医生的日记，在他的日记里非常详细地记述了这个老猎人所叙说的故事。这个故事的大部分在前面我们已经看过了。

十三　复仇天使之死

我们制服的那个罪犯疯狂地进行了抵抗，不过可以看出这并不是向着我们其中的任何一人而来的，因为当他发现自己已经没有力气的时候，便开始微笑，那笑容是非常的温顺；而且他还表示，希望他在进行挣扎的时候，没有伤害到我们。他和福尔摩斯说："我想你一定会把我送到警察局里吧。我的马车就停在门外。假如你们松开我的腿，我会自己走出去上车的。我肯定不会像刚才那样轻易就被抬起来了。"

葛莱森和雷斯垂德相互交换了一下眼神，好像觉得这种要求过于大胆了。

可是福尔摩斯却马上同意了罪犯的这个要求,把他脚腕上捆扎着的毛巾解开了。他站了起来,伸展着自己的双腿,就好像在证明它们确实又重新获得了自由。现在我还能记得很清楚,当时我望着他,心中暗想,他也许是我见过的最魁梧、强健的人了。他的黑红的脸膛饱经风霜,可是他的表情特别的坚决又充满活力,就如同他的身体一样让人诧异又不能忽略。

他看着我的同伴,满怀钦佩之情,说道:"假如警察局长的职位有空缺的话,我觉得最合适的人选一定是你了。对于我这个案子的侦查,你确实用了特别谨慎而且周密的办法。"

福尔摩斯向那两个侦探说:"最好你们能跟随我一起去。"

雷斯垂德说:"那让我来赶车吧。"

"太好了,葛莱森和我们一起坐上车,另外还有你,华生。你对这个案子已经有了很大的兴趣,最好你也同我们一起去吧。"

我点了点头,于是我们一起下了楼。我们的罪犯没有一点儿要逃跑的企图,他坚决而安静地走进了那套之前属于他的马车里,我们也跟着上了车。雷斯垂德爬上去坐在了车夫的座位上,扬鞭催马前进,没多长时间,我们便到达了目的地。我们被引进了一间小屋,一位警官记录了罪犯的姓名,还有他被指控谋杀的两个人的姓名。这位神情冷淡、面色白皙的警官用机械而呆板的方式履行了他的职务,然后说:"在本周内会将犯人提交到法庭进行审讯。杰弗逊·侯波先生,你在审讯之前,还有什么要说的话吗?可是我一定要提前告诉你,你所有的话都会记录在案,也许还会用来作为将来定罪的重要依据。"

我们的罪犯不慌不忙地说:"先生们,我确实有很多的话要说,我愿意一字不落地全部说出来。"

警官问:"你也可以选择审讯的时候再说,那样不是更好吗?"

罪犯却说:"可能我永远都不会受到审讯了,你们不用感到惊讶,我并不是要自杀。你是医生吗?"他说这句话的时候,便用那凶悍而黝黑的眼睛望着我。

我说:"没错,我是医生。"

"那请你过来按一下。"他微笑地说,用他那被铐着的手,向自己的胸口指了指。

我走上前去，伸手按了按他的胸部，我马上就感觉到他胸腔里面有着不同寻常的跳动，胸腔有点震，就如同一架大功率的机器在一座不结实的建筑里面开动一样。房间里非常的安静，我似乎可以听得到他胸腔里轻微的嘈杂声。

我喊道："什么，你患了动脉血瘤！"

他表情平静地说："他们都是这么说的。就在上个星期，我去看过医生，他说，用不了多长时间，血瘤就会破裂了。这种病我已经得了好多年了，情况一年比一年糟。我认为这种病是我在盐湖城的大山里面，四处奔波，无衣无食造成的。值得庆幸的是我已经完成了我的任务，不管我什么时候死，都已经不重要了。我高兴的是在我死之前，可以将这件事情完完整整地说出来，死后也可以有个记录。我并不是一个寻常的杀人犯，我不想在我死以后让人们这样认为。"

两个侦探和警官马上紧张起来，他们商量一下是否可以让他将自己的故事全部都说出来。

警官问道："医生，你认为他的病情一定会突然恶化吗？"

我非常确定地说："没错，的确是非常危险。"

警官说："假如情况确实如此的话，为了维护法律，很显然，我们应该首先得到他的口供。先生，你现在完全可以自由地交代了。可是，我再一次提醒你，你说的一切都会记录在案的。"

"请让我坐下来讲吧。"说着，罪犯一点儿也不客气地坐了下来，"这个血瘤病轻易就会使我感到疲乏，更何况在半个小时之前，我还和你们大战了一场，这样会让病情更加严重的。我是已经快要死的人了，和你们说谎已经没有任何意义。我保证，我所讲述的每一个字，都千真万确。听我讲述完以后，你们如何处置，我都已经不在乎了。"

杰弗逊·侯波说完了这些话，便靠在椅背上，讲述了下面这些让人震惊的供词。他在进行讲述的时候有条有理，从容不迫，似乎他所讲述的事情平淡无奇。我可以保证这篇补充供词的真实性，因为这是我乘机在雷斯垂德的笔记本上一字不落地抄录下来的。他把这个罪犯的供词，完完整整地记录在笔记本上，和侯波讲述的完全一致。

他说道："我为什么会如此恨这两个人，也许对你们而言，这可能不算什么。他们恶贯满盈，犯下不可饶恕的罪行，把两个人都给害死了——一个父亲和一个女儿，所以一定要让他们付出代价，这也是罪有应得。从他们犯下罪到现在为止，已经过去了太长时间，我又不能拿出任何的罪证，到法庭上去控告他们。可是我很清楚他们是有罪的，我决定要一个人来承担起法官、陪审员以及行刑的刽子手的角色。我相信，假如你们是一个真正的男人，如果换成是你们，你们肯定也会做出像我一样的选择。

"我刚才说的那个姑娘，本来在二十年前是要嫁给我的，但是她却被迫嫁给了这个锥伯，最终她带着仇恨死去。我当时从她的遗体上将这个结婚指环取下来的时候，我就发誓，我一定要让锥伯临死的时候看着这只指环死去，我要让他在死的时候明白，他是由于自己所犯的罪恶而受到的惩罚。我不惜一切代价不停地奔波追踪着锥伯以及他的帮凶，我找遍了两大洲，功夫不负有心人，终于将他们找到了，这只戒指一直带在我身边。他们四处奔波，试图要把我拖垮，但是他们却枉费心机。即使我明天就死——这是非常有可能的，可是在临死之前，我感到特别满意，我活在这个世界上的任务已经完成了，并且还完成得非常出色。他们两个人已经死了，并且还是我亲手将他们杀死的，除此之外，我已经别无所求了。

"我只是一个穷光蛋，他们却都是有钱人，所以对于我来说，到处不停地追踪他们并不是一件很容易的事情。当我追到伦敦的时候，手里一分钱都没有了，所以我必须得先找个工作，以便来维持生活。赶车、骑马，对于我来说，就如同走路一样，再平常不过了，于是我就去一家马车厂里面找工作，没用多长时间就找到了。我会在每个星期向车主缴纳一些租金，剩下的钱就是我自己的了。即使剩不下多少钱，我还是可以勉强维持生活。我遇到的最困难的事情就是记不清道路。在全部道路复杂的城市里面，我认为再也没有比伦敦城的街道更复杂难认的了。我随身带着一张地图，后来我对一些大的旅馆和几个主要车站熟悉了，工作就一点一点开始顺利了。

"就这样，我找了很长时间，终于找到了两个仇人的住处。他们就在泰晤士河对岸坎佰韦尔地方的一家公寓里面住着。我想，只要能够把他们找到，他们就会在我的掌握之中了，我现在留了胡子，他们肯定认不出我了。我非常密切地对他们进行跟踪，等待时机下手。我暗下决心，这一次绝不会再让他们逃掉了。

"即便这样，他们还是差点儿溜掉了。在伦敦城里面，无论他们走到哪儿，我都会跟到哪里。有的时候步行，还有的时候赶着马车。当然最好的办法就是赶马车，因为这样他们就没有办法逃脱了。可是这样一来，我就不会有生意了，只有在夜间或者清晨的时候我才可以拉点儿活，赚点儿钱，可是我就不能向车主及时缴纳租金了。这些都没有关系，只要我可以亲手将仇人杀死，其他的我都不在乎。

"他们俩特别的狡猾，肯定也察觉到了似乎有人在跟踪他们，所以他们从来都不单独外出，夜里也从来不出去。大约有两个星期的时间，我每天都会赶着马车跟在他们的后面，却一直都没有看见他们分开过。锥伯经常会喝得大醉，但是斯坦节逊却一点也不疏忽。我起早摸黑地窥伺着他们，但是一直都找不到合适的机会下手。但即使如此也并没有让我灰心失望，因为我知道，报仇的时刻很快就会来到。胸口里的这个毛病是我唯一担心的事情，说不定哪一天血瘤会提早破裂，那么，我复仇的工作就没有办法完成了。

"终于，在一天傍晚，我正赶着马车在他们居住的地方徘徊——那条巷子叫作陶尔魁里，突然发现一辆马车赶到了他们居住的地方。一会儿的工夫，就看见有人提了一些行李走出来，锥伯和斯坦节逊也跟着出来了，他们一起上车而去。我立刻快马加鞭地跟上去，跟那辆马车保持比较远的距离。我当时感到非常不安，担心他们又会改变住处。他们到了尤斯顿车站，便下了车。我也停了下来，又找来一个小孩帮我将马拉住，接着我便跟着他们走到了月台。他们所说的话被我听到了，他们在打听去利物浦的火车。站上的人告诉他们，刚刚开出一班车，几个钟头之后还会有第二班车，斯坦节逊看上去显得非常沮丧，可是锥伯看上去却很高兴。我夹杂在车站拥挤的人群里，距离他们特别近，所以他们说的每一个字我都听得很清楚。锥伯说，他有一点儿私事要去办理，如果斯坦节逊愿意等他，他立刻就会回来。他的伙伴提醒并阻止他说，他们曾经说好无论走到哪里两人都要在一起的，绝不能单独行动。锥伯却回答，这是一件微妙的事，他一定得单独去。之后斯坦节逊又说了些什么，我就没有听清楚了，然后就听见锥伯破口大骂，说斯坦节逊只不过是他雇用的一个仆人而已，还装腔作势，现在反倒责怪起他来。这位秘书先生只好闭上嘴，然后与他商量，如果他误了最后一班火车，就去郝黎代旅馆找他。锥伯说，十一点钟之前他肯定可以赶回车站的，之后他便转身走出了月台。

"这真是非常难得的下手的好机会，简直是千载难逢！我的仇人已经在我的掌握之中了。如果他们一直在一起的话，可以互相帮忙，可是，他们一旦分开，他们就凶多吉少了。即便如此，我也没有鲁莽行事。我很早就制定了一套计划：报仇的时候，一定要让仇人知道究竟是谁将他杀死的；要让他清楚受到这种惩罚到底是因为什么，否则，复仇就不能算是成功的。复仇的计划很早就安排得非常周到详细，按照这个计划，我要让伤害到我的人可以有机会明白，现在是他们得到报应的时候了。非常巧的是，几天前有一个乘坐我车子的人，他在布瑞克斯顿路一带查看了几处房屋，将其中一处的钥匙落在了我的车里面。虽然当天晚上我就把这把钥匙还给了他，但是在给他之前，我已经照它弄了一个模子，又配了一把钥匙。这样在这个大城市中，我至少能够找到一个靠得住的地方，可以自由地做我自己的事情，而不会受到任何阻碍。现在我遇到最大的难题就是，要如何才能把锥伯弄到那个房子里面去。

"一路上，他一边走一边喝，时不时地到一家小酒店里。在最后一家停留了差不多有半个小时。等到他出来的时候，他东倒西歪，显然喝多了。这个时候刚好有一辆双轮小马车停留在他的面前，他便招手坐了上去。我紧紧地跟在后面。距离他非常近，我的马的头距离前面马车的车夫最多也就一码远。我们从滑铁卢大桥经过，在大街上跑了好几英里的路。之后我惊奇地发现，我们居然又回到了他原来居住的地方。我猜不到，他回到那里去到底想要做什么呢？我便继续跟着他，距离这座房子约一百码的位置，我将车子停了下来。他进了这座房子，马车就走了。可以给我倒杯水吗？我的嘴唇干得受不了了。"

我便给他倒了杯水，他一口气全部喝光了。

他说道："谢谢，好多了。我在外面等了差不多一个小时，也许时间还会长一点，忽然有一阵吵闹声从房子里面传出来，听上去似乎有人在打架。后来，大门猛地被打开，有两个人出来了，其中一个是锥伯，另外一个是个年轻的小伙子，我以前未曾见过这个人。只见小伙子将锥伯的衣领揪住，推着他走到台阶边，用力一搡，紧接着又是一脚，一直把锥伯踹到了大街上。他手里晃动着木棍大声喝道：'混蛋！我今天一定要好好教训你一顿，看你再敢污辱良家妇女！'小伙子怒气冲天，如果不是这个坏蛋拼命地拖着两条腿逃到街上，那小伙子一定会用棍子将他打得半死。锥伯一路逃窜到转弯的地方，刚好看到了我的马车，他立即招呼我，一下子就跳上车来。他说：'把我送到郝黎代旅馆去。'

"我当时简直欣喜若狂，心怦怦直跳，感觉心都要从胸口跳出来了。我当时真的担心在这关键的时刻，我的血瘤会迸裂。我慢慢地赶着马车往前走着，计划着如何才能更加妥当。我完全可以把他拉到乡下去，找一个没有人的地方，与他算一笔总账。我当时都已经决定要这样处理了，忽然，这个难题他帮我给解决了。他又犯酒瘾了，他叫我在一家大酒店的外面停了下来。告诉我停在那里等着他，他就走进去。在里面待了很长的时间，一直到酒店打烊，他从酒店里面出来的时候，已经喝得烂醉如泥了，我看着他，心中暗自高兴，这一次，他一定无法逃脱了。

"你们可能会认为我会趁他毫无防备时一刀解决了他，不会，如果那样做，不过是死板地执行了严肃的审判而已，我不会那样处理的。我之前就已经计划要给他一个机会，如果他可以把握住这个机会的话，还可以保住性命。事情是这样的，当初我在美洲流浪的时候，各种各样的差事都做过。我曾经在约克学院的实验室里做过看门人和清洁工。有一天，一位教授在讲解毒药，他给学生们看一种叫作生物碱的东西。这是他在一种毒药里面提炼出来的，南美洲土人用这种毒药制造毒箭，毒性特别强，只要沾上一点儿就可以置人于死地。我记住了放毒药瓶的地方，教授等人走了以后，我便去倒了一点儿出来。你们无法想到，我的配药技术特别的高明，我将这些毒药制成了一些易溶的小丸。我在两个盒子里各放进去一粒，同时再放进一粒看上去一模一样，但是没有毒的药丸。那个时候我就决定，有一天我把仇人找到，给这两位先生每人分一盒，让他们每个人先服一粒，剩下的那一粒我就自己服用。这样做的目的，就如同把枪口蒙上手帕之后再射击是一样的道理，既能把人置于死地，也没有任何动静。从那个时候开始，我就将这些装着药丸的盒子一直带在身边，现在我终于等到派上用场的时候了。

"那个时候已经过了午夜，快要一点钟了。那是一个凄风苦雨的深夜，风一直不停地刮着，倾盆大雨也一直没有停。虽然景象非常的惨淡，但是我愉快的心情却无法形容，几乎高兴得要放声欢笑。先生们，假如你们一直都在朝思暮想地想做成一件事情，盼望了二十多年，忽然有一天，它即将要实现了，你们的心情能不激动吗？我点上一支雪茄抽着，借着烟来安定我的紧张情绪。可是因为过度的激动，手不停地在颤抖，太阳穴都在突突乱跳。就在我赶着马车向前走的时候，在黑暗中，我看见老约翰·费瑞厄还有可爱的露茜，他们高兴地看着我。真的，我看得非常清楚，就如同我这时在这间屋子里很清楚地看见你们一样。一路上，他们始终都在我的前面，他们一边一个地跟在马车的两边，一直跟着我到了布瑞克斯顿路的那所空宅。

"四周看不见一个人影，除了哗哗的雨声以外，听不到一点儿其他的声音。我从车窗向车里看了一眼，锥伯睡得很熟，蜷缩成一团。我过去推了推他的胳膊说：'到了，该下车了。'

"他说：'知道了，车夫。'

"他肯定认为他已经到了刚才所提到的那个旅馆，因为他什么都没说，就从车里走下来，便跟着我走入了屋前的花园。这个时候，他还有些站立不稳，头重脚轻。我只好搀着他，防止他摔倒。走到门口，我将门打开了，把他带进了前屋。我向你们发誓，这一路上，一直都是费瑞厄父女在我们前面引领我们的。

"'为什么会这么黑。'他不停地跺着脚。

"'不要着急，很快就好了，'我擦着了一根火柴，点亮了一支随身携带的蜡烛。我将脸转向他，举着蜡烛照着我的脸，对他说：'可以了，伊瑙克·锥伯，你现在可以看看我是谁了！'

"他迷迷糊糊地盯着我看了一会儿，突然，他的脸上露出了恐怖的神情，整个脸全都痉挛起来，看来他已经认出我来了。他吓得面色如土，摇摇晃晃地向后退。只见一颗一颗的汗珠，从他的额头滚落到眉毛上，牙齿也不停地在打着架，发出咯咯的声音。我见到他现在这个样子，忍不住靠在门上大笑起来。很久前我就知道，这个世界上让人最痛快的事就是报仇，可是我没有预料到竟然会有如此美妙的滋味。

"我说：'你这个狗东西！我从盐湖城一直追到圣彼得堡，你总是侥幸地逃脱。我盼今天已经很久了。我们两人中会有一个永远都看不见明天的太阳了。'在我说这些话的时候，他不停地向后倒退。他认为我疯了，通过他的表情我可以看得出来，他以为我疯了。那个时候我确实如同一个疯子，太阳穴上的血管怦怦不停地跳，就如同有个铁匠正在挥着铁锤敲击我的脑袋。我认为，如果不是血从我的鼻孔中涌了出来，让我能够稍微轻松了一点，我的病也许那个时候就会发作。

"'露茜·费瑞厄现在怎么样了？'我大声喊着，转过身将门锁上，把钥匙举到他前面晃了晃，'上帝的惩罚实在是太慢了，幸运的是，你现在终于落网了。'我看到他那两片怯懦的嘴唇不停地颤抖着，他试图请求我放了他。可是，他也看得出来，乞求是没有任何作用的。

"他问：'你是想要谋杀我吗？'

"我回答说：'将你除掉实在没有必要用谋杀这么严重的词。将一只疯狗杀掉，能算是谋杀吗？当初，你将我那可怜的爱人从她那个被残忍杀害的父亲身边拖走，你还把她抢到了你的那个无耻的新房里面去，你对她可曾有过一点儿的怜悯？'

"他大声叫道：我没有杀死她父亲！"

"'她那纯洁的心被你粉碎了！'我高声喝道，我把毒药盒子递到了他的面前，'让上帝来裁决吧。你从中间挑一颗吃下去。这两颗药丸，有一颗可以要了你的命，还有一颗可以让你活命。你先挑，剩下的一颗我吃。让我

们来看看，上帝到底是不是公道的，反正咱们都是在碰运气。'

"当时他吓得大声呼叫，求我放了他。我拔出刀来，指向他的喉咙，他才一声不吭地服下了一颗，我便吃了剩下的一颗。我和他面对面站着，一句话也没有说，大约有一两分钟的时间，等着看到底谁会死。突然，我看他的脸上露出了特别痛苦的表情，他知道毒药被他吞下了。他当时的那副嘴脸，我永远都忘不了。看着他那副狼狈的样子，我便忍不住大笑起来，我将露茜的结婚指环拿出来让他看。但是很快，那生物碱的作用太强大了，他的脸由于痛苦的痉挛已经扭曲得变了形，他向前伸着两手，左摇右晃，然后惨叫一声，一头栽倒在地板上了。我用脚把他翻过来，用手摸摸他的胸口，心已经停止了跳动，他死了！

"这时，我的鼻孔一直往外涌着血，可是我并不在乎。忽然，我产生了一个想法，我用血在墙上写了一个字。这可能是一种恶作剧的想法，也有误导警察的意思。那个时候我实在是太轻松愉快了。我想到曾经在纽约发生的有人谋杀德国人的那个事件，死者的身上写着拉契这个字。那时候也曾经争论过，觉得这件事是秘密党干的。我那个时候心血来潮，这个让纽约人迷惑不解的字，一定也可以使伦敦人摸不到什么头绪，于是，我便蘸着自己的血，找到一个合适的地方用手指在墙上写下了这个字。之后我就回到了我的马车上。四周依然没有一个人，雨还是那么大，夜还是那么黑。我赶着马车走了一段，手伸进了那个经常放着露茜指环的衣袋里一摸，可是并没有摸到指环。我惊呆了，这可是她留下的唯一纪念物了。我便仔细地回想了一下，也许我是在弯下身子察看锥伯尸体的时候，指环从口袋里掉了下去。所以，我立即赶着马车往回走。我就近将马车停在一条街上，毫不害怕地朝那个房子走去。我宁愿铤而走险，也不愿意将这只戒指丢掉。我走到房子门口的时候，正好撞在了一个从房子里面出来的警察的怀里。我只好装着喝得酩酊大醉的样子，不然我害怕会对我不利。

"伊瑙克·锥伯就是这样死的。我接下来要做的事情，就是也用这种方式来对付斯坦节逊，如此一来，我就可以帮助约翰·费瑞厄父女报仇雪恨了，我知道斯坦节逊当时就在郝黎代旅馆里面。我在旅馆的旁边观察了整整一天，可是一直都没有发现他的踪迹。我想一定是因为他一直都没有见到锥伯，感觉到可能发生了什么变故。这个斯坦节逊真的是太狡猾了，刚开始他就非常小心地提防着。不过，如果他认为只要在房里待着不出来，这次就能够得以逃脱，那他肯定是想错了。我很快就知道了哪个是他卧室的窗户。第二天一大早，我把一直放在旅馆外面胡同里的梯子挪到了他的窗子边，趁着天还没有亮，一直爬到了他的房间里面。我把他叫醒，跟他说，你在很久以前的时候杀过人，现在轮到你给他偿命了。我把锥伯死的情形讲给他听，而且要求他也用同样的方法来挑一粒药丸。可是他并不接受我给他的这个机会，他从床上跳了起来，朝我直冲过来。于是，我一刀刺中了他的心脏。我相信，无论使用什么方法，结果都是一样的，因为公平的上帝不可能让他那双罪恶的手挑到一颗无毒的药丸。

"可以了，这就是我的故事。我还要说几句话，因为我快不行了。这些事情做完之后我又赶了一两天马车，因为我要用力地干下去，尽快把路费挣够回美国。那天，我把车停在广场上的时候，忽然有一个穿得非常破的孩子在打听有没有人知道一个叫杰弗逊·侯波的车夫，他说，有位先生在贝克街二百二十一号乙想要雇用他的车子。当时我一点儿都没有怀疑，就过来了。后来，就是这位年轻人很容易就用手铐将我的两只手给铐上了，动作非常的干净利落，我一生中从未见过。先生们，我的全部经历都讲给你们了。当然，你们可以把我当成一个凶手，可是，我却坚信我其实是一个公平执法的法官，就如同你们一样。"

他的故事如此的惊心动魄，给人留下了刻骨铭心的印象，把我们都听呆了，屋子里面静悄悄的。那两位久经沙场的职业侦探听得入了神。听完了他的讲述，我们都在那里静静地坐着，沉默不语，屋子里只有铅笔在纸上写字所发出的沙沙响声，那是雷斯垂德在迅速地记录供词，屋子里面显得更加的安静。

福尔摩斯终于说道："有一点我还想知道，先生。我在报纸上刊登完广告后，前来领取指环的人和你有什么关系？"

这个罪犯居然朝着我的朋友顽皮地挤弄了一下眼睛："这件事我没什么可讲的，我只能供出我自己的秘密。我是不会殃及别人的。看到你的广告，我也想过这可能是个陷阱，但也可能真是我想要得到的那只指环。我的朋友自告奋勇愿意过来看一看。我猜你一定也认为他这件事做得很漂亮吧。"

"确实不错。"福尔摩斯承认。

警官一本正经地说："先生们，我们是一定要严格遵循法律手续的。这个星期四，这个罪犯就要提交法庭审讯，届时各位先生们都要出席。在没有审讯前，我全权负责他的事情。"他说着按了一下铃，两个看守进来带走了杰弗逊·侯波。我和福尔摩斯也离开了警察局，坐上马车回家了。

原本我们都被告知要在本周四出庭。不过我们那天再也用不着去作证了。因为这个案件已经被另一位更高级的法官受理了，那个神圣的法庭传唤了杰弗逊·侯波，上帝将对他进行一次最公正的审判。原来就在他被抓住后关进监狱的当天夜里，他的动脉血瘤破裂了。第二天一早，他就被看守发现卧倒在监狱中的地板上，看守检查后发现他已经死了。不过他的表情看起来十分平静，而且露出笑容，他临死之前一定是想起了之前的事，他报仇的大事已经完成，他没有什么遗憾了。

第二天晚上，我和福尔摩斯在客厅里谈论这件事，福尔摩斯说："葛莱森和雷斯垂德两位侦探一定会十分生气，因为这样的结局让他们失去了吹更大牛皮的机会了。"

我说："在将凶手捉拿归案这件事上，我丝毫没看出他们两个人出了多少力。"

福尔摩斯有些刻薄地说："这世界的原则是：你做了什么无所谓，重要的是，你要使别人相信你做了什么。"停了一会儿，他又语气轻松地说："不过没关系。无论如何，我也不会错过调查这件案子的。可以说这件案子是迄今为止我经手过的最精彩的案子了。它虽然不是多么复杂，可是我从其中一些环节学到了不少东西，对以后的查案很有好处。"

"什么，你说它不复杂！"我忍不住大声喊道。

"是啊，确实不复杂。除此之外，我想不出用别的什么词语来描述它。"福尔摩斯说，他微笑地看着我吃惊的表情，"你想一下，我没有借助任何帮助，只是经过一番正常的推理，就在三天之内将这个罪犯抓住了，这还没有充分证明这件案子不是很复杂吗？"

我说："仔细回想一下，你说的还真是这么回事。"

"之前我就对你说过，通常情况下，那些与众不同的事物，都构不成什么阻碍，相反它们还有可能是一种线索。在处理这类问题的时候，最常用的方法就是推理的方法，一层层地往回推理。这种方法很有实效性，而且也不难掌握，可惜的是，很少有人在实践中采用。我们日常生活中，往往采用的都是往前推理的方法，却很容易忽略往回推理的方法。可以这么说，假如说能够从事物各个方面进行综合推理的人有五十人，那么，能用分析的方法推理的，最多也就有一两个，仅此而已。"

我说："实话实说，我不太懂你要表达什么。"

"实际上，我并不奢望你可以完全明白。我试试看可不可以说得更清楚一些。大多数人是这样的：你将一系列的事实跟他们讲清楚以后，他们也许会把结果告诉你，他们的脑子可以将这一系列实际情况联系在一起，经过思考，能够得出结果。可是，总有少数的人会更胜一筹，如果你将结果告诉他们，他们就可以通过他们的潜意识，把结果的各个环节都能够推断出来。这便是我刚才提到的'分析的方法'或者是'往回推理'的那种能力。"

我说道："这样说我就明白了。"

"这件案子就是一个非常好的例子，只有一个结果是你知道的，剩下的全都要靠你自己去发现了。这样就可以了，我现在把我个人进行推理这个案件的全部过程尽可能向你讲述一下。我们还是从头开始讲起吧。就如同你所看到的那样，我是走着去那座房子的。那个时候，我的脑子里一点儿都没有先入为主的想法。非常自然的，我首先要从街道检查开始，我已经和你提到过，在街道上我发现了一辆马车车轮的痕迹，印痕特别的清楚。我仔细地推敲了一番，断定这痕迹一定是夜里留下的。还有车轮之间的距离也比较窄，所以我确定这是一辆出租的四轮马车所留下的，并不是自用马车，因为一般来说，伦敦的自用马车的车轮都会比出租的四轮马车要宽一些。

"这是我通过观察得到的第一点结论。后来，我便小心地在花园中的小路走着。非常碰巧的是，这条小路是一条黏土路，非常容易留下印迹。在你看来，这条小路也许只是一条被人踩踏得乱七八糟的烂泥路。但是，我有一双非常厉害的眼睛，在我的眼里，小路上的每一个痕迹都有着不同的意义。在侦探学所有的分支里，足迹学完全可以称得上是一门艺术，非常的重要但也非常容易让人忽略，幸运的是我一向都对这门科学特别的重视。不瞒你说，经过了多次实践之后，它已经成了我的第二天性。在小路上，我发现了警察们留下的沉重靴印，我也看到了最开始从花园经过的那两个人的脚印。而且他们的脚印，比所有人的都要早一些，这一点很容易解释明白：因为从某些地方能够看得出，后来那些人把他们的脚印不断地踩踏，几乎已经完全看不出来了。这样，我的第二个推理环节就构成了。这个环节告诉我，那天夜里一共有两位访客，一位身材比较高大，因为他的步子跨度比较大；另外一位则穿戴时髦，因为他的靴印非常精致。

"接下来，进入了房间，我的推断马上就得到了证实。在我的面前躺着的就是那位穿着漂亮靴子的先生。假如他是被他人杀害的话，凶手肯定是那个大高个。死者的身上并没有找到伤痕，看他脸上的表情却是特别的紧张、激动，我相信他在临死之前，对自己的命运已经很清楚了。无论在什么情况下，就算是心脏病突然发作或者是其他因素造成的突然死亡，在死者的脸上也不可能会出现那种紧张而且激动的表情。我闻了一下死者的嘴唇，感觉有点儿酸，所以我就得出结论：一定是有人强迫他服毒而死的。为什么说是强迫的呢？是他脸上那种怨恨和害怕的神情就知道了。我使用排除法，排除掉一些其他不合理的假设，最后得出了这个结论，因为其他的假设不能与这些事实完全吻合。你不要把这想成是前所未有的妙论。在犯罪记录中被强迫服毒的案例不在少数，你向一个毒物学家提问相关案例，他会马上联想到发生在敖德萨的多尔斯基案子，还有发生在茂姆培利耶的雷吐里耶案子。

"我们再来说说'为什么'这个大问题。很明显抢劫不是谋杀的目，因为死者身上没有少任何一样东西。那么，这到底是情杀案件还是政治案件呢？这个问题是我那时首先需要明确的。我更倾向于前者。因为在政治暗杀中，一旦凶手得手，肯定会马上逃走的。但是这件案子却正好相反，凶手作案的时候非常从容，而且还在屋子里很多地方留下了脚印。这就说明，凶手一直都在现场，所以我判断这肯定是一件情杀案，并没有任何的政治目的，因为只有仇杀才会如此处心积虑地报复。接着，发现了墙上的血字，我对我这个结论就更加深信不疑了。显而易见，那血字是故弄玄虚，我看一眼就知道了。后来发现了指环之后，问题就基本确定了。凶手当时拿着这只指环使被害人回忆起某个不在场的或者已经死亡的女人。关于这一点，我曾经问过葛莱森，他拍往克利夫兰的电报中，问过锥伯的经历中是不是有什么突出的问题。你还记得吧？他给的答复是锥伯没有问题。

"接下来，我便对这间屋子进行了仔细的检查，结果发现了很多问题，我敢确定凶手是一个高个子，而且还发现了一些其他的细节：比如凶手吸印度雪茄烟、凶手留着指甲长等等。房间里并没有发现打斗过的痕迹，当时我又得出了结论：地板上的血迹是凶手在非常激动的时刻流的鼻血。因为我发现，只要有血迹的地方，都会有他的脚印。他一定是一个血液充沛的人，大多数人都不会在激动的时刻流大量的血。因此，我就大胆地认为，这个罪犯也许是一个身强力壮的红脸膛。后来事实证明我的判断是对的。

"后来，我离开了那座房子，便马上着手调查葛莱森和他的同事没有注意到的问题。我给克利夫兰警察局长拍了一个电报，只是问了有关伊瑙克·锥伯的婚姻问题，回电非常的明确。局长说，锥伯曾经指控过一个名叫杰弗逊·侯波的旧日情敌，而且还请求过法律保护，目前这个侯波正在欧洲。当时我就很清楚，我已经掌握了这个秘密案件的线索。接下来需要做的就是如何准确地捉拿凶手了。

"还在作案现场时，我就有了定论：和锥伯一起进入那个房间里去的不是别人，就是那个马车夫。

"我检查了街道上的一些痕迹，拉车的马曾经在这里随意行动过，假如一直都有人驾驭，是不会出现这种情况的。如果车夫不是去了这个房间，他还会到哪里去呢？还有一点非常重要，那就是所有头脑健全的人想要进行一桩蓄谋已久的罪行，都不会暴露在可能会泄露秘密的第三个人面前。还有一点，在伦敦这个大城市里，如果想到处跟踪另外一个人，没有比做一个马车夫更好的办法了。又把这些问题认真考虑之后，一个必然的结论就浮现了出来：如果要找到杰弗逊·侯波，一定要到城里的出租马车的车夫里面去找。

"假如他做过马车夫，就不可能会从此不干了。恰恰相反，如果站在他的角度来思考的话，他突然改变工作反而会让同事们产生怀疑。至少最近这段时间，他还会选择继续留在这里。假如他现在使用的是化名，而不是真名呢？这也是可以讲通的。在一个没有人认识他的国家，他是不太容易更名换姓的，所以，我就去找了一些在街头流浪的孩子，组成了一支独家侦查队，组织他们有秩序地去伦敦所有的马车去打听，直到把我想找的这个人找到为止。你还记得吗？这些小家伙干得非常好，这支侦查队的办事效率也特别的高！至于后来斯坦节逊也被谋杀了，这件事我确实没有想到，但是意外事件无论在什么情况下都是在所难免的。你应该清楚，在后面的一个案子里，出现了两颗药丸。我早就意识到这种东西一定是在某个地方存在着。现在你明白了吧，整个案子在逻辑上完全是前后相连、毫无间断。"

"真的是太妙了！"我大声称赞，"我认为你可以把这些本领全部公布，让所有人都知道。你应当把这个案子的侦破过程发表出来。如果你同意，让我来替你发吧。"

"没关系，随便你，想怎么做，就怎么做吧，华生，"他回答道，"可是你先看样东西！"他说着将一张报纸递给我，指着上面的一篇文章说，"读读这个！"

我拿起报纸一看，他指的这一篇是今天的《回声报》，正是介绍关于我们所谈论的案件的报道。

报纸上报道：

由于侯波突然死亡，广大的社会人士失去了一些耸人听闻的谈资。谋杀伊瑙克·锥伯和约瑟夫·斯坦节逊两位先生的嫌疑犯就是侯波。我们已经获悉，这个案子牵涉了很久前的一起桃色纠纷，这中间包含了爱情以及摩门教等问题。但是有关这个案件背后的真相，随着侯波的离去，也许永远都不可能被揭晓了。根据当局的说法，这两个被害者年轻的时候都是摩门教徒。已经死去的在押犯侯波也是盐湖城人。假如有人认为这件谋杀案并无其他的价值，至少它能够突显出我国警探破案是如此的神速，速度快得足以让一切外籍人士引以为戒；他们自己的纠纷还是要在他们自己的国家解决比较好，千万不能把这些纷争带到不列颠的国土上来。谈起快速侦破案件的功劳，应该全部归于苏格兰场非常有名的侦探雷斯垂德和葛莱森两位先生的名下，这已经是不言而喻的了。据报道，凶手被捕时正在夏洛克·福尔摩斯先生的家中。作为一名私家侦探，夏洛克·福尔摩斯在侦破案件方面也有非常不错的表现，相信在如此杰出的两位导师的教诲之下，将来福尔摩斯一定可以取得惊人的成就。权威人士猜想，这两位侦探会因为此案获得一些奖赏，以资鼓励所有人。

夏洛克·福尔摩斯大笑着说道："刚开始的时候我不是这样对你说了吗，咱们对血字研究的全部成果会为别人争得荣誉！"

我说道："没有关系，我会将全部事情的经过都详细地记录在笔记本里面，相信过不了多久这个真相就会被天下人所知的。既然这个案子已经成功侦破，你应该感到满意才是啊！"

四签名

一　演绎的科学

福尔摩斯从壁炉角上将一个药瓶拿起，又从他那精致的山羊皮制成的包里面取出了一支皮下注射器，随后，用他那白皙而有力的长长的手指把细小的针头装好，又把左边的衬衫袖口卷起。望着自己那强壮有劲、到处是针刺痕迹的前臂及手腕，他沉思了一会儿，最后还是按下针塞将液体注射进了肌肉里面，之后他倒在了铺有天鹅绒镶边的坐垫的扶手椅上面，心满意足地长长叹了口气。

每天三次同样的场景，我已经看了有很长一段时间了，可是内心依然没有办法接受。反而，随着天数的增加，每一次看见他这样做，我心里感觉越来越难受，而且每到夜里，总是会谴责自己居然不能鼓起勇气去劝阻他，有很多次我都在心里发誓要跟他好好谈一下这件事，可是每一次都因为他那种冷冷的、并不在乎的表情让我话到了口边又咽了回去。他的坚毅、居高临下的神态还有一些我所领教过的各种非同一般的品质，使我没有信心去劝阻他，担心会惹怒他。

可是在这个下午，也许是因为我午饭的时候喝了点儿红葡萄酒，也许是因为他那无所谓的表情使我感到生气，我突然觉得再也没有办法忍受了，于是我问他："你今天用的是什么？吗啡，还是可卡因？"

他慢慢地从刚打开看的一本黑体字的旧书上抬起头说道："是可卡因，溶液浓度百分之七，你要不要试一试？"

"不需要，"我非常干脆地答道，"我的身体还没有从阿富汗战争中缓过来，再也经不起瞎折腾了。"

他见我反应如此激烈，就笑着说："华生，可能你是对的。也许这东西对身体是有坏处的，可是对于它那超强的刺激和醒脑作用，那点坏处也就算不上什么大事了。"

我认真地说："但是你也要想想那需要付出什么样的代价！就像你所说，

你的大脑也许会感到刺激或兴奋，可是终究那是病态的。那东西会使器官组织变质，至少可造成长时间的虚弱，你要知道为什么你现在变得这么抑郁，告诉你，全都是拜它所赐，实在是太不值得了。你不能为了一时的快感，就拿自己的天赋开玩笑。你要明白，我之所以这样劝你，不仅是因为你是我的朋友，还因为我是一名医生，我有责任关照你的身心健康。"

他似乎并没有因为我所说的话而感到恼火，反而将十个指尖收到一起，把胳膊肘靠在了椅子的扶手上面，脸上显出一副对谈话兴致盎然的样子。

他说道："我不喜欢平淡的生活。只有让我遇到难题，让我工作，哪怕是特别深奥的密码或者是特别复杂的分析，才可以让我保持常态，也才可以让我不需要人为的刺激。我讨厌那种很平常的生存状态，我希望能够有精神上的刺激，这就是我为什么会选择这个特殊的职业，也可以说是我创造了这个职业，因为除了我，在整个世界再也找不到第二个人这样做了。"

我抬头问道："唯一的私人侦探吗？"

他回答说："唯一的私人咨询侦探。在整个侦探界，我是最有权威的人。当格雷森、雷斯垂德或埃瑟尔尼·琼斯遇到什么困难的时候——他们经常会遇到这种情况——就会来向我寻求意见。我作为一个专家仔细探查情况，然后说出我的见解。我做的这些事，从来都不追求荣誉，报纸上也不会出现我的名字。对于我来说，最好的奖赏就是工作本身的乐趣，它可以让我的特殊精力得到释放。你有没有从杰弗逊·侯波案里我的工作方法中得到一些经验呢？"

"我承认有，"我认真地说，"那件事给我的印象特别的深刻，我将它写进了一个小册子呢，还给起了一个非常吸引人的标题：《血字的研究》。"

他不是很满意地摇了摇头，说道："你所做的记录，我已经大致看了一遍，说实话不是很好。侦查是——也许应当说是一种精密科学，应该用同样冷静的、不要掺杂主观感情的方法来看待它。你如果要给它加上些浪漫的色彩，却不清楚结果，就如同在欧几里得几何命题里掺杂了恋人私奔的爱情故事一样。"

我说道："可是，的确是有浪漫冒险的元素在里面，我又不可能把事实篡改呀。"

"有的时候，事实是可以省略的，或者你在选材的时候有些节制才行。在我看来，这个案子里唯一值得注意的一点就是：我怎样通过大胆的推断和分析，从事实的结果来寻找原因，从而将案件侦破的过程。"

我感到特别的生气，那部作品本来就是为了取悦他的，现在却被他这样批评了一顿。我承认，他的自尊自大让我感到很愤怒。如果按照他的要求，我的作品里面的每一句话都必须得描写出他个人的活动。在同他一起居住于贝克街的几年里，我在很多的时间都发现我的朋友在平静说教下，总有那么一点儿虚荣和自负。不过我并没有说什么，只是坐在那里抚摩着我那条受伤的腿。这条腿在阿富汗时曾经被子弹打穿过。虽然说走路时并不碍事，可是只要天气不好时，都会隐隐作痛。

"近期以来，我的业务已经扩展到了欧洲大陆，"说到这儿福尔摩斯停了一会儿，给他的旧石南烟斗装满烟丝，又继续说道："上个星期有一个叫弗朗索瓦·勒·维拉尔的人过来向我请教，你也许知道，这个人是法国侦探界的新秀。他拥有凯尔特人特有的敏锐直觉，但是在精确知识的广度上还是不够的，而这方面却恰恰是他作为侦探想要取得更大发展所需要的。他向我请教的是一件关于遗嘱的案子。我向他提供了非常相似的两个案子作为参考，一个是 1857 年里加城的案子，另外一个是 1871 年圣路易城的案子。这两个案子对他侦破那个案件起了很重要的作用。他的这封感谢信就是我今天早晨收到的。"福尔摩斯边说着边递给我一张折皱的外国信纸。

我大致看了一下，信里面写的全都是钦佩的话，比如说"伟大"、"非凡的手段"、"果断的行动"等能表示这位法国人对我朋友热情洋溢的一系列赞美的话。

我说道："就好像是一个小学生在和他的老师说话一样。"

福尔摩斯平和地说："啊，他觉得我的帮助起到了很大作用。实际上，他自己也是非常厉害的。一个理想侦探需要具备的三个条件，他已经具备了两个：观察能力以及推理能力。现在他所欠缺的只有学识，而这个是需要长期的积累才能够获得的。他现在正把我的几篇作品翻译成法文。"

"你的作品？"

"是啊，我的作品，你还不清楚吗？"他笑着说道，"惭愧，我曾经写过的几篇关于技术方面的专论，比如有一篇叫《论各种烟灰的区别》。在文章里面，我列举了一百四十种各种形状的雪茄、纸烟、烟斗丝，另外还配上彩色的插图来说明每种烟灰的不同之处。这些知识在刑事案件审判中会起到重要作用，有的时候还会是非常重要的线索。假如某个谋杀案是一个抽印度雪茄烟的人所为，那么通过对烟灰的鉴定，你的调查范围会大大缩小。在一个接受过训练的人看来，印度雪茄烟的黑灰与'鸟眼'烟的白灰的不同之处，就如同卷心菜和土豆的区别一样明显。"

我说："你在细节观察方面有着非同一般的才能。"

"这是因为我认识到了它们可以起到重要的作用。还有一篇关于脚印跟踪的专论，里面有关于利用熟石膏来保存脚印的一些介绍。另外还有一篇奇特的短文，是关于一个人的职业怎样影响他的手的形状，里面还配有石匠、水手、排字工人、木刻工人、织布工人以及磨钻石工人的手形版画，这些对于科学的侦查可以起来非常重要的作用——特别是遇到无名尸体的案件或者是需要了解罪犯身份等的时候它会有所帮助。我们一直在谈我的爱好，你是不是觉得很无趣啊？"

"一点儿都不，"我认真地回答，"我认为你所讲的这些非常有趣，特别是我之前曾亲眼看见你把你所说的运用到了实际中去。你刚才所提到的观察和推理，很明显，两者在某种程度上有着一定的联系。"

"那你可没说对，它们之间基本是没什么关联的。"他非常惬意地躺在扶椅上，喷出了几个厚厚的蓝烟圈，说道，"比如，据我的观察，你在今天早上去过韦戈姆大街的邮局，可是我的推断却告诉我你还在那里发过一封电报。"

我喊道："没错！完全正确！可是我不清楚你是如何知道的。那只不过是我在心血来潮时做出的举动，我从未向任何人提起过啊。"

他见我如此的惊讶，哈哈大笑说道："这个一点儿也不难，解释根本就是多余的，但是，这可以让你搞清楚观察和推理各自的界限。我看见你的鞋背上沾了一点儿红泥，韦戈姆大街邮局对面的人行道刚被工人给挖开，泥土就在路面上堆着。你如果要走进邮局肯定会踩到泥上面，据我所知，那是一种特殊的红色的泥土，而且附近也找不到那种颜色的泥土。这些全部是观察告诉我的，剩下的信息是我用推理得来的。"

"那你又如何知道我发过一封电报的呢？"

"整个早上，我一直都坐在你的对面，我当然清楚你并没有写过一封信。同时，我发现，有一整张的邮票和一大叠的明信片在你的桌子上面，那么，如果你去邮局的目的不是发电报还能去做什么呢？排除所有其他的因素，剩下的自然便是真相了。"

我思考了一下说道："如果这样的话，这件事的确如同你所说，再简单不过了，如果现在我给你一个相对复杂一点儿的情况，你是不是会认为我太鲁莽了呢？"

"恰恰相反，"他说道，"这样一来，我就不用第二次注射可卡因了。无论你提出什么难题，我都会非常感兴趣。"

"我记得你之前说过，在任何一个日用物品的上面，一定留有使用者的个人印记，这些印记对于一个训练有素的人来说，是很容易被发现的。现在我这里有一只近期才属于我的表，你能不能通过表推断出前主人的习惯和性格呢？"

我将表递给他，心里感觉非常的好笑，因为我觉得这个任务他无论如何也完成不了。我就是要打击一下他那种目空一切的态度。

他将表拿在手上，认真地看表面，然后又打开表盖，开始他用肉眼认真地看着里面的小部件，后来又拿来了高倍放大镜观看。看着他那垂头丧气的样子，我差点就忍不住笑出声来。突然，他将表盖合上，把表还给了我。

他说："这个表似乎一点儿痕迹都看不出来，它最近被清洗过，在我看来，大部分提示性的信息都已经被擦掉了。"

我回答道："你说得非常对，这只表的主人在送给我之前刚清洗过。"

我在心里面对我的朋友用这个最不具说服力的借口来开脱自己一点都不爽。即便是一只从未清洗过的表，他难道会发现什么信息？

"尽管让人不是很满意，通过观察，我还是有一些发现的。"他无精打采地盯着天花板说道，"我先来说说，你看我说的对不对。我猜这只表是你的哥哥送给你的，应该是他从你父亲那里得到的。"

"你一定是通过表背面上的字母 H.W. 看出来的吧？"

"你说得没错，字母 W 代表的是你的姓。这只表大约有五十年的历史了，表上所刻的字母跟制表的时间差不多，所以它应该是你上一辈的物品。按照习惯，珠宝之类的东西，通常都会传给长子，长子的名字往往会和父亲一样。如果我记得没错的话，你父亲去世已经有很多年了，所以我判断这只表是在你哥哥的手里。"

我说道："你说的一点儿都没错，还有其他的吗？"

"你的哥哥总是有一些坏毛病——既不喜欢整洁又疏忽大意。他之前有一个非常好的前程，可是机会都让他放过去了。有的时候他生活穷困，但有些时候也会活得非常体面，最后由于酗酒而死。这些就是我所知道的了。"

我从椅子上跳了起来，感觉心里很烦躁，在屋子里不停地走来走去。

我说道："福尔摩斯，你居然能推断出这些信息来，我简直难以置信，你事先肯定已经知道了我哥哥的不幸历史，现在却假装用些奇妙的方法，推测出这些事实。我没有办法相信你单从这只旧表上就可以发现这么多的事实。说实话，你这点儿小伎俩可没有那么容易骗了我。"

他语气温和地说："我亲爱的医生，我真诚地向你道歉。我光想着把这件事当成一个理论问题来讲述，却忽略了它对你来说可能是一件非常隐私又很痛苦的事情。我可以向你保证，在我看到你的这只表以前，我真的不知道你还有一个哥哥。"

"那你是如何推测出这些事实的呢？我可以告诉你，你说的每一个细节都是对的！"

"是吗？那不过是我运气好罢了，我说的只是一些我觉得有可能的情况，我不知道竟然会这样准确。"

"也就是说这不仅仅是你的猜测了？"我问道。

"不是，我从来都不会猜测，对于逻辑推理来说它不是一个好习惯。你之所以会感觉到奇怪，那是由于你没有明白我的思路，或者说你没有注意到可能影响关键推理的那些细小的事实，比如，我刚开始曾说你哥哥是一个草率、疏忽大意的人。你仔细看，就会发现不仅是在这只表表盖的下边部分，有两处细微的凹痕，整个表的表面全部都是擦痕和刻痕，这是由于他经常会将其他硬物，比如钱币、钥匙等和手表放在一个口袋里所造成的。这样看来，就可以推断出一个对一只价值五十多金币的表都这样不在乎的人，说他粗心大意是不足为奇的。同样，也可以推断出，一个继承了这样贵重手表的人，肯定也会继承很多其他的好东西，这是很容易推断出来的事情。"

我默默地点了点头，对他的推理表示认同。

"在英国，典当商有一个惯例，每当他们收到一只表的时候，总是会把当票的号码用针尖刻在表盖的里面，因为这样要比贴标签更方便，也可以避免号码丢失或者弄混的危险。我使用放大镜观察的时候，在表盖里面看见了不少于四个这样的号码。我的第一个推论就是，你的哥哥经常穷困潦倒，附带的推论便是，有的时候他会很有钱，否则他就不可能把手表给赎回来。最后请你认真观察一下这个有锁眼的表盘，锁眼的四周有上千个刮痕，这些全部都是被钥匙划的。如果是一个清醒的人插钥匙，怎么可能会留下如此多的凹槽呢？而你如果想在一个醉汉的表上找不到这些划痕也是非常困难的。他晚上上发条，手腕还颤抖，所以才会留下这么多的痕迹。"

我说道："真的是太清晰不过了。刚才对你的不敬我表示抱歉。我本来应该对你超凡的才能有更大的信心才对。请问你现在有正在调查的案件吗？"

"由于没有什么案件，所以我才会注射可卡因。假如不让我的脑子动起来，我简直就活不下去。啊，除了这个还有什么可以让我活下去呢？你站在窗子那里往外面看一下，这个世界是这么的沉闷和阴暗啊！你看那黄雾一直滚过大街，从那些暗褐色的房屋屋顶飘过，再也没有什么比这个更加无望的了。华生，如果一个充满精力的人，找不到可以释放他精力的地方那该多么悲哀啊！犯罪是很普遍的事情，生存也是很平常的事情，所有的事情在这个世界上都可以说是非常的平常。"

我刚要张开嘴打算回应他那有些偏激的言论，伴着一声清脆的敲门声，只见我们的女房东走进来了，她手里托着一个铜盘，上面放着一张名片。

她朝着我的朋友说道："有一位年轻的女士想要约您见面，先生。"

"梅丽·摩斯坦小姐。"他看着名片念道，"嗯！我想不起来这个名字。哈德逊太太，让她进来吧。华生，你先不要走，我希望你可以留在这里。"

二　案情的描述

摩斯坦小姐迈着坚定的步伐走进了我们的房间，她看上去沉着镇定，态度从容。她是一位年轻的金发女郎，身材娇小，面容精致。她穿着得体，服饰简单朴素，由此可以猜测她生活可能有一点儿拮据。她的衣服是浅灰褐色的，没有任何的装饰，手上戴着手套，头上戴着一顶浅灰色的头巾，头巾边缘上插着一根白色的羽毛，这给头巾稍微添加了一些明亮的色调。她的长相谈不上漂亮，可是却非常甜美可爱，一双蓝色的大眼睛，看上去很有神。尽管我曾经也远游三大洲，去过很多国家，见到过太多的女人，但是还从未见过这样一副既优雅又精致的面容。我发现当福尔摩斯示意她坐下来的时候，她的嘴唇战栗，双手颤抖，可见她内心有多么的激动啊。

她说道："福尔摩斯先生，我之所以今天来见您，是因为我的女主人瑟希尔·弗莱斯特曾经得到过您的帮助，您帮助我家夫人解决了一件家庭矛盾。她对您的帮助以及您的本领颇为感动和折服。"

"瑟希尔·弗莱斯特夫人，"我的朋友说，"我确实曾经帮过她一点儿小忙，如果我没有记错的话，那件案子其实一点儿也不难。"

"可是她却不这样认为。我希望您不要觉得我向您请教的这件案子是简单的。在看来，再也没有什么案子比我的这件还要离奇的了，实在无法解释，让我的处境更加艰难了。"

福尔摩斯伸出双手搓了搓，眼睛里面闪闪发光。他坐在椅子上，身子微微向前倾，他那张轮廓鲜明的脸上表现出了专心倾听的样子。

"跟我们讲述一下您的案子吧。"他神情郑重地说道。

"我认为我不适合留在这里。"我站起身来，说道，"不打扰了，先走一步。"

让我感到惊讶的是，这位年轻的小姐却伸出了她戴着手套的手将我留住。她对我的朋友说道："如果您的朋友愿意留下来的话，也许会对我有所帮助呢。"

我只好又坐回椅子上。

她接着说道："简单说，事情是这样的：我的父亲是英国在印度驻军的一名军官，记得在我还很小的时候，他就把我送回了国。那个时候，我母亲已经离开了人世，在英国我没有任何亲戚，所以我父亲就把我送到了爱丁堡里面一个环境比较好的寄宿制学校。我在那里一直待到了十七岁。

"1878年，我的父亲获得了一年的休假时间，他回到了英国，那个时候他已经是军队里面的一名上尉了。他在伦敦的时候就给我发了封电报通知我，他现在已经安全抵达伦敦了，住在朗哈姆旅店里面，并要求我立即赶过去与他见面。我还记得他的电报里面充满了关心和慈爱。刚到伦敦我便坐车赶往朗哈姆旅店。有人告诉我，摩斯坦上尉的确住在那里，但是他在前一天晚上就出去了，一直没有回来。我在那里等了整整一天，都没有他的消息。

"一直到了晚上，还是没有见他回来，旅店老板建议我去报警，所以我就报了警，并且还在第二天早上的各个报纸上都刊登了寻人启事，但是我们的寻找没有一点儿线索。从那个时候开始到现在，我一直都没有听到任何有关我那可怜的父亲的消息。他回国的目的本来是想幸福地度过晚年，可是没有料到……"

她看上去特别的伤心，哽咽得说不下去了。

福尔摩斯将他的笔记本打开，然后问道："那是什么时候发生的事情？"

"他是在 1878 年 12 月 3 号失踪的，距离现在大约有十年了。"

"那么，他的行李呢？"

"还在旅店里面，行李中并没发现任何能够作为线索的东西，只有一些衣服和书籍，还有特别多的安达曼群岛的古玩，他曾经在那里做过监管囚犯的军官。"

"他在这里还有朋友吗？"

"我只知道有一个，他叫索尔托少校，他和我的父亲曾经一起在驻孟买的第三十四步兵团服役。这位少校在前些日子刚刚退役，他就住在上诺伍德。我当然也和他联系过，可是他不知道我父亲回到了英国。"

"真的是一个非常奇特的案子。"福尔摩斯说道。

"最为奇特的事情，我还没有跟你讲述呢。大约六年前，确切地说是 1882 年 5 月 4 日，《泰晤士报》上刊登了一则广告，内容是寻找梅丽·摩斯坦小姐的住址，上面说明，假如她能够回复的话，只会对她有好处而不会有什么坏处的。广告上没有署名和地址。我那个时候，刚刚到瑟希尔·弗莱斯特夫人家里做家庭教师。按照她的建议，我便在报纸的广告栏里面把我的地址刊登在上面。当日我就收到了一个从邮局寄给我的小纸盒，纸盒里面有一颗特别大而且非常有光泽的珍珠，盒子里面没有发现任何的文字。从那个时候开始，每年的同一天我都会收到一个类似的纸盒，里面都会有一颗相同的珠子，并且总是找不到邮寄者的任何信息。经过专家鉴定，那些珍珠十分罕见，价值不菲。你们可以看看，的确是特别的漂亮。"

说着她就将一个扁平的盒子打开了，我看见了生平见过的最好的六颗珍珠。

福尔摩斯说道："您所讲述的事情还真是很有趣，还有没有其他什么奇怪的事情发生？"

"有的，就在今天早上，我收到了这封信，这也是我到这里来找您的原因，请您自己看一下吧。"

福尔摩斯说："谢谢，请把信封也一并给我吧。邮戳：伦敦西南区；日期：7月7日。没错！角上还有一个人的大拇指印，也许是邮递员的。纸质非常的好，信封是六便士一包，上面没有写地址。'请您在今天晚上七点钟到纳西姆剧院的外面左边第三根柱子那里等候。假如您不放心，可以带两位朋友前来。您受的所有苦难都会得到补偿。记得千万不要带警察来，否则我是不会与您相见的。您的不知名的朋友。'

"简直不可思议，实在是太神秘了！摩斯坦小姐，您是如何打算的？"

"这也是我过来请教您的主要目的。"

"肯定是要去的——您和我，对了，还有华生医生。那个写信的人不是说可以带两位朋友吗？华生医生和我一直都是在一起合作的。"

她的表情充满恳求，问我："您愿意同我们一起去吗？"

我非常热情地答道："如果我可以帮上什么忙的话，我非常愿意。"

她高兴地说道："实在感谢二位，另外，我也找不到其他的可以求助的朋友。我会在六点钟的时候赶到这儿，可以吗？"

福尔摩斯道："只要不晚于六点就可以，但是还有一点我想要知道，这封信和珍珠盒上的地址的笔迹相符吗？"

她取出了半打纸来，说道："我全部都带来了。"

"您真的称得上是一个模范顾客，把所有的都想到了，现在咱们来看一下。"福尔摩斯将信纸平铺在桌子上面，一张一张地看，然后说道："除了信纸以外，所有的笔迹都是伪装的，可以确定都出自同一个人之手。你们看看，这个希腊字母 e 就好像要飞起来一样，再看看最后一个 S 的一转也很有特点。摩斯坦小姐，我不想让您产生错误的希望，但是您能不能告诉我，这些字和您父亲的笔迹相比，能不能找到什么相像的地方？"

"没有，哪儿也不像。"

"我也想到了会是这样的。那么，您就在六点的时候过来吧，我们会在这里等您。请把这些信纸暂时放在我这里吧，我可以再利用这段时间进行研究，现在是三点半，就这样，再会吧。"

我们的客人用她那明亮、和善的眼光看了看我们，说道："好的，再会。"接着她将珍珠盒放回胸前，急忙地离开了。我站在窗前，看着她径直地走上大街，直到她的灰色头巾和白翎毛在人群中变成了一个小点。

我转过身来，向我的朋友说道："真是一位漂亮的女郎啊！"

福尔摩斯又将烟斗点燃，然后躺靠在椅子上，耷拉着眼皮，无精打采地回应道："真的吗？我并没有注意到。"

我大声说道："你就如同一个机器人，或者一台计算机！很多时候，你的反应不像一个正常人的行为。"

他淡淡地笑了，说道："不要让你的看法误导了你。对于我来说，委托人只单纯是一个个体，是整个难题中的一个要素——问题里面的一个因素。情感会妨碍正确的推理。我跟你讲，我见过一个特别漂亮的女人，为了能得到保险赔款而将三个小孩毒死，后来她被绞死了；还有我认识一个男人，虽然很丑陋，却是一个大慈善家，他将自己近二十五万英镑全部都捐赠给了伦敦的穷人们。"

"可是，这一次……"

"对我而言，没有什么例外，因为例外会破坏规则。你是否也学过根据笔迹来研究人的特征？对于这个人的字，你有什么看法？"

我回答道："这个人的字写得非常的清晰，也非常整齐，是一个具有商业习惯和性格坚定的人所写。"

福尔摩斯摇了摇头，说道："你有没有注意到他写的长字母，它们几乎都没有超过一般的字母，那个d字写得如同一个a字，还有那个l如同一个e字，有性格的人无论写得怎样难以辨认，一定会把长字母与其他的字母区分开的。他写的k字有一些滑动，大写字母写得非常有力。我要出去一下，还需要查一些材料。我给你推荐一本书吧——一本你一定要看的书，就是温伍德·瑞德写的《人的殉难》，我大约在一个小时以后回来。"

我坐在窗前，手里拿着书，可是我的思绪已经不在作者的大胆描写上面了。我满脑子都是刚才那个来访者的身影——她的微笑，她那富有磁性的嗓音，还有她在生活上的离奇遭遇。假如在她父亲失踪的时候，她才十七岁的话，那么，她现在便是二十七岁了——这个年纪正是随着阅历的增多，年轻时的幼稚逐渐消退的美好年龄。我一直坐在那里胡思乱想，一直想到有种非常危险的念头闯进了我的脑海，我才马上跑到桌前，一头埋进最新的病理学论文中，借此来阻止我的妄想。我只不过是一名陆军的外科医生，还带着一条伤残的腿，银行里面又没有多少钱，怎么会有这样的想法呢？她也只是案子里面的一个单位，一个因素罢了——没有其他什么了。假如我的前途注定是黯淡的，最好还是勇敢地接受它，而不要试图用不现实的幻想来取得一点的安慰。

三 寻求答案

一直到了五点半的时候福尔摩斯才回来。他看上去特别的开心、兴奋，但根据他的情况我猜测，过一会儿他可能又会陷入极度的忧郁状态。

我为他倒了一杯茶。他端起茶杯说道："我认为这个案子没有什么神秘的地方，所有的事实好像只有一个解释。"

"不会吧？你已经得出结论了？"

"我如此说，还为时过早。我已经发现了一个很有说服力的事实，非常的有用。很显然，有一些细节还需要以后再补上。我刚从《泰晤士报》的资料室里面发现了关于索尔托少校的一些材料，他活着的时候在上诺伍德居住，曾经在驻孟买步兵团第三十四团服役，1882 年 4 月 28 日，他离开了人世。"

"福尔摩斯，也许是我脑筋迟钝，可是我真的想不出这些能够说明什么问题呢？"

"不清楚？实在让我感到惊讶。那么，这样说吧，摩斯坦上尉不见了，在伦敦，他唯一会去拜访的人只能是索尔托少校。可是索尔托少校竟然会否认他知道摩斯坦上尉已经回到伦敦。四年后，索尔托少校死去了。在他死后不到一周的时间，摩斯坦上尉的女儿便收到了一件贵重的礼物，从那以后，每年如此。现在甚至又收到了一封信，称她是一个受了不公正待遇的人。这种不公正待遇除了说她失去了父亲，还会指什么呢？还有，为什么索尔托刚死，就会有人马上给摩斯坦上尉的女儿邮寄礼物呢？这只能说明索尔托的继承人对这个秘密知道一些，他们想要给一些补偿。除了这个解释，你还有什么其他的看法能够解释这些事实吗？"

"可是这种补偿方式也太奇怪了吧！方法是如此的奇特！另外，他六年前为什么不写，要等到现在才写呢？再者，信上还提到要还她一个公道。她到底能够得到一个什么样的公道呢？假如说她的父亲并没有死，这有些不太可能。可是除此以外，她似乎也没有受到过其他的不公正待遇。"

福尔摩斯说道："是有些不能让人理解，有些匪夷所思。可是如果我们赴了今天晚上的约会，事情就能够全部弄清楚了。看，摩斯坦小姐的四轮马车来了，你做好准备了吗？那咱们下去吧，现在已经超出了约定的时间。"

我拿起我的帽子和一根比较沉重的手杖。福尔摩斯打开抽屉将一把左轮手枪装进了口袋。看来他觉得今天晚上的任务不会那么轻松。

摩斯坦小姐披着一件黑色披风，表面上看起来很镇定的样子，但是面色却很苍白憔悴。假如她对我们就要进行的冒险没有感到有什么不安的话，那她和其他的女人果然有些不同的地方。她的自制力比较强，她非常轻松地就把夏洛克·福尔摩斯所提出的几个新问题回答出来了。

她说道："索尔托少校与我的父亲是非常要好的朋友。在爸爸的来信里面总是提到少校。他和爸爸都服务于驻安达曼群岛军队，所以他们很多的时间都会在一起。另外，我还在我父亲的书桌里看见了一张字条，我没能读懂是什么意思。我不知道它能不能起到一些作用，但您也许会愿意看一看，所以我将它带来了。"

福尔摩斯非常小心地展开纸条，然后放在膝盖上弄平整，接着他又使用双层的放大镜非常仔细地检查了一遍。

检查完后，他说道："这种纸是印度生产的，曾经被钉在木板上。纸上面的图似乎是一所高大的建筑设计图的一部分，图上面有很多的大厅、走廊以及通道。一头用红墨水画了一个小十字，上面用铅笔很模糊地写'从左边3.37'。在左边有四个连在一起的奇怪的十字形，如同象形文字一样，旁边写着几个特别潦草的字：'四个签名——乔纳森·斯莫尔、穆罕默德·辛格、阿卜杜拉·可汗、道斯特·阿克巴'。我不知道这个和本案有没有什么关联，但是很明显这份文件特别的重要，因为它曾经被仔细地放在了笔记本的里面，正反两面都非常的干净。"

"这是在他的笔记本里发现的。"

"摩斯坦小姐，请您把这张纸认真地保存好，它也许会对我们有所帮助。我想这个案子要比我之前预想的复杂、神秘得多。我需要认真地考虑一下。"

说完他靠在马车的车篷上沉思起来。从他那发呆的目光以及绷紧的眉毛中，我能够看出，他是在非常用心地思考着。摩斯坦小姐和我小声地议论着我们这次冒险可能会出现的问题，可是福尔摩斯却一直都沉默着不说话，直到我们到达了目的地。

这是一个九月的傍晚，即使还没有到七点钟，天气却已经阴沉下来，城市的上空被浓雾罩着，乌云在泥泞的街道上空飘浮着，吊着的路灯看上去如同一个个模糊的小点，发出微弱的光，照在潮湿泥泞的人行道上面。从商店窗子里射出来的黄光，透过层层雾气照到了人来人往的大道上。路上的行人面孔接连不断地从马车的窗口一闪而过，也许是因为灯光照射的原因，我对周围的面孔产生了一种很怪诞的感觉。行人的面孔有的悲伤，有的憔悴，也有的高兴，他们的每一张脸就如同人类的历史一样，从黑暗转向光明，接着又从光明转向黑暗。我并不是一个多愁善感的人，可是在这样一个阴暗沉重的夜晚，加上我们担负着这个奇怪的任务，我感到特别的紧张和不安。通过摩斯坦小姐的表情我能够感觉到，她此时的感受也和我一样。福尔摩斯却一点儿也没有受到这些小事的影响。他将笔记本在膝盖上摊开，借着灯笼的光，间或快速地记下一些数字。

　　马车来到莱西厄姆剧院，侧门前面的观众已经是人潮汹涌。双轮和四轮的马车正在源源不断地往这里汇聚。穿着礼服的男子，还有戴着宝石、披着围巾的女人，一个接一个不停地从马车上走下来。这时我们还没有走到约定见面的地方——第三根柱子的前面，就看见有一个身材矮小、皮肤有点黑、打扮得如同马车夫一样的男子向我们走来。

　　来到跟前后，他问道："你们是和摩斯坦小姐一起来的吗？"

　　摩斯坦小姐回答道："我就是摩斯坦小姐，这两位先生是我的好朋友。"

　　他有些狐疑地盯着我们，严肃地说道："不好意思，小姐，您一定得向我保证您的这两个朋友当中没有警官。"

　　她回答道："请放心，我可以向你保证。"

　　听后，只见他大声地吹了一下口哨，很快一个流浪儿将一辆四轮马车从街对面引了过来，并为我们打开车门。和我们说过话的那个人跳到车座上面，我们也登上马车。我们还没有坐稳，他就挥起鞭子，马车以非常快的速度奔驰在雾气弥漫的街道上。

　　现在我们的情形真的是非常奇怪。我们不清楚会被带到哪里，也不明白要去做什么。也可能我们受到的邀请完全出于捉弄——当然这个假设很不现实——也许真的有什么相关的重要的事情。摩斯坦小姐的举止还是那样的镇定而平静。我给她讲述我在阿富汗时的危险经历，希望她可以变得开心一点儿。但是，说实话，我自己那个时候也被我们的处境以及我们要去的地方弄得紧张不安，所以导致我在讲故事的时候并没有专心致志。

　　直到今天，她还会拿我当初告诉她的一件有意思的逸闻来打趣我：我是如何使用一支双筒枪把夜里钻到我帐篷里来的一只幼虎打死的。开始的时候我还能够认清马车行驶的方向，可是很快，随着车的速度越来越快，还有外面的大雾，以及我对伦敦的道路并不熟悉，我的脑子就彻底迷糊了，只是感觉到这是一段很长的旅程。可是福尔摩斯并没有迷失方向，车子经过广场以及曲折的街道的时候，他还可以小声地将地名说出来。

　　他说道："罗切斯特路，现在是文森特广场。我们现在所在的位置是沃克斯豪尔桥路。马车应该正在向萨利区行驶。我认为我是对的。现在我们到了桥上，你们还能够看到河水。"

路灯把泰晤士河照得很宽阔，平静的河面在我们眼前快速地一闪而过。马车还继续向前行驶着，一会儿的工夫，马车就消失在桥对岸迷宫般的街道中。

这时，福尔摩斯继续说道："沃兹沃斯路，修道院路，拉克豪尔巷，斯陶克维尔广场，罗伯特街，冷港街，我们要去往的地方似乎特别的偏僻。"

我们确实到达了一个让人感觉很可疑、恐怖的住宅区。走过街角一些灯光闪耀的酒馆，进入到一条两旁是一排排暗淡的砖房的路，连接砖房的是一排排两层小楼，每幢楼的前面都有一个很小的花园，接下来又是看不到尽头的新建的砖房。这里是城区和农村的接壤地带。最后，马车终于在新街的第三个门前停了下来。这里的房子都没有住人，我们停下来的房子也和其他的一样，暗淡一片，只有一点儿微光从厨房的窗户里面射出。我们便上去敲门，只见开门的是一个印度仆人。他头上戴着黄色的头巾，身上穿着宽松的白衣服，腰上系着一条黄色腰带。在这样一个普通的、三流的住房门前出现一个东方仆人，让人觉得特别的不协调。

他对我们说道："主人正在等候你们。"他的话音刚落，就听见有人在房屋里面高声喊道："把他们请到我这里来，吉特穆特迦，直接把他们请到我这里来。"

四　秃头人的故事

这是一条特别普通而又肮脏的通道。印度人带着我们顺着这条没有灯、设施很差的通道往前走，最后来到了通道右边的一扇门前。他将门推开，黄色的灯光一下子射了出来照在了我们的身上。只见有一个人站在灯光中，他的个子不高，头很尖，四周有一圈红色的头发，秃了的头皮闪闪发着亮光，如同是枞树丛中矗立着的一座山峰。他站在那里搓着双手，神态不定，一会儿微笑，一会儿又将眉头皱起。他的嘴唇天生下凹，即使他经常用手将脸的下半部分挡住，试图去遮掩，可是一排不整齐的黄牙齿还是特别的显眼。虽然他的头已经秃了，可是看上去还很年轻，实际上他也才三十岁出头。

他用尖细的声音说道："尊贵的摩斯坦小姐，尊贵的先生们，请随我到房间里来吧。即使非常的小，小姐，这里都是按照我的喜好来布置的，可以称得上南部伦敦这个城市沙漠里的一个文化绿洲了。"

房间里面的陈设将我们惊住了。屋子的外表和里面的装饰十分不协调，就如同一颗高档的钻石镶在了一块铜片上面。整洁富丽的帘子，挂毯装饰着墙壁，还有一些精致的裱画以及东方花瓶。黑色和琥珀色的地毯既厚实又柔软，脚踏上去就如同踏进了青苔里一样。两张横铺的大虎皮和放在屋子角落织席上面的一只大水烟袋，让房间里看上去更加具有东方韵味。在房间的中央，有一根特别细的金线将一盏银灰色的鸽子式的灯吊起。燃烧的灯让空气中充满了一种似有非有的香味。

"我是撒迪厄斯·索尔托。"眼前这位矮小的人面带微笑地说道，"您一定就是摩斯坦小姐，这两位先生是……"

"夏洛克·福尔摩斯先生和华生医生。"

"是医生吗？"他很高兴地问道，"您有没有带听诊器？可不可以请您帮我看一下我的僧帽瓣？我的大动脉应该没有什么问题，可是我总是觉得我的僧帽瓣有些不对劲儿，可以麻烦您帮我看一下吗？"

我点了点头，便帮助他听了听心脏，除了他因为感到恐惧全身发抖以外，并未发现有什么不正常的地方。我说："不用担心，您看起来很正常。"

"请原谅我会有所顾虑，摩斯坦小姐，"他兴奋地说，"我早就怀疑我的僧帽瓣出了问题。我非常高兴听到它们还很好。摩斯坦小姐，假如您的父亲知道如何给心脏减负的话，也许他现在还会活着呢。"

我真的想朝着他的脸上来一拳。怎么可以对一个如此柔弱的人，提起她的伤心事呢？摩斯坦小姐坐了下来，面色突然变得非常惨白。她说："我心里知道他已经不在这个世上了。"

他说道："我会把所有的一切全部告诉您的，无论我的哥哥巴赛洛缪说什么，我一定会让你感到公道的。有这两位朋友来保护您，我感到很高兴，他们也可以作为我今天所说和所做的见证人。我们三个人可以一起来对付我的哥哥巴赛洛缪，可是千万不要让任何外人——无论是警察还是别的官方——插手。咱们可以非常好地将所有问题都解决，而不要外人干涉。这件事我的哥哥巴赛洛缪最不希望传出去。"

他在一个靠椅上坐了下来，向着我们眨了眨他那已经湿润的蓝眼睛。

福尔摩斯道："无论您说了些什么，我都不会说出去的。"

我也点点头表示同意。

他说："实在是太好了！太好了！摩斯坦小姐，您要不要喝一杯基安蒂酒，或是托考伊酒？我这里并没有其他的酒。需要我打开一瓶吗？不需要？那好吧。我认为你们不会介意我吸这种具有东方香味的烟吧？我发现这种水烟会使我紧张的神经得到放松。"他用烛芯将烟嘴点燃，玫瑰水就开始嘟嘟地冒着烟泡。我们三个人伸着头，两手抵着下巴，坐在这个奇怪、不安的小矮人的周围，看着他不知所措地吸着烟，尖尖的头闪闪发亮。

他开始讲了："我最初下定决心与您取得联系时，本来想把我的住址告诉您，但我又害怕您会不理会我的请求，会带一些不相干的人过来，所以我才作出了这样的安排，便让我的仆人威廉先生与你们见面。他是一个非常谨慎的人，我比较信任他。我告诉他，假如他看出来有什么不对劲的地方，就不要带你们过来见我，希望你们能够理解我的过分小心。我是一个不太喜欢交际的人，甚至可以说我有一些孤芳自赏，我认为再也没有比警察更讨厌的人了。我基本上不与那些无知的人接触。你们也能够看得出来，我所居住的地方有着优雅的氛围。我把自己当作文人雅士来看待，这是我的缺点。这幅风景画是高罗特的真迹，有一些鉴赏家也许会对那幅萨尔瓦多·罗莎的作品的真实性产生怀疑，但我告诉你们那幅布格肖的画是真品，我特别喜欢法国现代派的作品。"

摩斯坦小姐说道："请您原谅，索尔托先生，我应您请求来到这里，是想知道您有什么话要跟我说。天色已经不早了，我希望咱们的谈话还是要简短一些为好。"

他回答道："那也需要一点时间，因为咱们必须要去诺伍德见我的哥哥巴赛洛缪。咱们一起过去，看看是否可以应付得了他。对于我只做我认为正确的事情，我哥哥很生气，昨晚我们还大吵了一场，你们都不知道他在愤怒的时候有多么可怕。"

这时我插了一句："如果我们要去诺伍德的话，还是立刻走比较好。"

主人大笑着说道："这样可不行，假如我把你们贸然带去，我想不出来跟我哥哥怎么说，现在看来，我要先让你们清楚我们目前的情况。首先，我要跟你们说的是，这个故事里面还有一些地方连我自己也没有弄清楚，我只能把我所知道的事情讲给你们。你们应该也能猜到，曾经在英国驻印度军队服役的约翰·索尔托少校就是我的父亲。他大约是在十一年前退役的，他在印度发了财，带回来一大笔钱以及很多珍贵的古玩；另外，还有几个印度仆人。用这些钱，他买了一幢房子，过上了非常舒适的生活。他仅有的两个孩子便是我和我的孪生哥哥巴赛洛缪。

"我记得特别清楚，摩斯坦上尉的失踪引起了特别大的轰动，我们在报纸上看到了事情的全部报道。因为我们知道他曾经是我父亲的朋友，所以我们在他面前公开地谈论这件事情。他还和我们一起猜测也许是摩斯坦上尉遇到了什么事情。但是，我们都没有想到他竟然会把一个秘密藏在心里。世界上除了他以外，没有人知道亚瑟·摩斯坦的命运如何。

"不过，我们知道父亲经历过一些神秘的事，也知道一些让他感到害怕的事情一直在纠缠着他。他非常害怕独自一人出去，还雇了两个拳击手当樱池小筑的看门人，今天晚上给你们驾车的威廉就是其中的一个，他曾经还获得过英国轻量级冠军。父亲一直都不告诉我们他究竟害怕的是什么，但是他对装有木腿的人有很高的戒备心理。有一次，他居然朝着一个有木腿的人开了一枪。后来才知道他不过是附近的一个普通小贩，我们花了很多的钱才让这件事情没有传出去。我和我的哥哥当时还认为这也许是我父亲一时的胡思乱想造成的，接下来发生的事情让我们明白我们的这种想法错了。

"1882年初，我父亲收到了一封从印度寄来的信。这封信对他的影响特别大。他在读信的时候差一点就晕倒在早餐桌上。从那个时候开始，他就生病了，一直到死的时候都没有康复。信里究竟都写了些什么，我们一直都不知道，但是我父亲在拿信的时候，我看见信非常短，还写得特别的潦草。在这之前，他患脾肿大的病已经有几年了。读完信之后，病情就更加恶化了。四月底的时候，医生便对我说父亲已经无法救治了。临终前他有一些话要跟我们说。

"当我们走进他的房间时，发现他正靠在枕头上喘着粗气。他告诉我们把门锁上，站到床的两边。我们照做了，他抓住我们的手，说出一番让人非常震惊的话来。因为当时情绪非常激动，也因为病痛而说得很不连贯。我尽量用他的话再跟你们说一遍。

"他说道：'现在我的心里只有一件事情不能放下，就是我没有把摩斯坦可怜的孤儿照顾好。我一生最大的罪过就是欲望过高，贪心让我没有将财宝还给他的女儿，至少有一半财宝应该属于她的。虽然财宝放在了我这里，但是对我而言，却是一点儿用都没有。贪婪实在是愚蠢至极，仅仅是拥有财富的快感，就使我不想与别人一起分享它。你们看那个奎宁药瓶旁边镶了珍珠的项链，即使我本来打算将它送给她的，可是我依然有些舍不得。孩子们，你们一定要将阿格拉财宝中属于她的那部分还给她。但是，在我死之前不要这样做，那条项链也不能送给她。也许如同我一样病重的人，也有恢复的可能。'

"他又说道：我现在把摩斯坦死去的真相告诉你们。他心脏不好已经有很多年了，可是他并没有告诉过任何人，只有我知道这件事情。还有，我和他在印度的时候，我们通过一番努力，获得了很大一批财宝。我将这批财宝带到了英国。在摩斯坦回国的那天晚上，他就来到我这里，向我索要他应得的那一部分。他是从车站走到我这里的，是我的那个已经去世的忠心的老仆人拉尔·乔达把他引进来的。关于这些财宝的分配，我和摩斯坦之间产生了分歧，后来便吵得非常激烈，摩斯坦发怒了，他从椅子上跳了起来，突然用手按着胸口，面色阴暗，向后一跌，刚好头撞在了财宝箱的角上。当我俯下身去看他的时候，却发现他已经死了。我当时感到特别慌乱，在那里坐了很长时间，不知如何是好。我的第一个反应就是要寻求帮助，可是我又一想如果这样做的话，别人一定会以为是我谋杀了他。他是在和我发生争吵的时候死的，以及他头上的伤口都将变成对我不利的证据。另外，官方的询问肯定会牵扯到财宝的事，这可是我必须要保守秘密的。摩斯坦也曾跟我说过，他的行踪没有人知道，本来也是没有必要让别人知道的。当我正在不知所措的时候，抬起头来，发现我的仆人拉尔·乔达正在门口站着。他轻轻地走了进来，把门闩上，说：不要害怕，主人，你杀死他的事情，没有人会知道的。咱们将他藏起来，就当什么事也没发生过。

"我说道：他不是我杀死的。

"拉尔·乔达摇摇头，笑着说：我都知道了，主人，我听见你们在吵架，我也听到了殴打的声音，但是我肯定不会将这件事情说出去的。家里的人全部都睡着了，咱们一起将他藏起来吧。

"这让我下定了决心。就连我的仆人都认为我是杀人凶手，那么陪审席上的十二个愚蠢的人怎么会相信我呢？我和拉尔·乔达在当天晚上就将尸体处理了。几天以后，伦敦的报纸上面全都是关于摩斯坦上尉神秘失踪的报道。

"'通过我所讲的你们已经清楚，摩斯坦的死与我并没有什么关系。我的错误就是不应该私自埋藏了摩斯坦的尸体，又抢走应该属于他的一份财宝，所以我希望你们可以把这份财宝还到他的女儿手里。你们离我近些，我有重要的事情告诉你们。财宝就藏在……'

"就在这时，他的表情突然变得特别的恐惧，他的眼睛睁得特别大，下颚下垂。他用一种我永远都不会忘记的声音喊道：'快点把他赶走！一定要把他赶走！'我们都转过头去看他死盯着的窗户。黑暗中有一张脸正向我们看着，只见那个黑影的鼻子压在玻璃上面，都变白了。那是一张毛茸茸的脸，眼睛里面放出凶狠的光，表情充满着敌意。我和我哥哥跑到窗前的时候，那个人已经不见踪迹了。等我们再回到父亲身边的时候，他的头垂了下来，脉搏已经停止跳动了。

"我们连夜对花园进行了搜查，可是除了在窗下花床上发现了一个脚印外，并没有发现其他的任何痕迹。如果不是这个脚印，我们还以为那张凶恶的面孔完全出于我们的想象，但是接下来我们又发现了另一件让人更加震惊的事情，那就是我们周围有一些不明人士在活动。第二天早晨，我们发现有人将父亲房间的窗户打开了，房间里的橱柜，还有箱子被翻得乱七八糟，在箱子上面还贴着一张撕破的纸，上面的字迹非常潦草，写的是：'四个签名'。我们一直都没有弄清楚这句话到底是什么意思，还有那些神秘的人究竟是谁。可是我们知道尽管他们到处都翻了一遍，我父亲的财产却丝毫没有少。很显然，我和我的哥哥通过这件奇怪的事情进一步领悟到我的父亲在世时的恐惧，可是整件事情对我们来说依然迷雾重重。"

说到这里的时候，这个小矮人儿停了下来，将他的水烟袋点燃，沉思着吸了一会儿。

这个离奇的故事让我们都听得沉静下来。当他讲到她父亲死的时候，摩斯坦小姐的脸色突然变得苍白，我害怕她晕过去，就从旁边威尼斯式的水瓶里帮她倒上一杯水。喝完以后，她终于好了一些。夏洛克·福尔摩斯靠回椅子上，眼睛半闭半睁着，好像在思考着什么。看着他，我不经意地想起了他那天还在抱怨生活无聊至极呢。现在看来，对他的才智而言，这个难题真的算是一个很严峻的考验了。

撒迪厄斯·索尔托先生看看这个，又看看那个，显然他对自己所叙述的故事产生的效果比较满意。他吸了几口水烟，又接着说道："你们可以想象到，从我的父亲那里得知了有这样一批财宝的消息后，我和我的哥哥都特别兴奋。连续花了好几周，甚至几个月的时间，我们将整个花园的每一个角落都挖了个遍，也没有找到它们藏在了哪里。想到父亲差一点儿就把财宝的埋藏之地说出来，可是最后却没说出来，真是让人遗憾不已。通过父亲拿出来的那条项链来看，我们可以了解到这批财宝是非常丰厚的。关于这条项链，我和我的哥哥巴赛洛缪还发生了一些争论。很显然，项链上的珠子非常昂贵，我哥哥不愿意把它送给别人。

"在这方面，可以说他继承了我父亲的缺点。他也觉得，假如把项链送给别人，也许会引来不必要的闲言碎语，甚至还有可能会给我们带来麻烦。我只好劝他让我先把摩斯坦小姐的住址找到，之后定期在项链上取一颗珍珠，给她邮寄过去，这样至少还能够确保她的正常生活所需。"

听到这里，摩斯坦小姐真诚地对他说道："您想得实在是太周到了，您真是一个好人啊！"

这个小矮人儿毫不在意地挥了挥手，说道："我认为，我们只不过帮您暂时管理一下财产罢了，即便我的哥哥巴赛洛缪不是这么认为的。我们已经有足够的钱了，我不想再要更多。而且这样对待一位年轻的小姐实在有些过分。我和我的哥哥在这件事情上产生了很大的分歧，我认为我们还是分开居住比较好，所以我离开了樱池小筑，只带走一个印度仆人和威廉。可是，昨天我突然听说了一件非常重要的事情：财宝找到了，所以我马上联系了摩斯坦小姐，现在咱们要做的便是赶到诺伍德去，索取应该属于咱们的那一份财宝。昨天晚上，我已经和我哥哥巴赛洛缪说了我的想法。即使他不欢迎咱们，可最终还是会选择与咱们相见的。"

撒迪厄斯·索尔托先生讲述完后，坐在豪华的长椅上微微抖动。我们都没有说话，都在想着这件奇怪的事情。福尔摩斯站起身来，说道："先生，所有的一切您都做得非常好，本来我们还觉得应该告诉您一些您没有弄明白的问题作为报答，但是刚才摩斯坦小姐也说了，时间确实不早了，我想咱们还是马上去往樱池小筑吧。"

我们的新朋友认真地将水烟袋的烟管卷起来并小心地放了回去，然后他从帘子的后面取出一件长长的有盘花纽扣的夹大衣，大衣领子和袖口全部是用羔皮制作而成的。

即使夜晚有一些热，他还是将纽扣扣得紧紧的，然后戴上一顶兔皮帽，并用帽耳把耳朵罩好。这样，除了他那消瘦的面容，全身上下都包裹得严严实实的。他一边领着我们沿着走廊向外走，一边说道："我的身体不是很好，让你们见笑了。"

马车正在外面等着我们，看起来这一切都早已安排好了，因为我们刚坐上车，马夫就立刻飞快地赶起马来。撒迪厄斯·索尔托先生又开始接连不断地说起来，吱呀的车轮声也压不住他的声音。

他说道："巴赛洛缪真的很聪明，你们能否想象到他是如何才把财宝找到的吗？他断定财宝肯定是在房子里面，所以他就把房子的总体积计算出来，然后他又测量了每一寸地方以确保没有漏掉任何的地方。后来，他测量出房子的高度是七十四英尺，可是他把每个房间的高度和通过钻探测得的房间之间的厚度相加发现只有七十英尺，那么还差四英尺，他断定原因出在屋顶。于是他在最顶层的房间用板条以及灰泥修成的天花板上面打了一个洞。就在那个洞的上面，他看见了一个封闭着的、没有人知道的小房间。财宝箱就放在小房间中间的两条橡木的上面。他从洞口把财宝箱拿了下来，打开一看，里面就是我父亲所说的那些财宝。他估算了一下，得出这些财宝的总价值高达五十万英镑。"

这个天文数字，将我们所有的人都惊住了。假如我们帮助摩斯坦小姐取回她应该得到的那一份财宝，她将会从一个贫穷的家庭教师变成全英国最富有的继承人。作为她的忠诚朋友，听到这个消息应该替她感到高兴才对，可是我的心里却都是自私的念头，心情突然变得如铅一样沉重。我断断续续地跟她说了几句祝福的话，接着就无精打采地坐在那里，低着头，我们的新朋友后来说的话我全部都没听见。他是一个忧郁症患者，我隐隐约约记得他说了很多的症状，他还从他的皮包里面拿出了好多庸医给开的秘方，请求我跟他说一下这些药的成分以及作用。我真的希望我那天晚上对他说的话他全部都没有记住。后来福尔摩斯跟我说，他听到我告诉撒迪厄斯·索尔托先生服用蓖麻油不要超过两滴，还建议他服用大剂量的番木鳖碱用来镇静。无论怎样，马车在突然停下来的时候，我才长长地舒了口气。马车夫跳到地上，将车门打开了。撒迪厄斯·索尔托先生扶着摩斯坦小姐下车的时候，说道："摩斯坦小姐，这里便是樱池小筑。"

五　樱池小筑的惨案

当我们来到今天晚上最后的目的地时，大约已经是十一点钟了。我们把伦敦城区潮湿的雾气抛在了身后，夜色宜人。西边吹来了阵阵的暖风，云层慢慢地从天空移过，半月不时地从浮云的缝隙里探出头来，将清辉洒向大地，不过撒迪厄斯·索尔托还是从马车里拿出了一盏灯，以便我们在走路的时候能看得更清楚一些。

巍然矗立在我们面前的便是樱池小筑，它的四周被高高的石墙围了起来，墙上插满了碎玻璃片。人可以通过一个单独的铁板门进入。我们的领路人走上前去在门上砰砰地敲了几下。

"谁呀？"里边传来一个粗哑的声音。

"我，麦克默多。在这时间，除了我还会有谁来敲门呢？"

里边传出来不满的嘟囔声以及钥匙碰撞的声音。门开了，从里面走出来了一个矮小的人，他的手里提着一盏发出黄色光的灯笼，灯光照着他那突出的脸孔和闪烁的眼睛，他的脸上显出了一副怀疑的神色。

"萨迪厄斯先生，这都是些什么人？没有经过主人的允许，我不能把他们放进来。"

"为什么？麦克默多，这不可能吧。昨天晚上我已经和我的哥哥说过，今天晚上我会带几个朋友过来的。"

"萨迪厄斯先生，今天一整天主人都待在房间里面没有出来过，他并没有告诉我这些。我必须得遵守主人的规定，您可以进来，可是您的朋友一定得留在这里。"

这是我之前并没有预料到的情况。撒迪厄斯·索尔托一时之间不知道如何处理。稍后，他终于开口了："麦克默多，你不要太过分了。我为他们做担保可以吧？我们怎么也不能让这位年轻的女士大半夜在外边等着呀。"

守门人一点儿都没有退让的意思，他说道："撒迪厄斯先生，非常抱歉。这些人是您的朋友，而不是主人的朋友。我拿着主人的工钱，必须要尽职尽责，更何况我也不认识您的这些朋友。"

这时，夏洛克·福尔摩斯热情地大声说道："啊，麦克默多，你一定认得我！我认为你永远都不会忘记我吧。我正是那个在四年前，在爱里森的拳击场与你打了三个回合的业余选手。"

守门人仔细端详了一会儿福尔摩斯，然后大声喊道："哦，是夏洛克·福尔摩斯先生吗？真的是你！我当然认识你了，假如你走上前来给我下颚来一个勾手，而不是默默地在那儿站着的话，我一定会马上把你认出来的。唉，真的是浪费了您的天赋。假如您一直都从事拳击这个职业的话，您一定能够获得很大的成就。"

福尔摩斯笑着对我说："华生，你看，假如我选择做其他的事情，拳击这个职业我也是可以从事的。我觉得，现在咱们的朋友应该不会再让咱们在外面挨冻了吧？"

守门人随即说道："请进来吧，先生，您和您的朋友全部都进来吧！真的很抱歉，撒迪厄斯先生，主人的命令特别严格，如果您的朋友的身份没有弄清楚，我真的不敢把他们放进来。"

进门之后，只见眼前有一条蜿蜒的砾石小路从一片荒凉的地面穿过，一直延伸到一个很方正很普通的大房屋的前面。房子只有顶楼窗子的一个角落被月光照得有些发亮，除此之外，整个大房子全部被树荫笼罩。房子占地很大，不仅阴暗而且还特别的寂静，不由得让人觉得心里发寒。甚至连撒迪厄斯·索尔托看上去也有些不安，他手里的灯笼抖得哗哗直响。

他说道："我有种不好的感觉，一定出了什么问题。我已经提前跟巴赛洛缪说过我们要来这里的，但是他的窗户里竟然看不见一点儿灯光，是不是发生了什么事情呢？"

福尔摩斯问道："他一直都住在这里吗？"

"嗯，是的，他继承了我父亲的习惯，我的父亲更喜欢他，有的时候我甚至会觉得，我父亲告诉我的一定没有告诉他的多。被月光照着的那个地方就是巴赛洛缪卧室的窗户。外面被月光照得很亮，可是里边却没有灯光。"

福尔摩斯说："是的，可是我看见门旁边的小窗户里有灯光在闪。"

"那里是女管家伯恩斯通太太的房间，我们可以向她问一下究竟是怎么回事。请你们先在这里等几分钟，假如我们全部都进去的话，也许会吓到她的。等一下！那里是什么？"

说着，他将灯笼举起，他的手抖动着，抖得灯光在我们的周围形成了一个圆圈，一闪一闪的。摩斯坦小姐紧抓我的手，我们都僵在了那里，心怦怦直跳，耳朵也竖起来了。在寂静的夜幕里，从漆黑的大房子的后面传来了惨痛的尖叫声，还听见一个女人的哭泣声。

索尔托先生说道："那是伯恩斯通太太的声音，这里只有她一个女人。你们在这里等着我，我立刻就会回来。"说完他跑到了门那里，用他独有的方式敲了敲门。我们看见一个身材比较高的老妇人将门打开了。她看见撒迪厄斯后，脸上马上现出了惊喜的表情。

"哦，撒迪厄斯先生，真的非常高兴见您来了！您终于来了！撒迪厄斯先生。"

我们听到了她不停地说这句话，一直到门关上后。

索尔托先生将他的灯笼留给了我们，福尔摩斯拿着它，认真仔细地观察着房屋以及堆在地上的大堆垃圾。摩斯坦小姐紧握着我的手。爱情真的是如此神奇微妙。我们两个人在那天之前从来没有见到过对方，也不曾有过什么热切的话语交流，可是这时在危难中，我们的手却不由自主地握住了对方的手。后来每当想起这件事情，我都会惊奇不已，但那个时候我觉得靠近她，是再自然不过的事情。后来她也经常跟我讲，那时她的心里也有一种要从我这里寻求安慰以及被人保护的冲动，所以我们两人就如同孩子一样，手拉着手站在那里，尽管我们被黑暗所包围，心里面却很不平静。

她向四周望了望说道："真是奇怪的地方！"

"就好像全英国的田鼠都到这里来了。我之前在巴拉莱特附近的山边见过这样相似的情景，那个时候探矿工人正在那里勘探。"我说道。

福尔摩斯说："原因都是一样的，这些痕迹全部都是挖宝者所留下的。要知道他们挖宝挖了六年，也难怪地面会弄得如同乱石坑一样。"

就在这时，房门砰的一声打开了，撒迪厄斯·索尔托跑了过来，向前伸着双手，眼神里全都是恐惧。

他大声说道："巴赛洛缪出事了！太吓人了！我真的受不了了。"他确实特别的恐惧，从羔皮领子里露出来的脸在抽搐着，特别无助的表情就如同一个被吓坏的小孩子一样。

福尔摩斯坚定地说道："我们到屋子里面去。"

撒迪厄斯恳求道："你们快进来吧，我真的不知道该如何是好！"

我们跟着他进入了通道左边女管家的房子里。老太太正在屋子里面来回走动，脸上是一副受到惊吓的表情，手一直在抖动着，但是她一见到摩斯坦小姐，马上就镇定了很多。

她激动地哭着喊道："哦，上帝呀，看到您如此平静而且甜美的面容实在是太好了！今天可真的把我给吓坏了！"

摩斯坦小姐握着她那双瘦瘦的手，轻声地跟她说了一些安慰的话，终于让她那毫无血色的脸恢复了红色。

女管家解释道："主人将自己锁在了屋子里面，也不与我说话，一整天我都在等着他叫我。他经常喜欢一个人待着。就在一个小时前，我担心有什么情况，便上去从钥匙孔向里面看了几眼，您一定得上去看一下，撒迪厄斯先生，您一定要自己去看一下！十几年以来，无论巴赛洛缪先生高兴还是伤心，我都见过，但是我还从未见过他现在这副表情。"

夏洛克·福尔摩斯提着灯走在前面，撒迪厄斯吓得牙齿咯咯一直在响，他的腿抖得也特别厉害，在上楼梯的时候，我只好搀着他的胳膊，以防他摔倒。在我们上楼的时候，福尔摩斯两次从口袋里面拿出放大镜，认真地检查棕色地毯上面的痕迹，它们在我眼里，只不过是一些不规则的泥印而已。他一点一点缓慢地向上走，灯举得特别的低，非常小心地查看着。摩斯坦小姐留在了楼下，陪着惊恐的女管家。

一条长而笔直的走廊连接着第三节楼梯的尽头，一幅印度挂毯在走廊的右边墙上挂着，左边有三个门。福尔摩斯沿着走廊向前走，一边走一边观察着。

我们紧随其后，灯光把我们长长的身影投射到了走廊的地面上。我们来到了第三扇门的前面。福尔摩斯上去敲了敲门，里面没有任何声音，接着又将门的把手转了转，试图把门推开，可是却没有成功。我们把灯凑近了看，发现门从里面被一个粗大而结实的门闩给叉住了。

锁孔里面的钥匙扭弯了，但是钥匙孔还没有被完全扣住。夏洛克·福尔摩斯弯下身子从钥匙孔向里面看，没想到他看了一眼后，立刻立起身来倒吸了一口气。"里面实在是太恐怖了，华生，"他说道，我还从未见他如此激动过，"你自己看看吧。"

我弯下腰从钥匙孔向里面看去，也马上被里面的情景吓得直起了身。月光通过窗户射进了房间里，产生了一层隐隐约约飘浮的氤氲，当中悬着一张紧盯着我的脸。脸部以下的地方都被黑影盖住了。那是一张与我们的朋友撒迪厄斯一样的脸，有着相同的尖尖发光的头顶，一圈一模一样的红色头发和无血色的面容。他脸上的那种可怕的、不自然的微笑，在这样的一个安静、充满月光的屋子里面，比所有眉目扭曲的样子都让人感到心惊胆战。

他的这张脸实在和我们朋友的脸像极了，以至于我转过头去看了看他有没有跟我们在一起。之后我便想起了他跟我们讲过他与他的哥哥是双胞胎兄弟。

我对福尔摩斯说道："实在是太吓人了，我们现在该怎么办呢？"

"我们必须得把门打开。"他回答道，同时用上了所有的力气朝着门上的锁撞去。门发出了一声巨响，但是并未被撞开。接着，我们一起合力又撞了一次，这次"砰"的一声，门被撞开了，我们进入了巴赛洛缪的房间里。

屋子里面的陈设看上去就如同一个化学试验室。门对面的墙上面放了两排玻璃塞的瓶子。桌子上面放着许多试验管和曲颈瓶。房间的一个角落还堆着很多大玻璃瓶，玻璃瓶的外面罩着柳条藤。其中的一个玻璃瓶横向已经破了，从里面流出来了一小股黑色的液体。空气中有一种特殊的、刺鼻的焦油味。

一堆散乱摆放的木板条和灰泥在屋子的一边，它们的中间有一个梯子，梯子上面的天花板上有一个洞口，刚好能够让人钻进去。另外，还有一圈绳子在梯脚堆着。

房间的主人就坐在桌子旁边的木椅上面，他的头歪在左肩上，脸上露出非常让人害怕的、有些高深莫测的笑。他的身体已经僵冷，看上去已经死去很长时间了。他的面容以及他的四肢都已经扭曲了，形成一种非常怪异的形状。他的手放在桌子的上面，手的旁边有一个奇怪的东西，那是一根褐色的、纹理细密的木棍，棍子上用粗线绑着一块如同锤子模样的石头，旁边还放着一张破旧的信纸，上面很潦草地写着几个字。福尔摩斯看了一眼，就将纸递给了我。"你看一下。"他皱着眉头说道。

我用灯笼照着，看清了上面的字，我惊恐地读道："四个签名。上帝呀，这究竟是什么意思呢？"

他弯下身体检查尸体，回答道："意思就是谋杀！啊，看来我猜得没错，你看这里！"他指着插在尸体耳朵上面皮肤里一根长长的如同黑刺一样的东西。

我说："这就像是一根刺。"

"没错，就是一根刺。你可以将它拔出来，但是一定要小心，上面有毒。"

我用拇指和食指将刺拔了出来，针刺的位置除了留下一个小血点以外，并没有发现任何的痕迹。

我说道："对于我而言，这一切就如同一个难解的谜，现在又变得更加复杂而且模糊了。"

他回答道："恰恰相反，现在案子越来越清晰了，只要我再把几个地方弄明白，这个案子就真相大白了。"

我们进入房间后，几乎把我们的朋友给忘记了。他还在门口站着，双手颤抖着，一副非常恐惧的样子。可是，他突然尖声大叫起来："财宝不见了！所有财宝都被人抢去了！我们就是在那个洞口里将财宝拿下来的，还是我帮着拿出来的呢！我是最后一个看见他的人！我是在昨天晚上从这里离开的，我在下楼梯时，还听见了我哥哥将门锁上的声音呢。"

"那个时候是什么时间？"

"十点钟。现在他已经死了，如果报警的话，警察肯定怀疑是我干的。哦，没错，他们肯定会的。先生们，你们应该不会也这样认为吧？你们肯定不会认为这是我干的吧？假如是我干的话，我为什么要将你们带到这里来呢？不是的，天啊！我都快要疯掉啦！"

他挥动着胳膊，脚不停地跳着，如同疯了似的。

福尔摩斯将手搭在他的肩上，亲切地说道："索尔托先生，您不必担心。听我的，去警察报案局报案去吧，要尽最大努力协助他们，我们在这里等着您回来。"

这个小矮人儿听从了福尔摩斯的话，慌忙地离开了。我们听见他摸索着在黑暗中走下楼去。

六　福尔摩斯的推断

福尔摩斯将两只手放在一起搓，同时对我说："华生，咱们还有半个小时的时间，我们好好利用这段时间吧。我刚才跟你说过，我现在基本已经把案子弄清楚了，但咱们也不要因为过度自信而犯错。即使这个案子现在看上去比较简单，也许还会有更深的东西在里面。"

我大声地喊道："你说什么，简单？"

福尔摩斯用一名医学教授给学生解释的口吻答道："是的，非常的简单！你现在去屋角那里坐着，这样你的脚印就不会把现场给弄乱了。现在我们的工作可以正式开始了！首先，这些人是如何进来的，他们又是如何从这里离开的？从昨天晚上门就一直没有打开过，窗户呢？"他把灯提到了窗子那里，大声嘟哝着他观察的结论，"窗户是从里面关好的。窗框也特别的结实，边上并没有合页。让咱们将窗子打开，旁边没有水管，距离房顶也很远，根本够不到。可是有一个人确实上过窗子。昨天晚上下了一点儿雨，窗台这里有一个脚印。这里有一个圆泥印，在地板这里有一个，桌旁还有一个。华生，你再看一下这里！这绝对可以算得上是非常好的证据。"

我看看那些清楚的圆泥印，说道："这并不是脚印。"

"但是，这比脚印对我们更有价值。它是木桩所留下来的印子。你再看一下窗台上面的靴子印。这是一个非常宽的金属鞋跟的木靴子所留下的，它的旁边是木桩所留下的痕迹。"

"这肯定就是那个装有木腿的人。"我说道。

"没错，但是还有另外一个人……一个四肢健全、行动敏捷的同伙。华生，你可不可以爬上那面墙？"

我向窗外望去，明亮的月光依旧照向原来那个屋角。窗户距离地面约有六十英尺，可是墙面上连一点插脚的地方都没有，甚至连砖块之间都找不到任何的缝隙。

我回答道："肯定是爬不上去的。"

"假如没有人帮助的话，的确如此，但是如果屋子里有一位朋友，他将屋角的那根粗绳子从窗口扔给你，然后再将另一头系到墙上的大钩子上面。我觉得你只要是一个有力气的人，即便是安装了木腿，完全也可以爬上来的，而且，你还能用绳子爬下去，接下来你的同伙就会把绳子收起来，再从钩子将其解下，关上窗户，从里面把窗子的插销插好，再从他来的地方逃出去。还有一个小地方需要注意。"他摸着绳子说道，"即使这个装有木腿的朋友是一个爬墙高手，但并不是一个好水手。他的手还是不够坚韧。我已经用放大镜看见了几处血痕，尤其在绳子末端，我认为他下降速度过快，手皮给划破了。"

我说："你说的都非常合理，可是现在案子更加复杂难解了。谁会是这个神秘的同伙呢？他又是如何进到屋子里面的呢？"

福尔摩斯犹豫着说道："没错，还有那个同伙！这个问题真的要好好研究一下，他把整个案件由简单变得复杂了。我认为他在英国的犯罪领域开了一个先河——但是在印度曾经有过相同的案件，假如我没记错的话，曾经在森尼冈比亚也发生过。"

我再次问了一遍："那么他到底是怎样进来的呢？门是锁着的，也不能从窗户进来，是不是通过烟囱进来的呢？"

他答道："这个问题我也想过，可是烟囱太窄了。"

我又问道："那究竟是如何进来的呢？"

他摇摇头说道："我所教给你的知识你怎么老是学不会呢？我都跟你讲过多少次了，将那些不可能的因素去掉后，不管剩下的是什么，无论有多么的不可能，那便是最后的真相。咱们可以很清楚地知道他并不是从门进来的，也不是从窗户进来的，更不是从烟囱进来的。咱们也知道了他事先不可能藏在屋子里面，因为屋子里面根本就没有他的藏身之地，那么他会从哪里进来呢？"

我突然灵光一现，叫道："那一定是通过屋顶的洞口进来的。"

"没错，他肯定是从那儿进来的，你来帮我拿一下灯，现在咱们就到上边的房间去看一看——就是那个装有财宝的密室。"

福尔摩斯踏上了梯子，来到上面后，他两只手各抓住一根橡木，一翻身便上了顶楼。接着他又俯下身把灯从我的手里接过去，我也跟着他上了顶楼。

这是一间大约十英尺长、六英尺宽的顶楼，地板由橡木铺成，中间是一些细板条及灰泥。我们必须得踩在橡木上跳着走。能够看出，这个上端的屋顶才是整个房子屋顶的内壁。里面什么家具都没有，因为时间太久的原因，地板上积了厚厚的一层灰。

夏洛克·福尔摩斯将手放在斜墙的上面说道："你看这里有一个暗门，它可以通往外面的屋顶，我将它推开，便是坡度不大的屋顶了。那个同伙一定是通过这个暗门进来的。咱们再看一下有没有可能找到一些关于他性格特征的其他线索。"

他将灯靠在地板上，然后随即我发现他脸上出现了那天晚上第二次震惊的表情。我顺着他的眼光望去，也觉得肌肤发冷：地板上全部都是赤足的脚印——特别清楚的脚印，但是却没有平常人的一半大。我小声地说道："福尔摩斯，如此恐怖的事居然是一个小孩作为！"

福尔摩斯马上就恢复了镇定，说道："起初也吓了我一跳，但仔细一想，这件事其实很简单，如果不是一时疏忽，我本来是能够预想得到的。这里没有什么值得看的了，咱们下楼去吧。"

我们刚回到楼下，我就着急地问他："那些脚印你是怎么看的？"

他有些不耐烦地答道："亲爱的华生，请你自己认真地分析一下吧。我的方法你已经知道了，用它们试着去分析，之后咱们再将分析结果比较一下，这样会更有启发性。"

我回答道："通过这些事实，我并没有得出什么结论来。"

他立刻接着说道："马上你就会清楚的。我认为这里已经没有任何有价值的东西可以看了，但是我还要再检查一下。"

他把放大镜和卷尺拿出来，跪在地上进行测量，认真地比较、检查。他那细长的鼻子距离地板只有几英寸，深陷的眼睛如同鸟儿一样闪着光。

他的动作轻快无声，就如同一只受过训练的猎犬正在嗅着什么气味一般。我不由得想到：如果他把他的智慧和精力用来犯罪而不是维护法律的话，他会是一个可怕到极点的罪犯。他一边检查，嘴里一边还在嘀咕着，最后他高兴得突然大叫了起来："咱们真是太走运了，从现在起没有什么大问题了。那个同伙的脚不小心踩上了木馏油。你看这难闻的东西旁边，就是他的小脚印。你看玻璃瓶被他踩碎了，玻璃瓶里面的东西漏了出来。"

"这又能说明什么呢？"我问道。

他说道："我的意思是咱们马上就能抓住他了。我知道狗能够根据这个气味将那个同伙找出来，就如同一群狼能够凭一点点踪迹而找到猎物是一样的道理，一条受过特殊训练的猎犬肯定可以循着这强烈的气味跟踪到人的。这是肯定没问题的，我们就会弄清楚那个同伙是……啊！等一下，警察们来了。"

下面传来非常沉重的脚步声以及喧嚣的说话声，然后传来大厅的门关上的声音。

福尔摩斯说道："在他们来之前，你马上把手放在尸体的胳膊以及腿上摸一摸，说说有什么感觉？"

我回答道："肌肉硬得如同木头一样。"

"没错，就应该这样，这是肌肉快速收缩的结果，这要比正常尸体的僵硬严重得多，你再看看他扭曲的面部以及他脸上的惨笑，看能说明什么？"

我回答道："是一些强力的植物碱造成的，应该是一种类似番木鳖碱、会引起破伤风的物质。"

"我刚开始看到他脸上的收缩肌肉时，就想到了可能是这个原因，所以我一进房子里面，就马上查看了他们是用什么办法将毒物弄进他身体里面的。如你所见，我发现了这根很容易就能插进或者射进头皮里面的刺。想象一下，死者端正地坐在椅子的上面，他被刺的部位刚好对着天花板上的洞口，你现在仔细地看一下这根刺。"

我非常小心地把它拿到灯光下面去看。刺是黑色的，又长又尖，尖端好像有一层已经干了的黏性物质，看上去光滑闪亮，较钝的那一头被人用刀给削圆了。

他问道："这种刺是英国的吗？"

"不是，肯定不是。"

"通过这些证据，你应当可以推测出一些合理的结论来了。只要把主干弄明白了，一些细节的问题很自然就会迎刃而解了。"

福尔摩斯在说话的时候，我们听见脚步声已经到达通道了。紧接着，一个穿着灰衣的粗壮的人迈着大步走进了房间。他的面孔有些红，身材比较壮，有些红肿的眼眶里，闪着光的眼睛正在敏锐地向四处查看着。一个穿着制服的警长和还在发抖的撒迪厄斯·索尔托紧跟在他的后面。

他用沙哑的嗓音大声说道："这里简直太乱了！真是乱七八糟！这些人都是谁呢？天啊，这房子怎么弄得如同养兔场一样呢？"

福尔摩斯镇静地说道："埃瑟尔尼·琼斯先生，您应该没有忘记我吧？"

来人喘着粗气回答道："当然不会忘记您！您不就是大侦探夏洛克·福尔摩斯先生吗？我永远都会记得您，我清楚记得您是如何在比什盖特珠宝的案子里给我们讲关于原因、推论、结果的一些大道理。我承认，您确实为我们的破案指引了正确方向，但是您不觉得，那只不过是由于您的好运气，并不是由于您的正确指导。"

"那完全是一些非常简单的推理。"

"又开始了，又开始了！您不要不敢承认嘛。但是这是什么原因呢？真是乱七八糟！事情看上去已经很清楚了，我认为就不需要您的理论了。真的是非常巧，我是由于另外一件案子来到诺伍德的。报案的时候我刚好在警局里面。您觉得这个人是如何死的呢？"

福尔摩斯声音冷冷地答道："像这类简单的案子，应该还用不着我的理论。"

"不会的，不会的，必须得承认您有的时候还真能猜对。让我来看看，门是锁着的，价值五十万镑的珠宝不见了，会不会是通过窗户进来的呢？"

"窗子是关着的，可是窗台上有脚印。"

"假如窗子是关着的话，那么脚印就不需要理会，这是常识。有的时候人会一时疾病突发而死，可是珠宝又丢了。啊！我想到了，有的时候我的脑袋也会灵光一闪呢。警长，还有您，索尔托先生，你们先出去，您的医生朋友可以留在这里。福尔摩斯先生，您是如何看的呢？索尔托他自己也说过他昨天晚上曾经和他的哥哥在一起。现在他的哥哥已经死去，接下来，索尔托就趁此机会将那些财宝拿走，怎么样？"

"之后这个死人还非常周到地起来将门从里面给锁上了。"福尔摩斯讽刺地说道。

"的确这是一个漏洞。咱们试一试可不可以用常识来解决这件事情。我们现在清楚的是：这个撒迪厄斯在昨天晚上与他的哥哥在一起，而且他们还发生了争吵。我们还知道现在他的哥哥死了，珠宝却消失不见了。从撒迪厄斯离开之后就没有人再见到过他的哥哥，他的床也不曾有人睡过。现在撒迪厄斯看上去非常的不安，他的面色也特别的差。您看我的推理，全都涉及了撒迪厄斯，现在我对他产生的怀疑越来越大了。"

福尔摩斯问道："还有一些事实您还不知道呢！这根木刺，我有充分理由相信它是带有毒的，这是从死者的头皮上取下来的，您现在还能够在他的头皮上看到伤痕。您也看到了这张放在桌子上面写字的纸片，它的旁边是一根特别奇怪的还带有石头的木棍。你如何用你的理论对这些做出解释呢？"

这个胖侦探特别自豪地说道："这些刚好可以证实我的猜想。屋子里面这么多的印度古玩，假如这根木刺有毒的话，撒迪厄斯一定也会像别人一样用它来杀人。关于这张纸片，完全是一个障眼法的把戏，现在的问题只有一个，那就是他是如何离开这里的呢？啊！很显然，屋顶上有一个洞。"

说完，他还算敏捷地从洞口挤进顶楼。随后我们就听见他高兴的叫喊声，宣称有个暗门被他发现了。

福尔摩斯说道："他也可以发现一些东西，有的时候也会做一点点的猜想。"

埃瑟尔尼·琼斯从上边下来了，说道："你们看，好多时候事实还是会胜过理论的。我的猜想得到了证实，上面有一个暗门连着屋顶，而且它还是半开的。"

"那个暗门是被我打开的。"

顿时他的语气有些低沉，说："是吗？您也注意到了这一点？那好，无论是谁先看到的，都能够说明那个人是如何逃走的了。警长！"

"在呢，长官！"警长在通道里回应道。

"把索尔托先生叫进来。索尔托先生，我有责任跟您讲，从现在起，您所说的一切都将作为呈堂证供，因为您涉嫌害死了您的哥哥，现在我逮捕您。"

"不会吧？！你们看，我之前就说过他们一定会怀疑我的。"这个小矮人儿可怜地将双手伸出来喊道，眼睛一直盯着我和福尔摩斯。

福尔摩斯说道："索尔托先生，请您不用担心，我觉得我可以证明您是无辜的。"

那个自以为是的侦探大声地喊道："请您不要随意做出承诺，理论家先生，这个案子可不像您想的那么简单。"

"琼斯先生，我不但要帮助他洗脱罪名，还会无偿地告诉您昨天晚上凶手是如何到这屋子里来的，还有两名凶手其中一个人的姓名以及他的一些情况。我有充足的理由相信，他的名字叫作乔纳森·斯莫尔。他并没有受过什么教育，身材矮小，但是力气比较大。他的右腿断了，装了一条木腿，木腿靠里的一边已经被磨掉了。他左边的靴子下面有一个很粗糙的方形的鞋底，鞋跟上还镶有一圈铁边。他是一个中年人，皮肤比较黑，之前曾是一名犯人。我所说的这些情况对您可能有作用。另外，他手掌上面的皮被磨去了很大的一块。另外一个人……"

"啊，另外一个人呢？"埃瑟尔尼·琼斯有些激动地问道。我可以看出来，他已经被福尔摩斯刚才精确的描述震惊了。

福尔摩斯继续说道："另外一个人特别的奇怪，我认为用不了多长时间我就能把他们俩更多的一些情况调查清楚。华生，有些话我要和你说。"他把我带到了楼梯旁边，说道："这个突如其来的案件，让我们差一点儿就把到这里来的真正目的给忘了。"

我回答道："这个问题我刚才也想到了，摩斯坦小姐并不能留在这里。"

"没错，你现在就要将她送回去。她就住在下坎伯威尔的瑟希尔·弗莱斯特夫人的家里，距离这里还不算远。假如你想再来的话，我会在这里等着你。也许你会觉得太累了吧？"

"我没有感觉累，没有将这个奇特的案子弄明白，我觉得我不能踏实休息。之前我也经历过一些奇异的事，但我跟你保证，都没有今天晚上所遇到的这些奇怪的事情更让我感到震惊的了。既然已经调查清楚了一部分事实，那我一定要和你一起将整件事情弄个明白。"

福尔摩斯回答道："你在这里会对我有很大的帮助。咱们俩一起来将这个案件弄清楚，让那个琼斯为他的伟大发现而暗自欢喜吧！你把摩斯坦小姐送到家之后，我认为你还应该去一下朗伯斯区河边的品琴小巷三号，你去街右边的第三个房子那儿，找一个做鸟类标本的人，他的名字叫谢尔曼。在他的窗上有一个黄鼠狼抓野兔的画像。你把他叫起来，并替我向他问好，你转告他需要托比的帮助，接下来你就坐马车将托比带回来。"

"我觉得，那是一只狗吧？"

"没错，它是一只具有超强嗅觉的混血狗。哪怕是整个伦敦的警察，也不如托比给我的帮助。"

我说道："我一定会把它带过来的。现在是一点钟，假如我可以换一匹马的话，我想我可以在三点钟之前赶回来。"

福尔摩斯说道："我在这里看看可不可以通过女管家伯恩斯通太太以及印度仆人了解一些新的情况。撒迪厄斯先生曾经跟我讲过那个印度仆人就住在另一边的顶楼上。之后我再仔细研究一下那个自以为是的琼斯的办法，再领教一下他难听的讽刺。'我们已经习惯了，有些人对于他们所不明白的事情总是说三道四。'歌德的话非常形象地说明了这一点。"

七　木桶的插曲

我用警察来的时候乘坐的马车将摩斯坦小姐送到了家。她的面容看上去就像天使一样平静，只是由于旁边还有比她更弱小的人需要帮助。在被吓坏的女管家旁边，她看上去特别的安静、镇定，可是刚坐到马车上面，她就晕了过去，等她醒过来以后又小声地哭了起来，这个晚上的经历实在让她惊恐万分。她后来对我说，在那个时候，她感觉我在马车上真的是淡定极了。她又怎么会想到我当时的内心斗争有多么剧烈，我做出了多大的努力才把自己的感情抑制住呢。我们还在花园里握手的时候，我对她的同情还有爱意就已经表现了出来。即使是很多年的平凡时光，也没有比这一天的特殊经历，让我对她温柔、勇敢的天性了解的更多了。可是，那个时候我脑中有两种思想在做斗争，使我没有办法说出对她的爱意。一方面是因为她是这样的弱小无助，假如在这个时候向她表示爱意，那岂不是乘人之危吗？另一方面，假如福尔摩斯可以把这个案件弄明白的话，她就会成为一位特别富有的继承人，就像我这样一个只拿半薪的医生，利用这次偶然的机会与她亲近的话，这样做岂不是太卑鄙了吗？她会不会觉得我只是觊觎她的财富呢？我绝对不会让她对我产生这样的想法。这些阿格拉财宝就是我们俩之间很大的障碍，将我们分隔开了。

我们到达瑟希尔·弗莱斯特夫人家里时，大约已经两点钟了，仆人们已经休息了，但是弗莱斯特夫人对摩斯坦小姐收到奇怪的信这个事情特别担心，所以她一直都没有休息，她坐着等候摩斯坦小姐回来。听到敲门声后，她亲自为我们开了门。眼前的这位夫人中等年纪、举止优雅。她亲切地上前拉着摩斯坦小姐的手，如同一位母亲似的迎接女儿回来。看到眼前这幅情景，我真的很开心。可以感觉到，摩斯坦小姐在这里并不仅仅是一位家庭教师，还是一位受到尊重的朋友。摩斯坦小姐向弗莱斯特夫人介绍了我，弗莱斯特夫人便热情地请我进去，还要求将我们今天晚上的冒险经历告诉她。我跟她解释道，我还有一件特别重要的事情需要马上去做，但是我向她保证，之后我肯定会将我们在案情上的最新进展如实地汇报给她。当我再次坐上马车的时候，我又回过头去看了一下，发现她们二人手拉着手在台阶上站着，门半开着，灯通过有色玻璃射出灯光，还看到了挂着的气压计以及闪闪发亮的楼梯扶手。这样一幅如此安静祥和的家庭景象，让我本焦灼的心情宽慰很多。

这天晚上所发生的事，我越想越感觉离奇难解。当马车跑在安静的、煤气路灯照着的大街上时，我又把整件事情认真仔细地回想了一番。那些本来觉得很模糊的问题感觉有些眉目了：摩斯坦上尉的死、邮寄珍珠、寻人启事以及摩斯坦小姐收到的那封信——这些我们已经全部弄清楚了。可是现在出现的难题却更加神秘、更加深奥难测：那些印度财宝，在摩斯坦上尉行李中所发现的非常特殊的设计图，索尔托少校奇怪的离世，发现了财宝以及随之而来的发现者被人杀死；那些奇异的犯罪痕迹：脚印，特别的凶器，字迹和摩斯坦上尉的设计图上一样的纸片。案情如同迷宫一般复杂，还好有我的朋友福尔摩斯这样一个天生就具有破案才能的人，如果换成别人，也许连一点儿头绪都不会找到。

在朗伯斯区的下边就是品琴巷，小巷的一旁是一排很简陋的二层楼的砖瓦房。我在三号门上敲了半天，才听见屋子里面有一点儿响动。终于，一点儿蜡烛光出现在窗子上面，然后，一个脑袋从楼窗里面探了出来。

他喊道："醉鬼，离这远点！如果你再敢踢门，我就会把狗洞打开，放出四十三只狗来咬你。"

我说道："放出一只就可以了，我就是为那一只而来的。"

"快点走开！"他大声吼道，"我的口袋里面有一个转轮，如果再不走，我就砸向你脑袋！"

我大喊道："可是我只要一只狗。"

谢尔曼喊道："少废话！我数到三，就开始扔转轮了。"

我又说道："夏洛克·福尔摩斯先生……"这句话还真是管用，他立刻将窗子砰的一声关上了，便跑下楼来将门打开。谢尔曼先生是一个身材瘦长的老头儿，有一些驼背，脖子上面露出了青筋，还戴着一副蓝光眼镜。

他说："如果是福尔摩斯先生的朋友，我是非常欢迎的，请进来吧，先生。

请离那只獾远一点，小心咬到你。"然后他又向一只从笼子的铁条中间钻出头来的、有两只红眼睛的白鼬喊道："你可真淘气！你怎么可以咬这位先生呢？请你不要害怕，先生，这只是一只无脚蜥而已，它并没有毒牙的，所以我才会将它放在屋里面吃甲虫。真的非常抱歉，我刚才对您实在太不礼貌了，请您原谅。因为经常会有小孩跑到这里来戏弄我，还会有人有意敲我的门将我吵起来。先生，夏洛克·福尔摩斯先生想要什么呢？"

"他现在需要您的一只狗。"

"哦！那肯定是托比了。"

"没错，就是托比。"

"从左边数第七个栏里面关着的就是托比。"

他举着蜡烛慢慢地向前走，四围都是各种稀奇古怪的动物。在跳跃不定的烛光中，我隐约地看到屋子里面的每个角落都有犀利、闪闪发光的眼睛在看着我们。还有一些鸟类将我们头上的几排橡木都站满了。它们懒懒地把身体的重量从一只腿换到另一只腿上，我们的声音好像把它们从睡梦中吵醒了。

托比是一只长得特别难看的混血狗，它的毛很长，毛色黄白夹杂，耳朵向下垂着，走起路来左右摇摆。谢尔曼递给我一块糖示意我给它，托比犹豫了一会儿便接受了，很显然它接受了我的友好表示。接下来我很顺利地就让它跟我一同上了马车。当我回到樱池小筑的时候，刚好听到皇宫三点的钟声。看见那位前拳击手麦克默多已经被当成犯罪分子的同伙逮捕起来了，被逮捕的还有索尔托先生，他们都被带到了警察局。门口有两个警察守卫着，我跟他们提了福尔摩斯的名字后，他们便让我带着狗进去了。

只见福尔摩斯正在台阶的上面站着，双手在衣袋里插着，吸着烟。

他说道："哦，真是一条好狗！你把它给带来了！埃瑟尔尼·琼斯已经离开这里了，他不但将我们的朋友撒迪厄斯逮捕了，还有看门人、女管家以及那个印度仆人都带走了。现在除了楼上的一名警察外，这里全部都属于咱们了。你把狗放在这里，跟我来。"

我们将狗拴在了大厅的桌子上面，又去了楼上。房间里面依然还是我走时的模样，只是尸体上多了一张床单。一位看上去非常疲倦的警长在墙角里蜷缩着。

福尔摩斯说道："警长，请把灯借给我用一下。现在，你将这块纸板系在我的脖子上面，让它挂在我的胸前，麻烦了。现在我要将靴子和袜子脱掉，你把它们都带到楼下去，华生。现在我要测试一下我的攀登本领如何。你将我的手帕蘸点儿木馏油，这样就可以了。你现在和我到顶楼里面去。"

我们顺着洞口爬上顶楼。福尔摩斯又一次用灯照向灰尘上面的脚印，然后问道："你认真地观察这些脚印，看看能不能发现什么特别的地方？"

我回答道："这应该是一个孩子或者一个身材非常矮小的妇人的脚印。"

"那么，除了脚印的大小之外，有其他值得注意的地方吗？"

"没有，它们看上去和其他的足印一样。"

"不对，其实一点都不一样。你看这里，这是一个右脚的脚印，现在我也光着脚在它的旁边印一个脚印，你看它们最大的区别是什么？"

"你的脚趾全部是并在一块的，那一个脚印的脚趾却是分开的。"

"没错，是这样的，这一点你一定要记住。现在你可以去那个窗前闻一下木框的味道，我的手里拿着手帕，所以不能过去。"

我按照他说的做了，结果闻到了一股浓烈的焦油味。

"那个同伙一定就是踩在那里逃出去的。你都能够闻得出来，看来托比就更没有问题了。你现在就去楼下，把托比解开，等我下来。"

当我到了楼下的时候，福尔摩斯已经在屋顶上面了。他就如同一只大萤火虫一样顺着房脊慢慢地爬。接下来，他就在几个烟囱的后面消失了，可是随即马上他又出现在对面，之后又消失不见了。我转到那里时，只见他正坐在房檐的一角上。

"华生，是你吗？"他大声问道。

"没错，是我。"

"就是这里了，下面那个黑黑的东西是什么呢？"

"是一个水桶。"

"好，水桶的上面有盖子吗？"

"有盖子。"

"那有梯子吗？"

"没有梯子。"

"这个可恶的家伙！如果从这个地方跳下去的话，肯定会把脖子摔断的。可是既然他可以从这里爬上来，肯定也能从这里下去。水管看起来非常的结实。就这样吧，我下来了！"

我听见鞋在墙面上摩擦发出来的响声，灯笼正在沿着墙壁慢慢地向下移，然后灯光一闪，他便跳到了水桶的上面，接着又从水桶上面跳到了地面上。

将袜子和靴子穿上后，福尔摩斯说道："想要跟踪他的痕迹一点儿都不难。在他走过的地方，瓦块都被弄松了，慌乱之中，他还把这个给弄丢了。用你们医生的话来说，就是它证实了我的'诊断'。"

他把一个使用很多种颜色的草编制而成的小袋子拿给我看，小袋子的形状和大小如同一个烟盒，上面串着一些非常廉价的小珠子。袋子里面装有六根黑刺，一头尖一头圆，与刺死巴赛洛缪·索尔托所用的那根刺一模一样。

他说道："这些刺上面都带有剧毒，你小心一点儿别被刺到。能够拿到它们真的是太好了，因为这些也许就是他全部的毒刺，这样就不用担心他会使用这些刺来对付咱们了。我宁愿选择被子弹打中，也决不愿意被这种毒刺刺中。华生，现在咱们还要走上六英里的路，你有问题吗？"

我回答道："当然没有问题。"

福尔摩斯喊道："托比！亲爱的托比，闻闻这个，托比，闻一闻！"他将浸过木馏油的手帕放在托比的鼻子下面。托比有些兴奋地将头抬起闻着，那样子就像一名品酒家正在闻美酒的味道。接下来，福尔摩斯又将手帕扔到了远处，在托比脖子上面系了一根结实的绳子，然后将它带到水桶那里。托比马上大声地狂吠起来，鼻子在地上嗅着，尾巴向上高翘着，它开始跟着气味迅速向前跑去，脖子上面的绳子绷紧，我们也跟着它快跑起来。

这个时候，东方已经慢慢变白了，在灰色的冷光中我们可以看得很远。我们的身后，矗立着那座方正的大房子，还有那高高的秃墙。房子的周围看上去很暗淡，给人一种悲惨阴郁的感觉。我们从布满纵横交错的沟壑的地面穿过，这里到处都是散乱的土堆以及丛生的灌木，似乎与房子里面发生的悲剧有一种微妙的呼应。

托比跑到了围墙旁边，在墙影下不停地呜呜叫着，最后在有一根山毛榉树的墙角那里停了下来，那里是两堵墙连接的地方，上面有几块砖已经松动了，似乎有人经常从这里上墙，所以上面很多地方都被磨光亮了。福尔摩斯爬上墙头，接下来又将托比从我的手里接过去，把它放在墙那边的地上。

之后我也跟着爬上了墙。他说道："这里有那个装有木腿的人的手印，另外，你看这白石灰上的血迹。从案发起到现在，已经过去了二十八个小时，还好昨天晚上没有下大雨，所以他的气味依然留在路上。"

一想到在这期间会有很多车辆从马路上经过，我有些怀疑托比能不能凭着嗅觉跟踪下去，可是随即发生的事马上证明了我的担心是多余的，因为托比似乎一点儿都没有犹豫，摇摆着向前跑去。

福尔摩斯说："你千万不要认为，我可以侦破这个案子只是因为其中一个人的脚上沾有化学药剂。实际上，我还有很多其他方法可以让我把他们找到，可是这个方法是最简单直接的。另外，既然我们非常幸运地知道了这个方法，假如我们弃而不用，那岂不是自找麻烦吗？假如这么做的话，案子也就不可能如同原来看上去那样的深奥，需要思考很多方面才能够解决了。不过这样一来，在有非常明显线索的情况下，即使我们把案子破了，也不会有什么成就感。"

我说道："福尔摩斯，我跟你保证，这已经非常了不起了，你在这个案子里面采取的办法，要比在杰弗逊·侯波谋杀案子里采取的更加神奇。我认为这件案子更加复杂，更加难以做出解释，比如说，你怎么会对装木腿的人的情况了解那么多呢？"

"华生！这个一点儿都不难。我不想夸张，可是整件事真的是再清楚不过了。一个非常重要的藏宝的秘密被两名负责看押犯人的军官知道了。其中的一个名叫乔纳森·斯莫尔的英国人为他们画了一张地图。你是不是还记得我们在摩斯坦上尉的那张设计图上面见到过这个名字，他在上面签上了自己的名字，并代他的同伙也签了——这便是他们说的'四个签名'。就是利用这张地图，两名军官——也可能是其中一名——将财宝找到了，并把它带到了英国。我想他当初得到那张图时所答应的条件，也许并没有兑现。那么，乔纳森·斯莫尔为什么不去取财宝呢？答案非常简单，地图上面的日期就是摩斯坦上尉与那些罪犯关系密切的时候。乔纳森·斯莫尔不去取财宝，是因为他和他的同伙们全部都是罪犯，他们不能从监狱里面逃出来。"

我说道："这些只不过是你的推测而已。"

"不单单是推测，现在只有这个假设才能将所有的事实解释清楚。我们就试着用它来对后面发生的事进行解释。得到了这一批财宝，索尔托少校愉快而平静地度过了几年。后来，他收到了一封来自印度的信，这封信使他受到了很大的打击，为什么呢？

因为这封信让他知道，他在之前背叛过的那些人现在已经被释放出狱了。

"也可能是越狱逃跑，这个可能性更大，因为他事先就一定很清楚他们的刑期是多长时间，假如正常出狱的话，他就不会感到惊讶了。他到底做了什么事儿让他防备有木腿的人？还是一个白人，因为他曾经把一个白种商人看成了那个人，还向对方开了一枪。现在图上面只出现一个白人的名字，另外的也许是印度教徒或者是伊斯兰教徒，再也没有其他的白人了。所以现在可以确定的是这个装有木腿的人和乔纳森·斯莫尔是同一个人。你觉得我的推理有什么不妥之处吗？"

"你的推理很好，非常清楚，而且还很简洁。"我钦佩地说道。

"那好，现在假如说咱们就是乔纳森·斯莫尔，我们站在他的角度来思考问题。他来到英国有两个原因：一个原因就是重新把属于他的一部分财宝夺回去，另一个原因是要找那个背信弃义的人复仇。他找到了索尔托居住的地方，也许他还与房子里面的某一个人串通好了。这里有一个叫拉奥·肖的男仆，这个人咱们并没有见过。伯恩斯通太太跟我讲过他的品行不太好。可是斯莫尔不知道财宝藏在了哪里，因为除了索尔托少校和一个已经死去的忠实老仆之外，没有其他人知道这件事。斯莫尔突然听到少校快要死的消息后，因为害怕财宝的秘密也会跟着少校的死亡而永远隐藏起来，所以他就冒着会被人看见的危险，跑到了少校的窗子前。可是那个时候少校的两个儿子正好在那里，所以他不敢进屋。因为对死者极度的怨恨，他在当天晚上又偷偷溜进了屋子里面，查看了少校的信件，希望可以发现一些有关财宝的记录。在离开的时候他留了一张字条，证明他到这里来过。这个事他肯定已经计划好了，假如他可以亲手将少校杀死的话，就会将这张字条放在他的尸体上面，证明这并不是一件普通的谋杀案，而是伸张正义的行为。当然这些都是以他的角度来分析的。这些稀奇古怪的想法在一些犯罪案件中是非常常见的，有的时候对发现罪犯的一些特征会起到很大的作用。我说的这些你都明白吗？”

“我能明白。”

“这个时候，乔纳森·斯莫尔该如何做呢？他只能偷偷地监视着别人寻找宝物，也许他会离开英国，不过还是会定期回来几次。直到有一天，顶楼上的密室被发现了，他立刻就得到了消息。这一点就可以证明房子里面有他的同伙。乔纳森拖着木腿，肯定不可能爬上如此高的房间。可是，他的那个同伙具有特殊的能力。这个同伙爬上了高高的屋顶，但是却一不小心光着脚踩上了木馏油，由此将托比引来了，还让一个脚踝受伤的半薪军官跛脚走了六英里的路。”

“意思是，将巴赛洛缪杀死的是这个同伙，并不是乔纳森。”我说道。

“就是这样。通过斯莫尔进入房间后跺脚的情况分析，他是不愿意这样做的，他与巴赛洛缪·索尔托并没有仇，也许只是想将他绑起来，再把他的嘴给塞上。他之所以不想这样做，是因为他不想被判死刑，可是他的团伙一时凶性大发，用毒刺将巴赛洛缪·索尔托杀死了。乔纳森·斯莫尔只有把字条留下，将财宝拿走了。这些就是我所猜想的事情发生的大致经过。关于他的长相，既然他曾经在安达曼群岛那么热的地方服过刑，他肯定是一个皮肤黝黑的中年人了。通过他的步幅大小，我能够非常轻松地计算出他的身高。我们还很清楚他是留有胡须的，这一点是撒迪厄斯·索尔托亲眼通过窗子看到的。我所知道的就是这些了。"

"那么，他的那个同伙呢？"

"哦，这也没有多大的困难，马上你就可能知道一切了。早晨的空气真的很好啊！你看那朵云，就如同红鹤身上的一支红羽毛。太阳的红光穿过伦敦上空的云层，照在了人们的身上，可是像咱们两个有着重大使命的人，就没有办法好好享受。在大自然的伟力面前，我们这点可怜的雄心以及奋斗渺小得可怜！你对约翰·保罗了解吗？"

"了解一点，我开始是读了卡莱尔对他的评论，之后又读了他本人的作品。"

"这就如同由小溪溯源到湖泊一样。约翰·保罗曾经说过一句令人费解、却又意味深长的话：'人最伟大的地方就在于他能够认识到自己的渺小。'你看，这句话就论证了对比和欣赏的力量，通过看克特的作品，我们可以汲取到非常多的精神营养。你肯定没有带手枪吧？"

"我带了手杖。"

"我们先找到他们的地方再说，也许会需要一些武器来防身。你来对付乔纳森，假如他那个同伙不老实，我便开枪。"他说着就掏出了左轮手枪，给枪膛里面填上了两颗子弹，接着又将它放回了大衣右边的口袋里。

这个时候，我们跟着托比来到了通往伦敦市区的大路上，路的两旁是半村舍式的别墅，街道特别长，一眼望不到尽头。很多劳动的人和一些码头工人都已经起床了，刚起床还没有梳洗的妇女们将大门打开，开始打扫台阶。街角方顶的酒馆也刚开始营业，表情粗犷的男人从酒馆里面走了出来，还用袖子将胡子上面的酒滴擦去。四处闲逛的流浪狗感到很好奇地盯着我们看。我们的托比认真地嗅着地上的气味，似乎对周围的事情一点儿也不在意。它一直不停地往前跑，只是偶尔会在气味稍浓的时候发出一两声急切的呜呜叫。

我们从斯特萨姆、布里克森、坎伯威尔穿过，走过几条比较静的街道，到达了奥弗尔区的东面，来到了肯宁顿路。我觉得我们跟踪的这个人似乎在故意走"之"字形的路，也许是要躲避跟踪吧。他特意避开大路，而走一些偏僻的小路。到了肯宁顿路的尽头，他们又折向左边，穿过证券路和通向骑士宫的麦尔斯路。追踪到这里的时候，托比停下来不往前走了，只是来回不停地跑。它的一只耳朵竖着，另一只耳朵垂着，似乎不知道该怎么办。它又转起圈来，还不时地抬头看看我们，一副困窘的样子。

福尔摩斯大声说道："托比怎么了？他们绝对不会坐马车，也不可能是坐气球跑的啊。"

我说道："他们也许是在这里待了一会儿。"

"看，好了，托比又开始跑了。"我的伙伴长舒了一口气。

的确，托比又开始跑了。它在四处闻过之后，就如同非常确定一般，以我们从来没有见过的力量和果断开始迅速向前跑起来。这时气味似乎又变得更加浓烈了，现在托比都不用低着鼻子去嗅了，绳子拽得特别紧，托比恨不得挣脱束缚。我觉得福尔摩斯的眼睛似乎闪着光，也许是觉得我们马上就会找到地方了。

我们从九榆树跑过，又经过白鹰酒馆，最好到达了布雷德里克和尼尔森大贮木场。到了这里，托比显得特别兴奋，它从角门跑进了贮木场，场里的锯木工人已经开始工作了。托比从锯屑和刨花上穿过，又穿过一条小巷，绕过了一个两边堆满木头的通道，最后非常兴奋地狂吠一声，跳上放在手推车上面的一个大木桶，伸出长长的舌头，眼睛一眨一眨地望着我和福尔摩斯，似乎在等着我们的嘉奖一样。桶边以及手推车的车轮上面都沾着黑色液体的污渍，空气里面散发出来浓烈的木馏油的味道。

我和夏洛克·福尔摩斯对望着，之后，我们禁不住大笑了起来。

八　福尔摩斯的小帮手

"我们现在要怎么办呢？"我说道，"托比似乎已经没有精确找到目标的本领了。"

福尔摩斯说道："托比是依照自己的想法行动的。"说话间，他将托比从桶上面抱了下来，牵着它到木材厂的外面散步。他说："假如让你计算一下一天大约要有多少杂酚油（木材防腐剂）运到伦敦，你就不会对我们为什么会走错复杂的路线而感到惊讶了。现在杂酚油的使用量非常的大，特别是在树木采伐旺季，所以我们就不要责怪可怜的托比了。"

"我觉得我们还要返回到那个气味混杂的地方。"

"没错。很幸运的是，我们离那里还比较近。很显然，在骑士街拐角困扰托比的是在相反的方向有两种不同的气味。所以我们才会走了那条错路，现在我们可以做的便是走另一条路。"

这个很简单，托比非常轻松地将我们带到了它犯错误的地点，它在那里兜了一大圈，终于向着正确的方向冲去。

我说道："我们要小心，不要被托比带到运出杂酚油桶的地方。"

"这一点我也想到了，可是你也看见了，托比一直在人行道上跑，而运桶装杂酚油的车应该在马路上行驶，因此，我们现在肯定是没有走错。"

托比沿着河边跑着，跑过贝尔芒特路和王子街。在宽街的尽头，它右转向河边奔去，那里有一个很小的木质码头。托比将我们引至紧靠着水边的地方，然后站在那里猎猎地叫着，眼前深绿色的河水汩汩逝去。

"我们可能失去了幸运的眷顾，"福尔摩斯说，"看来他们已经乘船逃脱了。"

几艘方头平底船和小艇停泊在码头。我们牵着托比来回在每艘船边不停地转着，虽然它嗅得很认真，可是却没有一点收获。

那原始的上岸的码头旁边，有一座砖石结构的小房子，一个木制的告示牌在房子的第二扇窗户上挂着，牌子上面用大大的字体写着"默得凯·史密斯"，下面写着"按时按日出租船只"。门上还有一块牌子，上标有：小汽船出租，通过码头上堆放的特别多的焦炭能够推断出它们应该就是小汽船的燃料。

福尔摩斯向四周望了望，脸上露出了担忧的表情。

"看上去非常不妙，"他说，"这些人比我想象的要狡猾。看来他们故意隐蔽了行踪。恐怕是事先已经周密计划好的。"

他向那个小房子走去，正好门打开了，一个六岁左右的卷发小男孩从里面跑出来，他的后面跟着一个手里拿着海绵的身体强壮的红脸妇人。

"快回来洗澡，杰克！"她大声喊道，"你这个小调皮！快点回来！如果你爸爸回来看见你这个样子，肯定不会放过你的！"

"嗨！小家伙！"福尔摩斯趁机说，"小家伙好可爱啊！小脸红扑扑的真惹人喜欢！你好，杰克，你想要什么东西？"

小孩想了想，说："我想要一个先令。"

"难道你不想要比先令还要好的东西吗？"

小孩子又想了想，说："如果能给两个先令，我就更高兴了。"

"没问题，给你，拿好了！您真是有个好孩子啊，史密斯太太！"

"上帝保佑您，先生，他一直都是这个样子，甚至比这更淘气。我丈夫有时候白天也在外面，这孩子根本不服我的管教。"

"哦，是吗？"福尔摩斯故意失望地说，"那真是有些遗憾了，我还想和史密斯先生聊聊呢。"

"昨天一早他就出去了，说实话，这个时候，我倒有些担心他呢。可是您如果是想要谈租船的事情，我也是能够为您效劳的。"

"我想租他的汽船。"

"真是不巧啊，先生，他就是坐着那艘汽船走的。我正是因为这件事感到困扰，我很清楚船上面的煤不够他到乌尔维士然后再返回的。假如他乘坐大型平底船去的话，我也就不会担心了，因为有的时候他还要去葛瑞夫赞德办事呢，或者假如他有事，也许会耽搁了。可是如果汽船没有煤怎么办呢？"

"也许他会在途中经过的码头买一点儿吧。"

"也许会吧，但那不是他的做事风格。我经常听他抱怨零买价钱实在太高了。还有，那个装有木腿的人没给我什么好的印象，他那丑陋的脸以及异国的说话方式非常让人反感。他经常到这里来究竟想要干什么？"

"一个装有木腿的人？"福尔摩斯奇怪地问道。

"是的，先生，那个家伙尖嘴猴腮的，来这里找我的丈夫很多次。就是他昨天晚上将我丈夫叫醒的，更让我感到奇怪的是，我丈夫知道他要过来，因为他事先就将汽船给点着了。我跟你说实话吧，先生，我实在是放心不下。"

"可是，亲爱的史密斯太太，"福尔摩斯说道，"你不必担心。您怎么知道昨天晚上来找您丈夫的是那个装有木腿的人呢？我不清楚你为什么这样肯定。"

"通过他说话的声音，先生，他的声音我听得出来，他的声音很粗重，而且很不清晰。他敲了几下窗户，应该是三下，说道：'起来吧，伙计，我们是时候出发了。'我的丈夫将我的大儿子吉姆叫醒，一个字都没对我讲就走了。我甚至可以听见那条木腿磕在石头上的噔噔声。"

"那么，装有木腿的人是独自来的吗？"

"这个我不知道，先生，不过我并没有听到别人的声音。"

"真是非常遗憾，史密斯太太，我要租一只汽船的，因为我听说过一些赞美有关这艘……让我想一想，它的名字是……"

"叫北极光，先生。"

"哦！是不是老绿的，船梁的上面有宽宽的黄道那艘呢？"

"不是的，它和河面上其他的小汽船是一样的。刚刷过漆，黑色的底色搭配两条红杠。"

"哦，谢谢您。希望您可以很快获知史密斯先生的消息。我要顺流而下了，假如我能看见'北极光'号我会向他转告您的担忧。您说它的烟囱是黑色的，对吗？"

"不是的，先生，是黑色搭配着白道。"

"哦，没错。船身是黑色的。再见了，史密斯太太。这里有一只舢板，华生，我们就坐着它过河吧。"

我们坐在了船上，福尔摩斯说道："同这种类型的人打交道，最重要的是一定不要让他们明白他们的信息对你来说的重要性。要不然，他们肯定就像牡蛎一样将口闭得死死的。假如你可以谨慎一些不被他们看穿的话，你也许就会得到你想要知道的信息。"

我说道："现在我们的行动计划已经非常清晰了。"

"那么下一步你想要如何做呢？"

"我们需要租一艘汽船顺流而下，去寻找'北极光'号的踪迹。"

"华生，那可是一个很庞大的工程啊。它也许会停靠在从这儿到格林尼治河岸任意一个码头。桥下面的路更加蜿蜒曲折，绵延数里。如果你一个人去寻找，恐怕得耗费数天的时间，一定会累得精疲力竭。"

"如果是那样的话，我们就向警察求助吧。"我说道。

"不行。如果在关键的时刻我会去找埃瑟尔尼·琼斯帮忙的。他这个人很好，不过我不希望影响到他的工作。既然我们已经了解了这么多，我非常希望可以自己完成。"

"那我们可以刊登广告，向码头主询问'北极光'号的消息。"

"那样情况会更糟的。那些恶棍会知道我们正在穷追不舍地找他们，他们肯定会逃到国外去的。现在他们也许已经离开了英国，但是只要他们认为已经安全，就不会着急走了。琼斯的行动对于我们来说，还是很有利的，因为他对这个案子的观点每天都会刊登在日报上，那些恶棍们肯定会觉得调查他们的人走错了方向，会认为他们还是非常安全的！"

我们快到密尔班克监狱时，我问道："那么我们现在究竟要怎么办呢？"

"我们先乘马车回去，吃个早餐，然后再睡上一个小时。今天晚上我们也许还要进行侦查。马夫，请在电报局停一下！我们要先将托比留在这里，以后也许还会用得上它。"

我们去了彼得大街的邮局，在那里，福尔摩斯发了一封电报。

我们又回到了车上，他问道："你认为我会给谁发电报？"

"不知道。"

"我在杰弗逊·侯波案中，雇的贝克街的小侦察队你还记得吗？"

我笑道："当然记得。"

"这又是该他们大显身手的时候了。假如他们找不到，我还会有别的办法，但我还是想让他们先试试。那封电报是发给那个脏兮兮的小队长维金斯的，我估计也许还没等我们吃完早餐，他就会同他的小伙伴们过来了。"

八九点钟的时候，忙碌了一夜的我感觉非常疲惫。走起路来腿都有些软了，我并没有福尔摩斯那种对工作痴迷的精神，也不会将案件看成抽象的理论问题，关于巴赛洛缪·索尔托的死，他并没有给我留下什么好的印象，所以我对杀害他的凶手也并没有什么厌恶之感。可是有关那些宝物就另当别论了。那些宝物，或者是其中的一部分，应该属于摩斯坦小姐的。如果可以有机会找回它们，我甚至会不惜牺牲自己生命的。诚然，假如我可以将它找到，她可能就会永远离我而去了，但是爱情如果被这种念头所限制，那它就显得过于无聊而且自私了。假如福尔摩斯可以将凶手找到，我就会有比现在多上几倍的动力去寻找宝物了。

在贝克街的家中我舒服地洗了澡，换上干净的衣服，我的精神又好了起来。我下楼的时候，看见早餐都已经摆好了，福尔摩斯正在倒咖啡。

他手指向一张报纸高兴地跟我说："看看这里，那个精力很旺盛的琼斯和庸俗的记者，他们已经给这案子下定论了。你也被这案子折腾得不行了吧？还是先将你的火腿和煎蛋给吃了吧。"

我拿起那张报纸，看见那条简讯，题目为《上乌德的奇异命案》：

昨天晚上十二点前后，上乌德樱池小筑别墅的主人巴赛洛缪·索尔托在房间里遭遇谋杀。据本报消息，索尔托先生身上并没有打斗过的痕迹，可是，从他父亲那里继承的价值不菲的印度宝物失窃。最早发现该命案的是死者的弟弟撒迪厄斯先生和前来拜访的夏洛克·福尔摩斯先生以及华生医生。值得一提的是，著名警官埃瑟尔尼·琼斯刚好在上乌德警察局，他在命案发生半小时内就赶到了现场。他经验丰富、训练有素，刚到现场就发现了线索。死者的弟弟撒迪厄斯·索尔托嫌疑非常大，目前已经被捕，同时被捕的还有管家伯恩斯通太太、印度男管家雷奥以及看门人麦克默多。目前可以确定的是凶手对别墅特别的熟悉，琼斯先生凭借着丰富的技术知识和敏锐的观察力，证实了凶手并不是从门窗进入的，而是通过房顶的天窗进入房间的，也就是通过发现尸体的房间里的天窗进去的。目前案情已经非常清晰了，这不仅仅是一件普通的盗窃案。通过警方迅速及时的反应，可以看出他们应对突发事件的能力以及他们机智敏捷的头脑。我们认为应该将警力分散开，从而会更加快速地到达现场侦查处理的意见是正确的。

"真是完美啊！"福尔摩斯一边喝着咖啡一边笑着说，"你是怎么认为的呢？"

"似乎差点也将我们当成嫌犯而逮捕呢。"

"我也是这么想的。如果他再有劲儿没处用，那么我们的安全就成问题了。"

　　就在这个时候，门铃突然响了起来，我听到了房东哈德森太太高声地叫喊着。

　　"天啊，福尔摩斯，我觉得他们真的来抓我们了！"我边站起来边说道。

　　"应该不会这么糟糕吧。可能是非官方部队，我想是贝克街的小小侦察队来了。"

　　说话间，楼梯上传来急速轻快的光着脚走路的声音，还伴有特别大的说话声，很快，大约有十多个衣衫褴褛的街头流浪孩子冲了进来。他们似乎还有什么规矩，即使是喧哗着进来的，可是刚一进来就马上排成了一排，面对着我们，脸上充满期待。其中一个个子比较高、年龄比较大的孩子如同长官一样站在前面，他穿着破衣烂衫看起来非常滑稽可笑。

　　"先生，接到您的命令，我马上就把他们带了过来。我们花费的车费是三先令六便士。"

　　福尔摩斯将银币递给他，"拿着，维金斯，以后他们把情况向你汇报后，你再向我汇报。你们不要像这样所有人都过来，我的屋子装不下这么多人。不过这次你们都来了也好，你们也能够将我的要求听清楚。现在我正在寻找一艘名字叫作'北极光'的汽船，船主是默德凯·史密斯，黑色的船身上面有红杠，黑色的烟囱搭配着白道。它现在就在河的下游。一个孩子在密尔班克监狱对面的默得凯·史密斯的码头上看着，船一回来必须立即报告。你们一定要分组在河的两岸搜寻。一有消息，必须马上通知我，都听清楚了吗？"

　　维金斯回答说："听清楚了，长官。"

　　"价钱还依照老规矩，找到船的孩子可以多给一个基尼。把今天的酬劳先给你们。就这样，你们可以走了。"

　　他给每个孩子发了一个先令，然后他们喊喊喳喳着下楼了，很快就消失在街上涌动的人流中。

　　"如果船还在河面上，他们就一定可以找到它。"福尔摩斯从桌边站了起来，点燃了烟斗说道，"他们可以去任何地方，观察任何事情，还可以偷听到任何人的谈话。我希望在傍晚前就可以听到他们找到汽船的好消息。不过在这段时间我们什么都做不了，只能选择等待。在找到'北极光'号或者默得凯·史密斯之前，我们没有办法在这些支离破碎的线索下继续侦查。"

"我觉得托比吃这些剩饭就可以了。福尔摩斯，你是不是得睡一会儿？"

"不用，我并没有感觉累。我的身体素质比较特别，我在工作的时候从来都不觉得累，然而闲待着时却会感到疲惫不堪。我现在就要去抽会儿烟，再将我的老主顾委托我们的这个奇怪的案件认真地思考一下。相信这个案子，不会难倒我们。装有木腿的人如此稀少，另一个人更是难得一见，我需要一个人静静地想一想。

"又提到了另外一个人了？"

"是的，我没想瞒着你，我相信你肯定也有自己的见解，现在要综合分析一下全部的这些线索：小脚印、赤足、一端是石头的木棒、敏捷的身手和小毒刺。你觉得这些有什么关联吗？"

"真是可恶！"我喊道，"可能是一个和乔纳森·斯莫尔有关的一伙印度人中的一个。"

"这似乎不可能。我第一次看到那个特别的武器时也有同感，可是那个特别的脚印让我的看法有所改变。一些印度半岛的居民身材是矮小的，但是也不可能会留下那样的脚印，因为印度土著人的脚是又细又长的。经常穿凉鞋的回教人因为鞋绳从大脚趾的趾缝间穿过，所以会导致拇指和其他脚趾分开。使用这些小毒刺唯一的一种方法便是用吹管吹放。那么，现在我们要到哪里去寻找这个特别的凶手呢？"

我非常小心地说道："南美洲。"

福尔摩斯从书架上取下一本厚厚的书，是最近出版的最新的地名词典第一卷，可以称得上是地名词典中最权威的著作了，上面记载着：

安达曼群岛位于孟加拉湾，苏门答腊半岛以北三百四十英里的位置。

"咦！快看这是什么？"福尔摩斯嚷道，"湿润的气候、鲨鱼、珊瑚礁、布雷尔港、如特兰德岛、囚犯营、杨树……

"太好了，我们找到了！安达曼岛上的澳大利亚土著人，可以算得上是地球上最小的人了，虽然有一些人类学家声称非洲的布时人、火地人以及美洲的迪格印第安人是最小的。澳大利亚的土著人平均身高不到四英尺，很多成年人的身高也许还没有达到平均身高。他们生性倔强、凶残，一旦互相取得信任，都会心甘情愿做出巨大的牺牲。注意这个，华生。你听好了：他们天生丑陋，长着畸形的大脑袋、扭曲的脸、凶巴巴的小眼睛，他们的手脚极其小。因为他们极度凶狠倔强，无论英国政府如何努力都没有办法将他们争取过来。他们经常制造恐怖，袭击遇难的船员，用绑着石头的木棒将幸存者的脑袋打碎，也可能会用毒箭将他们射死。屠杀之后总是举行人肉盛宴！华生！假如这个小子没有约束，也许事情就更糟糕了。我想乔纳森之所以雇用他们，也是不得已的。"

"可是他为什么会选择这么一个奇怪的人作为同伙呢？"

"这个问题我也说不清楚，可是至少我们现在已经确定斯莫尔来自于安达曼群岛，这个土著人与他结伙也就没有什么让人大惊小怪的了。看起来，我们以后还会对此有更多的了解。华生，你看上去很累，你躺在沙发，让我催你入眠。"

说完，他从墙角上拿起了他的小提琴，而我则伸了伸懒腰，他演奏起了一支低沉恬静、悠扬悦耳的曲子——很显然，这一定是他自己的创作，因为他有即兴创作的天赋。现在我还能模糊地想起他那瘦削的胳臂、认真的表情以及上下拉弓的动作。我在温柔的音乐中飘荡，慢慢地进入了梦境，梦中，我梦见梅丽·摩斯坦正在望着我温柔甜美地笑。

九　线索中断

当我醒来的时候，发现已经是下午四点多了，休息了一会儿之后，我又感觉精力充沛了。

福尔摩斯还在那个地方坐着一动没动，他正在专心地看书，小提琴放在他的旁边。在我起来的时候他看了我一眼，我感觉他的表情凝重，好像遇到了什么麻烦事。

他说道："看你睡得那么香，我还担心我们说话的声音会把你吵醒呢。"

"我并没有听见任何声音，是否有什么新消息？"我问道。

"非常遗憾，没有。这让我感到非常惊讶，也很失望。我认为这个时候应该有消息了。刚才维金斯过来报告，他说并未发现汽船的踪影，真是让人着急，现在每个小时都是非常的重要啊。"

"我能做些什么？现在我觉得精力充沛，如果再侦查一个晚上肯定没有问题的。"

"现在我们什么都无法做，只能等着。如果在我们出去的时候有消息过来，肯定会耽误事的。你要是有事出去也可以，我必须一直在这里等消息。"

"好，那我现在就去坎佰韦尔拜访一下瑟希尔·弗莱斯特夫人，昨天她邀请过我的。"

"拜访瑟希尔·弗莱斯特夫人？"福尔摩斯问道，眼睛里露出了微微的笑意。

"没错，当然还有摩斯坦小姐，有关这个案子的进展状况，他们都非常着急想知道。"

"不要跟他们讲太多，女人是不会完全相信的，即使是她们那样的好女人。"

我并未打断他偏激的话与他争论，只说道："我大约有两个小时左右就可以回来。"

"那好，祝你好运。但是假如你过河的话，顺便把托比带回来吧，我认为我们现在应该用不到它了。"

我先按照他所说的将托比送回到宾新路，并留给那位老博物学家半个英镑。接下来我就去坎佰韦尔与摩斯坦小姐见面。经过昨天晚上的惊险事情，摩斯坦小姐今天看上去还有些疲倦，但是她非常着急想要知道案件的最新进展，弗莱斯特夫人也同样充满了好奇，我就将我们所做的一切讲给她们听，但是一些血腥的地方没有讲，比如虽然说到索尔托先生被人杀害，但是没跟他们讲凶手所用的手段。即使我这样简略的描述，她们还是感到吃惊不已。

弗莱斯特太太惊呼道："真是一个传奇！一个受伤的女郎，价值五十万的宝物，一个吃人的黑怪物，一个装有木腿的人，真是比小说的情节还要精彩啊！"

摩斯坦小姐高兴地看着我说道："还有两位勇士的帮助啊。"

"梅丽，你的财产全部要靠这次搜查了。你看上去似乎并不是很高兴，你可以想一想，要知道你一旦拥有那么多财富，就好像拥有了全世界啊！"

她摇了摇头，好像对这些并没有多大的兴趣。见她对财富如此淡泊，我的心里不由掠过一丝快意。

她说道："我现在关心的是撒迪厄斯·索尔托先生，剩下的事情都不重要，我认为他在整个过程中表现得非常可敬，还非常配合，我们有责任帮他洗清冤屈。"

我从坎佰韦尔离开的时候已经是晚上了，回到家里时，已经很晚了。福尔摩斯的书和他的烟斗在椅子的旁边放着，可是他却不见了。我四处看了看，希望可以看到他留下的字条，可是却没有找到。

赫德森太太进来放窗帘的时候，我便问她："您知道福尔摩斯先生去哪里了吗？"

"他回到他的房间里了，先生。您知道吗，"她将声音压低轻声地说，"我担心他病了。"

"赫德森太太，为什么这么说呢？"

"我觉得他特别奇怪，先生，您走了以后，他就一直在屋子里面走来走去，他的脚步声我都听得烦了。后来我便听到他自言自语，每次听见有人敲门，他都会跑到楼梯口问道：'赫德森太太，谁在敲门呀？'后来他将自己关在屋子里面，但是我还是能听见他仍然和刚才一样走来走去，但愿他没有生病，先生，他用那种怪怪的眼神看着我，我很害怕，都不知道自己是怎么从他的房间走出来的。"

我说道："赫德森太太，我觉得您不必担心，他这种情况在之前我也见到过，他是心里面装着事，有些心神不宁而已。"

我有意说得非常轻松，可是我自己也感觉不太对劲，整个晚上我都不时地隐约听到他的脚步声，我很清楚他是因为没有办法行动起来而心情烦躁。

第二天早上吃饭的时候，他看上去无精打采，两颊泛着微红。

我说道："我的老朋友，你把自己给累垮了。我听见你昨天一晚上都在地上走来走去。"

"我没有办法睡着啊，"他说道，"这个可恶的问题快把我给烦透了。那么多的问题都解决了，却被这个小障碍给困在这里，真的是很窝心啊。我们很清楚凶犯是谁，也知道了船的情况以及其他的一切，可为什么就得不到船的下落呢？我已经又找了其他的机构，把所有的方法都用了。河的两岸也都进行了搜查，可是仍然没有找到船的下落，也没有史密斯太太丈夫的音信。我甚至怀疑他们会不会将船沉到河底了，但是这种可能也非常矛盾。"

"也许是史密斯太太把我们给愚弄了。"

"不会，我认为这是不会错的。我已经调查过，只有一艘这样的汽船。"

"他们是不是到河的上游去了？"我问道。

"这点我也想到了，我已经让人向上游搜查到瑞彻门德一带，假如今天还没有得到任何消息，那么，我明天就自己去寻找凶犯，不再找汽船了，但是我相信肯定会有消息的。"

可是，依然还没有任何的消息。维金斯以及其他的搜查人员都没有发现任何线索。好多的报纸都报道了上乌德惨案，他们都对不幸的撒迪厄斯·舒尔托进行了攻击，除了官方要求在第二天验尸以外，他们也没有再报道任何新消息。晚上我步行来到坎佰韦尔，把我们的糟糕情况向两位女士讲述了。我回来的时候，看见福尔摩斯情绪依旧很低落。我跟他说话他也爱答不理，整个晚上他都在忙一个非常复杂的化学实验，由于实验散发出令人难以接受的气味，我便离开了。天快要亮的时候我还听到了有试管碰撞的声音，我就知道他还在进行实验呢。

早上，我醒来，发现他就站在我旁边，把我吓了一跳。他身上穿着粗制的水手服，还披着一件短夹克，脖子上面围着一条红色围巾。

"华生，我准备去下游了。我已经认真地思考过了，现在这是唯一的办法了。不管结果如何，我想还是有必要试一下的。"

"我要与你一起去。"

"不用，你就留在这里替我处理一些事情，那要比和我一起去会更好。我本来是不愿意去的，即使昨天晚上维金斯非常沮丧，但是我猜测今天也肯定会有消息的。你把全部的便条、电报都拆开看看吧，假如接到消息，你就按照自己的判断行事，可以吗？"

"当然可以，没问题。"

"我担心你无法发电报通知我，因为我也说不好我具体会去哪里。如果幸运的话，我也许很快就能回来。我回来的时候也许会带回来这样或者那样

170

的消息。"

在吃早餐的时候我还没有收到来自他的消息，但是打开《旗帜报》，我看见在上面刊登了案子新的进展：

有关上乌德惨案我们有充分的依据相信事实要比所预想的更加复杂离奇。从新的证据可以看出，撒迪厄斯·索尔托先生与这个案子并没有关系。他和女管家伯恩斯通太太，在昨天晚上已经被释放。有关真正的凶手，警方已经获得了新的线索，这个案子是由苏格兰场能力出众的埃瑟尔尼·琼斯亲自负责，相信很快就会侦破此案。

我觉得这个报道还算让人满意，无论如何，至少现在我的朋友索尔托没事了。我非常想知道新的线索到底是什么，即使这也许是警方为了掩盖失误的常用伎俩。

我将报纸放在了桌子上面，就在那一刻我看到了寻人栏里面的一则启事：

"寻人：船主莫迪凯·史密斯和他的儿子吉姆，上周二的凌晨三点左右乘'北极光'号汽船从史密斯码头离开，该汽船黑色的船身配有红色的杠，黑色的烟囱上有白道。谁知道莫迪凯·史密斯先生以及'北极光'号汽船的下落，请与史密斯码头的史密斯太太联系，或者与贝克街 221 号乙联系，酬金五英镑。"

很明显，这是福尔摩斯所为，单凭贝克街的地址就足够说明了。福尔摩斯的精明彻底把我给折服了，因为即便是匪徒看到，他们也会觉得这一定是焦急的妻子正在找寻失踪的丈夫。

这一天可真是太漫长了。每当听到敲门声或大街上响亮的脚步声，我都觉得应该是福尔摩斯回来了，或者是看见了他的广告的人过来报信了。我试着让自己静下来，拿起书来看，可是我的精神就是不能集中起来，一直在想着我们追踪的那两个凶犯，有的时候我甚至怀疑有没有可能是我的伙伴的推理出了问题，他会不会是在自欺欺人呢？也可能是线索错误地引导了他那灵活又善于思考的头脑，最终导致他判断失误？我从来都没有见过他出什么差错，可是智者千虑，必有一失啊。我认为很有可能是他对自己的逻辑推理太过于自信，把一个很平常简单的问题给复杂化了，所以才陷入了错误的泥潭中。但是，另一方面，我也见过这些证据，他也跟我讲了他的推测理由，都是很有说服力的。再回过头来想想，将这些事实都串联起来，仔细思考一下，发现它们都指向一个方向。这一点我足够自信，即使是福尔摩斯的判断出错了，真相肯定也特别令人惊奇。

下午三点，门铃响了起来，我听见门厅里有人用命令式的口吻大声说话，真是没有想到，埃瑟尔尼·琼斯先生竟然来了。这次他不像在上乌德时那样一副粗鲁蛮横的样子，而是变得很谦虚，而且还感觉比较惭愧。

他说道："您好，先生，您好，我知道福尔摩斯先生不在。"

"没错，而且我不知道他什么时候可以回来。如果您方便的话可以在这里等一会儿。请坐，吸根烟吧。"

"谢谢，那我就不跟您客气了。"他一边说着一边拿起红绸巾擦了擦额头。

"需要来一杯加苏打的威士忌吗？"

"好，给我来半杯吧。今年怎么都到这个时候了，天气还是这么热，我的心情又这么的烦躁。您是否知道我对上乌德案的观点？"

"我印象中您好像说过一次。"

"关于这个案件，我不得不重新考虑了。我本来都已经将索尔托紧紧地缚在网里面了，可是他又从网眼里面溜出去了。他表明了一个无法改变的事实，就是在那天他离开他哥哥之后一直有人和他在一起。因此，通过天窗潜入的人一定不是他。这个案子真的是太离奇了，我的权威已经受到挑战，我现在特别希望可以得到帮助。"

我说道："所有人都有需要别人帮助的时候。"

"您的朋友，福尔摩斯先生真是一个非常厉害的人啊，先生，"他用坚定的口吻说，"他果然是不可战胜的。我也知道他破过的案子特别多，他经手的每一个案子都水落石出，干净漂亮！他的手段非常多样化，不过有的时候也会有些操之过急，但是整体来说，我觉得他可以成为特别出色的警官，我不介意别人也会这么认为。今天早上我收到了他的电报，所以知道了对于索尔托这个案子他已经有了新发现。电报就在这里。"

他从口袋里面把电报拿出来交到我手上。电报是十二点的时候在白杨镇发的：

"马上去贝克街，假如我还没有回去，请在那里等候。凶犯索尔托的踪迹我已经找到了。如果你想侦破这个案件，今天晚上就和我们一同去吧。"

我说道："看来他心情很好。我想他一定是把断了的线索又接上了。"

"不会吧？他也有犯错的时候啊。"琼斯很得意地说道，"当然，我们的侦查专家有的时候也避免不了失误啊。这次也许会是空欢喜一场，可是作为警务人员，我是不会放过任何机会的，这是我们的责任。有人敲门，也许是他回来了。"

一阵沉重的上楼的脚步声传来，随后急促的喘息声也传了过来，感觉来人呼吸有点困难。这中间他还休息了一两次，对他来说爬楼梯比较困难，最后他终于上来了，进了屋。与我们想的差不多，他穿着一身水手的服装，外面披着一件旧大衣，衣服的所有纽扣都扣得严严的。他是一个上了年纪的人，弓着背，双腿颤抖着，上气不接下气，喘得很厉害。手里还挂着一根又粗又短的橡树棒，两肩一直在不停地耸动着，似乎在努力地把气吸进肺里。脖子上围着一条花围巾，他有一双敏锐而深邃的眼睛，两道白眉毛，留着灰色的长胡须，看上去像是一个境况潦倒但又经验丰富的航海家。

我问道："发生什么事了，我的朋友？"

他用老年人独有的方式向四周张望了一圈。

他问道："夏洛克·福尔摩斯先生在这里吗？"

"他还没有回来，但是我能够代表他。你可以把想跟他说的事情告诉我。"

"这件事必须得跟他本人说。"

"我是完全可以代表他的。会不会是有关默得凯·史密斯汽船的事情呢？"

"没错。我知道船的位置，他要找的人我也知道在哪里，宝物在哪里我也知道，所有的一切我都很清楚。"

"那就跟我说吧，我一定会转告他的。"

"我只会跟他本人说。"他又重复一次。他还真是有着老年人顽固任性的特点啊！

"那您就在这里等着他回来吧。"

"不，不行，我不能把一天的时间白白浪费掉。如果现在福尔摩斯先生没在家，那他就只有自己去调查一切了。两位的尊容我并不喜欢，一个字我都不会跟你们说的。"

他站起身来要离开，埃瑟尔尼·琼斯挡在了他的面前。

"等一下，朋友。"他说道，"你知道这么重要的消息，你不能离开这里。无论您愿不愿意，我们一定要将您留住，一直等到我们的朋友回来。"

老人试图夺门而出，可是埃瑟尔尼背靠在门上将门口堵住，老人意识到已经走不了了。

老人便用拐棍用力地敲着地板怒吼道："太不像话了！我过来是拜访一位绅士的，我根本不认识你们两个，连面都未见过，居然这样把我扣留在这里，还如此无礼地对我！"

"请您先消消气，您浪费的时间我们会补偿的。您坐在沙发上等一会儿，不会让您等太久的。"

老人很不高兴地坐下了，用手捂着脸。我和琼斯继续抽着烟聊着天。突然，我们听到了福尔摩斯的声音。

他说道："我认为你们应该向我敬一支烟了。"

我们从椅子上跳了起来，福尔摩斯悠闲地坐在了旁边，高兴地望着我们。

"福尔摩斯！"我喊道，"你坐在这里？！那老头去哪里了？"

"就在这里！"他拿起一头白发，"假发、胡须、眼眉，全部在这里。我觉得我装扮得非常好，可是却没有料到把你们也给骗了。"

"啊，你这个家伙！"琼斯高兴地喊道，"你真是演员啊，而且还是一个出色的演员。你学的咳嗽真是太像了，另外还有你那颤抖的腿一周足以挣十英镑。可是我通过你的眼神还是有所觉察，你还是不能就这样轻易地骗过我们的，哈哈。"

"我每天都是这样装扮的，"他说道，然后将他的雪茄烟点燃了，"你知道，好多犯罪分子都已经认识我了，特别是自从我的朋友把我的侦探经历都编成书出版以后，所以我就这样简单地装扮一下再进行侦查。我的电报你收到了吗？"

"收到了，我就是收到你的电报才过来的。"

"现在你们进展如何了？"

"没有一点儿进展。我不得不将那两个人放了，还找不到任何证据指证其他两个人。"

"不要担心。我可以给你送进去两个人，但是你一定要完全听从我的安排，功绩全部算你的，不过你在行动的时候必须要听我的指挥，可以吗？"

"只要你可以帮我把凶犯抓到，所有一切都听从你的安排。"

"好的，首先，我需要一艘警察快艇，也就是一只汽船，今天晚上七点在西敏斯特码头待命。"

"这个没问题，会有一只汽船在那里待命的，我一会儿就去马路对面打电话联系并确认一下。"

"还需要两个优秀的警员，防止凶犯拒捕。"

"没问题，船上会有两三名警员来值班的。还需要什么？"

"等我们把凶犯抓住，宝物就可以找到了。我觉得我的这位朋友肯定会非常愿意亲手将宝物箱送给那位年轻女士的——宝物的一半是属于她的，就由她第一个将宝箱打开，可以不可以，华生？"

"非常愿意。"

琼斯摇着头说道："这个应该不符合规定吧，不过，整件案子都是不合常理的，我认为我们还是能够想想办法的，但是看过以后要交回政府进行检验。"

"没问题，这个简单。还有一点，我特别希望从乔纳森·斯莫尔口中获知整个案件的细节。你也知道我一直都喜欢把案件查得清清楚楚。在我的房间或者其他什么地方，在警察看守的情况下，对他进行非官方的审讯，这一点可以吧？"

"整件案子你都清楚，即使我还没有证据能够证明乔纳森·斯莫尔的存在，可是如果是你将他抓住了，我还有什么理由来阻止你对他进行审讯呢？"

"那就是都没问题了，是吧？"

"没有任何问题。还有什么要求吗？"

"只剩下留你和我们一起共进晚餐了。半个小时之内就可以开饭了。我已经准备了牡蛎和两只野鸡，还有精选的白酒。华生，你还从来不知道我也是一个很优秀的管家呢。"

十　缉拿凶手

这顿饭我们吃得心情舒畅。福尔摩斯高兴的时候很愿意多讲话。他似乎心情十分激动，我从没见过他如此愿意说话。他天南海北说个不停，什么神话剧、中世纪的陶器、斯特拉迪瓦里的小提琴、锡兰的佛学和未来的战舰，真是无所不谈，而且无论任何方面他都好像深入研究过。

他连续不断说个不停，诙谐幽默的谈论让这几天来的阴霾一扫而空。在休息的时候埃瑟尔尼·琼斯也是个容易相处的人，他欣赏着精心准备的晚宴，而我呢，也因为今晚就可以结束我们的任务而十分兴奋。我们无论谁都一直没人提起饭后的任务。

饭后，福尔摩斯看看表，又斟满了三杯波尔图葡萄酒："来，再喝一杯，祝我们今晚一切顺利。好，现在是时候出发了。华生，你有枪吗？"

"我的书桌里有一支枪，那是我以前在军队里用的。"

"哦，我建议你带上它。做万全准备嘛。车在门外等着呢，我让它在六点半的时候过来等我们。"

七点钟一过，我们就已经到西敏斯特码头了，汽船已经在那恭候着我们了。福尔摩斯仔细观察着它："有没有标志显示它是警务船？"

"有的，船边的绿灯可以显示。"

"将它摘掉。"

看着有人将那个绿灯摘下后，我们才上船。解开船的缆绳，我、琼斯，还有福尔摩斯坐在船尾。一人掌舵，一人负责机器，我们的前面是两名强壮的警官。

"去哪里？"琼斯问。

"去伦敦塔。跟他们讲把船停在杰克博森船坞的对面。"

很明显，我们的船的速度要比一般船的速度高，我们可以轻松地超过其他装满货物的平底船，就好像它们停泊着没动。看着将一艘艘汽船甩在后面，满意的笑容在福尔摩斯的脸上浮现。

他说：“我们似乎可以超过河面上的任何船只。”

“那是有难度的，不过同类的汽船倒是没有能力追上我们。”

“我们得追上那艘‘北极光’号，它可是一艘以速度胜出的快艇。华生，趁着现在我给你讲一些情况。你还记得我说我被一些小难题烦得很郁闷吗？”

“我记得。”

“我把自己的精力都投入化学实验中。记得一位伟大的政治家曾说过：变换工作是最好的休息。我做实验正是基于这样的考虑。当我成功完成分解碳氢化合物的实验后，我又开始思考索尔托的问题，我将整件事情过滤了一遍。孩子们将河的上游下游都仔细过了一遍，没有任何的收获，说明这艘船没在任何码头上停泊，也没有返回，而且也不应该为隐藏行踪而自沉。当然，假如最后还是没找到，这个可能性就会增大。

“我了解斯莫尔有不少狡猾的手段，不过在我看来他还没有本事设计得那么周密，这需要受过较高的教育。之后我联想到他曾在伦敦住过一段时间——我们已经证实他在樱池别墅侦察了很久——看一眼就走的可能性不大，一定需要一段不短的时间，即便只是一天，也足够他准备的了。无论如何，都是有这个可能性的。”

我说：“我认为这样的解释不充分，他行动以前应该早已做好了准备。”

"不是的，我觉得这个可能性不大。对他而言，这个老巢做意义非凡，不到他非用不上的时候他不会放弃。另外，我又想到一点：乔纳斯·斯莫尔肯定会担心他的同伙特殊的长相，无论怎样改装也容易引人注意，进而会联系到上乌德惨案上去。他那么精明，这一点他肯定能想到，所以，他们会利用天黑离开，在天亮之前赶回来。现在是三点钟，根据史密斯太太所说，他们是这时候登船的。一小时过后，天色明亮了起来，人也多了。由此，我认为他们肯定不会走多远。他们付给史密斯很高的价钱，让他保守秘密，预定他的船，为最后的逃跑留后路，之后带着宝物箱回到老巢。在哪里藏匿一两天，看看报纸的报道，再观察一下动向，安全时，选择一个晚上趁天黑从葛雷夫赞德或者肯特大码头登上他们逃生的船，逃往美洲或其他地方。"

"那汽船怎么办？他们总不能将汽船也带回老巢呀。"

"那倒是。我想虽然我们还没有发现他，但他肯定没有逃多远。我站在斯莫尔的立场，依据他的思考能力，认为他很可能会想到：假如有警察跟踪，那么把船放回去，或者是将它停在一个码头，都会让追踪变得简单。如何才能将它藏起来，需要时还用着方便呢？我想要是我是他，我会采取什么办法呢？我只想出一个办法，就是把船弄出点小毛病，然后将其开到船坞里去修理。这样就一来达到了隐藏的目的，另一方面又可以提前几个小时通知就可以使用。"

"这听起来似乎不难。"

"正因为不难办到，才特别容易让人忽视。我决定按照这个设想去调查。我以一身水手的打扮到下游的每个船坞去查询。问了十五家，没有找到，但在第十六个——杰克博森的船坞——我探听到两天前一个木腿人将'北极光'号交给他们修理，说船舵可能有些小毛病。那位负责修理的人对我说：'那个画着红杠的船，船舵完全可以使用。'就在这时候，来了一人，正是那失踪的船主莫迪凯·史密斯。他喝多了，摇摇摆摆，当然我是不认识他的，是他自己喊出他的名字和船的名字。

"'今晚八点整我来提船，记住，是八点整，不要误了事，我的两位朋友可不能等。'显然，他们给了他很多钱，他拍着口袋，里面的先令叮当作响。我跟踪他一段，可是他又进了一家酒馆，于是我就又回船坞了，路上恰巧和我的一个小侦探相遇，我让他在那里看着汽船。他在河边隐藏好，船出坞时，他会朝我们挥手绢。我们在河面上守株待兔，要不人赃俱获才是怪事呢！"

"无论凶手是不是这几个人，你的计划已经非常周密了，"琼斯说，"假如换成我，我就在杰克博森多派一些警察，等凶手出现的时候就当场逮捕。"

"这样是不行的。斯莫尔这个人绝对称得上是一个狡猾的家伙。他之前一定就会派人打探风声，一旦引起了他的怀疑，他就会再次藏起来的。"

"可是你如果一直跟踪莫迪凯·史密斯也可以把他们的老巢找到啊。"我说道。

"如果那样就会浪费一些时间。我觉得凶犯的老巢，史密斯极有可能是不知道的。对于他而言，只要给他酒喝，给他钱，知道那么多有何用呢？他们给他信，他照做就行了，所有的可能我都已经想过了，这是非常好的办法了。"

说话间，我们已经从横跨泰晤士河的几座桥穿了过去。当我们离开市区的时候，圣保罗大教堂楼顶的十字架被落日的余晖涂上了一抹金色。我们到达伦敦塔的时候，已经日落西山了。

福尔摩斯指向远处萨利附近的桅杆林立的方向说："杰克博森船坞就在那里。我们现在就在这一队驳船的掩护下，在这里静静地等着吧。"说着，他将望远镜从兜里拿出来，向岸上望了一会儿，说道："我的小哨兵还在那里坚守着岗位，可是还没有挥动手绢。"

"我们向下游走走吧，去那里等待他的暗号。"琼斯着急地说。

现在我们都有些等不及了，那些对我们的任务并不太了解的警察也有些不耐烦了。

福尔摩斯说："现在我们任何的风险都不能冒，他们非常有可能会往下游去，但是也不是特别确定，所以我们必须要守住船坞的出口，还不要让他们发现我们。今天晚上天高云淡，月色明亮，我们一定要在我们现在的位置待着。你们看那边的煤气灯下面，来来往往的人真多啊。"

"他们就是在船坞工作下班的工人们。"

"他们表面看上去肮脏粗俗，可是在他们每个人的内心都有着不灭的火花在跳跃，单纯地看外表你是不能知道的。他们干这行并不是天生所注定的，人生真的是充满了玄妙！"

我说道："有句话说：人是有灵魂的动物。"

福尔摩斯说："温伍德·瑞德在这方面很有见解，他指出，每个人都是一团难解的谜，可是总体看来，都是有规律的，比如说，你预知不了一个人想要做什么，可是你却能够知道：个性是各种各样的，共性却是永恒的，统计学家也是这样说的。我似乎看见了一条手绢，是的，那边有个白色的东西正在挥动着。"

"没错，那是你的小哨兵，"我高兴地大声喊道，"我可以看得非常清楚。"

福尔摩斯说道："还有'北极光'号，多像一个魔鬼啊！机师，全速前进，去追那艘有黄灯的汽船。天啊，如果我们追不上它的话，我永远都不会原谅自己的！"

我们的船立刻从船坞开了出去，在两三艘小船中穿行，等我们再次发现它的时候，它已经开得特别的快了。它紧靠着岸边，以飞快的速度冲向河的下游。琼斯神态严肃地看着它，摇了摇头，说："它实在是太快了，我们不可能追上它。"

"我们一定要追上它！"福尔摩斯坚定地说，"伙夫，加煤！能加多少就加多少！只要能追上他们，即使把我们的船烧了也没有关系！"

我们拼命地追赶着。锅炉呼呼地吼着，马力巨大的引擎也在轰轰巨响，就如同钢铁心脏在跳动。锋利的船头将平静的河水冲破，两边卷起了翻滚的浪花。船舷上的那盏大黄灯射出了闪烁的长长的光束，把前方照亮。"北极光"号变成了右前方的那个小黑点，它后边两行白色的浪花能够证明它有多么神速。我们在各种各样的船只中穿行，"北极光"号依然在隆隆地行驶着，我们紧随其后。

福尔摩斯大声吼着："加油，伙计们，加油！"他望着机炉房，熊熊的烈火照着他那焦急渴望的面容。

琼斯盯着"北极光"号说道："现在我们又靠近一点儿了。"

"是的，用不了几分钟我们就可以将它追上了。"我说道。

这个时候，我们遇到了麻烦，一艘拖船拖了三只货船横在了我们的面前。我们用力地打船舵，才避免了与它们相撞。等我们绕过它们，重新回到航道上的时候，我们距离"北极光"号已经有二百多码了。还不算糟糕，它还没有从我们的视线中消失，朦胧的暮色已经变成云淡风轻、星斗满天的夜晚了。我们已经把锅炉烧到了极限，巨大的驱动力将金属的船身震得咯吱咯吱响。现在我们已经穿过了伦敦桥，又穿过了西印度船坞以及狭长的戴特弗德区，又从狗岛绕过。现在前面的那个黑点已经看得非常清楚了，那便是"北极光"号。琼斯将探照灯转到前方，以便我们更能清楚地看到甲板上的人影。我们看见一个人在船尾坐着，腿的上面放着一个黑色的东西，他上身俯在上面。他身旁还有一团黑影子，看上去好像纽芬兰狗。一个男孩把着舵，在锅炉透出火光的映照下，我看见老史密斯上身光着，使劲地在加煤。开始，他们也许只是怀疑我们是在追赶他们，可是现在我们在每个拐弯的地方都紧紧地跟着，意图已然很明显了。在格林尼治我们跟他们的距离只有三百步；到达布莱克沃尔的时候，就不到两百五十步了。在这么多的经历里，我在很多国家追寻过多次凶犯，可是从来没有哪一次像今天晚上在泰晤士河上这般疯狂惊险。我们一步步地靠近它了。在这个寂静的夜晚，他们机器的响声我们都可以听得到。船尾的那个人依然在那里蹲着，两只手一直在不停地忙，还不时地抬头看看，预测一下两船之间的距离。我们越来越靠近它了。琼斯大声命令他们停下来。现在我们和他们之间已经不到四只船长的距离了，两只船都飞速地向前开着。这个时候已经接近河口，一边是巴克平地，另一边是普拉姆斯帝沼泽。船尾那个人听到了我们的喊叫，从甲板上站了起来，朝我们挥着拳头，大声地骂着。他看上去体格很健壮，高大魁梧，两腿撇开站在那里，我看见了他的右边大腿处是根木棍。

听到他愤怒的喊叫声，另一个蜷伏的人也站了起来。原来是一个黑人，而且是我所见过的体格最小的黑人。他的头发蓬乱，长着个畸形的大脑袋。福尔摩斯已经把手枪拿了出来，我看见那个稀奇古怪的人也掏出了手枪。他只露出了脸，身上披着一件黑色的好像是毯子的东西，但这张脸就足够把人吓得睡不着觉了。我从未见过如此凶残狰狞的面孔。他的小眼睛里面闪现出恶狠狠的目光，两片厚厚的嘴唇朝外翻着，他朝着我们如同一只猛兽在爆怒地狂叫着。

福尔摩斯小声说道："如果他举起手，就朝他开枪。"

这个时候我们距离它只有一船之遥，几乎可以碰到我们的猎物了。这时我们已经很清楚地看到他们两个在那儿站着，那个白人撇着腿在不断地骂着，那个面相凶恶的小黑人也朝着我们的灯光不停地怒骂着。

当我们还在看的时候，他从毯子里面掏出了一节很短、很圆的木棒，看上去就像木尺一样，放在唇边。我们马上一起开枪，只见他的动作突然顿住，接着转身举着手跌入河中。我又一次看清他那张邪恶的脸，随即他便消失在白色的旋涡里。这个时候，那个木腿人冲向船舵，用尽全身力气扳舵，船向南岸直冲过去，我们的船几乎撞到它的船尾，太惊险了！接着，我们摆正方向又追了过去，可是它已经靠近了南岸。岸上面是一片荒凉的土地，月光照耀着那片空旷的土地，随处都是一摊摊死水，还有腐烂的植物。那艘汽船冲到岸上就搁浅了，船头立在空中，船尾还在水里面。木腿人逃到了岸上，但是他的木腿全部都陷在了泥地里。他拼命地挣扎着，可是一点都动弹不了。他怒骂狂喊着，使劲地用左腿蹦着，但他的挣扎毫无用处，只能使右腿越陷越深。

当我们把船停靠在岸边的时候，他已经一点儿都不能动弹了。我们便扔一根绳子将他的肩膀套住，就如同拖鱼一样把他拉上了船，那是一条邪恶得可怕的鱼。两位史密斯先生，父亲和他的大儿子，坐在他们的船上面，听到了我们的命令，他们才很不情愿地来到我们的船上。我们把"北极光"号拖在船尾。甲板的上面有只印度工艺的铁箱，很显然，这就是让索尔托遭遇杀害的宝箱。铁箱特别的重，我们非常小心地把它放在了我们的船舱里面，然后我们缓缓地向上游开去。我们打开了所有的探照灯，可是那黑人的踪迹我们还是没有找到，也许已经在河底喂鱼了。

福尔摩斯指着木制的舱口说道："看这里，我们再晚一点开枪就完了。"就在我们刚才站的地方的后面扎着一根毒针，也许就是在我们开火的时候射过来的。福尔摩斯得意地看着它，习惯性地放松地耸了耸肩。每当想起那天晚上我们曾经离死亡如此接近的时候，都会觉得后怕。

十一　绝妙的阿格拉宝物

　　我们的犯人在船舱里面坐着，面对着他费尽心机、觊觎很久的宝箱。他的皮肤被晒得特别黑，他脸上的皱纹特别多，特别是眼角上面的皱纹更多，一看便知道他肯定是一位生活艰苦的室外工作者。他那满是胡子的下巴向外突出着，就如同他那倔强的脾气一样。他卷曲的黑发大半都已经灰白，看上去他的年龄在五十岁左右。平常的时候，他还不至于面目可憎，可是一旦生起气来，就如同我刚才见到的一般，非常狰狞可怕。现在他在那里坐着，双手戴着手铐，低头不语，眼睛一直看着那只将他引入歧途的宝箱。根据我的观察，他眼睛里面的悲痛要多于愤怒。有一次，他抬起头看了我一眼，眼里好像还有幽默的成分。

　　福尔摩斯点了一根烟说道："乔纳森·斯莫尔，非常遗憾，结局会是这样。"

　　"先生，我也不想啊。"他坦率地回答，"我觉得我应该也活不成了。我跟您发誓，我从来都没想要将索尔托先生杀害。全怨那个小恶魔童格使用毒针将他刺死了。先生，这跟我可没有任何的关系啊。索尔托先生的死，我就如同死了亲人般的难受，那小恶魔被我用绳子狠狠地抽了一顿，但是人死不能复生，我也不能把他怎么样？"

　　"来，抽根烟吧，最好喝一口我瓶子里面的酒，暖和一下吧，看你的衣服全部都湿透了。在你爬绳索的时候，怎么会知道那个像黑人一样瘦小赢弱的人可以与索尔托先生对抗呢？"福尔摩斯问道。

　　"先生，您似乎什么都知道，好像你当时就在现场一样。其实是我想要看清楚那个房间。索尔托先生的生活习惯我很清楚，那个时候正好是他下楼去吃饭的时间，我丝毫没有隐瞒，我知道我最好的辩护就是坦白一切。假如那个时候索尔托先生在屋里的话，我可以毫不费力地掐死他，杀了他就如同吸这根烟一样容易，但是我没有预料到自己竟然因为小索尔托而锒铛入狱，他和我一直都没有任何关系。"

"现在你是在苏格兰场的埃瑟尔尼·琼斯警官的押解下，过一会，他便会将你带到我的房间，我要先将真实的案情详细地了解一下。你一定要如实地说，假如你能够达到我的要求，我也许还可以帮帮你。我可以证明那毒针上面的毒性发作是特别迅速的，你还没有爬进屋子里面的时候，索尔托先生就死了。"

"没错，先生。我爬进窗户的时候，便看见他耷拉着脑袋面目狰狞的样子了，当时把我吓得差点晕过去。如果不是童格跑得太快，我差点就杀了他，由此他在慌乱中掉了木棒以及一些毒针，这是后来他跟我讲的。"

"我相信就是因为这些东西，您才有了线索的吧。至于您是如何通过这些线索推断出我们的，我就不清楚了。我不会怨恨您的。可是这件事的确很蹊跷。"他苦笑着，"拥有五十万英镑的我，前半生竟然是在安达曼群岛修防波堤度过的，后半生便到达特沼地去挖沟了。对我而言，第一次遇到那个商人阿商麦特以及与阿格拉宝物不期而遇的那天便是罪恶的开始，与这宝物有关的人都没有好下场，那商人因此丧命，索尔托少校感觉恐惧和罪恶，而我为了它终生都服劳役。"

这个时候，埃瑟尔尼·琼斯的那张大脸以及他宽厚的肩膀伸进小船舱，"感觉好像家庭聚会啊，福尔摩斯，我要倒杯酒喝，我建议我们应该庆祝一下。可惜的是我们没有活捉那一个，不过确实没有办法。福尔摩斯，幸亏你的动作快，否则我们就会遭到他的毒手了。"

"结果还算让人满意，"福尔摩斯说，"我只是没有想到'北极光'号竟然会如此之快。"

"史密斯说'北极光'号是这条河上最快的汽船，假如还有一个人可以跟他配合，我们是绝对不会追上的。他发誓说他对上乌德的惨案什么都不知道。"

"没错，他确实不知道，"我们的因犯大声说道，"他丝毫都不知情。我之所以预定他的汽船，是因为我听说'北极光'号是最快的。我们什么都没有跟他透露过，只是给了他满意的价钱，假如他可以将我们送上停在葛雷夫赞德的开往巴西的'翡翠号'上面，我们还会给他一笔可观的数目。"

"好，假如我们的调查完毕，他的确没有罪行，我们会对他从轻处理的。

虽然我们捉拿凶犯很迅速，但是我们量刑还是非常慎重的。"在囚犯的面前琼斯露出了原形，他开始傲慢起来了。通过福尔摩斯的笑容，我能够看出他听到了琼斯的话。

"我们很快就到沃克斯豪尔桥了，"琼斯接着说道，"华生医生，您现在可以带着宝箱下船了。我不得不提醒您，您这样做需要承担很大的责任啊，其实这是不合法的，当然，协议就是协议，不能违反。因为宝物特别的贵重，我不得不让一名警长保护您。坐车去，有问题吗？"

"没问题，坐车去。"

"我们首先得查点清楚，遗憾的是没有钥匙，看来得先将其砸开了。钥匙在哪里呢，我的伙计？"

斯莫尔说道："在河底。"

"真是的！给我们找这样的麻烦。为了把你抓住，我们已经耗费了太多的人力物力。华生，我就不再提醒您了，一定要注意。您回来以后就将宝箱带到贝克街，我们在那里等着您，接下来再回警署。"

于是，我便带着宝箱在沃克斯豪尔下了船，还有一位和善直率的警长与我同行。一个小时以后我们到了瑟希尔·弗莱斯特夫人的家里。女仆对我的深夜来访感觉特别惊讶。她说瑟希尔·弗莱斯特夫人出去了，也许会很晚才回来。摩斯坦小姐在客厅，我便提着宝箱去了客厅，警长留在车上等候。

她倚坐在窗子旁边的藤椅上，一只白净的胳臂搭在扶手上，身上穿着一件白色半透明的衣服，颈间和腰际装饰着红丝带。透过灯罩散发出的柔和的灯光照着她，她那甜美的脸庞以及蓬松的秀发在灯下闪耀着金黄的光。她的姿态以及神色都可以看得出她心中很愁闷。听到了我的脚步声，她站了起来，脸上泛起一阵红晕。

她说道："我听到有一辆车开了过来，还在想，瑟希尔·弗莱斯特夫人不可能这么早回来啊，但是我真的没有想到会是您。您是不是给我带来了什么消息呢？"

"我带来了比消息还要好的东西呢。"说着，我将箱子放在了桌子上面，暂时放下了内心的沉重，开心地说道："我所带来的东西比任何的消息都要宝贵。我将您的财产带过来了。"

185

她看了一眼铁箱，冷冷说道："这里就是宝物？"

"没错，这里便是阿格拉宝物。一半是您的，一半是索尔托先生的，大约你们每个人会得到二十万英镑。您可以想一想啊！每年的利息就有一万英镑啊，英国所有的年轻女子中很难能找到比您更富有的了，难道不值得您开心一下吗？"

我觉得我可能表演得有些过了，她似乎感觉到了我的不真诚。她抬了抬眼眉，好奇地望着我说道："我可以拥有它，真是多亏了您啊。"

"您抬举了，不是我，应该说是我的朋友福尔摩斯。就是我耗尽所有的心力，也没有办法帮您找回宝物的。像福尔摩斯一样的分析天才，都险些在最后一刻失败。"

"请坐吧，华生医师，把所发生的一切经过讲给我听。"

我把上次见面以后，发生的所有事情都简要地讲给她听：从福尔摩斯找到新的方法和发现"北极光"号，还包括埃瑟尔尼·琼斯的到访，我们今晚的惊险经历，她听得瞠目结舌。当我说到我们差一点被毒针刺到的时候，她吓得脸色惨白，差点昏过去。

我马上给她倒了杯水。她说："没关系，我好多了。都是因为我，你们才遭受如此大的危险，我真的非常过意不去。"

"所有的一切都过去了，现在好了。不说这些了，我们来聊聊愉快的事情吧。宝物就在这里，有什么可以比这个更值得开心呢。我特意把它带过来，我想让您第一个把它打开，我想您一定会很开心的。"

"我太开心了。"她说道。可是从她的话语中我却没有听出兴奋。毫无疑问，宝箱还是让她很感动，把它找回来费了这么大劲，她如果不觉得感动就太不近人情了。

"这个箱子好漂亮啊！一定是印度的吧？"她俯身认真地观察着。

"没错，这就是著名的比纳里兹的金属制品。"

她试着抬了一下，说道："好重啊！这箱子很重。钥匙在哪呢？"

"斯莫尔把它扔到泰晤士的河底了。现在我只能借用一下弗莱斯特夫人的火钳。"

箱子的前面有一个粗大的铁环，上面铸着一尊佛像。我将火钳插到了铁环的下面，向外一撬，听见铁环"啪"的一声开了。我紧张地把箱盖抬起，我们都惊呆了。箱子居然是空的！

难怪箱子会这么重，箱子的四周是三分之二英寸的铁，无比的坚固，工艺也非常精美，确实很像装宝物的箱子，但是里面没有任何东西，完全是空的。

摩斯坦小姐平静地说道："宝物不见了。"

听到她这样说，我能感受自己心里面的一片乌云终于散去了。我不知道这个阿格拉宝物为什么会让我感觉如此沉重，好在这时这种感觉终于消失了。

我发自内心地感到高兴，并脱口而出："感谢上帝！"

她笑盈盈地看着我，问道："为什么这样说呢？"

"因为你又变回了我的梅丽。"我说道，同时伸出手去握她的手，她并没有退缩，"因为我爱你，梅丽，就好像一个男人爱一个女人那样真诚。因为这宗宝物，这么多的财富将我的嘴封住了。现在它们都消失不见了，我终于可以对你说我爱你。这就是为什么我会说'感谢上帝'的原因。"

当我把她揽到我的身边时，她也小声地说："我也应该'感谢上帝'。"

不管谁丢了宝物，我只知道那天晚上我得到了一件至宝。

十二　乔纳森·斯莫尔的经历

那位警长非常耐心地在车里面等着我。等我回到车里的时候，天已经很晚了。他看了空箱子，脸色一下子变得阴沉沉。

他非常郁闷地说："看来奖金的事是泡汤了！宝物没了肯定就没有奖金了，不然我和山姆·布郎每个人都能得十英镑呢。"

"撒迪厄斯·索尔托先生那么富有，无论有没有得到宝物，我想你们的酬劳他都一定会给的。"

他垂头丧气地摇摇头，重复着说道："埃瑟尔尼·琼斯先生会觉得这件事情办得不好。"

之后发生的事情证实了警长的话。我回到贝克街，给他看了空箱子，琼斯的脸色黑得吓人。当时他们三个——福尔摩斯、囚犯和琼斯也刚到，由于他们改变了计划，中途先到警署做了汇报。我的伙伴仍然如同平时一样，懒洋洋地倚在扶手椅里，斯莫尔在他的对面坐得僵直，那条木腿跷在好腿上。当我将空箱子打开让大家看的时候，他靠在椅背上放声大笑。

埃瑟尔尼·琼斯愤怒地喊道："这就是你干的好事，斯莫尔！"

"没错，我已经将它扔在你们永远都无法找到的地方了。"他大笑着叫道，"宝贝是属于我的，我得不到它，我就不会让任何人得到它。

"我跟你讲任何人都没有权利得到它，除了我自己和安达曼岛监狱的三个人。现在，我无法拥有宝物了，他们也不可能得到它，我就代表他们将宝物处理掉了，因为这是我们结盟时的约定。我相信他们一定会同意我的做法，将宝物扔进泰晤士河里面比让它落到索尔托或其他人的手里要好很多。我们将阿斯麦特干掉并不是让他们发财的。宝物和钥匙还有童格在一起。当我看到你们马上追上我们的时候，我就把他们转移到安全的地方了。就是让你们一分钱都得不到。"

"斯莫尔，你撒谎！"埃瑟尔尼·琼斯愤怒地喊道，"如果你把宝物扔进河里，为什么不连箱子一起扔进去呢，那样不是更省事吗？"

斯莫尔狡猾地斜着眼说道："我扔得省事，你们找起来肯定也就更容易啦！有本事把我抓住，也就可以从河底将那只铁箱子捞出。现在它们分散了五里长，打捞起来就特别的费劲了。我这么干也是非常不忍心的。当你们快追上我们的时候，我都要崩溃了。发牢骚是没用的，我这一辈子起起落落，但是对于我做过的事我从来都不会后悔。"

琼斯说："斯莫尔，现在事情没那么容易了结了，假如你维护正义，而不是像现在这样践踏它，审判的时候你也许还有机会从轻处罚。"

"正义？"囚犯大声喊道，"多好的正义啊！宝物不是属于我们的，又是属于谁的呢？我把宝物拱手让给从来没有付出任何代价的人就是正义吗？你们看看我是如何才得到它的啊！漫长的二十年啊，我在那热病流行的湿地里面，白天在红树下做苦工，晚上又被锁在肮脏的囚棚里，蚊子叮着，疟疾折磨着，被黑人警察羞辱着，这些都是得到宝物付出的代价，我绝对不能容忍自己为此付出这么多，却让别人来享受，你们还和我说什么正义！我宁愿被绞死，或者是被刺进一根童格的毒针，也不能忍受自己在监狱里活着，还要看着别人用我的钱去逍遥快活！"

斯莫尔忿忿不平地说着，眼睛里喷着火，手铐也随着双手的颤抖响个不停。我终于知道为什么索尔托少校听到囚犯越狱的消息会吓得魂飞魄散，看来是有原因的。

福尔摩斯若无其事地说："你忘了我们还什么都不清楚呢，你的经历我们并未听过，也就不知道站在你的立场来看这件事。"

"先生，您还是为我说了公道话，虽然我现在戴上手铐是拜您所赐，但是我并不怨您，我这也是罪有应得。假如您对我的故事感兴趣，我会讲给您听的。我说的每一句都是实话，一个字都不会隐瞒，谢谢您，请您将杯子放到我的旁边，渴的时候我可以把嘴凑过去喝点水。

"我是伍斯特尔州人，在波舒尔城附近出生。如果你到那里看看，我相信你还会找到斯莫尔家族的。我一直都想回去看看，可是我在家族里的名声并不好，我担心他们不想看见我。他们都是很有规矩的基督徒，在乡下非常受尊敬，但是我却是一个流浪汉。我在十八岁的时候，与一个女孩之间出了些问题，家里就没有我的容身之处了，我只好带了几个先令离家出走了，正好赶上第三步兵开往印度，所以我就入伍了。

"但是我的军龄注定长不了。我刚懂得走鹅步和使用步枪的时候，傻呆呆地去恒河里面游泳。幸运的是，我的班长约翰·侯德也在那里，他是连队里面的游泳健将。当我游到中游的时候，一条鳄鱼像做外科手术一样将我的右小腿咬掉了。因为受到惊吓和失血过多，我晕了过去。如果不是侯德把我从河里拖到岸边，我那时也许就淹死了。我住了五个月的医院，装好木腿后，我一瘸一拐地出了院。我发现我已经被逐出了军队，也找不到什么适合的工作。

"您可以想象一下，我那时有多落魄啊，我还不满二十岁便成了废人。还好，没过多长时间，我时来运转了。一个叫爱博德勒的人经营靛青园子，他想找一个人来监管苦力们工作。幸运的是，他是我们团长的朋友，由于我残废，团长经常关照我。简短来说吧，团长推荐我为他工作。因为主要是骑马工作，我的伤腿还不碍多大的事，可以夹得住马腹。我的工作就是骑着马在园内巡视，监督苦力们的工作，然后再把情况向园主汇报。报酬还说得过去，我的住处也比较舒服，那个时候我就想一辈子都搞靛青种植了。爱博德勒先生这个人不错，经常会来我的小屋里面逛逛，过来抽根烟，因为和别的地方不同，在那里白种人会彼此关心，相互照顾。

"遗憾的是好景不长。突然间，没有任何征兆，大叛乱爆发了。一个月前，印度人还过着平静安宁的生活，而后一个月，二十万的黑人得到了解放，将整个印度都变成了地狱。当然，您在报纸上可能看过这些，肯定比我这不识字的人了解得还要多，因为我也只是对我亲眼所见的很清楚。我们的靛青园在一个叫穆特拉的地方，紧挨着西北省的边界。每天晚上烧毁房屋的火焰都把天空照得通红，白天都会有小队的欧洲士兵带着他们的妻儿经过我们的靛青园逃向阿格拉，那里有军队驻守。爱博德勒先生是一个非常固执的人，他觉得形势被人为夸大，叛乱来得快，去得也一定很快，所以，他依然在凉台上坐着抽烟喝酒，却没有料到危险已经来到眼前。当然，我和管账的道森夫妇，肯定不会把他扔下不管的。那天的天气很好，我到远处的一个种植园巡查去了，黄昏的时候，我骑着马正慢慢地向回走着，突然发现陡峭的峡谷下好像蜷缩着什么东西，于是我便骑着马下去探个究竟，发现原来是道森的妻子被割成了一块一块的，大部分尸块已经被豺狼和野狗吃了。我当时吓得浑身发抖。道森的尸体也卧在距离他妻子尸体不远的地方，他的手里面还握着没有了子弹的手枪，另外我还发现了四个印度兵的尸体被摆在了一起，横在他的前面。我掉转马头，不知道应该往哪里去，这个时候我看见爱博德勒的房子冒着浓烟，火气冲天，我知道我是帮不上主人的，在这个时候站出来也只能让自己丢了性命。从我站的地方望过去，有上百个后背涂成红色的黑人围着正在燃烧的房子又唱又跳。他们其中有几个人指向我，两发子弹嗖嗖从我的头顶飞过，我骑着马穿过稻田一路狂奔，夜里到了阿格拉城，脱离了危险。

"实际上，阿格拉也不是十分安全。整个国家都已经乱得如同一群马蜂了。有一小部分的英国人已经聚集在那里了。别的地方的人只能选择逃亡。这是一场实力悬殊的较量。最悲惨的是与我们对抗的步兵、骑兵以及炮手，都曾经是我们的军队，受过我们的训练和教导，用的是我们的武器，吹的也是我们的军号！

"阿格拉有孟加拉第三火枪团，一部分印度兵，两队的骑兵以及一个连的炮兵驻守。一个自愿兵团由政府人员和商人组成，虽然我是残疾人，但是也参加了。七月的时候，我们前往沙根吉攻打叛军，曾经战胜了他们一段时间，可是我们军火缺乏，只能又退回到城里。

"各方战况都非常糟糕——这并不让人感到奇怪，你只要看一下地图便知，我们就在叛乱的中心位置。拉克淖在东边，距离我们只有一百多英里；康普城在南边不远的地方。四处都是痛苦、残杀和暴行。

"阿格拉城是一个比较大的城市，生活着形形色色的狂热者以及魔鬼教徒。我们在狭窄的街道里绕来绕去迷路了。我们的长官便领着我们跨过河，后来在阿格拉的古堡里面建立了阵地。不知道这个古堡你们有没有听说过，那里是一个特别稀奇古怪的地方——我也去过一些比较古怪的地方，但是那里是我见过的最离奇的地方。首先，它非常庞大，我觉得它的占地面积应该用英亩来计算。它里面有一些很现代的建筑，它很大，可以容下我们部队、妇女、儿童以及贮备，还会有很大的富余。这一部分的面积还不能和古老的部分相比，没有人去过古老的那部分，那里到处是蝎子、蜈蚣。

"古堡的里面有很多绝无人迹的大厅、蜿蜒曲折的小径，还有迂回弯转的走廊。人在里面非常容易迷路，所以，很少有人进去，但是偶尔也会有人结伴举着火把进去探险。

"小河在古堡的前面汩汩流淌，如同护城河。古堡的两侧还有后边有特别多的门，需要派兵把守，当然我们军队居住的地方也要有守卫。我们的人手不够，没有办法顾及每一个角落，把所有的武器都看好。所以，对我们而言，每一个门都安排重兵把守是不可能的，于是我们便在古堡的中央位置设立了一个兵防站，每道门由一个白人以及两三个印度兵把守。我被安排在每天晚上的一个固定的时间看守古堡西南边的一个孤立的堡门。

"有两个印度兵听我的调遣，上面有令说如果有什么情况就开枪，兵防站就会前来支援。但是我们距离兵防站有两百多步远，还要穿过很多如同迷宫一样的走廊和甬道，我怀疑我们如果真的遭遇突袭，他们是否能及时赶来支援。

"无论怎样，对于我来说，即使是这一点小小的权力也能够让我骄傲和满足，毕竟我是新来的，而且还有残疾。前两天晚上我是和来自旁遮普省的那两个印度兵一起把守的，他们的个子都很高，模样比较凶，一个名字叫莫

191

豪麦特·辛格，另一个名字叫爱博德勒·克汗，他们都是久经沙场的老将，我们还在齐连瓦拉战役中交过手。他们的英语说得特别的好，可是我却听不懂他们在谈论些什么。他们喜欢在一起站着，整夜都用他们那难懂的锡克语不停地说着，而我一直选择在门外站着，望着下面宽阔蜿蜒的河流以及城市里闪烁的灯火。击鼓声、敲锣声，还有那些吸了大量鸦片的叛军的叫喊声，整夜都在提醒着我们，我们危险的敌人也许快要越过河冲来了。为了确保平安无事，每隔两小时，值夜的长官就会巡视一圈。

"第三个值班的晚上，天色阴沉沉的，还下着小雨。这种天气也要一小时一小时地捱着值夜，真是很不舒服啊。我试着与那两个印度兵聊聊，可是没有成功。凌晨两点的时候，巡查过去了，疲劳稍稍有些缓解。既然与同伴无法交谈，我就把步枪放下，掏出了烟斗抽烟，忽然，那两个印度兵向我冲过来，其中一个把我的枪抢去了，并用枪指着我的脑袋；另一个掏出一把非常锋利的刀逼在我的喉咙上，狠狠地威胁着我说，假如我敢动一步就马上刺死我。

"我的第一个反应就是他们一定是叛军的同伙，这便是突袭的开始。假如这个门落入他们的手中，整个城堡就算失守了，妇女和儿童也一定会得到康普那样的结果。你们也许觉得我是在为自己开脱，但我只是说出了我在那个时候所能想到的，即使我感觉到刀尖就顶在了我的喉咙上，我还是想要大声地叫喊，也可能那就是我最后的一声了，但是也可能会惊醒兵防站的警卫，那样的话我就可以得救了。将我按住的那个印度士兵似乎明白了我的意图，因为就在我要叫的时候，他小声地说：'不要出声，现在堡垒没有危险，河对岸没有叛军。'他说的话听上去似乎不是假的。他那棕色的眼睛告诉我，如果我要出声就真的没命了，所以我只能静静地等着，看他们要把我怎样。

"'听我说，阁下，'那个比较凶的名叫爱博德勒·克汗的高个子对我说，'你一定要同我一起干，不然你会没命的。事情很紧急，不能犹豫了。你有两条路可以选择，一是你向上帝发誓保证与我们真心实意地合作；二是今天晚上就把你的尸体扔到沟里去，接下来我们就向叛军兄弟投降。没有别的选择了。你选哪个——活着还是死？现在我们给你三分钟的时间去想，因为时间太紧急，我们一定得在下次巡查过来前有个了断。'

"'你们还没有跟我说要我做什么，我如何决定啊？假如你们要我做的事

情会威胁到古堡的安全，我就不会跟你们合作，你们就给我一刀，来个痛快。'

"'跟古堡没有任何关系，我们的目的只有一个，那就是想让你做与你们英国人来这里的目的一样的事情——变得有钱。假如你今天晚上肯加入我们，我们就用这把刀起誓——从来没有锡克教徒违背誓言——抢来的财宝会分给你一份。宝物的四分之一归你。再也没有比这更公平的了。'

"我问道：'宝物是什么？假如你们同意，我已经打算要和你们一起变富有了，那么需要我干什么？'

"'我们要你发誓，以你父亲的骨头，以你母亲的名誉和你的信仰发誓，无论现在还是将来，永远都不做损害我们的事，永远都不说不利于我们的话，你能做到吗？'

"'只要古堡平安无事，我愿意发誓。'

"'我和我的伙伴也发誓，我们四个人得到的宝物每个人都平均分配。'

"我说道：'可是我们只有三个人啊'。

"'不是的，德斯特·阿克博尔也要分一份。我们等他的时候，我会把这个故事告诉你。你在门口站着吗，莫豪麦特·辛格？他们来了告诉我们。先生，事情是这样的，我很清楚欧洲人是非常信守诺言的，所以我们能够相信你。假如你是一个习惯说谎的印度人，即使你向神起伪誓，我们也一定会把你杀了的，然后将你的尸体扔到河里。印度人很信任英国人，英国人对印度人也很信任。好吧，听我继续说吧。

"'在北部省份有一个头领，虽然他管辖的岛很小，但是却非常富有。他的父亲留给他巨额遗产，但是他天性卑劣，极其吝啬，自己又掠夺很多。暴乱发生的时候，他一边和叛军联手，一边又与联军结盟。不久，局势开始向白人一方倾斜，到处都能听到叛军死亡以及战败的消息。这个头领是一个聪明人，他很快就想出了一个两全其美的办法，这个办法让他无论怎样至少都可以得到一半的财产。他将金银藏在他拱顶的宫殿中，但是他把最珍贵的珠宝放在一个铁箱子里面，交给了一个忠诚的仆人，让他装扮成商人，带着宝物去阿格拉的边界上的古堡躲起来，一直到战争结束。这样，假如叛军胜利，他就能够保住金银，假如白人胜利，他还有珠宝。安排好了之后，他便皈依了叛军，因为叛军占据了边界。先生，您觉得他如此安排，他的财产是

193

不是应该归忠实的仆人所有。

"'这个乔装的仆人改名叫阿斯麦特，他现在就在阿格拉城寻找机会进入古堡。他的同伙就是我们的盟友德斯特·阿克博尔，他知道所有的秘密。就在今天晚上，德斯特·阿克博尔决定带着他从我们把守的门进来。他马上就要来了，他知道我和莫豪麦特·辛格就在这里等着他。这个地方非常偏僻，没有人会发现他。今天晚上过后，阿斯麦特这个商人就会在世界上消失了，那个头领的宝物就归我们四个人所有。你认为怎么样，先生？

"在伍斯特尔州，人的生命是珍贵而神圣的，可是在到处战火纷飞、血流成河的年代，在时刻都会受到死亡威胁的时候，生命就不会被那么珍视了。这个假商人阿斯麦特的生死对于我而言是无关紧要的，可是我对那批宝物却很心动，我梦想着有一天可以把它带回老家，乡邻们见到不往好道上走的混账揣着满兜的金币回来的时候，会有多么吃惊，所以，我便下定了决心，可是爱博德勒·克汗觉得我有些犹豫不决，又向我说道：'先生，您再认真地想想，假如这个人被司令官抓到了，肯定必死无疑，宝物也就归官方所有了，到时候我们连一个子都捞不到。现在他落到我们手里，我们为什么不抓住这次难得的机会呢？宝物归咱们和归白人所有是一个道理，我们每个人都会变成首富。这里并没有其他人，这件事没有人会知道的。还有什么能比这更好的吗？先生，您给个痛快话，是选择和我们一起干，还是选择与我们作对。'

"我说道：'我下定决心和你们一起干了。'

"'真是太好了，'他把枪递给我高兴地说，'你看我们对你是很信任的，相信你也一定会如同我们一样永远遵守誓言。现在我们就等着我们的兄弟和那个假商人吧。'

"我问道：'你们的兄弟知道你们把我也拉进来了吗？'

"'所有的一切都是他的计策，办法是他想出来的。好了，现在我们到门口去和莫豪麦特·辛格一起站岗吧。'

"外面还在下着雨，那个时候正是雨季的开始。棕色的浓云在天空中飘荡着，看投石那么远的距离都困难。在我们的门前有一个特别深的城壕，里面的水马上就要干涸了，迈过来是一件很轻松的事。与两个疯狂的印度兵站在一起，静静地等着那个过来送死的人，我的心里有些忐忑不安。

"突然，我发现城壕那边一盏很暗的灯一下子消失不见了，就消失在土堆之间，隔了一会儿又亮了，慢慢地朝着我们移动。

"我说道：'看来是他们到了。'

"'如同平时一样盘问，先生，没有吓到他就好。接下来命令我们和他一起进去，剩下的就交给我们来处理，您就在这里继续守着。把这盏油灯点亮，不要认错了人。'爱博德勒小声地说道。

"那盏灯一闪一闪地向前移动，忽停忽进，一直到我看见两个黑影上了壕的对岸，跨过泥潭，快上岸来的时候，我才问道：'什么人？'我将声音压得非常低。

"来人回答：'是朋友。'我将灯调亮，向他们照去。前面的是一个巨人，浓黑的胡须都快要扫到腹带了。除了在戏剧里面，我还从来没有见过如此高大的人。另一个身材比较矮，而且很胖，他头上戴着一块黄头巾，手里拿着一个围巾缠着的包。他吓得像失了魂一样，他的手一直在发冷似的不停地在颤抖，脑袋在不停地左瞧右看，闪闪发光的两个小眼睛，如同一个冒着危险从洞口跑出的老鼠的眼睛。一想到要将他杀死，我的心底里就生起一股寒意，可是想到宝物，我的心又硬了起来。他发现我是白种人，有些激动地向我跑来。

"'先生，您一定要保护我。'他上气不接下气地说道，'您一定要保护不幸的商人阿斯麦特。我来自拉吉基塔，是到阿格拉古堡避难的。一路上我被抢劫、殴打、辱骂，因为我是英国军队的朋友。现在终于安全了，我和我可怜的东西终于不用奔波了。'

"我问道：'你的包里是什么东西？'

"'一个铁箱子，里面装着一些不值钱但是又舍不得丢掉的家当。我并不是一个乞丐，如果您和您的长官可以给我提供一个安全的住处，我肯定会酬谢你们的。'

"我不能再和他谈下去了。我越看他那胖胖的、惊恐的脸，越感觉不忍心杀他。最后一狠心，决定还是干脆点儿，把他尽快给解决了。

"于是，我说道：'把他带到总部去。'两个印度人一左一右押着他，那个巨人跟在后面，他们一起走进了漆黑的门内，而我仍然提着灯在门外徘徊。

"我听到他们穿过静静走廊的脚步声，突然，声音停止了，随后我听见一个人喘着粗气向我跑来，当时我吓坏了。

"我举起灯向狭长的甬道照去，那个小胖子向我疯狂地跑来，他满脸流是血。那个高个子留着浓黑胡子的印度人拿着刀，在小胖子后面像老虎追猎物一样紧追不放，他手里的刀子闪着寒光。我从未见到过有谁跑得像那个小胖子一样快，高个子被他落了很远，我意识到假如小胖子越过我跑出去，他也许就可以获救。在那一瞬间我的心软了，可是一想到宝物，我又变得铁石心肠。他经过我的身边时，我就将步枪朝他两腿之间扔过去，绊了他一下，他便摔倒在地，就像中弹的野兔一样打了两个滚。他还没有爬起来，那个印度人就上去在他的腰间扎了两刀。小胖子一动也不动，甚至一声都没吭就躺那里不动了。我想他也许是摔倒的时候把脖子扭断了。先生，您看，我从不说谎，无论对我有利还是有害，我都会如实招认。"

说到这里的时候，他停了下来，伸出戴着镣铐的手将福尔摩斯给他倒的加水威士忌接过来。在我看来，不仅仅是他残酷的行为让人感到震惊，更让人震惊的是他讲述时候的轻率以及漫不经心的神情。无论他受到怎样的刑罚，我一点儿都不会感到同情。福尔摩斯和琼斯都把手搭在膝盖上静静地坐着，听着这个离奇的故事，但是他们的脸上都浮现出同样的厌恶之情。他也许已经觉察到了，因为他继续往下讲的时候语调以及动作中都含有挑衅的意味。

他说道："毫无疑问，一切都非常糟糕，但是我很想知道会有多少人遇到我的处境，宁愿选择被杀害也会拒绝宝物呢？另外，他一旦进入古堡，我和他之间就必须要死一个，假如他跑出去，所有的一切都会暴露，我就会被军事法庭审判、枪决，因为在那种情形下，人们大多是不会宽大处理的。"

福尔摩斯说道："继续讲述你的故事吧。"

"接下来，我们三个人——爱博德勒、阿克博尔和我将他抬了进去。莫豪麦特·辛格留在门外把守。他的身材虽然不大，但是却很重。

"我们将他抬到事先准备好的地方，那里距离堡门非常远，有一条曲折的甬道通向一个非常空荡的大厅，墙上的砖已经破碎得不像样，地上还陷进去一块儿，正好成了一个天然的墓穴，我们就将阿斯麦特放了进去，再用碎砖块将他掩盖。事情办完后，我们便回去看宝物了。

"宝物还在阿斯麦特第一次被袭击扔掉它的位置，所说的宝物也就是现在放在桌子上面的这个箱子。钥匙用一根丝绳系在顶部有雕刻装饰的提柄上面。我们将箱子打开，宝石在灯光的照耀下，发出了刺眼的光芒，就如同我少年时曾经在波舒尔的书上读过以及梦想过的。我看得眼睛都花了，兴奋过后，我们将它们全部都清点了一遍，列出了一个清单。计有一百四十三颗一等的钻石，其中有一颗名字好像叫'大摩格尔'的，据说它是全世界现存的第二大的钻石。另外还有九十七块上等的翡翠、一百七十颗小的红宝石、四十块红玉、二百一十颗蓝宝石、六十一块玛瑙、三百颗上等的珍珠，其中有十二颗是镶在金冠上的。根据我的经验，还少了一件金项圈，此外，还有数不清的绿玉、缟玛瑙、猫眼石、绿宝石，还有一些我当时叫不上来名字的宝石，可是后来慢慢全都认识了。

"清点完之后，我们就将宝箱抬了出去，给莫豪麦特·辛格看。我们又一个接一个地重新起誓，要共同保守这个秘密。我们最终决定暂时把宝箱藏

起来，一直等到和平的时候再平均分配。因为当时分了也是没用的，宝石的价值太高，如果让人发现我们把它带在身上会引起怀疑。当时我们也没有找到什么地方可以藏它，就把箱子搬到了埋藏尸体的那间屋子里，在保存完好的墙上抠下来几块砖，将宝物藏在了这个洞里面。我们还非常小心地在那个地方进行了标记。第二天，我画了四张图，我们四个人每人一张，下面是我们四个人的签名，代表着我们的誓言：未来我们的行为都代表

着四个人，以便别人无机可乘。这是我的手按住心脏所发的誓言，是从未打破的誓言。

"印度叛变的结果就不用我跟你们讲了吧？从威尔逊攻占德里，考林收复拉克瑙，叛变就开始土崩瓦解。新的军队不断来到，纳诺·萨希克在边界上逃跑了，葛雷特亥德上校领着一支快速反应的纵队前往阿格拉彻底将叛军消灭了。和平马上就要到来了，我们四个人开始考虑应该很快就能够把我们的战利品安全地平分了。但是，我们的梦想就在一瞬间破灭了，因为谋杀阿斯麦特，我们被捕了。

"事情是这样的：那个头领因为信任阿斯麦特才将宝物交给他的。可是出于东方人的多疑，他还派了一个亲信跟着阿斯麦特。这个亲信接受的命令是不要让阿斯麦特发现他，只能像影子一般跟着对方。那天晚上他发现阿斯麦特进入了堡门。他还以为阿斯麦特会在古堡中避难，所以第二天他也进入了古堡，可是并没有找到阿斯麦特。他觉得特别奇怪，就和守卫的班长说了，后来这件事又传到了司令的耳朵里。经过一番仔细排查，尸体被发现了。当我们还自以为很安全的时候，我们被以谋杀的罪名逮捕了，那天晚上我们三个人守门，另一个是和被害者一起来的。在审讯当中，我们没人交代有关宝物的任何信息，那个头领已经被免职，逐出了国境，所以不会再有人惦记着宝物了。但是有确凿的证据可以证明我们的谋杀，所以我们被定为共犯，三个印度人被判终身监禁，我被判了死刑，后来因为我减了刑，便和他们一样了。

"那时候的处境非常尴尬，由于我们四个人都是终身监禁，没有什么机会可以再出去了，但是我们还有一个共同的秘密，如果有机会消受，那些宝物可以把我们带上天堂，坐享清福。我们真的是受够了，明明知道外面还有那么多的宝物在等着我们享用，但是还要吃着糙米，喝着凉水，饱受狱卒的凌辱。我简直快要疯掉了，但是我那时只能耐心地等待，等待机会。

"机会终于来了。我从阿格拉转押到马德拉斯，又从那里转到安达曼群岛的布雷尔岛。岛上找不到几个白人，因为我从一开始就表现得好，没过多久便获得优待。在亥瑞厄特山麓的好望城里，我分得了一间小棚屋，一个人过得还算自在。岛上热病盛行，离我们很近的地方有一个食人部落，只要有机会，他们就会向我们放毒针。我们在那里每天都忙着耕地、挖沟、种薯类，还有很多零散的差使，只有晚上的时候，我们才会有一点儿属于自己的时间。我和外科医生学会了配药，对外科知识略懂一些。我一直在寻找着可以逃跑的机会，但是那个岛距离别的陆地至少有几百英里，而且那一带的海域几乎没有什么风，所以逃跑真的不是一件容易的事。

"外科医生萨莫吞是一个很贪玩的年轻人，年轻的军官们每天晚上都会去他的家里打牌。我配药的手术室和他家的客厅紧挨着，中间有一个小窗户相通。通常，感觉孤独郁闷的时候，我就会把手术室的灯关掉，站在窗下听着他们的谈笑声，看着他们打牌。我也非常喜欢玩牌，此时可以在一边看着也是很不错的了。经常在一起玩牌的有带领本土军队的索尔托少校、摩斯坦上尉和布罗姆利·布劳恩中尉以及医生本人，有的时候还会有两三个监狱的官员。他们都是玩牌的老手，技艺都很好，在一起玩得很愉快。

"很快我就发现一个问题，那就是军官们总输，监狱的官员们总赢。我并不是要说里面有什么猫腻，可是情况就是这样的。这些监狱的官员自从来到安达曼群岛，每天都无所事事，靠玩牌来打发日子，他们对彼此的牌路都非常熟悉，但是军官们只是为了消磨时间，心思并不在打牌上面。

"就这样，日复一日，军官们手头越来越紧，可是他们越输越玩。输得最多的是索尔托。以前他经常用钞票、金币，但是很快就改用了大数目的期票。有的时候他也会小赚一笔，胆子不免又大了起来，可是接下来会输得更多，所以他整天闷闷不乐，借酒消愁。

"有一天晚上，他比以往输得都惨。我正在棚屋的外面坐着，看见他和摩斯坦上尉踱着步回营。他们俩是好朋友，每天都在一起。少校抱怨自己又输了很多。

"他们从我的棚屋经过时，他说道：'我完了，摩斯坦，我必须要辞职了，我已经毁了。'

'不要瞎说，老伙计！'上尉拍着他的肩膀说道，'我还遇到过比这更糟的事呢，但……'我只听到了这么多，可是这些足够让我思考一阵子的了。

"两天后，索尔托少校在海边散步的时候，我便找个机会和他搭起了话。
"我说道：'少校，我想请你指教。'
"他叼着雪茄问：'说吧，发生什么事情了？'

"'我想请教您,如果要将私藏的宝物上缴应该交给谁呢?我知道价值五十万宝物的埋藏地点,我觉得既然我用不着最好还是要把它交给有关部门,可能他们还会给我减刑呢。'

"'斯莫尔,你是说五十万?'他深吸了一口气,盯着我看,好像是在确定我所说的是不是真话。

"'不错,先生,全部是珠宝,随时都可以享用。现在的问题是珠宝真正的主人已经犯罪放逐,不能享用了,所以谁先拿走宝物就会是谁的。'

"'应该交给政府,斯莫尔,交给政府。'他语无伦次地说,说得很犹豫。我很清楚我已经把他控制住了。

"'先生,您觉得我应该将它交给政府吗?'我慢慢地说。

"'哦,我想你还是不要那么轻率行事比较好,否则会后悔的。跟我讲讲究竟是怎么回事,斯莫尔,把所有的情况都说说。'

"我就把整件事情做了一点小小的改动,然后全部讲给他听了,他无法从我的话中知道藏宝的准确位置。我讲完了,他一动不动地站着想了很长时间。通过他嘴唇的颤动,我可以看出他内心正在进行着激烈的斗争。

"'这件事情极其重要,斯莫尔,'他最后说,'你记住一个字都不要向别人透露,我很快会再来看你的。'

"过了两天,夜里他带着他的朋友摩斯坦上尉提着灯来到了我的小屋。

"他说道:'我认为应该让摩斯坦上尉亲口听你说说那个故事。'

"我又按照之前的话重复了一遍。

"'听上去感觉像是真的,值得一干啊,是吧?'索尔托上校说道。

"摩斯坦上尉点了点头。

"少校说道:'是这样的,斯莫尔,我们已经认真考虑过了,我和我的朋友,我们认为这不是政府的事,这是你个人的秘密,毕竟,这是关系到你自己的私事,你可以按照你自己的想法去处理。可是现在的问题是,你想要得到多少回报?我们可以达成协议,这件事我们会帮助你处理,至少可以去调查一下。'他努力装作冷静,很不在乎的样子,但我发现他的眼睛里闪着兴奋、贪婪的目光。

"'至于回报,已经到这种地步的人只有一个要求,我希望你们可以帮助我以及我的三个朋友恢复自由。宝物我们会和你们平分的，你们可以得到其中的五分之一。'虽然我和他一样开心，但我还是装得非常镇定。

"'可是我们如何才能帮助你们获得自由啊？你也很清楚那是不可能的。'索尔托少校说道。

"'其实也很容易，每个细节我都已经考虑清楚了。我们逃跑的障碍就是弄不到船渡海以及没有足够的干粮来维持长时间的海上航行。加尔各答或者马德拉斯都有很多的快艇。只要弄一只过来，我们趁夜里逃到国外，然后将我们送到印度沿海的任何一个地方，你们的使命就完成了。'

"'你一个人可能还容易些。'

"'要么我们一起逃，要么一个都不逃。我们曾经都发过誓的，我们四人会永远不离不弃。'

"'摩斯坦，你看斯莫尔是一个多么守信承诺的人啊。他不会对不起朋友。我觉得我们应该相信他。'

"'这的确是一件不光彩的事啊，但是就像你说的，钱真的可以帮我们的大忙啊。'摩斯坦答道。

"'好吧，斯莫尔，我觉得我们现在只有听你的了。首先，我们必须要检验一下你所说的话是不是真的。把藏宝的地点告诉我们，接下来我就乘坐每月的固定轮船，请假到印度去调查一下。'

"我说道：'不必这么着急。'他越热切我就表现得越冷静。'首先我必须先征得另外三个人的同意才行。我已经跟您说过了，我们四个人有一个人不同意都是不行的。'

"'不可能！'他突然把我的话打断，'我们的协议需要三个黑鬼来干涉吗？'

"'无论黑的还是蓝的，他们都是我的朋友，我们永不分离。'

"第二次见面的时候，他们三个都来了——莫豪麦特·辛格、爱博德勒·克汗和斯德特·阿克博尔，我们探讨了许久，终于达成了协议。我们把阿格拉古堡的部分地图交给了两位军官，并在上面标注了藏宝的地点。索尔托少校要去印度调查。假如他发现了宝箱，也不可以动它，首先要派一艘快艇到罗特兰德接我们逃跑，接下来他再回去复命。摩斯坦上尉去阿格拉和我们见面，到时候再将宝物平均分配，并由他领取属于他们两人的那部分。所有的这一切都是我们深思熟虑所决定的，我们又提出新的庄重的誓言。我连夜将两张藏宝地图赶制出来，每张地图上面都签有我们四个人的名字。

"先生们，你们听了这么长的故事，一定会感到特别疲倦了，我知道琼斯先生现在已经非常急切地要把我押到拘留所里面去。我会尽量说得简短一些。

"索尔托去了印度之后，就再也没有回来。摩斯坦拿了一张邮船的旅客名单给我看，索尔托的名字就在里面。他的叔叔离世了，给他留下一大笔的遗产，所以，他退伍了。可是他这样做等于把我们五个人都给骗了。过了没多久，摩斯坦去了印度，果然不出我们所料，宝物已经不见了。

"我们的要求全部都未得到实现，那个混蛋把它全部都偷走了。从那个时候开始，我就为了复仇而活着，无时无刻不在想着这件事。我没有办法抵抗这种情绪，它一直都跟着我。我不害怕触犯法律，也不在意是否会被绞死了。一心想的都是逃跑，之后再去找索尔托，找到后将他杀死，这就是我唯一的心愿。甚至宝物和找他报仇比起来都显得不重要了。

"我的一生下了无数次的决心，每一次我都会实现的。可是在成功前的几年里日子非常难熬。我已经跟你们说过，我学过配药。有一天，萨莫吞医生发高烧，安达曼群岛的一个小黑人在树林中快要死亡时让人发现了，他病得非常重，所以就找了那样一个地方等待着死亡的到来。虽然他们的心如蛇蝎一样狠毒，可是我依然选择救了他。在接下来的两个月里，他慢慢地好起来了，又可以走路了。他特别感激我，每天都在我的小屋旁守着，很少回到树林里去。我就和他学了一点方言，他特别开心。

"他叫童格，是一个优秀的船夫，他有一只很宽敞的独木舟。当我感觉到他愿意为我做任何事情的时候，我就知道我逃跑的机会来了。我把事情的经过以及我要逃跑的计划全部都跟他说清楚了，我让他在一天深夜里，驾驶着他的独木舟在一个没有人守卫的旧码头接我。还告诉他准备了几瓶淡水，很多的洋芋、可可和甜薯。

"这个小童格忠诚而坚定，再也找不到比他更忠诚的同伴了。那天晚上，他真的将船划到了码头的下面，凑巧的是，那天是那个很可恶的、一直侮辱我的阿富汗士兵值班。我发誓复仇，现在机会来了。一切就如同命中注定似的，在我临走的时候给了我一个报仇的机会。他背朝着我在岸上站着，肩上扛着卡宾枪。我到处寻找可以将他的脑袋砸碎的石头，可是却没有找到。

"突然我想到了一个办法，我在黑暗中坐下，将木腿卸下，连跳了三下，跳到了他的跟前，然后我朝着他狠狠打了下去，他的前头骨被击得粉碎。你们可以看到我木腿上击打他时所留下的裂纹。当时我们一起摔倒了，因为我只有一条腿，所以身体失去了平衡。当我爬起来的时候，看见他在那里一动不动地躺着。我便上了船，一个小时后就置身于汪洋大海中了。童格将他全部的财产，还有武器以及神都带上了，此外，还带了一支竹制的长矛，还有用安达曼树叶编成的席子。我用长矛作桅杆，席子为帆，驾船航行。就这样，我们在海上航行了十天，值得庆幸的是，在第十一天的时候，我们遇见了一艘从新加坡开往吉达，满载着马来西亚香客的商轮。他们救了我和童格。他们是一群特别奇怪的人，但是很快我们便和他们熟悉起来。他们有一个特别好的地方，就是可以让你独处，不会追问我们的来历。

"假如将我和我的同伴的所有经历都告诉你们，你们可能不愿意听了，因为也许到天亮都讲不完。简单说，我们乘着船在世界范围内漂流，可总是有事耽搁，回不到伦敦。我依然没有忘记复仇，每天晚上我都会梦见索尔托，在梦里我杀了他不下一百次。终于，就在三四年前，我们终于回到了英国。想要把索尔托的住处找到很容易，但是，我还要设法打听宝物是不是还在他手中。我与那些给我提供帮助的人变成了朋友，他们的名字我不会说出，因为我不能让他们受到牵连。经过证实宝物还在他的手上，所以我就想方设法通过各种途径复仇，可是他实在太狡猾了，除了他的儿子和仆人，平时总会有两个拳击手保护他。

"有一天，我听说他快要死了，我实在不甘心，不能让他这么轻易地死去。我马上跑到他家的花园，透过玻璃向里面看，发现他在床上躺着，两边是他的两个儿子。我本来是要冲进去和他们拼命的，就在这个时候，我看见他的下巴垂了下来，知道他已经死了。那天晚上我便潜入了他的房间，试图从他的文件中找出藏宝的地方，但是并没有发现任何线索。临走的时候，我觉得无比的恼怒，所以我就把和图上相同的我们四个人的签名留了下来，放在了他的胸前。留下一些证明我们憎恨的标记，我心里会稍微平静一些。在他埋葬之前，被他剥削以及愚弄的人，如果不给他留下一点记号，岂不是太便宜他了。

"那些日子，我们把童格作为吃人的黑鬼公开展览，以此来维持生活。他吃生肉，跳战舞，就这样，我们每天都会有不少的收入。我也经常打听樱池小筑的消息，近几年以来，他们一直都在那里寻搜宝藏。后来，我们终于得到了期盼已久的消息，那就是已经找到宝物了，就在巴索洛谬·索尔托的化学实验室的房顶里面。我马上去查看地形，可是我的木腿很不方便，无法从外面爬进天窗。后来我了解到屋顶有一个活板门，又调查清楚索尔托吃晚饭的时间。我决定行动了。我希望童格可以助我一臂之力，我就带着长绳和童格一同来到了索尔托的别墅。我将绳子系在了童格的腰上，让他爬到房子上面。他爬房子和猫一样熟练。不幸的是，索尔托居然也在室内。童格便自作主张将他杀了。当我顺着绳子爬进去的时候，他骄傲得像只孔雀一样，正在那里得意地走来走去呢。我就用绳子抽他，骂他实在太残忍，他感到特别惊讶。我找到了宝箱，把第一次四人签名的纸留在了桌子的上面，证明宝物已经物归原主。我用绳子把宝箱顺下去，童格也顺着绳子爬出去了，将窗子关好，从原路返回去。

"我不清楚还要对你们说些什么。我之前听一个船夫说过'北极光'号的速度，所以我认为它就是我们逃跑的最好的工具。我便雇用了船主史密斯，只要他能够把我们安全地送上我们的船，他就可以得到一大笔的酬金。您也许觉得我的做法有些草率，但是他并不知道我们的秘密。我所说的全部都是事实，我跟你们讲这么多，并不是为了讨好你们，你们并没有对我有特殊的优待，我之所以毫不隐瞒，是因为我明白把所有的一切都讲清楚就是我最好的辩护。另外，我要让全世界都知道索尔托少校是多么的可耻，但是他儿子的死和我没有关系。"

福尔摩斯说道："这个案件真是不寻常啊。这个奇特的案子有个和它本身相称的结局。你所讲述的后一部分，除了你自带了绳子之外，剩下的都在我的预料之中。只是我不明白，我本来以为童格的毒针都掉了，为什么最后他会向我们放了一支呢？"

"那个时候，他的毒针确实全部都丢掉了，但是吹管里面还剩一支。"

"哦，这就对了，这点我怎么没想到呢。"

"您还有什么需要问的吗？"囚犯主动地问道。

"我觉得没什么可问的了，谢谢你。"福尔摩斯回答道。

埃瑟尔尼·琼斯说道："福尔摩斯，我们本来是应当顺从您的，我们都很清楚您是犯罪学的专家，但是我也有我的职责，为了您以及您的朋友我已经违背了自己的原则。现在只有马上将这个给我们讲故事的人关进监狱里面，我才能感到放心、轻松。马车都已经准备好了，还有两名警长在楼下等着呢。当然，以后还会有一些琐事要麻烦二位，祝您晚安。"

乔纳森·斯莫尔也说道："晚安，二位先生。"

琼斯在出门的时候说道："你在前面走，斯莫尔。无论你在安达曼群岛是如何对待那位先生的，我都要小心一点，防止你在后面使用木腿把我打晕。"

他们离开后，我和福尔摩斯静静坐着抽着烟，"我们的戏终于结束了，"我说，"以后恐怕没有机会和你学习分析法了，摩斯坦小姐已经同意跟我结婚了。"

他叹了一口气说道："这个正是我所担心的问题，恕我不能恭喜你。"

他的话让我很惊讶："您为什么会这么说呢？"

"没有什么。我觉得她是我所见过的最具魅力的女性，还能够对我们的工作有所帮助。就从她保存阿格拉藏宝图和父亲的那些文件来看，她应该是这方面的天才。可是作为一种情感的爱情，会与我非常重视的冷静相抵触，所以，我永远都不会结婚的，以免我的判断能力受到影响。"

我大笑道："我认为我的判断力能够经得住严峻的考验。你看上去非常的疲倦。"

"没错，我也感觉到了，估计需要一星期的时间才会缓过来。"

"真是奇怪，被我称作懒人的你为什么会有极其充沛的精力以及能量呢？"我说道。

"没错，一方面我是天生的懒惰，另一方面我也是比较喜欢活动的人，我经常会想起歌德的这几句话：'上帝只是给了你一个人形躯体，原来是体面其表，流氓气质。'关于诺伍德这个案子，我认为，那个在别墅里做内应的就是拉尔·拉奥。琼斯这次可以立功受奖了。"

"这实在是太不公平了！整个案子都是你一个人弄清楚的，我得到了爱人，琼斯获得了威信，你又得到了什么呢？"

福尔摩斯说道："我嘛，还有可卡因留给我啊。"说完，他便伸出他那瘦长、白皙的手去够那装有可卡因的瓶子。

传说中的猎犬

The Adventures of Sherlock Holmes

一　粗心的访客

我的朋友夏洛克·福尔摩斯先生正坐在桌前吃早餐，除了经常整夜不睡外，他早晨一贯起得很晚。我站在壁炉前面的地毯上，手中拿着拐杖，这根拐杖是我们的访客昨晚遗落下的。它沉重而又不失精致，在它的顶端有一个球状的疙瘩，它的木料取自槟榔屿。一圈将近一英寸宽的银箍紧箍着拐杖顶部。银箍上面刻有"赠给皇家外科医学院学士——詹姆斯·默蒂莫，C.C.H. 的朋友们"的字样，此外，还刻有日期"1884 年"。从外表上看它就是那种老式的经久耐用的家庭私人医生过去常用的拐杖罢了。

"华生，对这根拐杖有什么看法？"

福尔摩斯是背对着我坐着的，而我之前并没有显示出我要做什么的迹象。

"你是如何知道我在做什么的？你的眼睛也没长在后脑勺。"

"可是，在我前面放着一个亮闪闪镀银的咖啡壶。"他说，"告诉我，华生，你如何看待那根拐杖的？可惜的是我没见到它的主人，不知道他的来意，这件意外的纪念品就变得尤为重要了。现在你已经查看过它了，让我听听你对他的描述。"

"据我推断，"我想我应该仿照我朋友的推理方法，于是这样说道，"默蒂莫医生应该是一位成功的资深医生，平时深受人们的尊重，所以认识他的那些人，送给他拐杖来表达他们的谢意。"

"不错！"福尔摩斯说，"棒极了！"

"同时，我推断，他十有八九是个靠自己双脚走访了很多家庭的乡下医生。"

"这么推测有什么理由？"

"虽然这根拐杖原来的样子很漂亮，不过现在已经磕碰得不成样子了，无法想象一个城里的医生会有这样一根拐杖。它的铁皮包头也已磨损，由此可以推断他拄着它已经走了很多路。"

"分析得有理有据！"福尔摩斯说。

"让我们再分析一下'C.C.H. 的朋友们'这几个字，我推断它代表了某个狩猎场。我猜测他或许是给当地狩猎场的会员们治过伤，所以他们送他拐杖表达他们的感激之情。"

"非常棒，华生。"福尔摩斯说。他将椅子向身后挪了挪，然后点燃一根烟。"我需要承认在你对我小小的成就的叙述过程中，你对自己的能力总是估计低了。虽然你本身不发光，可是你却是光的传导者。有些人虽然称不上天才，不过却有激发天才的超凡力量。亲爱的朋友，我内心充满了对你的感激。"

他这样说无疑让我很兴奋，要知道他以前从没说过这么多。因为过去他对于我对他的崇拜之情和将他的推理思想公之于众所做的努力不屑一顾，为此，我总是很气愤。而现在，一想到我对他的整套方法已经了解，并能够运用，而且还得到了他的认同，我自然而然感到无比的兴奋和骄傲。他从我手里将拐杖拿了过去，审视了几分钟，然后颇有兴致地放下烟，将拐杖拿到窗前，用放大镜又认真地审视起来。

"很有意思，不过太简单了。"他说着又坐回到他最喜欢的那个长沙发上，"拐杖上确实给我们一两个提示，这样我们的推断就有了依据。"

"我遗落了哪些？"我有些自以为是，"我自认为，我没有忽略掉重要的细节。"

"华生，我亲爱的朋友，恐怕你大多数的结论都是不对的。当我说你启发了我时，必须实事求是地说，我的意思是有时在我指出你错误时，我恰好能找到正确的推断。当然你的推断中有些地方也是对的，那个人确实是个乡村医生，也确实走了很多路。"

"那么，我的推论就是对的了。"

"也就这些了。"

"可那就是全部了。"

"不是这样的，华生，我亲爱的朋友，不是全部，一定不是的。我认为给医生的赠礼，来自一个狩猎场没有比来自一所医院更为准确。既然首字母'C.C.'放在那个医院前面，那么单词'Charing Cross'查林十字街就很自然地表明了这层意思。"

"哦，可能你说得有道理。"

"这很有可能。假如我们把这个作为一种可以认定的假设，那么我们就有一个新的证据。根据这个证据，我们来描述这位未知的访客。"

"那么，假如'C.C.H.'不代表'查林十字街医院'，我们还可以推断出什么呢？"

"难道不能再看出什么吗？我的方法你很了解，用它们试试！"

"我只能想到一个明显的结论，那就是那个人在当乡村医生之前，曾经在城里当医生。"

"我认为我们还可以更为大胆地放开想一想。从这个角度来分析：赠礼仪式最有可能是在什么场合进行的呢？他的朋友们又会在什么时间联合起来向他赠送礼物来表达谢意呢？显而易见是在默蒂莫离开城里到乡下开始独自行医的时候。我们知道拐杖是赠礼，我们可以暂时假设是在从城里到乡下行医前送的。我们是不是将我们的推论扯得有些远了，不能就此推断赠礼就发生在那个时候，是这样吧？"

"看来还真有这个可能性。"

"现在，你看到了，他不太可能是医院的主要角色，因为在伦敦行医只有有声望的人才有这样的地位，而这样的人到乡下行医的可能性是很小的。那么他是干什么的呢？假如他在医院而又没有扮演主要角色，那么他可能只是个外科住院医生或内科住院医生，也就是说他的地位只比医科大学高年级学生稍微高出那么一点儿。他是五年前离开的——日期刻在拐杖上，由此判断，你那个严肃的、中年的家庭医生的推断是错误的。我亲爱的朋友，我推断这位医生是一个年轻人，应该不到三十岁，性格温和，但胸无大志，做事马马虎虎，还有一条爱犬，我大致估计它不是很大，不过也不算小。"

对这样的推断我有些难以相信，我哈哈大笑起来，而夏洛克·福尔摩斯往沙发背上一靠，抽着烟，吐出的小烟圈徐徐飘向上方。

"关于你说的后面的部分，我无法核实是否正确。"我说，"不过，要查清有关这个人的年龄和职业实际上很容易。"我从放置医学书的小架子上取下医学手册，翻开姓名栏。发现不止有一个姓默蒂莫的，可是只有一个有可能是我们的访客。我将此人的记录大声念了出来。

"詹姆斯·默蒂莫，1882 年在英国皇家外科医学院毕业。1882 年到 1884 年在查林十字街医院当住院外科医师。他的著作《疾病是否隔代遗传》获得杰克逊比较病理学奖。他还是瑞典病理学会通讯会员。他的《几种隔代遗传畸形病症》发表于 1882 年的《柳叶刀》；《我们在前进吗》发表于 1883 年 3 月的心理学杂志，还曾经担任过格林本、索斯利和高冈村等教区的医务官。"

"华生，你看那个当地的狩猎场没有被提到。"福尔摩斯露出嘲弄的微笑说，"正如你所推断的那样，他只不过是个乡村医生。我对我的推断充满自信。要是我没记错的话，我说过那些形容词：温和、胸无大志、马马虎虎。我的经验告诉我，在这个世上，收到礼物的只有那些性情温和的人；放弃在伦敦行医生涯去乡下的只有不求功名的人；也只有马虎大意的人才会在你房间等了一个小时，走的时候忘记的是拐杖而不是名片。"

"关于狗呢？"

"平时它总是叼着这根拐杖跟在主人后面。由于拐杖很重，所以狗要紧紧地咬住拐杖中间，致使它的牙印看起来很清晰。从牙印的宽度来看，我觉得它的下巴要比小狗的宽，而要比大狗又有点窄。也许——哦，知道了，一定是一只卷毛垂耳的西班牙猎犬。"

福尔摩斯一边说着，一边在房间走来走去。现在他停在向楼外突出的窗户前，声音里满满的自信，我不禁有些吃惊地抬头望着他。

"我亲爱的朋友，你如何敢这么肯定呢？"

"理由十分的简单，我看见它就在我们的门廊上，它的主人正在摇动门铃。不要离开，华生，算我求你了，你和他是同行，你在场对我很有帮助。现在命运中戏剧化的时刻马上就要降临了，华生，楼梯上的脚步声你听见了吧？他正走向你的生活，而你却不清楚吉凶祸福。詹姆斯·默蒂莫医生，医学界的著名人物，向刑侦专家夏洛克·福尔摩斯要咨询些什么呢？请进！"

二　神秘的传说

　　来访的客人的外貌令我惊讶，我原来以为他是个典型的乡村医生，却没想到他细高个子，在一对锐利的灰暗的眼睛之间长着一个像鸟嘴的长鼻子，他的两眼距离很近，在金丝边眼镜后面炯炯发光。他穿着一身职业装，不过却很邋遢，双排纽的长外衣脏兮兮的，裤子也破了个洞。虽然年纪不大，但是却弓着细长的背，走起路来头向前冲，整体上给人一副贵族慈善家的气质。他进来后，眼睛一下子落在了福尔摩斯手里的拐杖上，接着非常激动地朝它跑过去。"我真是太激动了，"他说，"之前，我不确定是把它忘在这儿了，还是落在了船用事务所，不过我绝不想把它弄丢了。"

　　"我猜想，这是礼物。"

　　"不错，先生。"

　　"查林十字街医院送的？"

　　"那是在我结婚时，医院的两个朋友送的。"

　　"上帝啊，糟了！"福尔摩斯摇摇头说。

　　默蒂莫医生惊讶地眨了眨金丝眼镜后面的眼睛，问道："怎么了？"

　　"哦，没什么，只不过你打乱了我们几个小小的推论，你说，拐杖是你结婚时朋友送的？"

　　"没错，先生。结婚后我就从医院离开了，随之也就放弃了成为顾问医生的全部希望。在我看来，成家要比那个更重要。"

　　"哦，我们毕竟错得不太离谱。"福尔摩斯说，"好的，詹姆斯·默蒂莫博士……"

　　"叫我先生好了，一个不值一提的英国皇家外科医学院毕业的学生。"

　　"哦，不，显然，您还是个思想缜密的人。"

　　"对医学知识稍有涉猎的人，福尔摩斯先生，一个在浩瀚的未知的海洋边上捡贝壳的人。我猜您是福尔摩斯先生吧？这位不是——"

"对，这位是华生医生，我的朋友。"

"见到您很荣幸，先生。对先生和您朋友的大名我早有所闻了。您使我产生很大的兴趣，福尔摩斯先生。我没料到您长有这样的颅骨和这样标准的眼眶。要是您允许的话，我想摸一摸您的颅顶沟，可以吧？在它没有成为实物标本之前。将您的颅骨做成模型，无论送到哪个人类学博物馆，都一定是个极好的标本。我不是有意惹您不高兴的，不过我的确对您的颅骨很感兴趣。"

福尔摩斯摆了摆手请我们陌生的客人坐在椅子上，然后说道："在我看来，你是个对自己专业很爱思考的人，先生，这正如同我喜欢我的专业一样。通过你的食指可以看出，你自己卷烟抽。那就不要客气了，抽一支吧。"

我们的客人拿出纸和烟草，以惊人的速度非常灵巧地将烟卷好。他那细长抖动的手指如同昆虫的触须一样灵巧、敏捷。

福尔摩斯什么也没有说，不过他那轻微转动的眼神让我发现，他对我们这位奇怪的客人充满了兴趣。

"据我感觉，先生，"他终于说话了，"您昨晚光顾这里，今天又来，不仅仅是为了研究我的头骨吧？"

"哦，当然，先生，不是的。不过，如果有机会可以研究，我也非常愿意。我来找您，福尔摩斯先生，是因为我知道我是一个缺乏实际经验的人，而且因为我遭遇了一个令我不知所措、非同一般的问题。我知道您是欧洲第二专家……"

"等等，先生！我是否可以知道谁荣获第一了？"福尔摩斯有些气愤地问道。

"在精确的科学头脑方面来说，贝蒂荣先生的办案方法有着非凡的吸引力。"

"那么您问问他不是更好吗？"

"我的意思是，在具有精确的科学头脑方面，他是第一专家。不过从办案的实际经验来看，您是公认的第一。先生，我刚才的话是不是有些惹您生气了——"

"有那么一点。"福尔摩斯说，"默蒂莫医生，我认为您还是直截了当地告诉我您需要我什么样的帮助。"

"我口袋里有一篇手稿。"默蒂莫医生说。

"您进来时我就发现了。"福尔摩斯说。

"是篇旧手稿。"

"我知道，是 18 世纪初的，不然它就是伪造的了。"

"您怎么知道的呢，先生？"

"在您说话的时候，手稿露出了一两英寸。假如一个专家无法对一份旧的文献的日期估计相差不出十年左右的话，那他就是不合格的。我有一篇关于这个问题的小论文你或许读过。在我看来，这个手稿的日期是 1730 年。"

"它的精确日期为 1742 年。"默蒂莫医生将手稿从他前胸口袋里掏出来，"这封祖传家信来自于查尔斯·巴斯克维尔爵士之手，他将它交给我保管，大约三个月前他突然不幸告别了这个世界，这事在德文郡引起了很大的恐慌。我既是他的朋友，又是他的家庭医生。我深深知道他意志坚强、感知敏锐、为人务实，和我一样不善于幻想。他把这封文件看得很重，他为这样的结局已经做好了准备，而不幸也最终降临在他身上了。"

福尔摩斯将手稿拿了过来，并将手稿平铺在膝盖上。

"华生，快过来，你看，字母 S 时长时短，交替换用，这是使我能够推敲日期的几个依据之一。"

我顺着他肩膀看过去，发现发黄的纸和褪色的字迹。上面写着："巴斯克维尔庄园"，下面写着潦草的大写体数字："1742 年"。

"好像是一篇关于某种记载的。"

"不错，记录着在巴斯克维尔家族里流传的一个传说。"

"哦，我明白了，你来要向我咨询，关于最近发生的和更有实际意义的事吧？"

"确实是最近发生的事，它很现实，同时也很急迫，需要在二十四小时内做出决定。好在手稿不长，却与这件事有着极其密切的关系。假如您允许的话，我这就读给您听。"

福尔摩斯将身子靠在椅背上，双手指尖个个对齐并拢起来，然后将眼睛闭上，一副悠然自得的神态。默蒂莫医生将手稿举到灯下，用高亢而嘶哑的声音读着下面这个奇特的故事：

"关于巴斯克维尔的猎犬一事有好几个传说，我是休戈·巴斯克维尔的直系后代，我父亲将故事告诉了我，而我父亲是从我祖父那儿听来的，我记录下了它们，相信就像这里记录的那样确实发生过此事。孩子们，希望你们相信，正义之神在惩罚罪行的同时也非常仁慈地宽恕它，无论罪孽有多么深重，只要祈祷、忏悔，都可以得到饶恕。这里给我们的教训就是，不要由于先辈们造成的恶果而心怀恐惧，不过对未来要小心谨慎，我们家族痛苦地遭受的那些恶行借此根绝，你们要多加小心，以免重蹈覆辙。

"相传在英国大叛乱时期（指英国 1642—1660 内战。——译注），这个巴斯克维尔庄园的主人休戈·巴斯克维尔是个最粗野、卑俗、心中没有上帝的人。事实上，在这方面，他的左邻右舍们本可以原谅他，因为在这里什么教也没有兴盛过。不过，他身上的某种放肆、残忍的本性使得他的恶名在西部人人皆知。这个休戈碰巧相中了（如果这样肮脏的情欲还能用这个圣洁的字眼的话）一个农民的女儿，在巴斯克维尔庄园附近她家拥有土地。不过，这个年轻的少女洁身自爱，有好名声，因此她总是有意躲着他，因为他的恶名很使她害怕。后来，在米迦勒节，休戈和他的五六个臭味相投、无所事事的同伙得知少女的父兄们离家外出，就偷偷地到农庄将她劫走了。他们将她带回庄园后，就将她关在楼上的房间里，而休戈和他的狐朋狗友在楼下整日整夜地痛饮，这是他们夜间惯常的行为。此时，那个可怜的少女不可避免地听到楼下狂欢乱叫以及那不堪入耳的话语。听人说，当休戈喝醉酒时，他所说的话，假如有人再说一次，都必定得不到好的结果。最后，在极度恐惧之际，少女急中生智，做了一件使得最勇敢的人都很佩服的事。她利用覆盖着南墙的常春藤从屋檐爬了下来，然后又穿越沼泽地朝着她家的方向跑去。这里离她家的农场大约有九英里路。

"过了一会儿，休戈从他的客人身边离开，带着酒和食物，可能还有更可怕的东西，来看他抢劫来的姑娘，结果发现被关在楼上的人早已逃跑了。立刻，他就像中了魔似的，疯狂冲下楼梯来到餐厅，纵身跳到大桌子上，把眼前的酒瓶和木盘踢得四处乱飞，他当着他客人的面发誓：假如他将那个姑娘追回来，那天晚上就把她的肉体和灵魂献祭给邪恶的力量。那些纵酒狂欢的人看着这个愤怒之人十分吃惊，这时，一个更邪恶的或许比别人醉得更厉害的人大声说道：快把猎犬放出来去追这个逃跑的人。休戈听后立刻从房子里面跑出来，叫他的马夫备马，然后将猎犬从犬舍里放出来。让猎犬闻了闻姑娘遗落的头巾后，就赶它们出去，这些猎犬借助月光的照亮狂叫着向沼泽地飞奔而去。

"最开始那些喝酒的狂徒们目瞪口呆地站着，一时之间没有明白发生了什么事情。不过，不久他们就明白了沼泽地可能所发生的事情。随即一片喧嚣声响起，有的叫嚷着去拿枪，有的喊着让人备马，有的甚至还要带着一瓶酒。最后，他们所有的人，一共十三个人骑上马去追赶。月光很明亮地将光辉洒在他们身上，他们一起骑着马沿着那个逃跑姑娘回家要经过的路线疾驰而去。

"他们疾驰了约两英里后，在沼泽地与一个夜牧人相遇，他们粗鲁地喊着问他是否见到过一个姑娘。据说那牧人受到恐吓十分害怕，竟然说不出一句话来，不过，最后他说他确实见过一个很不幸的姑娘，她的后面跟着一群猎犬。'可是，我看到的不止这些，'他说，'我还看到休戈·巴斯克维尔骑着他的黑马从这里经过，还有一只大猎犬紧紧跟在他的后面，一声不响。'愿上帝禁止猎犬跟着我。'那些狂徒大声骂了几声牧人后，继续策马前行。不过，不久他们便被一件事情吓得全身冰凉，因为沼泽地上跑过来一匹黑马，那是休戈的黑马，它口吐白沫，缰绳拖地，坐鞍上却没有人。这些酒徒们内心十分恐惧，他们挤在一起，不过最后还是继续穿越沼泽前行。如果要是一个人，显然他们早就调转马头往回跑了。就这样，他们骑着马最后终于追上了那些猎犬。这些猎犬虽然勇猛、品种优良，可是现在他们发现这些猎犬竟然紧紧挤在一起，在沼泽地的一个深沟或者叫坡地之处，它们哀鸣的声音此起彼伏，有的悄悄溜走了，有的颈毛直直地竖起来，两眼直愣愣地看着前面的窄沟。

"这帮酒徒们勒马停止前进，正如你们所料，他们现在比出发时清醒了许多，他们中很多人都不想再前行了，不过其中有三个人胆子比较大，也可能是醉得最厉害，他们继续沿着坡处前行。后来他们来到了一片开阔的地方，这里有两根大石柱，现在仍然还存在着，是古时不知谁所立。月光将它明亮的光辉洒在这块空地，那个逃跑的姑娘在地中央躺着，已经死去，从她的脸上可以看出她的恐惧和疲倦。不过，使这三个胆大包天的酒徒胆战心惊的不是看见了少女的尸体，也不是横卧在她旁边的休戈·巴斯克维尔的尸体，而是一个可怕的巨大的黑色野兽，野兽长着猎犬的样子，可是比人们所看到的任何猎犬都要庞大，它正站在休戈身边，撕扯着他的喉咙。当他们发现这个情景时，那个野兽随即把它闪亮的眼睛和流着口涎的嘴巴转向他们，这三个人吓得大叫一声，纷纷拨马逃命去了。他们在沼泽地上一路尖叫着狂奔而逃。听说，三人中有一人那天晚上就死了，而另外两个则从此精神失常。

"我的孩子们，这就是关于猎犬来历的传说，相传从那时开始，猎犬一直强烈地骚扰着我们的族人。我将这件事记录下来，是因为我清楚地知道，这事所产生的恐惧要比听来的或猜想的要少。不得不承认的是，我们家的许多人都不幸离世，都是突然地、悲惨地、古怪地离世。希望上帝以他无边的仁慈之心保护我族，不要再惩罚严格按照《圣经》行事的第三代或第四代那些无辜的子孙们。我的孩子们，我借用上帝的名义，要求你们一定要小心谨慎，不要在邪恶肆虐的时候，晚上穿越沼泽地，以免遭遇不幸。"

"这是休戈·巴斯克维尔给他的儿子罗杰和约翰的家书，并要求他们对他们的姐姐伊丽莎白隐瞒此事。"

默蒂莫将这份神秘的记载读完后，将眼镜向上推了推，然后眼睛一眨不眨地盯着福尔摩斯先生。福尔摩斯打了个哈欠，之后将烟头扔进了炉火里。

"读完了？"他问。

"你不觉得有些意思吗？"

"对于好猎奇的人，是挺有意思的。"

默蒂莫医生从口袋里掏出一份折叠着的报纸。"福尔摩斯先生，这是一些关于最近发生的事的报道。这份报纸是今年5月14号的《德文郡纪事报》。它上面记载了一篇简短的关于查尔斯·巴斯克维尔爵士死亡情况的报道，这件事发生在报道的前几天。"

福尔摩斯将身体前倾，神色变得专注起来。我们的客人重新扶了扶眼镜，然后开始大声读起来：

"最近，查尔斯·巴斯克维尔爵士的突然辞世，使得郡里的人既感突然又感悲伤。在下一届竞选中，中部德文郡自由党的候选人极有可能选定他。尽管查尔斯·巴斯克维尔爵士在巴斯克维尔庄园居住的时间很短，不过他平易近人的性格和无比的慷慨，给所有与他接触过的人留下深刻印象，并得到他们的爱戴和敬仰。在暴发户大量出现的年代里，遭遇不幸后还能够发财致富，而且还将财富带回来，重整家族因厄运而衰败的家业，实在是件让人佩服和激动人心的事。很多人都知道，查尔斯·巴斯克维尔爵士在南非投资中发了一笔大财，可是他要比那些直到倒霉了才罢休的人要理智，他将所得兑现，然后带着财富回到了英国。他在巴斯克维尔庄园仅仅住了两年，就在众人都在谈论他重建和修缮的方案是如何宏大之时，他却突然死亡了。他没有后代，他曾公开表示，在他有生之年，整个家乡的人们可以分享他的财富，许多人因他的突然离世而深感哀伤。他对地方和区上的慈善机构慷慨的捐献，本栏目以前曾频频报道。

"验尸结果没有说明查尔斯·巴斯克维尔爵士死亡的真正原因，虽然如此，但至少还是排除了当地盛传的种种谣言。巴斯克维尔爵士没有结婚，据说在某些方面他有奇特无比的习性。虽然他很有钱，不过他个人的爱好却很简单，巴斯克维尔庄园的仆人只有一对姓巴里莫的夫妇，丈夫负责庄园的管理，他的妻子负责料理家务。他们的证据得到了几个朋友的证实，巴斯克维尔爵士的健康曾一度出了问题，尤其他的心脏不好。他在世时脸色苍白，呼吸困难，还有严重的神经衰弱。詹姆斯·默蒂莫医生是死者的朋友和私人医生，他也提供了相同的证据。

"案情并不复杂。每天晚上查尔斯·巴斯克维尔爵士在上床休息前，都要散步，他通常沿着巴斯克维尔庄园著名的紫杉巷道散步。巴里莫夫妇也证明主人有这个习惯。5 月 4 日，查尔斯·巴斯克维尔爵士跟巴里莫夫妇说第二天他要前往伦敦，并让他们帮助他准备行李。那天晚上，查尔斯·巴斯克维尔爵士像平时一样出去散步，他有在散步的过程中抽雪茄的习惯。可是没见他再回来。十二点，巴里莫发现庄园的门还开着，不由得担心起来，于是就点起提灯，出去找他的主人。那天地面潮湿，可以很容易跟踪到查尔斯爵士的脚印，巴里莫沿着紫杉巷道向前跟踪。这条道的半路上有一个门，这个门可以通向沼泽地。脚印表明查尔斯爵士在这里曾逗留了片刻。之后，他继续沿着紫杉巷道前行，最终却沉尸在巷道的尽头。让人费解的一个事实是巴里莫的陈述，他主人的脚印在经过沼泽地栅门后就发生了变化，他似乎始终在踮着脚尖走路。一个吉普赛马贩子，名叫墨菲，当时他在沼泽地附近，但是据他讲他当时喝醉了，他说他好像听到了喊叫声，不过不清楚喊叫声来自什么方向。查尔斯爵士的身上没有遭受暴力的痕迹。尽管医生的证据表明了一个几乎让人无法相信的面部变形——变形程度很严重，实际上就是默蒂莫医生最开始时也不相信，躺在他面前的确实是他的病人和朋友——这种变形最后归结为因呼吸困难而死于心脏衰竭的一个症状。这种解释也被尸检所证实，死者患有长期的官能疾病。验尸的陪审团给出的意见与医生的证据相吻合。这样做是适宜的，因为显而易见，查尔斯爵士的后代还应该在庄园居住生活，继续查尔斯爵士中断的事业。假如验尸官没有找到可靠的证据，来结束跟这事有关的盛传的谣言，那么，就很难找到一个还愿意在巴斯克维尔庄园居住的人。不用说，巴斯克维尔爵士最亲的活着的亲属是亨利·巴斯克维尔，他是巴斯克维尔爵士最小的弟弟的儿子。据说亨利·巴斯克维尔居住在非洲，现在正在寻访他的下落，通知他来继承财产。"

默蒂莫将报纸重新叠好，然后将它放进自己的口袋。

"这些是公开的事实，福尔摩斯先生，跟查尔斯·巴斯克维尔爵士的死有一定的关系。"

"非常感谢您！"夏洛克·福尔摩斯说，"您让我对这个案子发生了兴趣，这个案子的确有趣。之前我曾关注过一些报纸上的报道，不过由于我当时正在忙于梵蒂冈宝石案的小事，替教皇排忧解难，错过了几件有趣的英国案子。您说这篇文章包含了所有公开的事实？"

"不错。"

"那么请再跟我讲讲一些未公开的事实。"福尔摩斯将身体靠在椅背上，将指尖分别对齐，脸上是一副极其淡定，如法官似的表情。

"好吧，"默蒂莫说，情绪开始有些亢奋起来，"有些事情没有向任何人泄露过，连验尸官都毫不知情。我这样做的目的是，一个搞科学的人十分不愿意将自己置于谣传的迷信之中；另外，我也考虑过，假如我所做的事情，让巴斯克维尔庄园原本已经十分毛骨悚然的名声再度加剧，那么巴斯克维尔庄园，就像报纸所说，将不可能再有愿意居住的人了。基于这两点，我认为我有理由不将我所了解的隐情都说出去，因为那样做无法获得现实的益处。不过我现在面对的是您，我想我没有理由不将它们讲出来。

"由于沼泽地附近的住户不是很多，而且通常他们相距较远，因此住得近的人彼此来往密切。由于这个缘由，我与巴斯克维尔爵士见面的机会较多。除了拉夫特庄园的弗兰克兰德先生和生物学家斯特普尔顿以外，数英里范围内受过教育的人几乎没有了。巴斯克维尔爵士的交际圈子很小，但是他的病使得我们走在一起，另外，我们对于科学有共同爱好，这一点也促使我们经常在一起。他从南非带来了很多科学信息，我们一起讨论布须曼人和霍屯督人的比较解剖学，一起度过了很多让我们感到很惬意的夜晚。

"在最后的几个月里，我发现查尔斯爵士的神经越来越紧张。他对我给您读过的故事非常相信，由于这个原因，他散步通常只在他的宅邸附近，根本不可能晚上出去到沼泽地。福尔摩斯先生，您似乎有些不太相信。可是，我要告诉您他深信那可怕的厄运马上就要扑过来了，他从他的祖先那儿得知的传说确实让他感到紧张。那些可怕的事情即将来临的想法不断地困扰着他。他好多次问过我，在夜间出去给人看病时，是否看见过什么奇怪的东西或是听到过猎犬的狂叫。后面的问题他问过我好几次，而且每次他都紧张得声音发颤。

"我很清楚地记得，在这可怕的事件发生的前几个星期的一个晚上，我驾着双轮马车去他家。在大厅门口我看见了他。我从马车上下来，来到他的前面，却发现他的眼睛一直盯着我的后面，脸上是一副恐惧到极点的表情。我猛然将身子转过去，正好看见一个像巨大的黑牛犊似的野兽在路尽头快速闪过。他的恐惧再一次攀升，我走到那个野兽出现过的地方，四处找了找，可是没有任何收获。他的心情因这件事而变得十分糟糕。整个晚上我跟他待在一起，在这个过程中，他解释了他的忧虑，并委托我保管我刚进来时给您读过的那段记载。我现在将这件事提起，是因为它与后来发生的悲剧有着重要联系，不过当时我认为这完全是不值一提的小事，认定他的紧张也是空穴来风。

"在我的建议下，查尔斯爵士计划去伦敦一趟。我知道他的心脏受到了影响，而且内心十分焦虑不安。虽然造成这个结果的原因是多么的荒谬，不过显而易见却对他的健康产生了严重的影响。我认为去伦敦住几个月，将注意力分散一下，对他有利无害。斯特普尔顿先生是我们共同的朋友，也对他的健康状况十分关心，他提出了相同意见。没想到就在要走的时候，发生了这件悲惨的事。

"在查尔斯爵士离世的那天晚上，总管巴里莫发现了查尔斯爵士的尸体后,派马夫珀金斯骑马来叫我,当时我还没有上床休息。在事发不到一个小时,我就赶到了巴斯克维尔庄园。我核实了尸检中所提到的事实。我跟踪脚印对紫杉小巷道进行了勘查。在通往沼泽地的栅门前,他好像停留过,在那之后,我发现他的脚印起了变化,我还发现在沙砾松软的地面上只有巴里莫一个人的脚印,没有其他人的脚印;最后,我对查尔斯爵士的尸体进行了认真检查,尸体在我到来之前没人动过。查尔斯爵士的脸朝上,双臂外伸,手指面与地面接触。他的面部由于强烈的情绪而发生了严重的扭曲,其扭曲程度之大,让我几乎辨认不出他的身份。身体确实没有任何外伤,不过验尸时巴里莫陈述有不对的地方。他说在尸体周围的地面上没有别的足迹。虽然他没有发现,可是我却注意到,相距尸体不太远的地方有很清晰的新的脚印。”

“脚印?”

“对,是脚印。”

“男人的脚印,还是女人的脚印?”

默蒂莫医生有些神秘地看了我们一会儿,然后开始回答,他的声音很低,几乎像耳语似的:

“福尔摩斯先生,那是一只猎犬的爪印!巨型猎犬!”

三　爵士之死

实话实说,听了这些话,我感觉自己全身发凉。医生发颤的声音也说明他自己也对他所说的心存恐惧。福尔摩斯有些吃惊地将身体前倾,眼睛里闪着每当他对什么非常有兴趣时所闪现出的那种锐利、专注的光芒。

“您看清楚了?”

“不错,就像现在我看见您一样清楚。”

“这些您从来没有对别人说过吗?”

“说有什么用呢?”

“为什么没有其他人看到呢?”

“爪印距离尸体大约二十码,没有人想到。我想如果我从未听说过那个传说，我也不会去刻意寻找的。"

"沼泽地有许多牧羊犬吗？"

"是有很多，不过那不是牧羊犬爪印。"

"爪印确实很大吗？"

"可以说巨大。"

"爪印没有靠近尸体？"

"是的，没有。"

"那天晚上天气怎么样？"

"有些潮湿，有些阴冷。"

"可是实际上并没下雨？"

"不错。"

"巷道是什么样子的？"

"两旁是两排古老的紫杉树篱，大约有十二英尺高，不容易穿越。中间的走道大约有八英尺宽。"

"树篱和走道之间有什么东西吗？"

"有的，路的两边各有一片大约六英尺宽的草地。"

"我判断在靠近门的地方应该可以穿过紫杉树篱，是这样吗？"

"不错，从通向沼泽地的侧门旁可以穿过去。"

"此外还有别的出口吗？"

"只此一个。"

"既然如此，要想到达紫杉巷道，或者从房子出来到那里，或者就从通向沼泽地的栅门进来，是这样吗？"

"不错。远处穿过凉亭有一个出口。"

"查尔斯爵士到过那里吗？"

"没有，他躺的地方距离那里大约有五十码。"

"哦，那好，告诉我，默蒂莫医生——这一点十分关键——您看见的脚印是在道上，却不是在草地上，我说得对吧？"

"草地上没有痕迹。"

"它们跟栅门都在路的同一边吗？"

"不错，它们在路边上，跟栅门在同一边。"

"您的话让我越来越感到有意思。还有一点，侧门是关着的吗？"

"对，上了挂锁。"

"门有多高？"

"约有四英尺高。"

"那么无论是谁都可以翻过去？"

"不错。"

"您检查侧门附近了吗？"

"没什么特别的。"

"上帝哪！没人检查过那里吗？"

"我对那里检查过了。"

"有什么发现吗？"

"脚印凌乱，可以看出查尔斯爵士在那里逗留了五分钟，甚至十分钟。"

"您怎么看出来的？"

"因为他的雪茄烟灰掉了两次。"

"棒极了！您是个行家。华生，做法跟我们一样。不过脚印呢？"

"在整个小块沙砾地上，只发现了他的脚印。我判断那脚印不是别人的。"

夏洛克·福尔摩斯有些遗憾地敲着膝盖。"如果当时我在那儿就好了！"他叫道，"显而易见这个案子非常有趣，能给犯罪学家提供很好的研究机会。在那块沙砾地上，我可能会有更大的收获，获得更多的线索，不过痕迹早已被雨水冲掉了，被好奇的农民的木鞋踩乱了。啊，默蒂莫医生，默蒂莫医生，您当时怎么没有想到来叫我呢？这一点您做得实在糟糕。"

"福尔摩斯先生，在事实还没有向外界公布之前，我不能叫您，而且我刚才也向您说了我不愿这样做的理由，还有，还有……"

"您说话为什么吞吞吐吐？"

"我想说有些领域就连最敏锐的、最老练的侦探也毫无用武之地。"

"您的意思是这种事是超自然的？"

"我无法确定。"

"但您显然有这种想法的。"

"福尔摩斯先生，自从这件可怕的事发生以来，我听到过好几件事情，它们都无法和自然法则相一致。"

"说说看？"

"我了解到在那个可怕的事件还没有发生之前，不止一人在沼泽地上看见过一个怪物，那个怪物与巴斯克维尔的恶魔很符合，它不在目前科学所知道的任何一种动物的范畴内。他们一致说，那是一个巨大的、发光的、可怕的怪物。我已经就这事问过他们。这些人当中，一个是头脑冷静的乡下人，一个是钉马掌的铁匠，还有一个是生活在沼泽地的农民。他们对这个令人恐惧的鬼怪的描述是一致的，完全跟传说中的邪恶的猎犬相吻合。我跟您讲，现在这个地区笼罩在一片恐惧的阴影中。有胆量在夜间穿越沼泽地的人可以说是个英雄。"

"难道像您，一个有科学知识素养的人，竟然认为它是超自然的？"

"我无法说清我现在到底该相信什么。"

福尔摩斯将肩膀耸了耸，说："到现在为止，我将我的调查范围只限于人世。准确来说，我只与人世间的邪恶做斗争，可能同万恶之神较量，将是一件无力达到的事。不过您不得不承认爪印还是客观事物。"

"原来的巨大猎犬的确存在过，它们可以将人的咽喉拽出来，如同恶魔。"

"我清楚了，您对这种超自然的事情已经认同了，可是，默蒂莫医生，既然您持有这种观点，那还为何来咨询我呢？与此同时，您跟我强调，调查查尔斯爵士的死是无用的，但是您却让我调查。"

"我没有说让您调查这个案子。"

"既然这样，您需要我做什么？"

"亨利·巴斯克维尔爵士就要到达滑铁卢车站了，我不知道该如何面对他，因此想征求一下您的意见。"默蒂莫医生看了一下他的表，"亨利·巴斯克维尔爵士将在一个小时零十五分钟内到达。"

"他是继承人吗？"

"不错。查尔斯爵士一离世，我们就对这个年轻的绅士进行了调查，发现他一直在加拿大从事农业。据传，他是一个各个方面都很有出息的人。我现在不是以一个家庭医生的身份说话，而是代表了查尔斯爵士遗嘱的委托人和执行人。"

"爵士还有别的继承人吗？"

"没有了。爵士的另外一个亲属是罗杰·巴斯克维尔，他是查尔斯爵士的弟弟，三个兄弟中他最小，查尔斯爵士是老大，老二年轻时就离开了人世，他就是亨利的父亲。老三罗杰是巴斯克维尔家族的耻辱，品性恶劣，与骄横霸道的老巴斯克维尔一脉相承。我被告知，罗杰的模样简直就是老休戈的翻版。他在英国十分不安分，无法立足，只好逃到中美洲，并于 1876 年因黄热病死在那里。亨利·巴斯克维尔是巴斯克维尔家族最后一个人。一小时零五分钟之后，他将到达滑铁卢车站，而我负责接他。我接到电报说他今天早晨到的南安普顿。福尔摩斯先生，现在我需要您告诉我该如何应对。"

"那就先让他去他祖辈们住过的地方吧。"

"应该是这样，不过，我考虑到去那里的每一个巴斯克维尔都会难逃厄运，我认为假如查尔斯爵士在死之前与我沟通的话，他肯定会要求我不要把他家族中的最后一根独苗带到这里继承巨额财富而使自己深陷于危险的境地。不过显而易见，整个贫穷、落后的村子的繁荣，需要他的到来。假如庄园没有主人，那么查尔斯爵士所做的善事就白费了。我担心我的犹豫不决会影响到此事，这就是我将这个案子讲给您，向您请教的原因。"

福尔摩斯略微思考了片刻。"简单地讲，可以这样概括这件事情。"他说，"如您所讲，在达特穆尔有一种超自然鬼怪的力量，使这里成为巴斯克维尔家人遭受厄运的地方——这是您现在的想法？"

"至少我可以保证，有证据表明事情确实如此。"

"我认可，不过您要清楚，假如您的超自然理论能够成立的话，那么它会使这个年轻人在伦敦和在德文郡一样容易遭到厄运。要知道，一个仅仅只能在当地施展力量的恶魔，就像教区的地区权限一样，这很难让人相信。"

"福尔摩斯先生，假如您亲身遇到这几桩事情，我想您就不会如此轻率地下结论了。按照我的理解，您想说的是这个年轻人在德文郡和在伦敦一样安全。五十分钟后他将达到。您说我该怎么办吧？"

"我给您的建议是您乘一辆马车，带上您的猎犬（它在抓我的前门），前往滑铁卢车站去接亨利·巴斯克维尔爵士。"

"那以后怎么办？"

"在我对这件事情没有做出决定之前，不要对他说任何事情。"

"您做出这个决定大约要多长时间？"

"二十四小时。默蒂莫医生，如果明天十点钟您能来这儿，我将万分感谢，假如您能和亨利·巴斯克维尔爵士一起来，将十分有利于我未来的计划。"

"我会遵照您的意思办的，福尔摩斯先生。"他在他衬衫袖口上潦草地写下下次见面的时间，然后带着奇怪的、有些迷惑的、心事重重的表情走了。在楼梯口，福尔摩斯又将他喊住了。

"还要问您一个问题，默蒂莫医生，您说在查尔斯爵士离开世间之前，有几个人在沼泽地上看见过那个鬼怪？"

"有三个人看见过。"

"后来还有人见过吗？"

"据我所知没有。"

"好的！再见。"

福尔摩斯带着一种平静、满意的表情又坐回到他的座位上，我知道他遇到了一个可以引发他高度兴致的工作了。

"要出去吗？华生。"

"需要我做什么？"

"不，华生，我亲爱的朋友，只有在行动的时候我才需要你出手。我要说的是，从某些观点看，这个案件还真是有些独特。当你路过布雷德商店时，请你叫他们送一英镑味浓的粗烟丝来，好吧？谢谢。假如你还有事可以消磨时间，也可以天黑了以后再回来。这样，我就可以趁这段时间对早晨交给我们的这个有些奇特的问题再好好琢磨一下。"

我很清楚，对于福尔摩斯来说，在注意力需要高度集中的时间里，在思量证据的方方面面，推想可能的故事情节，相互比较哪些方面是重要的，哪些方面是不重要的，闭门独处是十分有必要的，由此我在俱乐部消遣了一整天，一直到天色昏暗下来才回到贝克街。当我进入客厅里时，发现已经快到九点钟了。

在我将门打开的那一瞬间，我还以为家里着火了。房间里充斥着烟味，

227

烟雾中桌子上的那盏灯变得朦朦胧胧。看清楚后，我才放下心来。我被粗烟草强烈的烟味呛得咳嗽起来。透过烟雾，我隐约发现在扶手椅中福尔摩斯穿着睡衣蜷卧着，嘴里叼着黑色的陶制烟斗。在他周围有好几卷展开的纸。

"感冒了，华生？"他问。

"没有，是这种有毒的空气让我咳嗽的。"

"你说得还真对，空气是有些闷。"

"岂止是闷！简直让人窒息。"

"那将窗户打开吧！我感觉你在俱乐部消磨了一整天。"

"福尔摩斯！我亲爱的朋友。"

"我没有说错吧？"

"是没有说错，不过你如何……"

看着我大惑不解的样子，他笑了起来："华生，你身上散发轻松和愉快，这使我想在你身上施展一下我的本事，放松一下。一个人在泥泞的雨天出去，而晚上回来时他的帽子和靴子却依然很干净，没有被污浊，所以他一定整天呆坐着没有动弹。他还是个没有亲近朋友的人。那么，显而易见，他还能待在哪里呢？"

"是的，的确很显然。"

"有很多人就是看不出相当明显的事情。那你认为我在哪里？"

"你也是一直坐着没有动弹。"

"不是，我去过德文郡。"

"那一定是你的灵魂去了吧？"

"是的，我的灵魂去了，我的肉体一直还待在这里，不过我遗憾地发现，在我灵魂不在的这段时间里，我将两大壶咖啡喝光了，抽了大量的烟草。你离开后，我派人去斯坦福警署取来了沼泽地一带的军用地图，我的灵魂这一整天都在这地图上转悠。我可以毫不夸张地说，现在我对那个地区的道路十分熟悉。"

"那应该是一张很大的地图，是这样吧？"

"是的，很大。"他展开地图的一部分将它放在膝盖上，"这儿是跟我们有关的地区，巴斯克维尔庄园在它们中间。"

"它的四周是树林？"

"不错。我推论紫杉巷道虽然没有标出来，但肯定沿着这条线延伸下去，正如你所看到的那样，它的右边是沼泽地。这小块有房子的地方是格林本村，我们的朋友默蒂莫医生的诊所就开在这里。你看一看，在半径五英里的区域以内只有几家住户，而且还分散着。这里是拉夫特庄园，事件中提到过。这里有一所标出来的房子，可能是那个生物学家的家——假如我记忆没有出错的话，他的名字应该叫斯特普尔顿。这儿有两个农舍位于沼泽地，分别叫高岗和泥潭。距此十四英里外是王子城大监狱。在这些分散的居住地之间和四周，就是荒凉的无生命的沼泽地。这就是那件可怕事情发生的地方。在我们的协助下，今天还有可能有一出好戏上演。"

"那里一定寸草不生。"

"没错。假如恶魔真的要插手人间的事情，这里还真是个好地方。"

"那么你自己也对那个超自然解释有所认同了。"

"真正的魔鬼是人，一开始我们就面临两个问题：第一，这件事里面是否存在犯罪；第二，如果有，罪犯是什么样的，又是如何犯罪的？当然，假如默蒂莫医生的疑虑确有道理的话，那么我们是在和一般自然法则之外的势力进行斗争，这样的话，那就意味着我们不用再进行调查了。不过，有一个前提，那就是我们必须将所有其他的假设排除掉，然后才能确定这个因素。假如你不介意的话，我们还是将窗户关上吧。这也是非常奇特的事，我发现浓缩的空气对于思想集中十分有利。当然，我还没到非要钻到箱子里想事情的程度。华生，你考虑过这个案子吗？"

"考虑过，白天想了很多。"

"说说你的想法。"

"很迷茫。"

"确实非同一般，有几点特殊之处。举例来说，脚印的变化。这一点，你是如何思考的？"

"默蒂莫说那个人在那段路是踮着脚尖走的。"

"他只不过在重复尸检时那个验尸官说过的话。一个人为什么踮着脚尖走路呢？"

"是啊，那该如何解释呢？"

"他在跑着，华生，而且是奋力地跑着，为了逃命而疯狂地跑着，一直到他的心脏崩溃，然后仰倒在地而猝死。"

"跑，为什么？"

"问题的关键就在这儿。有迹象表明这人在开始跑之前神经就已经有些不正常了。"

"你为什么那样说呢？"

"我认为让他害怕的原因来自沼泽地。假如这个推论正确的话，似乎很可能只有失去理智的人才会不往家里跑，而向相反的方向跑去。假如那个马夫的证据属实的话，那么他朝着几乎不可能有帮助的方向边跑着边喊救命。可以推断，那天晚上他在等一个人。问题是他为什么要在紫杉巷道等，而不在家里等呢？"

"你说他在等人？"

"那个人年纪大，而且身体弱。他晚上去散步这很正常，不过那晚地面潮湿阴冷，他忍受了五分钟，甚至十分钟，难道这正常吗？默蒂莫医生通过雪茄烟灰推断出的结论，要比我想的更有实际意义。"

"可是，他每天晚上都要出去的。"

"我感觉他每天晚上在沼泽地栅门等是很不现实的。相反，证据表明他在躲避沼泽地，那天晚上他却在沼泽地等着，那是他要去伦敦前的一个晚上。事情的真相渐渐要浮出水面了，华生。事情变得前后有关联了，麻烦把小提琴替我拿来，等第二天早晨见到默蒂莫医生和亨利·巴斯克维尔爵士后，我们再去分析这件事吧。"

四　亨利·巴斯克维尔爵士

我们很早就把餐桌收拾整洁了，福尔摩斯穿着睡衣静候那约好的访客。到了约定时间，我们的当事人准时出现了。十点钟的钟声一敲响，默蒂莫医生就出现了，年轻的准男爵在他后面跟着。准男爵个子不太高，年龄在三十岁左右，体格强健，浓眉乌眼，有一张坚毅好胜的脸。他穿着一套红色的苏格兰服饰，显示出一副饱经风霜的样子，这表明大多数时间他是在户外活动的。此外，还可以从他那稳重的眼神和平静的自信中看出他的绅士风度。

"这就是亨利·巴斯克维尔爵士。"默蒂莫医生说。

"哦，很高兴见到您。"他说，"夏洛克·福尔摩斯先生，即使我的朋友不建议我今天早晨来拜访您，我自己也会来的。我很清楚您擅长解决问题，今天早晨我就遇到了一个很令人费解的问题。"

"哦，好的，您请坐，亨利爵士。我能不能这样认为：您到伦敦后遭遇了一些奇怪的经历？"

"一些小事而已，福尔摩斯先生，很可能仅仅是个玩笑而已。我刚到就收到了这封信，假如您称它为信的话，今天早晨我收到的。"

他将信放在桌子上，我们都低下身子去看。那是一张纸质一般的信封，灰颜色，收信人是亨利·巴斯克维尔爵士，收信地址是诺森伯兰旅馆，字体很粗糙，邮戳是"查林十字街"，投递日期是头一天晚上。

"有谁知道您要去诺森伯兰旅馆？"福尔摩斯用机敏的眼光盯着看我们的访客问道。

"应该不会有人知道的。默蒂莫医生接到我后才决定住在那儿的。"

"那么说，默蒂莫已经去过那里了？"

"没有，不过我以前曾和朋友在那儿住过。"默蒂莫医生说。

"可是，谁也无法推断我们准备去这个旅馆呀。"

"嗯，好像有人对您的行踪非常关注。"说着，福尔摩斯从信封抽出半张折成四折的书写纸，打开平铺在桌子上。信纸的中间是一行用铅印字拼贴成的句子：

假如你对你的生命还很珍惜或还有理智的话，那么从沼泽地离开。

其中，只有"沼泽地"是用墨水写的。

"现在，"亨利·巴斯克维尔爵士说，"或许您能跟我说说，福尔摩斯先生，这到底是怎么回事，我的事引得谁发生了这么大的兴趣？"

"默蒂莫医生，您如何看待此事呢？无论如何，您不得不承认这件事与超自然没有什么关系？"

"是的，先生，可能寄信的人相信这事是超自然的。"

"发生了什么事？"亨利爵士很敏锐，问道，"关于我自己的事，我好像远没有你们这些人知道的多。"

"亨利爵士，我跟您承诺，在您离开这个房间前，我们所知道的事您都会知道。"夏洛克·福尔摩斯说，"现在请您让我们先对这封很有意思的信进行研究，我看这封信一定是昨晚拼贴成的，然后再邮寄过来。华生，你有昨天的《泰晤士报》吗？"

"墙角处有一份。"

"劳烦你将它拿过来，好吗？请翻开里面专登社论的那一页。"拿到手后，福尔摩斯的眼睛快速地浏览着各个栏目。这篇重要的文章是说自由贸易方面的。你听我给你读其中的一段吧：

"你可能被花言巧语哄骗相信，保护关税会有利于你自己的行业或工业的发展，可是从远景来看这种立法会使国家远离富足，抬高进口价，这个岛上的人们总体的生活水平会因此而拉低。"

"华生，如何？"福尔摩斯有些兴奋地叫着，满意地搓着双手。

"这是一种值得钦佩的情感，难道你对此没有这种感觉吗？"

默蒂莫医生以一种职业性且带有兴趣的眼神看着福尔摩斯，而亨利·巴斯克维尔爵士却显得很迷茫，他盯着我。"关税及类似的事，我并不是很懂。"他说，"不过我觉得就那封信而言，这好像有些扯远了。"

"不，不，我认为我们恰好在正题上，亨利爵士，相对来讲，华生要比您更熟悉我的办案思路，不过现在可能连他也没有完全理解这句话的含义。"

"不错，我承认我没有看出有什么联系。"

"可是，华生，我亲爱的朋友，实际上它们关系很密切，这些词就是从那一段中摘出来的。'你'、'你的'、'生命'、'理智'、'价值'、'远离'等。你不会到现在还看不出这些词来自哪里吧？"

"上帝呀，您说得对！您可真是聪明人啊！"亨利爵士喊道。

"要是您还有哪儿不解的话，那么事实上'远离'和'从'是从一处剪出来的，这样就可以打消疑虑了。"

"哦，现在——确实如此！"

"还真是，福尔摩斯先生，这太让人难以理解了。"默蒂莫医生说，他以一种十分吃惊的眼神看着我的朋友，"我可以理解有人说这些词是从一份报纸来的，可是您竟然能说出来自哪份报纸，并且知道是来自哪一篇重要的文章，真是了不起，这是我所知道的最厉害的事了。您是如何做到的呢？"

"默蒂莫医生，黑人和爱斯基摩人的头骨你能区分开吧？"

"没有问题。"

"是怎样区分的？"

"那是我的一个特殊爱好。它们的区别很明显，可以从眉棱骨隆起、面部斜度、下颌骨线条等地方区分开……"

"同样，能区分它们也是我的特殊爱好，就像您眼里黑人和爱斯基摩人之间的区别一样，它们的区别也很明显。我知道《泰晤士报》文章所用的五号铅字和一张半便士的晚报所用的潦草字体之间有着显著的区别。对一个专门研究犯罪的专家来说，区分报纸上的铅字是最基本的知识。虽然我承认在我年轻的时候，我曾将《里兹水银报》和《西部晨报》混淆过。可是我知道《泰晤士报》的社论所使用的铅字与众不同，这些字不可能来源于其他报纸，因为这封信是昨天的，所以从昨天的报纸上找到这些字的可能性是最大的。"

"我清楚了。那么，福尔摩斯先生，"亨利·巴斯克维尔爵士说，"是有人用剪刀剪下这封信的吗？"

"不是用的剪刀，用的是指甲刀。"福尔摩斯说，"可以看得出来这是用短刃刀剪出来的，因为剪信的人在剪'远离'时不得不使用两次。"

"的确如此，那么，有人用一把指甲刀将这些字剪下来，然后用糨糊粘在一起——"

"不，用的是胶水。"福尔摩斯说。

"用胶水粘在纸上。不过为什么'沼泽'这两个字要写上去呢？我不明白。"

"很简单，因为他找不到这两个字的铅字。其他的字都很简单，无论哪种报纸上都容易找到，可是'沼泽'两个字却不太常用。"

"哦，当然，那样可以解释。福尔摩斯先生，您通过这封信，还能挖掘到其他的信息吗？"

"还有一两处，不过剪信的人用了很大的心思清除了所有线索。您看他用潦草的字体写的地址。不过，《泰晤士报》除了那些受过高等教育的人阅读外，其他人很少阅读。由此，我们可以认为这封信来自于一个受过教育的人之手，不过他却不想让人知道他受过教育这事。他试图努力隐藏他的笔迹，这就说明他的笔迹也许会被您认出或查出。还有，不知道您关注到没有，这些字没有处于一条线上，而是有些字的位置比其他字的位置要高。你看，'生命'的位置就有些偏离了，那也许表明剪信的人粗心，抑或说明了他的焦虑和匆忙。整体来说，我对后一种观点比较认同。显而易见事情很重要，编纂这封信的人不应该这样粗心。假如说是因为他匆忙，那就暴露出了一个有趣的问题，他为什么匆忙？因为早晨发出的信，在亨利爵士离开旅馆之前要保证收到。写信的人是怕被人撞见——他怕谁撞见呢？"

"这有些胡乱猜测了。"默蒂莫医生说。

"不完全是，我们在平衡各种可能性，从中挑出最可能的，这是在利用想象的科学。当然不是凭空想象，我们总有一些物质基础，我们根据它们进行推测。当然，您可以称它为猜测，不过，我几乎可以肯定，这个地址是在旅馆写的。"

"您推断的根据是什么呢？"

"假如您认真仔细地观察，就会发现钢笔和墨水给写信的人造成了麻烦。在写一个字的时候，笔尖在纸面上停滞住了两次，短短的一行地址，墨水竟然干了三次，这说明瓶子里几乎没有墨水了。私人的笔和墨水瓶出现这种情况的几率很低，这两种情况同时出现的几率更低。可是，旅馆的笔和墨水却偏偏这样糟糕。在此基础上，我可以保证假如我们检查查林十字街周围所有旅馆的废纸篓，完全可以将《泰晤士报》社论被剪去的剩余部分找到，这样我们就可以直接找到写这封神秘的信的人了。哎！看，这是什么？"

福尔摩斯把粘有字的书写纸，举到距离眼睛只有一两英寸的地方仔细地检查着。

"看到了什么？"

"没什么。"他说道。那是半张空白的纸，它的上面甚至连水印都没有。

"在我看来，我们从这封神秘的信里所能了解到的情况就这么多了。那么，亨利爵士，在到达伦敦后，您还遭遇过什么有意思的事了吗？"

"哦，应该没有了，福尔摩斯先生。我认为没有。"

"您是否发现有人跟踪或监视您？"

"我好像走进了一本情节曲折的小说似的。"亨利爵士说，"见鬼，为什么有人要跟踪或监视我呢？"

"我们马上就要谈论这事。在我们开始说这件事之前，您再没有什么线索提供给我们的吗？"

"那要看您认为什么有价值？"

"在我看来，凡是不合日常生活的事都有说的价值。"

亨利爵士笑了。"我对英国的生活还不太了解，因为我几乎所有的时间都是在美国和加拿大度过的。不过我还是想丢掉一只靴子不是这儿日常生活的一部分。"

"您说您丢掉了一只靴子？"

"我亲爱的先生，"默蒂莫医生说道，"可能只是被放错了地方，您回到旅馆自会将它找到的。拿这种琐碎的事麻烦福尔摩斯先生不太合适。"

"是他要我讲不符合日常生活的事。"

"不错，"福尔摩斯说，"不管事情看起来有多么的不屑一顾。您说您丢了一只靴子？"

"是的，或许是我真的放错了地方。昨晚我把一双靴子放在了门外边，早晨却发现丢掉了一只了。我问过擦皮鞋的人了，他说不清楚。可惜的是我昨晚才从河滨道买的，还没有穿过它。"

"既然您没有穿过它，那您为什么还让人擦它呢？"

"是这样的，我买的是棕黄色的皮鞋，还没上过油。"

"哦，我知道了，昨天一到伦敦，您就出去买了一双靴子？"

"我买了挺多东西。默蒂莫医生和我一起去的。您知道，我是来这儿当个乡绅的，所以我必须穿当地的服饰，可能是美国西部的生活方式让我变得有点粗野狂放，现在我要变得文雅一些。除了其他的东西，买了这双棕色的高筒靴子我花去了六美元，我还没穿它们，就莫名其妙丢掉了一只。"

"偷去一只好像没什么太大用处。"夏洛克·福尔摩斯说，"我也认同默蒂莫医生刚才的说法，很快就会将那只丢掉的靴子找到的。"

"好了，诸位先生们，"准男爵用十分坚定的口气说，"现在我已经将我知道的点点滴滴讲得差不多了，现在该到你们实现诺言的时候了，把我们都在关心的事情详详细细地讲给我听吧。"

"我完全同意您的这个要求。"福尔摩斯答道，"默蒂莫医生，如同您昨天告诉我们的那样，您把您所知的实情再讲一遍。"

受到这样的鼓励，这位医生从口袋里又将那封家书拿出来，就像昨天早晨讲的那样，又把整个案子讲了一遍。整个过程中亨利·巴斯克维尔爵士听得十分专注，偶尔还发出惊叹声。

"我好像继承了一笔带有宿怨的财产。"当长长的传奇结束后，他说，"当然，在我还不大的时候，有关猎犬的事我就听说过，那是家里最喜欢讲的故事。可是，我以前从未认真地想过。至于我伯父的死——我还没弄清楚到底有什么玄机在里面，我的脑子似乎涨得要炸开了。你们好像还没有完全定下来，这个案子是应该归警察管还是归牧师管。"

"情况确实如此。"

"我知道了，这封给我寄到旅馆的信，我认为和这件事有关。"

"关于沼泽地发生的事，好像有人比我们要了解的更多。"默蒂莫医生说。

"还有，"福尔摩斯说，"那个人对您没有恶意，要不然他不会提醒您有危险。"

"可能，不过为了他们自己的目的，他们也可能希望将我吓走。"

"当然，这个可能性也是存在的。我非常感激您，默蒂莫医生，因为您给我提出了一个可能有几种有趣的选择的问题。对了，亨利爵士，目前我认为最现实的一个问题是，我们必须探讨一下您去巴斯克维尔庄园是否合适。"

"为什么不去呢？"

"我担心有危险。"

236

"您担心这危险来自家里的恶魔呢？还是来自家以外的人呢？"

"这正是我们要查明的问题。"

"无论是哪一种答案，我的选择都是唯一的。福尔摩斯先生，无论他是地狱里的恶魔，还是人世间的人，我都不会让他阻止我回到我的家乡，您可以把我的这话当作我唯一的答案。"说这话的时候他那乌黑的眉毛皱在一起，同时脸变得黑红。"我承认，"他说，"我还没有时间消化你们刚才告诉我的那些事。那是一件大事，仅仅一次探讨就弄明白并且做出决定是不现实的。我需要独自静思一下，然后再决定。您看，福尔摩斯先生，已经十一点半了，我想我该回到旅馆了。诚邀您和您的朋友，华生医生，两点的时候和我们一起共进午餐。那时我想我就能清楚地告诉您，我是如何看待此事的。"

"华生，你方便吗？"我的朋友问我。

"可以的。"我回答。

"那你们等着。我给您叫辆马车，好吧？"福尔摩斯说道。

"我倒情愿走着，因为这事使我很不安。"

"很乐意跟您一起步行。"默蒂莫医生说。

"两点钟的时候再见！"

在来访者下楼的脚步声和"砰"地关上前门的声音传来后，福尔摩斯马上由一个懒散者变成了一个积极行动者。

"华生，快将鞋帽穿戴好，马上！一刻都不要耽搁！"他穿着睡衣冲进他的房间，仅仅几秒钟后就穿着大衣出来了。我们一起下楼，到了街上，然后沿着牛津街的方向疾走。在我们前面大约两百码处，我们发现了默蒂莫医生和亨利爵士。

"要我跑过去将他们拦住吗？"

"那是绝对不可以的，我亲爱的华生。假如你愿意容忍我的话，有你做伴我就很满足了。我们的朋友十分有头脑，这还真是个非常适合散步的早晨。"

福尔摩斯将步伐加快，直到将我们和他们之间的距离缩短到约一百码，之后我们在后面不紧不慢地跟着。先来到了牛津街，然后又到了摄政街。有一次我发现他们停下来盯着一个商店的橱窗，当时福尔摩斯也在看着那个橱窗。很快，他兴奋地叫了一声，我顺着他热切的眼神，看见街对面有一辆非常气派的马车停放着，一个人在里面坐着。后来，马车又慢慢地向前移动了。

"我们要找的人就是他，华生！过来！虽然我们不适宜采取行动，但我们可以好好地看看他。"

与此同时，我发现一个留着浓密的黑胡子，有一双凶残眼神的人，正透过马车侧窗的玻璃看着我们。突然他将车顶上的天窗打开，朝车夫喊了声什么，随即，马车便飞了似的沿着摄政街向前奔驰。福尔摩斯急切地想在周围寻找一辆马车，可是却没有一个是空的，于是他在如潮车流疯狂地追着，可是马车太快了，很快就从我们的视野中消失了。

"你看看！"福尔摩斯从车来车往的潮流中出来，喘着气，脸色发白，十分愤恨地说，"我们什么时候有过这么窝囊、这样行动不力的经历吗？华生，假如你能做到实话实说，那么你把刚才的事情也记下来，作为我常胜的反例！"

"那个人是谁？"

"还不清楚。"

"跟踪的？"

"通过我们所听到的，有个事情很明朗，那就是自从巴斯克维尔到达城里，就有人秘密地在监视着他。假如不是这样的话，为什么会有人很快就知道他下榻在诺森伯兰旅馆？而假如他们第一天跟踪他，我认为他们第二天同样也不会放弃。你可能注意到，当默蒂莫在读他的传奇故事时，我曾两次走到窗户边。"

"不错，我注意到了。"

"我是想看看谁在附近闲逛，不过我没发现。我们在跟一个很聪明的人过招，华生。这件事还真有些复杂，虽然我还没有了解到对方是善意还是恶意，不过他的能力和智谋我能察觉出。当我们的朋友离开后，我立刻跟着他，希望发现无形的跟踪者。显然他十分狡猾，他觉得靠走路跟踪不好，于是就选择了坐着马车跟在后面溜达或者猛冲过去，以避免引起被跟踪的人注意。此外，他的这个方法还有一个好处，那就是假如乘坐马车，他一切就绪只等着跟踪。但是，却也有一个明显的不利。"

"就是得受马车夫的牵制。"

"完全正确。"

"可惜我们没有记下车号！"

"华生，亲爱的伙计，虽然我愚笨，但是你不要以为我真的没有看清车号。车牌号是2704。不过眼下对我们没有什么作用。"

"我想不出在当时你还能再做些什么。"

"实际上，我应该一看到马车，就马上往回走。那时，我应该利用这空当雇上一辆马车，保持距离跟在后面，或者可能更好的选择是我们先期赶到诺森伯兰旅馆，在那里等他们。当我们不认识的人跟着巴斯克维尔回到宾馆时，我们本应该有机会仿效他的方法弄清楚他要去哪里。事实上，由于我的不谨慎和急躁，我们暴露了自己，让他认出了我们，结果这个绝妙的机会就失去了。"

我们边说着话，边慢慢地沿着摄政街走着，默蒂莫医生和他的同伴早已消失在我们的视线中。

"我们再继续跟踪已经失去了意义。"福尔摩斯说，"跟踪者已经离去，不会再回来了。我们需要看看我们手里还有什么牌，再出牌时一定要迅速果断。你看清那个人的样子了吗？"

"我只能认出胡子。"

"我也能认出胡子，可是那胡子极有可能是假的。一个做这样精细差事的人，怎么会留这样的胡子，你想，除了掩饰他的相貌外，还能有其他什么用。进来，华生！"

福尔摩斯折入区邮电局快递部，在那里他受到了快递部经理的热情款待。

"嗨，威尔森，我看你还念念不忘那件小事，那次我有幸帮了你，现在你依然还这么客气。"

"先生，我怎么能忘记您呢。您挽回了我的名誉，相当于救了我一条命。"

"我亲爱的伙计，你不必对此事念念不忘。我记得在你的下属里，有一个少年叫卡特莱特，在那次的调查中他机敏的表现给我留下了深刻印象。"

"是的，先生，他还在这儿。"

"你把他叫来好吗？——谢谢！请把这张五英镑的钞票换成零钱。"

在经理的召唤下，一个十四岁的少年来到我们面前。他有一张聪颖而阳光的脸。现在他怀着崇敬的心情注视着这位著名的侦探。

"给我看一下旅馆指南，"福尔摩斯说，"好的，很棒！卡特莱特，你看，这儿有二十三家旅馆的名字，它们都在查林十字街的附近。看到了吗？"

"看到了，先生。"

"这些旅馆你每一个都要去。"

"没问题的，先生。"

"每到一家，就给看门的人一个先令。这儿是二十三先令。"

"好的，先生。"

"你跟对方讲你要看昨天的废纸，说你送错了一封电报，现在要将它找回来。明白了吗？"

"明白了，先生。"

"实际上你真正要找的是《泰晤士报》，中间一页用指甲刀剪过的一些洞。这是一份《泰晤士报》。就是这页，你能容易地认出来吗？"

"没问题的，先生。"

"每一家旅馆，看门人会叫大厅的服务员过来询问情况。你给大厅的服务员一先令，再给你二十三先令。你或许会发现在二十家旅馆里，前一天的废纸或者被烧毁或者搬走了，而在另外三家废纸还会在，在这些废纸里面找《泰晤士报》中的这一页，你有可能一无所获。这十先令给你应急用。傍晚的时候，给贝克街发电报告诉我你查找的结果。现在，华生，我们要做的事是发电报查找马车夫，车牌号二七〇四。之后我们去证券街画廊转一转，在我们按约定的时间去旅馆前，我们看展览来消磨时光。"

五　三条断了的线索

夏洛克·福尔摩斯有着高度的控制个人情感的意志力，可以有效排遣灰暗情绪。我们一连两个小时所介入的奇怪的事情，现在好像早已被我们忘却了。他似乎完全沉浸在近代比利时大师们的画作中。从离开艺术画廊到诺森伯兰旅馆的过程中，他谈论的只是艺术。实际上，他对于艺术的看法很粗浅。

"亨利·巴斯克维尔爵士在楼上等你们。"服务员说，"他嘱咐我你们来了以后就带你们上去。"

"我想看一下你们的登记簿，可以吧？"

"一点儿问题都没有。"

通过登记簿发现，在巴斯克维尔之后又有两组人入住旅馆。一个叫西奥菲勒斯·约翰逊，来自纽卡斯尔，带着家属；另一个是奥尔德莫夫人及女佣，来自奥尔敦郡高房镇。

"那个约翰逊肯定是我过去认识的那个，"福尔摩斯对看门的人说，"他是一名律师，灰白头发，走路稍有点跛，是这样吧？"

"不对的，先生，这位约翰逊先生是一名煤矿主，手脚很便利，并且要比您年轻。"

"你一定将他的职业搞错了？"

"不会有这样的事，先生！他在这儿住了好几年了，我们都很熟悉他。"

"哦，是这样。奥尔德莫夫人，我也记得我曾认识一个相同名字的人。原谅我的好奇，不过我告诉你我在拜访一个朋友时，总会结交到另一个朋友，这是再正常不过的事。"

"她是一个老太太，体弱多病，先生。她的丈夫曾经担任过格洛斯特市的市长。她进城时，经常入住我们旅馆。"

"哦，非常感谢你！这样看来她可能不是我认识的那个人。"福尔摩斯说道。

"根据这些问题，我们可以确定一个至关重要的事实，华生，"在我们一起上楼时，他用很低的声音继续说道，"我现在已经了解到，对我们朋友感兴趣的人没有住在这个旅馆里。这个情况与我们料想的差不多，虽然他们急于监视他，但同时也担心被对方发现。这是个很能说明问题的情况。"

"说明什么问题呢？"

"它说明——唉，我亲爱的伙计，到底能说明什么问题呢？"

在楼梯的顶端，我们迎面碰上了亨利·巴斯克维尔爵士。他的脸因气愤变得通红，他的一只手上拎着一只上面沾满灰尘的靴子。他十分气愤，话都说不出话来了，可当他真的说话时，那声音却要比我们早晨听到的要洪亮，而且美国西部口音也十分明显。

"这个旅馆的人将我视为傻瓜了！"他叫喊道，"他们要注意一些，别找错人了，真是目中无人！假如那个擦鞋的人不能找到我那只丢失的靴子，我一定不会放过他的。我不怕开玩笑，福尔摩斯先生，不过这次他们将玩笑开过头了。"

"还在找您的靴子？"

"是的，先生，我一定要找到。"

"可是，您说过您丢的是一只新的棕色靴子，不是吗？"

"是的，先生。现在我又丢了一只旧的黑色靴子。"

"啊！您的意思是……？"

"是这样的，我一共只有三双鞋——一双新棕色的，一双旧黑色的，还有我脚上穿着的这双漆皮鞋。昨天晚上，不知是谁拿走了我一只棕色的鞋，今天又偷走了一只黑色的。喂，找到没有？说话呀，不要站在那里发愣！"

一个局促不安的德国服务员站在那里，回答道："还没有找到，先生。我在旅馆问过了，可是没有获得任何消息。"

"好吧，在天黑之前找到我的靴子，要不然我去见经理，告诉他我马上从这里搬出去。"

"会找到的，先生——我向您承诺，假如您有足够的耐心，一定会找到的。"

"希望是这样吧，我不想在这里再丢东西了。哎，福尔摩斯先生，十分抱歉我拿这种小事烦扰您。"

"我认为这件事值得麻烦。"

"这么说您很看重这件事。"

"您如何看待这件事的？"

"我不想多说什么，我认为这是发生在我身上最气人、也是让我费解的事。"

"也许是最奇怪的——"福尔摩斯沉思地说。

"您如何看待这事？"

"暂时我还不能说我已经将事情理顺了。您的案子有些复杂，亨利爵士。把这件事和您伯父的死联系在一起，我确信在我处理过的五百个重要的案件中，您的这件案子十分曲折离奇。不过我手里有几条线索，我认为其中或许有一两条线索能指引我们发现事情的真相。也许我们会因错误的线索而浪费时间，不过迟早我们都会搞清楚的。"

我们在一起享用了一次愉快的午餐，吃饭的过程中我们几乎没有谈及此事。后来我们来到私人起居室。在那里，福尔摩斯向巴斯克维尔询问最后的决定。

"去巴斯克维尔庄园。"

"定在什么时候？"

"这个星期结束。"

"总的来说，"福尔摩斯说，"我支持您的这个决定，它是明智的。充足的证据告诉我，您在伦敦被人跟踪，在这百万人口的大城市里，要想发现这些人或者探查他们的目的是什么是很难的。假如他们的目的是邪恶的，那您就有危险了，我们没有能力阻止。您可能还不清楚吧，默蒂莫医生，今天早晨你们从我家出来就被人跟踪了。"

默蒂莫医生一听十分吃惊，问道："跟踪！跟踪谁？谁跟踪？"

"可惜得很，暂时我无法告诉您。在达特穆尔高原街坊邻居或熟人中，您知道不知道有一个留着大黑胡子的人？"

"没有——哦，我想一想——啊，有。是巴里莫，查尔斯爵士的总管，他留着大黑胡子。"

"啊！巴里莫现在在哪儿？"

"他在看护庄园。"

"我们最好要查清他是否在庄园，或者有可能在伦敦。"

"那要如何查？"

"给我一封电报纸。'亨利爵士已到，准备好一切了吗？'这样写即可。发给巴斯克维尔庄园，签收人写巴里莫先生。距离这里最近的邮局在哪里？格林本，很好，我们还需要给格林本邮政局长发一封电报：'请一定要将巴里莫的电报交给他本人。如果无法找到本人，请回电通知诺森伯兰旅馆的亨利·巴斯克维尔爵士。'这样，在天黑之前，我们就可以查清巴里莫是否在德文郡看守庄园。"

"照此办理。"巴斯克维尔说，"默蒂莫医生，这个巴里莫到底是什么人啊？"

"他是离世老管家的儿子。他们负责管理庄园已有四代了。就我所知，他和他的妻子就像郡里所有其他的夫妇一样得到了人们的尊重。"

"照这样看来，"巴斯克维尔说，"事情很明显，只要庄园没有我们家人住，这些人就很清闲，什么事都不用做。"

"可以这样说。"

"在查尔斯爵士的遗嘱中，巴里莫有没有得到好处？"福尔摩斯问道。

"他和他的妻子每人获得五百镑。"默蒂莫医生回道。

"哦！他们知道他们会得到这些钱吗？"福尔摩斯问。

"知道的，查尔斯爵士喜欢谈论他遗嘱的内容。"

"很有意思。"福尔摩斯说道。

"我想说的是，"默蒂莫医生说，"您不要把怀疑的目光盯着从查尔斯爵士的遗嘱中得到遗产的每一个人，因为我也接受了一千英镑。"

"哦，是这样！都有哪些人得到好处？"

"得到好处的个人有许多，不过数目都不大，一部分钱捐给了公共慈善机构。剩余财产要由亨利爵士继承。"

"剩余财产有多少？"

"七十四万英镑。"

福尔摩斯吃惊地将他的眉毛扬了起来。"我不知道这件事还涉及这么一大笔钱财。"他说。

"查尔斯爵士素以有钱而为人所知，不过在查了他的证券之后我们才知道他真正的富有。他的财产总价值将近一百万英镑。"

"上帝呀！这么多钱，确实值得一个人费尽心机，甚至为此拼命。还有一个问题，默蒂莫医生，如果我们这位年轻的朋友发生了不幸的事——请您原谅我这个糟糕的假设——那么之后这些财产又会归于谁呢？"

"罗杰·巴斯克维尔是查尔斯爵士最小的弟弟，没有结婚就死了，所以财产将传给德斯蒙德家人，那是爵士的远房表亲。詹姆斯·德斯蒙德是威斯特德兰郡一位上了年纪的牧师。"

"哦，非常感谢。这些细节都是很关键的问题。您见过詹姆斯·德斯蒙德先生吗？"

"见过，以前他曾经来看过查尔斯爵士。他是一个仅仅通过他的外貌就能赢取您尊重的人，他生活俭朴，文明而圣洁。我记得他曾拒绝接受查尔斯爵士给他的任何产业，虽然查尔斯爵士强行让他接受了。"

"这个清心寡欲的人，怎么会成为查尔斯万贯家财的继承人。"福尔摩斯说道。

"不错，他将成为这大笔财产的继承人，因为这是法定的。除非现有的主人重新立遗嘱。"

"您立遗嘱了没有，亨利爵士？"

"还没有，福尔摩斯先生，我还没有立遗嘱。我完全没有时间，因为昨天我才知道这些事情。不过无论是在什么情况下，我认为钱与所有权和产业不应该分离，那是我可怜的伯父的遗愿。假如巴斯克维尔庄园的主人没有足够的钱维持产业，那么又如何重现庄园的昔日荣耀呢？房产、地产和钱必须在一起。"

"我同意。亨利爵士，至于您立刻去德文郡的想法，我是完全支持的，不过有一个条件，您不能单独去那里。"

"默蒂莫医生和我一起回去。"

"不过，默蒂莫医生还有诊所的事要操劳，再说，他家距离您家有好几英里远，他即使有千般好意，也恐怕很难帮得到你。不行，亨利爵士，必须有您信任的人在您身边，他要随时都在您身边。"

"福尔摩斯先生，您是不是也会来啊？"

"假如事情出现了危机，我会尽量亲自出马的。不过跟您讲，由于我接受广泛的咨询业务和来自很多地方的不断请求，我无法做到长时间离开伦敦。眼下，在伦敦就有一个最受人尊重的人，正在被一个敲诈者诽谤，只有我才可以阻止他的严重诽谤。现在，我希望您能清楚我去达特穆尔是很不现实的。"

"那么，谁是这个最合适的人选呢？"福尔摩斯将他的手放在我的胳膊上说道，"假如我的朋友愿意承担这个重任，那么我想当您处境困难时，没有任何人比他更能帮助您、支持您的了。我对此深信不疑。"

我朋友的这个建议实在超出我的意料，不过我还没来得及回答，巴斯克维尔就非常热情地一下子抓住我的手，使劲地摇着。"非常感谢您，华生医生。"他说，"您对我当前的境况十分了解，您知道的事情和我一样多。假如您能来到巴斯克维尔庄园帮我，我将非常感激。"

就我本人来说，我对冒险的承诺有一种天生亲近感，况且我又受到福尔摩斯的恭维以及准男爵把我看作恩人而热情邀请。

"好吧，我愿意担当此任。"我说，"这样，我可以更加丰富我的生活。"

"你要仔细跟我通报情况。"福尔摩斯说，"当出现紧急情况时，我相信这样的时候肯定会出现的，我会告诉你怎样做。星期六一切都要准备好，亨利爵士，可以吗？"

"那要看华生医生是否方便？"

"一点儿问题都没有。"

"那好，就定在星期六。假如没有什么变故发生，我们坐十点半由帕丁顿方向开来的火车。"巴斯克维尔说道。

我们刚要起身告辞，巴斯克维尔忽然发出一声惊喜的欢呼声，然后冲向房间的一个拐角处，接着从一个橱柜底下拽出一只棕色的靴子。

"我丢失的靴子找到了！"他喊道。

"真希望我们所有的麻烦都能这样轻松解决！"夏洛克·福尔摩斯说道。

"不过这是个非常令人费解的事情。"默蒂莫说，"午饭前我曾仔细地将这个房间检查过。"

"是啊，"巴斯克维尔说，"我也找遍了每个角落。"

"那么，当时那里确实没有靴子。"

"事情变成现在这个样子，那么一定是服务员乘我们吃午饭的时候将靴子放在那儿的。"

那个德国服务员被叫过来询问，可是他一问三不知，无论怎么问也没弄清楚。一件件古怪的、动机不明的事件接连发生，现在又多了这么一件。包括查尔斯爵士死亡的整个可怕的故事，在短短的两天内，发生了这么多令人费解的事情，包括：收到铅字拼凑的信；豪华马车里蓄有黑色胡子人的跟踪；新棕色靴子的丢失；旧黑色靴子的丢失；还有现在丢失的新棕色靴子莫名其妙地出现。当我们乘马车回贝克街的路上，福尔摩斯坐在车里一句话也不说。从他那紧皱的眉头和严肃的表情我知道他此时的心事和我一样，在一直试图将所有这些奇怪的表面上看毫无关联的事情往一起拼凑，看是否能将它们有机地串在一起。整个下午直到晚上，我的朋友都沉浸在烟草和沉思之中。

晚饭还没开始的时候我们收到了两封电报。第一封是：

已悉，巴里莫在庄园。

巴斯克维尔

第二封：

按照您的要求我去了二十三家旅馆，不过很抱歉没能找到被剪过的《泰晤士报》。

卡特莱特

"我的两条线索就这样都中断了，华生，还有什么事比事事都不顺心更叫人难受的了。看来，我们必须再找线索了。"

"我们还有给那个跟踪的人赶过马车的车夫的线索。"

　　"是的，我已经给执照管理局发电报了，让他们帮助查找他的姓名和地址。要是现在来的就是我的问题的答案，我也感到很正常。"

　　随之，门铃响了，门一打开，一位长相粗犷的家伙进来了，我们感到来人就是我们要找的那个人。

　　"总局的人通知说，这里有一位绅士一直在找二七〇四号车的车夫。"他说，"我赶车生涯七年了，还从来没有接到任何投诉。我从车厂直接到这里来，就想与您面对面问问有什么不满。"

　　"我们没有说对你有什么不满，我的好老弟。"福尔摩斯说，"恰恰相反，假如你能清楚地回答我的问题，我还会赐给你半个金镑。"

　　"啊，今天赶上好事情了。"车夫咧着嘴笑着说，"您想知道什么，先生？"

　　"把你的名字和地址告诉我，以便以后需要的时候再找你。"

　　"我叫约翰·克莱顿，住在市镇区特皮街三号，我的车租的是希普利车厂的，车厂在滑铁卢车站附近。"

　　夏洛克·福尔摩斯将这些情况记录下来。

　　"现在，克莱顿，请跟我讲一讲今天早晨十点钟来监视这个房子的乘客情况，以及后来又沿着摄政街尾随两个绅士的一切情况。"

　　车夫听后感到有些吃惊，同时也好像有些尴尬。"没有必要再跟您讲这件事了，因为我和您知道的一样多。"他说，"那位乘客告诉我，他是个侦探，并嘱咐我不要将此事跟其他人讲起。"

　　"我的好老弟，我给你讲，这件事很严重，假如你对我有所隐瞒的话，那么你会发现你的处境极为不利。你说那位乘客告诉你他是个侦探，是这样吗？"

　　"不错，他说过。"

　　"什么时候说的？"

　　"他离开我的时候跟我讲的。"

　　"此外，他还说什么了吗？"

　　"他告诉我他的名字了。"

　　福尔摩斯迅速地向我投来兴奋的一眼。"哦，他告诉了你他叫什么了，是吗？那可够轻率的。他说他叫什么名字？"

"他说他叫夏洛克·福尔摩斯先生。"车夫说道。

我还从来没见过福尔摩斯那样大吃一惊过。那一刻，他呆坐在那里，一时之间吃惊得说不出话来，随后突然哈哈大笑起来。

"聪明呀，华生——真是聪明！"他说，"我觉得他和我一样聪明、敏捷。上次他把我折腾得够呛。他的名字真是夏洛克·福尔摩斯吗？"

"是的，先生，他就是这样告诉我的。"

"棒极了，告诉我，他在哪里坐上你的车的，以及所发生的事情。"

"九点半的时候，我在特拉法尔加广场被他叫住了。他说他是个侦探，假如我整天按照他要求的去做，而不问任何问题，我就会得到两个基尼。我十分高兴地答应了。首先我们赶到诺森伯兰旅馆，在那里等着，一直到那两位绅士出来，雇了一辆马车。我们在他们后面跟着，直到车停在这儿附近。"

"就这个门吗？"福尔摩斯说。

"啊，我不能保证，不过我认为我的乘客知道这一切。我们在半道上停着，等了大约一个半小时，直到那两位绅士走着经过我们，我们顺着贝克街跟着，并沿着……"

"我清楚了。"福尔摩斯说。

"我们沿着摄政街走了大约四分之三的路程，突然，我的乘客将活动天窗打开，大声喊着说，要我在最短的时间内赶到滑铁卢车站。我快马加鞭，没用十分钟就到了滑铁卢车站了。他没有失信，真的给我付了两个基尼，然后进站走了。就在他要离开的时候，他又转过身对我说：'假如知道你的乘客就是夏洛克·福尔摩斯先生，也许会使你感兴趣。'我就是这样知道他的名字的。"

"我清楚了，你再看见过他没有？"

"自从他进了车站之后，我们就没有再见过。"

"那么，你描述一下夏洛克·福尔摩斯先生好吗？"

车夫用手挠了挠他的头，说道："他有些不太好描述。我看他大约有四十岁，个子中等，比您要矮两三英寸，先生。从他的穿着来看他好像很有钱，蓄有黑胡须，胡须下端剪得齐平，面色苍白。我能描述的也就这么多了。"

"眼珠的颜色呢？"

"不知道，这个我说不好。"

"你不能再记起其他一些什么了吗？"

"不错，我什么也记不起来了。"

"好吧，给你半个金镑。以后假如你还能带来更多的消息，我会再给你半个金镑的。晚安！"

"晚安，先生，非常感谢！"

约翰·克莱顿脸上带着笑意走了。福尔摩斯转向我，脸上带着苦笑，向我耸了耸肩。

"我们的第三条线索又断了，刚开始就结束了。"他说，"显然这个狡猾的家伙！事先对我们的情况进行了了解，知道亨利·巴斯克维尔爵士咨询过我，并发现我在摄政街，又想到我知道了马车的号码，会去找车夫，于是就又跟我玩儿这么一招。我跟你讲，华生，这次我们真是棋逢对手了。在伦敦我已经遭受了挫折，希望你在德文郡能有好的收获。不过我还是放心不下此事。"

"你在担心什么？"

"担心你的德文郡之行，将是一件很棘手的事，华生，真的是一件棘手、也很危险的事。我越来越担心。是的，我亲爱的伙计，你可能笑话，不过我跟你讲，你能再一次毫发无损地回到贝克街，我一定非常激动。"

六　巴斯克维尔庄园

亨利·巴斯克维尔爵士和默蒂莫医生在我们约定好的那一天，把一切准备工作都做好了，我们按照事先的计划前往德文郡。夏洛克·福尔摩斯和我一起坐车到车站，我们交流了临别指示和建议。

"我不想强加给你一些理论或怀疑来影响你的想法，华生，"他说，"不过我希望你如实详尽地向我汇报事实，然后将推理的工作留给我。"

"都要汇报哪些事实？"我问。

"任何好像跟这个案子有关的，不管是看起来多么的牵强，特别是年轻的巴斯克维尔和他的邻居的关系，以及任何有关查尔斯爵士死亡的新的发现。最近几天，虽然我自己做了一些调查，可是在我看来那些调查似乎不会起到作用。只有一件事似乎是确定的，那就是下一个继承人，詹姆斯·德斯蒙德先生是一个上了年纪的绅士，他性情随和，因此应该不会做这种迫害别人的事。我真心希望，我们可以从我们的推断中将他排除嫌疑。剩下的，实际上就是在沼泽地上围绕着亨利·巴斯克维尔爵士的人了。"

"现在如果将巴里莫夫妇辞掉不好吗？"

"绝对是不可以的，因为那样的话你可能犯了一个很大的错误。假如他们无罪，对他们而言这样的行为将是非常不公平的；假如他们有罪，我们可能放弃了给他们定罪的机会。所以，这样的举措是不行的，我们可以将他们列入嫌疑人的名单中。假如我没记错的话，庄园里有一个马夫，沼泽地上有两个农夫，另外还有我们的朋友默蒂莫医生，对这个医生我还是十分相信的。不过，对于他的妻子的情况，我们一无所知。此外还有生物学家斯特普尔顿和他的妹妹。听说他的妹妹是一位很有魅力的年轻女士。还有拉夫特庄园的弗兰克兰德先生也是一个不明人物，还有另外一两个邻居。这些人你都要十分注意。"

"我会尽力而为的。"

"我想你带武器了吧？"

"带了，我也认为还是带上好。"

"十分有必要。每时每刻都不要让枪离身，不要放松警惕。"

头等车厢的位置已经被我们的朋友定下了。他们在站台上等候着我们。

"我们什么线索都没有发现。"默蒂莫医生回答福尔摩斯的问话说，"不过有一件事我敢确定，那就是这两天没有人跟踪我们。出去的时候我们都高度警惕，没有人会逃脱我们注意的。"

"你们一直都在一起吧？"

"除了昨天下午，我们一直在一起。每次进城，我都要花一整天的时间进行娱乐消遣，我在医学院的博物馆参观了半天。"

"昨天下午我去公园游玩了，"巴斯克维尔说，"不过我们没遇到什么麻烦。"

"无论如何，还是不要疏忽大意了。"福尔摩斯摇着头神情郑重地说，"亨利爵士，我提醒您不要单独四处走动，要不然的话，会有麻烦上身的。您找到了另一只高筒靴了吗？"

"没有，先生。恐怕永远都失去了。"

"可能吧。很有意思的事。好吧，再见！"当火车沿着站台开始慢慢向前开动的时候，他叮嘱道，"亨利爵士，不要忘记默蒂莫医生给我们读过的那个神秘的古老的传说中的一句话：不要在黑暗来临、邪恶势力猖獗的时候前往沼泽地。"

当我们已远离站台，我回过头发现福尔摩斯那高大的、严肃的身影仍静静地矗立着，他还在注视着我们。

这是一段短暂而愉快的旅程。旅途中，我和我的两个同伴相处得十分融洽，偶尔逗逗默蒂莫医生的西班牙长耳狗玩。短短的几小时里，泥土由棕色变成了红色，砖房变成了花岗岩的建筑，红色的奶牛在四周有树篱的地里吃草，苍翠繁盛的青草布满了大地。植被的繁茂表明这里的气候潮湿，土地肥沃。年轻的巴斯克维尔很有兴致地望着窗外，当他认出那是德文郡景色的熟悉特征时，十分激动地大声喊了起来。

"我离开德文郡以后，走过世界很多地方，华生，"他说，"不过我从来没见过任何一个地方可以与这里相比。"

"我从没见过有哪一个德文郡人不赞美他家乡的。"我回应道。

"不仅这里的地理条件吸引人，而且这里的人也是如此。"默蒂莫医生说，"你看我们朋友那圆圆的盖尔特人的头里面蕴含着盖尔特人的热情和忠诚，而倒霉的查尔斯爵士的头则属于一种很少见的类型，一半是盖尔特人，一半是艾弗人。您最后一次看见巴斯克维尔庄园时，是不是还很年轻？"

"我父亲离世的时候，我才十几岁，我从未见过巴斯克维尔庄园，因为我们住在南海岸边上的一个小房子里。父亲离世之后，我直接去了美国投奔一个朋友。我跟你讲，这里的一切，我和华生医生一样陌生，对那个沼泽地我非常渴望看一看。"

"是这样吗？那么您的这个愿望十分容易满足，因为沼泽地马上就会出现在你眼前。"默蒂莫医生一边说着一边指着窗外。

在一片片绿色的田野上和顶端连成低矮的曲线的树林那里，远远地耸立着一座灰蒙蒙的苍郁小山。参差不齐的山顶，远远望去有些朦胧，那情景与梦境中某种奇幻的景色毫无二致。巴斯克维尔静坐了有一段时间，眼睛一直看着那里，我通过他热切的表情领悟到，那里对他是十分重要的。现在他首次看到那奇特的地方，那是他的家族掌管了很长时间的地方，他对每一个地方都赞不绝口。他穿着苏格兰呢西服，说话有着浓重的美国口音。但是当我看着他那黝黑的、富有表情的面孔时，我却明显地感知到他真是那支具有高贵的血统、热情且具有领导才能的家族的后裔。他那浓密的眉毛、高挺的鼻梁和淡褐色的大眼睛，无不彰显着自尊、勇猛和坚强。假如在那可怕的沼泽地上，真的出现一件困难而危险的事，那么他应该是一个人们或许愿意为之冒险，而且相信他也会和他们一起勇敢冒险的人。

在一个小站，火车停住了，我们都下了车。小站外，一辆两匹小马驾着的四轮马车在低矮的白色围墙外边等着我们。显而易见，我们的到来是一件大事，因为站长和搬运工都在向我们围了过来，并帮我们拿行李。这是一个风景如画、民风淳朴的乡村小镇，可是我却发现车站出口旁边站着两个像警察似的人，他们身着灰色制服，手里拿着来复枪，这让我不由得很惊讶。当我们经过他们身边时，他们敏锐地对我们打量着。

马夫的个子很矮小，有一副粗犷、一本正经的面孔，他向亨利·巴斯克维尔爵士行了个礼。几分钟之后，我们已经坐着马车在宽阔的白色马路飞驰着。起伏不平的牧场在马路两边快速闪过，在茂密的绿色的植物中古老的人字形的房屋隐隐可见。在阳光照射下的宁静的乡村后面，在夕阳余晖的映衬下，一片暗灰色的广袤无边的沼泽地出现了，在其中坐落着几座参差不齐的险恶的小山。

在一条岔道口马车拐了进去，随后我们颠簸着穿行于被好几个世纪的车轮碾过的深深的巷道中。路的两旁是长着茂密苍翠的苔藓和叶子肥厚的羊齿植物的石壁。在落日阳光的照耀下，古铜色的羊齿植物和色彩斑驳的黑莓在熠熠发亮。我们一直向前行进着，穿过了一座不是很宽的花岗石桥，沿着一条奔流向前的溪流前行，水流迅疾奔腾，咆哮着穿过黯淡的圆石之间。路和小溪都处于一条峡谷的包围中，峡谷中到处是矮小的橡树和枞树。每过一个转弯处，巴斯克维尔都会显得十分激动，他高呼着，并热切地看着四周，同时还不断地问问题。在他看来，这里的一切无不美不胜收。可是在我看来，乡村被一丝凄凉笼罩着，明显地带有深秋的迹象。小路上铺满了枯黄的叶子，在我们经过时，我们身上落满了飞落的叶子。当我们的马车驶在堆积的枯叶上时，车轮的声音就听不见了——我明显地感觉到，这似乎是上帝撒在回到巴斯克维尔庄园继承人车前的不祥礼物。

"看！"默蒂莫医生喊道，"那是怎么回事？"

现在出现在我们眼前的是一块陡峭的满是石壁的坡面，那是沼泽地的一处边缘地带，一个士兵在山顶上赫然站着，他像一个镶着底座的雕像，皮肤黝黑，表情郑重，他将手中的枪架在他的前臂上，并摆好射击的姿势，监视着我们走的这条路。

"那是怎么回事，珀金斯？"默蒂莫医生问道。车夫在他座位上微微侧了身子回答道："一个罪犯从王子镇逃走了，先生。他已经出逃三天了。每一条路和每一个车站都有人监视着，不过他们还没看见他。这儿附近的居民都十分害怕，就是这么回事。"

"啊，要是有人提供消息，谁就可以得到五英镑吧？"

"不错，先生，可是，和可能被人割断喉咙相比，那五英镑就显得微不足道了。要知道这不是一个一般的罪犯，他是一个胆大妄为的人。"

"哦，他是谁呢？"

"叫塞尔登，诺丁山的杀人犯。"

对这个案件我很清楚，由于罪犯的胆大妄为以及在杀人整个过程所显露出的凶残，福尔摩斯产生了兴趣。将他由死刑改成缓刑，是缘于他的行为如此残忍，让人们对他神智是否正常产生了质疑。

我们的马车攀爬上了斜坡的顶端，广阔的沼泽地在我们眼前展现。沼泽地随处可见崎岖不平的石冢和岩石。从沼泽地吹过一股寒风，让我们禁不住打了个寒战。在这个荒无人烟的平原上，这个神秘的恶魔好像只野兽一样将自己藏在一个洞里。他的心被邪恶控制了，使他憎恨着摒弃他的人类。贫瘠的荒地、迅疾刮过的冷风、灰蒙蒙的天空，原本已经阴森恐怖的气氛，现在又加上个凶残的杀人犯，就更让人感觉毛骨悚然了，就连兴奋的巴斯克维尔现在也变得沉默了，把外套裹得更紧了。

肥沃的乡村已经被我们甩在了后下方，现在回头向后看去，在夕阳余晖的照耀下，溪流泛出条条金光，刚犁过的红色的泥土和宽广的密林也闪闪发光。我们前行的道路，在赤褐色和橄榄色的斜坡上给人一种凄凉、萧瑟的感觉。一路上我们经过了沼泽地边缘的村舍，村舍的墙和屋顶都是用石头砌成的，但是墙上却没有蔓藤植物遮掩其粗糙的轮廓。猛然间我们向下看见一个盆地似的洼地，一棵棵橡树和冷杉在洼地中生长着，因多年的狂风猛吹，它们变得弯曲，显得生长不佳。有两座高高的尖塔在树林中耸起，马夫用鞭子一指，说道：

"那就是巴斯克维尔庄园。"

巴斯克维尔直起身子看，他双颊泛红，眼神熠熠生辉。几分钟之后，我们来到了庄园的门口，那是用许多根铁条焊接成窗花式样的奇异的门。门的两边各有一根经历了很多风雨的柱子，上面因布满了苔藓而变得绿油油的。门楼用黑色的花岗岩建成，已露出橡木。在它的对面是一座新楼，可是只建了一半，这是查尔斯爵士首次用从南非赚的金子修建的。

我们的马车行驶在门里的小道上，车轮行驶在枯黄的叶子中再一次没有了声音，老树枝杈在我们头上交织成一条昏暗的拱道，巴斯克维尔抬着头看着长长的黑暗的车道。远处的一幢房子像幽灵似的发着微光，巴斯克维尔禁

不住微微一颤。

"就是这里吗？"他低声地问道。

"不是这里，在那边的紫杉路上。"

这个年轻人阴沉着脸向四周望了望。

"在这样的一个险恶之处，难怪我伯父会遭遇如此不幸，"他说，"这里足以使任何一个人感到恐惧。我决定在几个月内，在这里拉上一排电灯，就在厅前的门上装上一千只爱迪生牌的灯泡，那时或许这里就变得富丽堂皇了。"

这条道路一直通向一片宽阔的草地，我们前面出现了一栋房子。借助昏暗的灯光，我看清中央是一幢坚实的楼房，房子前面有一条门廊。门廊的前面爬满了常春藤，只是在窗户和装有盾徽的地方常春藤被剪去了，那情形就像在黑色的面纱上打了孔。中央顶楼上有两座古老的尖塔，塔楼上有许多枪眼和瞭望孔。尖塔的两边是比较现代的用黑色花岗岩建成的翼楼。在暗淡的灯光照射下，这些建筑显得无比神秘。

"欢迎您，亨利爵士！欢迎光临巴斯克维尔庄园！"

从门廊的阴影中走出一个个子高高的男人，他打开了马车的门。另外，在厅堂昏黄的烛光中又走出一个女人。她出来帮那个男人拿我们的行李。

"请允许我直接回家吧，亨利爵士？"默蒂莫医生说，"我的妻子在等我回家。"

"你一定要吃过晚饭再走，可以吗？"

"不用了，我一定要走。可能有事等着我做呢。我本应该留下来带您对这里进行参观，不过和我相比，巴里莫是一个更称职的向导。再见，假如哪里需要我效劳，随时派人叫我，白天和黑夜都可以。"

车轮声渐渐在院子中的小道上消失了，亨利爵士和我转身进入了大厅，在我们身后门沉重地咣当一声关上了。我们走进房子看了看，发现那是一个十分华丽的房间，既高又大，结实的橡木做成的大椽巨梁因年代久远已经发黑。在高高的铁狗雕像后面有一个老式的大壁炉，木柴在壁炉里噼里啪啦地燃烧着。亨利爵士和我都将手伸出来烤火，长途旅行让我们的手都麻木了。之后我们开始打量四周，在中央吊灯光线的照耀下，高而狭长的装有传统的彩色玻璃的窗户，橡木做的镶板，还有墙上的盾徽，一切都显得模糊而昏暗。

"这与我想象中完全一致。"亨利爵士说，"你说这不就是一个古老的家族所应有的景象吗？我一想到我们家族曾在这里生活了五百年，我的心里就觉得分外沉重。"

当他四下打量的时候，我发现，他黑黑的脸上泛起像孩子一样的热情。灯光照在他身上，长长的影子拖在墙上，如同一个黑色的披风罩在他上面。巴里莫将我们的行李放入我们的房间后又返回来了。他表现出训练有素的样子，以做仆人的姿势站在我们面前，他相貌出众，皮肤白皙，个子高高，留着一副修得方正的黑胡子。

"您现在吃饭吗，先生？"

"准备好了吗？"亨利爵士问道。

"很快，几分钟就可以开饭，先生。在您的房间已经为您准备好了热水。我和我的妻子在您做出新的安排之前，十分荣幸和您生活在一起，先生。不过您要明白，在这种新的情况下，这个房子需要更多的人手。"

"什么新的情况？"

"我的意思是说，先生，由于查尔斯先生习惯于一种非常隐居的生活，只要我们就可以满足他的生活所需，而您可能需要更多的人跟您生活在一起，所以家里需要做一些改变。"

"你是在告诉我，你和你的妻子想从这儿离开？"

"在您不需要我们的时候，先生。"

"可是你的家族和我们一起生活了好多年了，难道不是吗？要是因为我开始掌管这里，而断了古老家族的这种承袭，我会很内疚的。"

从这个总管的脸上，我捕捉到一些情感的迹象。

"我也有和您相同的感受，先生，我想我的妻子也是如此。不过实话实说，我们俩对查尔斯先生的感情过于深厚，由此他的离世给我们造成了很大的打击，看到这里的一切，我们很伤心。在巴斯克维尔庄园里，我担心我们的内心也许再也无法平静下来了。"

"能告诉我你们准备做什么吗？"

"我自信，先生，我们还可以做一些生意。查尔斯先生的慷慨已经让我们拥有了做生意的本钱。现在，先生，还是由我带您看看您的房间吧。"

在古老的大厅的顶部，有一个由栏杆围成的方形回廊，要想到达那儿可通过一个双层的楼梯。两条长长的走廊由大厅中间延伸出去，贯穿整个楼。所有的卧室都朝着走廊开着。我的卧室和巴斯克维尔的卧室在同一侧，并且紧挨着。这些卧室似乎比房子的中间部分现代得多，明亮的墙纸和无数的烛光冲淡了我们到来时心里留下的凄凉的印象。

不过大厅旁的餐厅却暗淡无光。它是一间狭长的屋子，一个台阶将它分成两部分。爵士坐在高的地方就餐，而仆人在低的地方吃饭。在一端的更高的地方是演艺廊，乌黑的梁木在我们头顶横过，烟雾已将梁木上面的天花板熏黑了。假如成排的燃着的火炬把它照亮，古时的宴会定会色彩缤纷，那么黯然的气氛或许可以一扫而光。可是现在两个穿着黑衣的绅士坐在吊灯投下的小光圈中，他们寡言少语，精神感到无限的压抑。一排排灰暗无光的祖先的画像挂在墙壁上，这些祖先穿着各种各样的服装，曾生活在从伊丽莎白时代一直到乔治四世的摄政时期，现在一个个都对着我们看，以他们无声的陪伴而威慑着我们。我们什么也没有交谈。令我感到高兴的是，总算把饭吃完了，然后回到现代的弹子房，在那儿抽支烟。

"哎呦，这不是一个让人精神放松的地方。"亨利爵士说，"我本想我可以慢慢习惯的，可是现在我觉得有点不适应。在这样一个压抑的地方我的伯父独自一人生活，变得有点神经质，我觉得这十分正常。然而，假如您没有什么意见的话，我们今晚早点休息，可能明天早晨一切都会变得让人愉快些。"

上床休息前，我把窗帘拉向一边，向窗外面看去。窗户面对的是厅前的草地。远处的两丛树在越来越大的风中摇摆着，并发出痛苦的声音。半轮月亮从竞相奔走的云彩的缝隙中升起来。借助冰冷的月光，我看见了在树林后面残缺不全的岩石边缘，以及绵延低洼起伏的阴沉着的沼泽地。我将窗帘拉上了，觉得我最后的印象和其他的印象是一致的。

没想到，这却不是最后的印象。我觉得自己身心有些疲倦，可是却睡不着，我心绪不宁地辗转反侧，努力想睡着，可是却偏偏睡不着。报时的钟声从远处传来，一刻钟一刻钟地报时。除了这钟声外，死一般的沉寂牢牢地将这座古老的庄园笼罩着。突然，在这死一般寂静的夜晚，一个清清楚楚的声音回响着，传进我的耳朵，我听得很清楚，那是一个妇女的哭泣声，是一种被无法控制的悲伤而撕扯着发出的低沉的、窒息的抽泣声。我起来坐在床上认真倾听，发现声音不是远处传来的，而是来自这个房子里。顿时我每根神经都警觉起来了，这个声音持续了大约半个小时。之后，除了报时的钟声和墙上常春藤被风吹动的声音外，没有任何其他的声音。

七　恐怖的沼泽地

第二天一大早，一片崭新的清新美景，一定程度上从我们心里抹去了巴斯克维尔庄园给我俩留下的凄凉、可怕的的印象。当我与亨利爵士坐下来享用早餐的时候，阳光已从高高的窗棂散射进来，窗户上的盾徽图案投下一块块若有若无的色彩。深色的镶板在金黄色的光线照耀下，有一种青铜色的光泽浮现出来，真是让人不敢相信，这就是昨晚在我们心里留下惨淡印象的房子。

"我认为更大的原因在我们这边，不怪房子！"准男爵说，"我们旅途疲倦，加上乘车寒冷，所以这个地方给我们留下灰暗的印象。现在我们身体恢复了，精神饱满，所以这一切又让我们感到愉快。"

"这一切不完全是我们感觉的问题。"我说道，"比如说，您刚好听见一个人，我认为是一个妇女在晚上悲伤地哭泣的声音呢？"

"这是很蹊跷，我睡得迷迷糊糊时，好像听见有人哭泣的声音。我又等了挺长时间，可是那声音却没有了，所以我认为那是在做梦。"

"我听得十分清楚，我敢保证肯定是一个妇女哭泣的声音。"

"我们需要马上将这个事情问清楚。"准男爵摇铃叫来了巴里莫，问他这件事到底是怎么回事。据我观察，总管听到他主人的询问时，原先苍白的脸色变得更加苍白了。

"在庄园里只有两个女人，亨利先生。"他回答道，"一个是厨师，她在厢房里睡觉；另一个是我的妻子，不过我敢说那个声音不是她发出的。"

可是他说的不是实话，因为早饭后，我在长廊上刚好与巴里莫太太不期而遇。她身材高大，体态肥硕，表情冷漠，嘴角亦带有严肃的表情。阳光映照在她的脸上，我发现她的眼睛红红的，眼睑肿胀。我想她肯定昨晚哭泣过，如果是这样，她的丈夫一定知道。可是，他却冒着谎话被揭穿的危险，说不是他妻子，他这样做的目的是什么呢？她又因为什么哭得这样痛苦？在这个有着出众相貌，蓄有黑胡子的人身上形成了一种神秘的、令人恐惧的谜团。是他第一个发现查尔斯爵士的尸体。我们也只是根据他所说的，得知查尔斯爵士离世的所有情况。在摄政街，我们看见马车里的那个人难道是巴里莫吗？他们都有黑色的胡子。车夫描述的那个人个子很矮，不过这样的印象可能是有误的。我要如何验证这个问题呢？显而易见，首先要做的事是去见格林本邮政局长，证明一下那封试探性的电报是否真的送到巴里莫手里了。无论答案如何，我应该至少向夏洛克·福尔摩斯通报一下情况。

用过早餐后，亨利爵士需要阅览很多文件，我可以趁这个时间出去转一转。这是一次令人愉快的散步，我沿着沼泽地边缘大约走了四英里路，最后来到了一个小小的灰色的村子。村子里有两幢较大的宅子，一栋是客栈，另一栋是默蒂莫医生的家。邮政局长也是村子里的杂货商，他清楚地记得那封电报。

"肯定送到了，先生。"他说，"我按照您的吩咐，让人将电报送给巴里莫先生。"

"请问是谁送的？"

"我的孩子。詹姆斯，上一星期你把那封电报送给了庄园里的巴里莫先生，是不是这样？"

"不错，爸爸，是这样的。"

"送到他的手里了吗？"我问道。

"当时他在楼上，所以我没有将信交到他手里。不过我将信给了他的太太了，她答应马上交给他。"

"你看见巴里莫先生了吗？"

"没有看见，先生，他当时在楼上。"

"要是你没见过他，你如何认定他在楼上呢？"

"哦，他的妻子自然知道他在哪里。"邮政局长生气地说，"难道电报没送到他手里？假如有差错，应该找巴里莫先生质问才对。"

看来已经无法继续追查下去了。不过很明显，虽然我的朋友使用了策略，可是我们没有证据来证明巴里莫一直不在伦敦。如果事情是这样的话——要是最后一个看到查尔斯活着的人和第一个在伦敦跟踪新继承人的人，同为一个人的话，事情将会变得如何呢？他是受雇于别人呢？还是他在施展自己的阴谋诡计呢？他迫害巴斯克维尔家人的动机是什么呢？我联想到从《泰晤士报》的社论剪下来拼凑而成的电报。那是他发的吗？还是另有人有意在阻碍他施行他的阴谋呢？唯一能够解释得通的理由就是亨利爵士提出的那个想法，假如他的家人被吓得不敢住了，那么巴里莫夫妇就可以由此获得一个舒坦而可靠的家。可是，用这样的解释去说明这样一个处心积虑的阴谋显然是不够充分量的。这个阴谋好像围绕着年轻的准男爵，在编织着一个看不见的大网。福尔摩斯之前曾说过，在他一系列惊心动魄的案件中，没有哪一个案件比这个更复杂的了。当我在灰暗的、幽静的道路上往回走着的时候，心头祈祷福尔摩斯尽快忙完那边的事，然后从我肩上接过这副沉重的担子。

就在我还在想着这件事的时候，身后传来跑步声，而且还有人在叫我的名字，我以为是默蒂莫医生在叫我呢，可是使我惊讶的是，一个我并不认识的人在向我跑来。他身材消瘦，胡子却刮得很干净，面部表情僵化呆板。来人有一头淡黄色的头发，下巴尖尖的，年龄大概三十多岁吧，穿着一套灰色的西服，头上戴着一顶草帽，一个植物标本匣在他的肩头上挂着，手中拿着一个绿色的捕蝶网。

"华生医生，我知道您肯定会对我的冒昧无礼有所理解。"他气喘吁吁地跑到我跟前说，"沼泽地上的人都非常亲近，如同一家人，不用等待正式介绍。我们的朋友默蒂莫医生可能告诉你了我的名字。我是住在梅里皮特的斯特普尔顿。"

"通过您的捕蝶网和盒子我已经猜出来了，"我说，"因为我知道斯特普尔顿先生是生物学家。不过您是如何认出我的？"

"我正在与默蒂莫医生聊天，当您从医务所的窗户前过去时，他把您指给我看。由于我们是同路，所以我想追上您跟您结识一下。我相信亨利爵士旅途十分顺畅，是这样吧？"

"嗯，一切顺畅，谢谢您！"

"查尔斯爵士惨死之后，我们都有顾虑，担心新的准男爵可能不愿意住在这里。的确，让一个有钱人降低身价住在这里，并终老于此，确实有些让人难以接受，不过不用我告诉您，这对我们这个乡村来说有着非常重大的意义。我认为亨利爵士对于这件事，不会有迷信的恐惧心理，是这样吧？"

"我认为是这样的。"

"您一定也听人给您讲过这一家族被恶魔似的猎狗缠住的传说了吧？"

"是的，我听说了。"

"让人难以相信的是，这儿的农民却十分迷信这个传闻！他们每个人都信誓旦旦地保证在沼泽地见过这样的野兽。"他微笑着说。从他的眼神中我发现他对这件事十分认真。"这个故事对于查尔斯爵士有很大的影响，我认为这也是造成他悲剧的缘由。"他说道。

"能说说是如何造成的吗？"

"他的神经已经紧张到了一定程度，看见任何狗都可能引发他的心脏病，从而给他造成致命的影响。我想在紫杉小巷道的那个晚上，他肯定看见过类似的东西。我担心灾难发生，因为我对这位老人一直很敬爱，我知道他有很严重的心脏病。"

"您是如何知道的？"

"是我的朋友默蒂莫跟我讲的。"

"哦，您的意思是查尔斯爵士被一条猎狗追着，而后死于恐惧，是这样吗？"

"您有更好的解释吗？"

"我没有更好的解释。"

"夏洛克·福尔摩斯先生有吗？"

他的问话一时之间让我屏住了呼吸，不过看了一眼对方那平静的脸和沉着的眼神，我知道我的惊讶并非缘于他的本意。

"华生医生，我们早已经了解你了。"他说，"您对案件的记录早已传到我们这儿了，您赞扬了您的朋友，同时您也因此而广为人知。当默蒂莫告诉我您的名字时，他没否认您的身份。现在您已经身在其中了，那么夏洛克·福尔摩斯先生自己对这件事感兴趣是十分合情合理的事情。而我呢，想了解他的看法也是符合情理的。"

"对这个问题，我无法满足你的要求。"

"您能否告诉我您的朋友是否会亲自来一趟呢？"

"他暂时不能离开城里。他有其他事情脱不开身。"

"真是可惜！他也许能对我们无法解释的这件事做些解释，不过关于您自己的调查，假如需要我帮忙的地方，您尽管吩咐。假如我知道您的疑难问题，或者您建议如何调查这个案子，我也许现在就可以给您一些帮助和建议。"

"我跟您讲，我到这里来只是想与我的朋友亨利爵士待一段时间，我不需要任何帮助。"

"明白了！"斯特普尔顿说，"任何时候小心谨慎都是有必要的。我认为，我因不合理的冒犯而受到斥责理所应当。我跟您承诺，我不会再跟您说起此事了。"

我们两人一起走到了一个地方，那里有一条狭窄的长满草的小道从路上斜插下去穿过沼泽地，远远望去，绵延曲折。它的右边是一座陡峭的乱石叠起的小山，以前曾被开采成花岗岩采石场。在它对面则形成了一个灰色的岩壁，一些蕨类和荆棘在山的缝隙中生长着。远处的山坡上浮起一缕缕灰色的烟雾。

"顺着这条沼泽道无须走多远，我们就可以到达梅里皮特。"他说，"如果您给我一个小时的空闲时间，我很荣幸把您介绍给我的妹妹。"

此时我的脑海闪现的一个念头就是我应该和亨利爵士待在一起，可是，我又随即想起了他书房桌子上那堆满的文件和证券，显然我无法帮得上他这个忙。福尔摩斯说得很清楚，我应该多与沼泽地上的邻居们沟通，了解他们，于是我接受了斯特普尔顿的邀请，我们一起沿着这条路往前走。

"沼泽地是一个让人感觉十分奇妙的地方。"他一边打量着周围，一边说道，"绵延不绝的丘陵如同长长的绿色浪潮，高高低低的花岗岩山顶好像是奇特的海浪形成的浪花。我相信它不会让您厌倦的。它蕴涵着您无法道出的奇妙的神秘。它是那样的广袤无垠、那样的荒芜、那样的神秘莫测。"

“这么说，您对它很熟悉了？”

“我到此地仅仅有两年，因此这儿的住户称我为新来的。查尔斯爵士住在这儿不久之后，我们也搬了过来。我的爱好让我对这里的每一个地方都充满了好奇，我探索了这里每一个地方，可以说没有人比我更了解这里了。”

“这里很难了解，是这样吗？”

“确实很难。比如说，你看北边大平原上耸立的奇形怪状的小山，您注意到它有什么奇特之处吗？”

“在那里跑马一定很爽。”

“您这么想我一点儿也不感到奇怪。这种想法在这之前断送了好几个人的生命了。您发现那上面分布着浓绿色的地方了吗？”

“看见了，它们好像比别的地方更肥沃。”

斯特普尔顿听了哈哈大笑。“那里就是大格林本泥沼。”他说，“如果走错了一步，那意味着死亡即将降临，无论对于人还是野兽都是如此。昨天我还看见一匹矮小的马跑了进去，然后深陷下去了，过了挺长一段时间，我看见它的头从泥坑里伸出来，不过最后又陷下去了。即使在干燥的季节，穿过沼泽也是要冒很大风险的。要是下了几场秋雨，那里就将变得更加可怕。可是我知道到那中心的路，所以我能顺利出来。天哪，又一匹不幸的小马陷进去了！”

我赶紧向那边看去，发现在绿色的苔草丛中，一匹棕色的马在一上一下地翻滚着。它的脖子努力向上伸着，同时痛苦地挣扎着，那可怕的叫声在沼泽地上空回响着。我吓得浑身冰凉，可是斯特普尔顿很镇定，似乎已经司空见惯了。

“结束了！”他说，“泥沼将它吞没了。两天的时间两匹马就在这里送了命，也许还会有更多，因为它们习惯于在干旱的时候就去那里，不过在泥沼在将它们吞没之前，它们从不知道那里干旱和下雨的区别。那真是个糟糕的地方。”

“您说您可以顺利往来那里？”

“不错，有一两条小路可以来往，只有非常敏捷的人才能穿过。而我发现了它们。”

"不过，您因为什么进入这么可怕的地方呢？"

"那边远处的小山，您看见没有？它们是被多年无法通行的泥沼隔断的小岛。假如您有办法能够达到那里的话，你会发现那里是稀有植物和蝴蝶生长、生活的地方。"

"以后我一定碰碰运气。"

他向我投来非常吃惊的眼神。"看在上帝的分上，您还是忘掉这个想法吧，"他说，"那等于我杀了您。我向您保证您肯定无法活着回来，我只是靠记住某些复杂的地标才能够进出。"

"听啊，"我叫道，"那是什么声音？"

整个沼泽地上空响彻起一声长而低沉的又无法描述的悲惨的呻吟声。虽然声音很大，但是说不出来发自哪里。声音先是模糊的低吟，接着又逐渐发展到深沉的怒吼，后来又变为忧郁的哼声。斯特普尔顿带着一种奇怪的表情盯着我看。

"真是好奇怪，神秘的沼泽地！"他说。

"究竟是什么声音呢？"

"据农民们传言，这是巴斯克维尔猎犬在寻找它的猎物。我曾经听见过一两次，不过没有这么大的声音。"

我四下里看了看，心里害怕得直发冷。一块块的绿色树丛点缀着这绵延起伏的大平原。在这广阔的平原上，除了我们身后的一对乌鸦在小石山上哇哇叫外，别无动静。

"您接受过现代教育，该不会相信那样的无稽之谈吧？"我说，"您认为这种奇怪的声音是什么？"

"泥沼偶尔会发出奇怪的声音。泥潭下沉或地下水往上冒都有可能发出这样的声音，或者别的什么东西发出的声音。"

"不，不是的，那声音是一种动物发出来的。"

"噢，也可能吧。您听见过鹭鸶的叫声吗？"

"没有，一次都没有。"

"那是一种罕见的鸟——现在英国几乎都寻不见了，不过这不代表在这块沼泽地上没有，是的，假如您刚才听到的，是仅有的几只鹭鸶的叫声，我感到这很正常。"

"这是我这辈子所听到的最可怕的、最神秘的声音。"

"我理解，沼泽地确实是个令人感到可怕的地方。看那边的山坡上的东西，您认为那是什么？"

整个陡峭的山坡被灰色的石头围成圈，数量在二十个以上。

"它们是什么？难道是羊圈吗？"

"不对，它们是我们尊敬的祖先的家。沼泽地是史前的人们密集生活所在地，可是之后，再没有一个人生活在那里。我们发现了他们细微的安排和他们离开之前一模一样。那些是他们没有屋顶的小屋。假如冒险走近那里，您甚至会看到他们的炉灶和卧榻。"

从规模上看，那应该是个城镇。于是我问道："那完全是个城镇。什么时候有人居住的？"

"新石器时代吧，没有具体日期。"

"他们住在那里做什么呢？"

"他们可能在这些斜坡上放牧，在青铜刀剑取代石斧的时候，他们知道了如何挖掘锡矿。您看对面山上的大壕沟，那就是他们挖掘出来的。确实，在沼泽地您会发现一些非常让您感到稀奇的地方，华生医生。哦，请等一会儿！那一定是只大飞蛾。"

不知道是一只小蝇，还是一只飞蛾，正拍着翅膀飞过我们的小路，斯特普尔顿马上以令人惊讶的精力和速度追了过去。让我始料不及的是，这只飞虫径直朝着大泥沼飞去，而斯特普尔顿没有任何停歇地从一个树丛跳到另一个树丛，同时，挥动他手中的绿色的网兜。他灰色的衣服随着他的这一系列曲折而不规则的行进动作飘舞起来，使得他自己就像一只大飞蛾。我怀着复杂的心情站在那里观看他追着飞蛾，在羡慕他迥于常人的能力的同时，又担心他不小心掉进那可怕无情的泥沼里。一阵脚步声传来，我回过头，看见一个女子走在路上，离我并不是很远。她是从飘浮着一缕缕烟的地方，也就是梅里皮特所在地的方向来的，不过在她走近之前，她的身影被沼泽地的低洼处遮住，看不见了。

我知道，她就是我听闻过的斯特普尔顿小姐，因为沼泽地上被称为小姐的人不多，我还想起她被人称为美人。走到我跟前的这个女子，确实是属于那种超凡脱俗类型的美人，她与斯特普尔顿先生之间的差异，是我所见过兄妹差异最显著的。斯特普尔顿肤色白皙，淡色头发，有一双灰色眼睛，而她肤色很深，比我在英国见过的任何女子的肤色都要深，而且身材修长，仪态万方，有一副高傲的，五官端正秀丽的脸。如果没有一张敏感的嘴唇和一双美丽乌黑的热情的双眼，那么她看起来就有些冷淡。总之，她有着无可挑剔的身材，穿着优美的服饰，在这条无人的沼泽路上，如同一个神秘的幽灵。在我转身的时候，她看见了她的哥哥，然后就朝我加快了步伐。我刚要脱帽并准备跟她作一些解释，她却抢先开了口，说了一些莫名其妙的话。

"回去！"她说，"马上返回伦敦去。"

我自然回以莫名其妙的眼神。她的眼睛冒火似的看着我，同时，不耐烦地用脚敲打着地面。

"为什么让我返回去？"我问。

"我不能告诉你理由。"她用低微却恳切的声音说，说话时带有奇怪的咬舌音，"看在上帝的面上，请遵照我说的去办，回去，而且永远不要再来到沼泽地。"

"可是我才来没多长时间。"

"您呀，您这个人哪！"她喊道，"您知不知道我这是为你们着想啊？回到伦敦去！今晚就离开！无论如何都不要留在这个地方！嘘，我哥哥来了！我刚才跟您说过的话不要跟我哥哥透露。您可以把那边杉叶藻中的那枝兰花摘给我吗？沼泽地上有很多兰花，可是，您来晚了，这个地方的美景您没机会看到了。"

斯特普尔顿终止了追捕，气喘吁吁地回来了，由于疲惫而脸色发红。

"啊，贝丽尔！是你！"他说。可是据我观察，他问候的语气根本不够热诚。

"嗯，杰克，你很热。"

"我刚才去逮一只大飞蛾，它十分稀罕，在这个时候很难遇到。可是很可惜我没有逮住它！"他漫不经心地说，但是，他明亮的小眼在我和这位小姐之间不停地转悠。

"可以看出你们俩已经结识过了。"

"不错，我在告诉亨利爵士他来得有些不是时候，沼泽地上的美景看不到了。"

"啊，你认为他是谁呢？"

"他一定是亨利·巴斯克维尔爵士，难道不是吗？"

"不是的，我不是。"我说，"我出身低微，我是他的一个朋友。我是华生医生。"

斯特普尔顿小姐那表情丰富的脸上，出现了由于羞愧而泛起的红晕。"我以为您是……我们在误解中聊天。"她说。

"啊，你们不是刚开始谈话的吗？"她的哥哥仍以明显质疑的眼神看着我们。

"我把华生医生当作本地的住户而不是外来者聊天。"她说，"我对华生医生说，看兰花来早了还是来晚了关系不大，来吧，难道您不想看看梅里皮特的房子吗？"

我们一同走了没有多久的路就来到了他们的家，这是个沼泽地上孤零零的房子。在以前繁荣的日子里，曾经是牧民的居所，可是现在经过修葺，它已经变成一个现代的居所了。周围被一个果园围着，不过那些树与沼泽地上的树毫无二致，同样长得很矮小，生长情况不佳，整个环境给人的印象是简陋的、忧郁的。一个怪模怪样、干枯消瘦的老男仆接待了我们，他的整个气质和这个房子很般配。房子外面虽简陋，可是里面房间很大，家具布置也很讲究。从家具的布置上，我多多少少感觉出了这位小姐的品位。当我透过他们的窗户望着窗外蜿蜒广袤的散布着花岗岩的沼泽地，我不由得惊叹，出于什么目的使得这个受过高等教育的人和这位美丽的小姐甘愿在这样一个地方居住。

"选择了一个令人感到不解的居所，不是吗？"斯特普尔顿说，这话好像是对我刚才想法的一个答复，"不过我们设法使我们自己过得很幸福，是这样吧，贝丽尔？"

"很幸福。"她说。可是说话的语气不够坚定。

"我开办过一所学校，"斯特普尔顿说，"就在乡村的北边。那种工作对于像我这样性情的人来说无疑是十分枯燥的，不过和年轻人生活在一起，帮助他们提高他们年轻的心灵，用自己特有的性格和理想影响他们，对于我而言是很有意义的。但是，命运偏偏和我的愿望作对。学校爆发了一种严重的流行病，三个孩子由此死去。学校再没有从这次打击中恢复元气，我很大一笔钱也因此而消耗殆尽。可是，要不是由于丧失了和那些可爱的孩子共同生活的乐趣，我可能会对自己的不幸感到庆幸的，因为由于萌发对植物学和动物学的强烈爱好，我在这里找到了一个无限的工作领域。我的妹妹也效仿我，把自己的精力和热情献身自然。您的所有疑问，华生医生，在您通过窗户观察沼泽地时，在您的大脑里已经产生了，我从您的表情观察出来了。"

"我内心确实闪过这种想法，这儿的生活有点枯燥——可能适合您，不过对于您妹妹好像有些不太适合。"

"不，不，我从来没有感到任何的枯燥。"她很快说道。

"我们有书籍做伴，我们有自己的研究，我们还有有趣的邻居。默蒂莫医生在他的行业堪称博学多识。可怜的查尔斯爵士也得到了我们由衷的敬爱。我们很了解他，非常想念他。您认为今天下午我可否冒昧地去见亨利爵士，和他认识一下？"

"我认为他会十分乐意的。"

"那么，您顺便跟他说一下我们的这个计划。在他对新的环境习惯之前，我们应该尽绵薄之力，让他处理事情更容易一些。华生医生，您有兴趣上来看我收藏的蝶类吗？那是英国西南最全的收藏。当您看完它们，我们的午餐也应该准备好了。"

可是我着急返回去，毕竟我没有忘记我的责任。沼泽地的可怕，小马的惨死，跟巴斯克维尔可怕的猎狗传说有关的毛骨悚然的声音，这一切让我内心变得十分沉重，我的思想染上了悲哀的色彩。除了这些模糊不清的印象外，还有斯特普尔顿小姐那清晰明了的提醒。她说得这样的真诚，让我不得不相信在这背后肯定有某种重大的深刻的理由，于是我竭力拒绝在这儿享用午餐，并立刻出发返回，沿着我们来时长满野草的小路往回走。

熟悉地形的人好像总是能找到捷径，因为我还没到达大路，就发现斯特普尔顿小姐坐在路边的一块岩石上。由于剧烈运动，她美丽的脸庞泛出动人的红晕，一只手叉在腰上。

"我一路跑着就是为了将您截住，华生医生。"她说，"我甚至没有时间戴上帽子。我不能停下来，要不然，我哥哥会发现的。我想对您说声对不起，由于我犯了一个很愚蠢的错误，错把您认作亨利爵士。请忘记我跟您说过的话，那些话与您没有任何干系。"

"可是我做不到忘记它们，斯特普尔顿小姐。"我说，"亨利爵士是我的朋友，他的幸福和我有密切的关系。告诉我您为什么这样急切地要求亨利爵士回到伦敦。"

"那只是一个女子临时冒出的想法，华生医生。当你更了解我时，您就知道了，我不可能总是为我所说的话或所做的事找到一个合理的解释。"

"不，不是的。您颤抖的声音，还有您眼睛的神情，我清楚记得，请您对我坦诚吧，斯特普尔顿小姐，因为自从我到达这里，我周围充满了让人怀疑的各种迷雾。生活变得就像大格林本泥沼，到处是人们可能会深陷进去的泥潭，可是没有向导指路。告诉我您的真正目的，我肯定把您的提醒如实讲给亨利爵士。"

她的脸上在那一刻闪现出犹豫不决的神情，不过在她回答我时，她的眼神再一次露出坚决的神情。

"您的想法有些多余，华生医生。"她说，"我和我哥哥对于查尔斯爵士的死感到十分意外。我们很了解他，因为他喜欢穿过沼泽地散步到我家。他家族遭受厄运的传说对他的影响十分大，当这个不幸发生时，我自然感觉到肯定有某种原因使他害怕。现在当他的另外一个家族成员住在这里时，我也自然地为其担忧，因此我觉得应该提醒他，提防有可能降临在他身上的危险，这就是我之所以要他离开的原因。"

"能告诉我是什么危险吗？"

"您听说猎犬的故事了吗？"

"我听说过，可是根本不相信这个虚妄的传说。"

"可是我却认为它是真的，假如您能影响亨利爵士，那就把他从这里带走，这里对他的家族而言是不祥的。世界广阔，为什么非要住在这样一个危险之地呢？"

"就是因为是危险之地，才要住在这里，那是亨利爵士的性格。我希望您能够给他一些更明确的信息，要不然他不可能离开这个地方。"

"我无法再说得更明确，因为更明确的事情我也不清楚。"

"我还有一个疑问想请教，斯特普尔顿小姐。当我们第一次谈话的时候，您为什么不愿意让您哥哥知道呢？没听说他或任何别的人反对呀。"

"我哥哥十分希望亨利爵士留在庄园，因为他认为这有利于沼泽地上的穷人。要是他知道我说了些可能致使亨利爵士离开的话，他自然十分生气。现在我在尽我的职责，我不再对此多说什么了，我必须回去了，要不然我哥哥要找我，怀疑我来见您了。再见！"说完她转过身离开了，几分钟后就不见了踪影。我的心里充满了无法言明的恐惧，继续往巴斯克维尔庄园走去。

八　夜半脚步声

从现在起，我要按照事件的发生顺序，将自己写给夏洛克·福尔摩斯先生的信抄录下来。在我面前的桌上就放着这些信，虽然有一篇已经不知道哪里去了，可是我却能够如实地记录下我当时的感觉和不解之处。虽然我脑海中还保留着对这起案件的清晰记忆，但写下来或许会更加准确。

巴斯克维尔庄园，10 月 13 日

亲爱的福尔摩斯：

你在读过我的来信和电报可能会对这里发生的事情增加了解，这里极度荒凉，似乎已经被世人遗忘。在这荒野之地待的时间越长，荒原神韵会越深地浸入灵魂，包括它的广漠，它的无情魅力！当在荒野深处行走的时候，英格兰的现代气息已经丝毫不可见，映入脑海的是史前时代人类的家园与作品。当你漫步前行时，所见之处全是这些被世界遗忘的人类家园，还有他们的坟茔以及一块块矗立的巨石，它们好像在证明过去的一切曾在这个世界上存在过。当你看到满是伤痕的山坡上用灰色岩石砌起的一座座小屋时，你会将自己所处的年代完全忘却。当你看到一位身上裹着兽皮、全身上下长满长毛的史前人从低矮的门洞爬出来，试着将燧石箭头搭上弓箭时，你会觉得他的出现要比自己的存在与这周围的世界更协调、自然。令人不解的是，在这块最荒凉的角落里，却有大量的人群栖息过。虽然我不是考古学家，不过我却完全可以推断出，他们一定是一个并不好战，而且还曾遭受过欺凌的种族，因此他们被迫生存在这块别人不愿居住的土地上。然而这一切，与你交给我的任务没有任何的关系，你非常现实的思维，可能会使你对这些没有丝毫的兴趣。既然这样，就让我们回到有关亨利·巴斯克维尔爵士的事件上来吧。

在过去几天里，我没有提供给你任何报告，是因为之前，我没有搜集到任何与此有关的重要信息。现在发生了一件让人吃惊的事情，我将这件事详详细细讲给你。在讲之前，我想先给你讲一讲与此事有关的一些情况。一个情况就是我很少提及的那位在逃犯。有充分的证据表明，他已逃离了沼泽地，这可以让当地孤独的居民大大地舒展一口气了。两个星期以来，没有任何人发现他的踪影，也没有任何关于他的消息，很难相信他依然还在这个沼泽地藏匿。当然，如果他想在这里找到一个藏身之所也并不是很困难，任何一处石屋都会是一个很好的藏身之所。可是他不会获得任何食物，除非能够捕获到沼泽地里的羊。我们有理由相信，他已经离开了这块沼泽地，这些生活在荒凉之地的居民终于可以踏踏实实睡觉了。

有四位身高体壮的男士在我们庄园里，所以我们能够很好地保护自己，不过我还是要承认，当想起斯特普尔顿一家时，我的内心不由得惴惴不安。他住在方圆几英里无人可求助的地方，家里除了一位女仆和一位年老的男仆之外，就只剩下他们兄妹二人了，而且哥哥的身体也不在强壮之列，假如有类似来自诺丁山这样的罪犯一旦闯入他家，他们一定会处于岌岌可危的绝望境地。对于他们这样的处境，亨利爵士和我都很担心，也曾想让马夫珀金斯到他那边去睡觉，可他却拒绝了这一要求。

实际上，我们的这位准男爵朋友已然被这位漂亮的女邻居吸引住了，他表现出对她的强烈好感。在这样一个寂寞无聊的偏僻的地方，有一位如此美丽动人的尤物，对于一位活跃好动的男士来说，无异于一种强烈的诱惑。她身上散发出的热情奔放与异国情调，和她哥哥冷漠无情的气场形成了鲜明的对比。当然，他身上也透着一种隐藏在内心深处的炽热情感。显而易见，他对她有着绝对的影响力，因为每次她要说话的时候，都会不时拿眼看着他，似乎在征求着他的意见。我相信他对她应该很好。他的眼神坚毅而有神采，嘴唇薄而坚定，这让他显示出一种果断也可能是粗暴的性格。你会发现，对他进行研究是很值得的。

第一天，他就过来与巴斯克维尔先生见了面。第二天早上，他领着我们去了据说是传说中邪恶休戈故事的发生之地。穿越沼泽地，要走大约几英里的路程，途中景象凄凉，气氛沉闷，好像在讲述着一个凄惨的故事。我们在高高低低的乱石山岗上寻到一段小山沟，在经过小山沟，来到一片开阔的、长满杂草的地方，这里随处可见斑斑点点的白色羊胡子草。有两块巨大的石头在草地的中央矗立着，多年来，巨石的顶端已经被风腐蚀得斑驳不堪，看起来如同某种猛兽被磨蚀了的巨大獠牙。这里的一切情景好像与传说中的悲剧十分相融。亨利爵士对这一切感到十分有趣，他曾多次地问斯特普尔顿，是否真的相信超自然的力量会干预人类事务。他的声音虽然很低，可是很明显地看出他是诚心诚意的。斯特普尔顿的回答十分谨慎，不过可以看出，他为了照顾准男爵的感受，并没有将他的全部想法讲出来。他只是给我们讲述了一些类似的事件，诸如有些家庭曾经因某种邪恶的力量而惨遭不幸。这一切给我们留下的印象是，他对这些事件的看法和一般人对此的看法是完全一样的。

回来的路上，我们留在梅里皮特享用午餐，在这里，亨利爵士和斯特普尔顿小姐第一次见面。当亨利爵士第一次看到斯特普尔顿小姐的时候，就被她深深地吸引住了，我相信这种情感不是单方面的。我们回家的路上，亨利爵士不止一次地跟我提起斯特普尔顿小姐。从那以后我们几乎每天都会与斯特普尔顿兄妹见面。今天晚上我们一起享用晚餐的时候，他们还在谈论下个星期去斯特普尔顿家的事。对这样的好事，斯特普尔顿本应该表现出极大的欢喜的，可是我曾多次发现，每当亨利爵士对斯特普尔顿小姐有亲切的表示时，他的脸上总是会显露出一种强烈的不悦之情。亨利爵士被斯特普尔顿小姐深深地吸引住了！没有她的陪伴，亨利爵士将是孤独寂寞的。假如斯特普尔顿出来阻碍这桩美好的婚恋，那他也真是太自私了。据我观察，对于两人由亲密关系走向爱情关系他是十分不愿意的；我也不止一次地发现，他在竭力阻止两人单独在一起的机会。顺便告诉你一声，你要求我一定不要让亨利爵士单独出去，现在看来，由于这一段恋情的来临，加上其他的一些现实问题，会变得愈加麻烦。假如我不折不扣地执行你的这个命令，那么我很快就受到他们的排斥了。

有一天——确切点说应该是周四——默蒂莫医生和我们一起享用午餐。他在一个叫隆达的地方挖掘了一处古墓，从古墓中他找到一块史前人头盖骨，这个发现给了他巨大的惊喜。实在不容易找出一个像他这样诚恳的热心人！斯特普尔顿后来也过来了，在他的建议下，默蒂莫医生领着我们去了紫杉巷道，去看看在那个令人感到恐惧的夜晚，那一切究竟是怎么发生的。那一段道路漫长而沉闷。修剪过了的高高的树篱耸立在紫杉巷道的两旁，两边还各有一块狭长的草地，夹道的一端则是一间破破烂烂的凉亭。在紫杉巷道中间就是通往沼泽地的那扇门，也就是那位查尔斯爵士留下雪茄烟灰的地方。这是一扇装有门闩的白色木门，门外便是广袤无垠的沼泽地。我想起你对这个案件的推理判断，试图描绘这一切发生的情景：站在门前的老人看到什么东西从沼泽地那边奔过来。他十分恐惧，并失去理智，本能地撒腿就跑，一直跑到再也跑不动，最后死于恐怖与体力衰竭。这儿就是他逃离的狭长而阴郁的通道。可是，到底是什么东西让他产生了如此巨大的恐惧感？沼泽地里的牧羊犬吗？一只不动声色、行踪诡秘的黑色大猎犬吗？还是有人在故弄玄虚？皮肤白皙、做事小心的巴里莫先生是否把自己所了解的事情都讲了出来？现在还无法得知，不过这其中肯定隐藏着一个罪恶的黑影。

上次给你写信之后，我与另一位邻居结识了，他就是拉夫特庄园的弗兰克兰德先生，住在离我们向南约四英里的地方。他是一位秉性暴躁的老者，有着花白的头发，面色红润，他对英国的法律很偏爱，曾为诉讼花去了巨额财产。他与人打官司，看重的是在诉讼中获得的快乐，至于是输是赢他则根本不在乎。在他看来，诉讼是一种花钱的快乐游戏。他有时会故意将某条路的通道截断，公然反对教区要求开放的命令；有时会当着众人的面将别人家的大门拆除，宣告这里曾经是一条通道，然后公然对主人的侵害诉讼请求进行反驳。他对古老的采邑法令和公权法十分熟悉，他运用自己的渊博知识，有时维护费恩沃西村民的权利，有时又与村民的利益背道而驰。根据他所做的事情，村民有时可以把他当作一位胜利者抬着在大街上游行，有时则会把他扎成草人烧毁。听人说目前他摊上七起诉讼案件，可以将他所有的积蓄花掉，这样就可以拔掉他这根"毒刺"，以便在未来的日子里免受其害。

除了对法律十分偏好外，他看起来十分随和。我之所以关注他，是因为你曾要求我对周围的每一个人都要留心。眼下，他十分忙碌，他是一名业余天文爱好者，他有一架十分奇特的望远镜。他家的屋顶上就驾着他的望远镜，他整天用望远镜扫视着广袤的沼泽地，想找到那个逃犯的踪迹。要是他把所有的精力都倾注在这件事情上也没什么，可有人说他打算起诉默蒂莫医生，因为默蒂莫医生在没有征得死者后代的同意的情况下，就擅自挖掘了隆达的一处坟墓，而且还将其中新石器时代的一具头骨拿走了。不得不承认，在这段单调乏味的生活中，他确实给我们制造了一些所需要的轻松与滑稽的气氛。我已经跟你讲述了逃犯的情况、斯特普尔顿一家的情况、默蒂莫医生的情况、拉夫特庄园的弗兰克兰德先生的近况。最后，我想重点说一说巴里莫一家的事，特别是昨晚的惊人发现。

首先我想说的是你上次求证巴里莫是否在庄园的电报，邮政局长的证词我已经跟你讲过了，看来我们的试探没有任何结果，我们没有任何有用的证据。我将这些事情跟亨利爵士讲了。他性格直爽，他叫来了巴里莫先生，直截了当地问及此事。巴里莫说他确实亲自收到了那封电报。

"那个送电报的孩子亲手将电报交给你的吗？"亨利爵士问道。巴里莫看起来十分惊讶，迟疑了一会儿。

"没有。"他说，"当时我在房间里，电报是我妻子下去拿的。"

"那是你亲自回的电报吗？"

"也不是。我告诉我的妻子如何回复，她去回的电报。"

那天晚上巴里莫反问亨利爵士。

"亨利先生，您白天问我那件事，我不明白您的目的是什么，我是不是做错了什么，使您失去了对我的信任？"

亨利先生向他保证他没有做错事。为了让他的心安定下来，亨利送给他不少旧衣物，恰好他从伦敦购置的新衣物也已经运到了。

我对巴里莫太太产生了兴趣。她是个身体健壮、行动小心的人，做事有清教徒的行事风格，让人产生一种尊敬。要找出一个比她更难动感情的人，是很不容易的一件事。我曾经跟你讲过，就在我们到达这里的那天晚上，我被她伤心的哭泣声弄醒。在那以后，我多次发现她的脸上有泪花闪现，她的内心深处好像有一种巨大的悲伤。有时我想她内心是否涌动一种深深的愧疚感，有时我又想是不是巴里莫先生习惯独断专行，让巴里莫太太受了委屈。我一直感觉巴里莫先生很诡异和特别，我对他的这种怀疑被昨晚的奇遇证实了，虽然那只是一件微不足道的小事。你很清楚，我睡觉并不很沉，自从在这间卧室居住以后，由于时刻警惕着，我晚上睡觉更加警觉。昨天夜里大约凌晨两点的时候，我隐约听见有人经过我房门，于是我爬起来，轻轻地把门打开，并偷偷地向外瞧，我发现走廊里有一个长长的黑影在晃动。那是一个人手持蜡烛在轻手轻脚地向前走动。他光着脚，穿着裤子和衬衫。虽然我只能看清他的轮廓，可是从身高上判断，那个人应该是巴里莫先生。他一步步走着，慢慢的却很谨慎。从外表来看，他鬼鬼祟祟的样子似乎有一种说不清道不明的负罪感。我跟你讲过，这条围绕着大厅一周的走廊被阳台分成两部分。等他消失在我的视野后，我轻轻地跟了上去。当我走到阳台边上时，他已经走到了走廊的另一头。一间房子的门口透出微弱的光线，可以判断他进入了这间屋子。这些房间都没有使用，也没有摆设家具，所以他的行踪显得神秘古怪，让人费解。房间里的灯光没有摇曳，他站立在那里好像一动都没有动。我蹑手蹑脚地穿过走廊，来到房门的角落处向里面观看。

我发现巴里莫先生手中拿着蜡烛，弯着腰站在窗前，脸部靠近窗户的玻璃。他侧面对着我，表情郑重地望着漆黑的沼泽地，好像在期盼着什么东西到来。他一动不动地守望了大约几分钟，然后长长地叹了口气，有些烦躁地将蜡烛熄灭了。我很快返回到自己的房间，随即听到房间外路过的轻轻的脚步声。过了很久，就在我迷迷糊糊刚要入眠的时候，我听到钥匙在门锁里转动的声音，我无法确定这声音来自何处。虽然我不能毫无根据地乱猜测，不过这一切意味着，在这阴暗的房间里肯定隐藏着什么秘密，而它早晚会真相大白的。我不想用自己的看法来影响你的推断，因为你叮嘱过，我只要把自己发现的事实报告给你就行了。今天早上，我和亨利爵士就这事谈论了好久，并根据我昨晚的发现，我们制定了下一步的行动计划。在此我不准备跟你详细说它，不过我可以告诉你它会使得我的下一份报告更加有趣。

九　追踪黑影

巴斯克维尔庄园，10 月 15 日

亲爱的福尔摩斯：

如果说在接受你的任务一开始，我没能给你提供更多的信息，那是一种迫于现实的无奈，我现在正在想办法将浪费的时间弥补过来。这里的情况正日益变得纷繁复杂起来。在上一次的报告里，巴里莫先生站在窗前这件事情给我们留下了悬念。现在，假如我的判断没有错的话，我所了解到的情况应该能够让你大跌眼镜。事情并没有按照我所预期的轨迹发展下去，从一定角度上来看，在过去的两天里，这一切变得清晰起来。但从另一个角度来说，它又变得更加令人不解。不管怎样，我把这一切都报告给你，你自己去判断吧。

就在我发现巴里莫秘密行动的第二天，在吃早餐之前，我穿过走廊，去查看了巴里莫先生前一天晚上去过的房间。那个房间有一个西侧的窗户，也就是前一天晚上他一直盯着向外瞭望的窗户，我发现这扇窗户确实与众不同。通过这扇窗户，瞭望沼泽地是距离最近的。透过这扇窗户望去，穿过两棵树的缝隙，就可以看到沼泽地的远方；可是从另外的窗户望去，仅仅可以看到一个小角落。鉴于这扇窗户的独特作用，我有理由推断，巴里莫先生肯定是在瞭望沼泽地里的什么东西或什么人。夜晚窗外黑漆漆的，我很难想象他能看到什么人！我突发奇想，这会不会是某种恋情，这个奇想能够解释他的行踪之所以神秘古怪，也可以解释他妻子痛苦的内心世界。要知道巴里莫先生是一个十分英俊的人，足已轻易俘获一个乡村女孩的芳心，所以我感觉我的这个判断好像能站得住脚。那天晚上，我回到房间后听到的开门声，可能就是他出去跟人约会了。早上我仔细揣摩这一切，现在我把我的推测报告给你，虽然我的这种推测有些虚无缥缈。

不管巴里莫先生这种行为的幕后真正原因是什么，我想我有一项重要的任务，就是要将这一秘密一直保守到真相大白。早餐后，在亨利爵士的书房里，我把自己所看到的这一切告诉了爵士。不过令我吃惊的是，他并没有像我预期的一样感到讶异。

"巴里莫先生经常夜里走动的事情我是了解的，我正准备和他谈谈这件事。"他说，"有两三次我听到他在走廊里走过又走回的脚步声，时间和你所说的能符合上。"

"也可能，他每天夜里都会到那扇窗前去。"我说道。

"或许有这个可能。假如真是如此的话，我们可以跟踪，看看他究竟在做什么。要是您的朋友福尔摩斯在这儿的话，他会如何应对？"

"我认为他一定会像您所建议的那样去做。"我说道，"他也会悄悄跟踪巴里莫，看看他到底意欲何为。"

"那我们一起行动吧！"

"可是他会发现我们在跟踪他！"

"巴里莫先生的耳朵很背，无论如何，我们必须抓住机会。今天夜里我们待在我的屋里，等他走过我们房间，我们就行动。"亨利爵士激动地搓着双手，显而易见，他认为这次冒险，是在这平静而沉闷的沼泽地里的生活的一种情感释放。

亨利爵士已经与制定修造计划的建筑师和来自伦敦的建造商建立了联系，他也联系过来自普利茅斯的装修工，很快，这里将会出现巨大的变化。可以看得出来，我们的朋友有着非常高远的抱负，愿意不惜一切代价来使家族的威望重新升起。当房屋经过新的修缮和装潢，一位女主人的到来定会使一切更为完美。据我观察，有充分的迹象表明，只要斯特普尔顿小姐愿意，那么她就一定是女主人了，因为很少见过有一位男人像亨利爵士这样对美丽的邻居如此心仪。可是，真正的爱情之路并不像我们所期盼的那样波澜不惊。比如，今天，那平静的爱情湖面就被突如其来的波澜搅乱了，这让我们的朋友为此感到沮丧懊恼。在我们对巴里莫先生的事情交谈过后，亨利爵士戴好帽子打算出去，自然我也就准备和他一起外出。

"怎么，华生，您要和我一起去吗？"他问道，同时向我投来诧异的眼神。

"这看您是否要去沼泽地。"我说。

"不错，我是要去沼泽地。"

"哦，您应该清楚我所接到的任务。十分抱歉给您带来了不便，可是您也听到了福尔摩斯先生的万般叮嘱，不能让您一个人单独外出，特别是一个人到沼泽地里去。"

亨利爵士的脸上带着愉快的微笑，说话的同时他把手放在我的肩膀上。

"亲爱的朋友，"他说道，"自打我来到沼泽地之后所发生的所有事情，恐怕福尔摩斯先生也不会预料到，即便他有着非凡的聪明。我想，您或许不会破坏别人的好事吧！我必须一个人行动。我的意思您能理解吗？"

我茫然无措，不知道要说什么，一时处于非常难于抉择的尴尬境地。也不知道应该做什么。结果在我理清思路之前，亨利爵士拿起他的手杖，一个人外出了。

当我重新考虑这件事的时候，想到自己让亨利爵士一个人出去了，我的灵魂差点就被巨大的痛苦所吞噬。我在想，我不知要怎样面对你！要是因为我没有听从你的指令，而导致不幸的话。可能现在跟上他不会太迟。想到这儿，我有些羞愧了。随后我便朝梅里皮特庄园方向追了过去。

我以自己最快的速度一路飞奔到沼泽地的岔路口，可是我没看到亨利爵士的身影。在岔路口，我决定爬上一座小山来辨认方向——就是采石场那座矗立在阴暗处的小山。我想在山上，可以看得更远一点。站在岩石上，我一眼看到他了！他离我大约四分之一英里的距离，正行走在沼泽地的小路上。有位女士——她无疑是斯特普尔顿小姐了——走在他身边。显而易见，他们之间已经有了互相了解并开始约会了。他们似乎在进行着深入的交谈，因此行走得比较慢。我看到，斯特普尔顿小姐似乎在强调自己所说的话都是发自内心的，她的双手不停地做着让人眼花缭乱的手势；亨利爵士偶尔摇摇头，可能在表示强烈反对她的看法，其他时间都是在仔细倾听着。我不知道接下来我该如何做才好，只是站在岩石上观察着他们。因为我有重大的使命在肩，就是时刻也不能让亨利爵士离开我的视线。不过，追上他们并阻止他们之间的亲密交谈，似乎是一种粗鲁无礼的行为。看来在熟悉的朋友身边做一个间谍，确实是一件让人感觉十分别扭的事情。当时我想不出更好的办法了，只有继续待在小山上观察着他们的行为。为了减少良心上的谴责，我曾想到后来向他解释这一切。事实上，我的位置过于远，如果有什么突发事件足以威胁到他的人身安全，可是我并不能给予其任何帮助。因为目前的确面临着重重的困难，我想你应该会同意我的这种做法吧，毕竟我没有其他更好的选择。

那位女士和我们的朋友亨利先生终于在小路上停了下来，看起来他们之间的对话在深深地吸引着彼此。我突然意识到，可能不仅仅是我一个人在跟踪他们。这个时候抓住了我的眼球的是空中飘扬着的一抹绿色，我看了一下，这是抓捕蝴蝶用的一种网子。斯特普尔顿在凹凸不平的小路上向前行走，手上握着连在网子上的杆子。显而易见他正向着他们的方向走去，他离那一对情侣的距离比我近很多。就在那一刻，斯特普尔顿小姐突然被亨利爵士拉到他的身边，被他用臂弯环抱着，她好像很反感他这样做，把脸朝向另一侧。当他低头向她靠近过去时，她还伸出了一只手，似乎在表示抗议。接下来，我看到他们突然跳着分开了。原来是斯特普尔顿正在发疯般地向他们奔过去，在他的身后，那奇特的捕蝶网在疯狂地摇摆着。他在那连说带比画的，不知道在和这对情侣说着什么。他们之间到底发生了什么事情我不得而知，但我想，肯定是斯特普尔顿在责骂亨利爵士哪儿做得不对，而亨利的辩解似乎使他怒不可遏。斯特普尔顿小姐始终在一旁静静地站着。最后，斯特普尔顿不容反抗地朝妹妹招招手，她看了看亨利爵士，然后犹豫不决地和哥哥一起离开了。这位生物学家对他妹妹的行为无疑极不满意。准男爵在原地站了一会儿，看着他们消失在视野中，然后沿着去时的路慢慢往回走，他耷拉着头，显然是一副失意沮丧的样子。

我不知道这一切究竟是怎么发生的，但是，看到了他们之间如此亲密的行为，而我朋友却不知道发生了什么，我对此感到懊悔不已。我从小山坡上跑下去，在山下终于看到了这位准男爵。他此时正气得满脸通红，似乎他所有的智慧都被这件意料之外的事情给耗光了，一时眉头紧锁，茫然不知所措。

"华生，您又是从哪冒出来的？"他说道，"你该不会是一直跟在我身后吧？"

我向他讲了这一切事情的发生过程：我是如何跟随在他身后的，我因此而看到的一切，以及我跟踪他的理由。那一刻，我的坦诚好像有效舒缓了他的愤怒，他最后发出一声悔恨而悲伤的大笑。

"您或许会想这是一个十分安全和隐蔽的旷野之地。"他说道，"可是，给我的感觉好像整个小村的人都看到了我求婚的样子——并且用这种卑微的求婚方式。您当时在哪儿？"

"我当时是在小山上。"

"哦，您是坐在后排的观众！可是她哥哥却是在前排就座。您当时也看到他向我们跑过去了吧？"

"是的，我确实看到了。"

"那么您是否曾想过一个问题，那就是，她哥哥其实是一个疯子？"

"抱歉，没有，我从来没有这样想过这个问题。"

"我也是。在今天之前，我一直觉得他是一个很清醒也很理智的人。但是，请相信我的话吧，我们之间肯定有一个人精神有些不正常了。那么，究竟是不是我疯了呢？华生，您就直接跟我讲吧！反正您和我相处的时间也有几周了。我想成为自己心爱女人的好丈夫，有什么事情能够阻止我呢？"

"我想应该没有吧！"

"他反对我，我想那是因为我自身存在着某种不足了，我想他应该不会反对我所拥有的社会地位。那么，他为什么要反对我们相爱呢？为什么禁止我碰一下她的手指？要知道我从来没有伤害过在我生命中认识的任何一个人！"

"哦，他真的和你如此这般说的吗？"

"是的，他和我说的话还不止这些呢！我跟您说吧，华生，自从我第一眼见到她，就感觉她就是为了寻找我而降临到这个世界上的，即便我和她相识也就几个星期的时间，而且她也有类似的感觉。一般来说，女人的眼神要远比语言更加让人可信。我敢打赌，她和我在一起也会很幸福并很快乐。然而，我今天才找到一点和她单独说说话的机会。在谈话中，要是她想阻止我谈起爱情，她是能禁止我讲述的。她只是不断地提到，只有我离开这个非常危险的地方，她才会快乐幸福。我告诉她：自从见到她之后，我就没打算轻易地离开这个让我感觉到温暖的地方。除非她能设法和我一起走，要不然我是不会离开的。我讲了许多话，本意是想让她嫁给我，可她的哥哥突然在这个时候像疯子一样向我们冲过来，将我们的对话打断。因为气愤，他的眼睛里喷射着愤怒的火花，脸色一片惨白。我哪敢对这位小姐做她不愿意做的事情啊！我会因为自己头上顶着准男爵的帽子就为所欲为吗？我或许会有更好的办法对付他，假如他不是她哥哥的话。我告诉他，假如她能够成为我的妻子，我将会由此感到非常的荣幸！我保证我对他妹妹的感情是高尚纯洁的。但我这样说并没有解决问题，因为我们吵起来了。想想我的态度可能有些让人受不了，因为她就在我们身边。最后的结果您也看到了，他带着他妹妹走了。那么，这一切到底是怎么回事？我真的迷惑不解。请你告诉我吧，华生，我会对你感激不尽的！"

事实上，我对此也是百思不得其解。我想了其中一两种可能的理由，除了他家族所蒙受的厄运之外，我们这位朋友的地位、财产、年龄、性格和长相都无可挑剔，绝对配得上那位姑娘的啊！斯特普尔顿先生态度蛮横地阻拦妹妹的追求者，丝毫不考虑妹妹的感受和意愿，这事实在让人迷惑不解。而更让我纳闷不已的是，妹妹对哥哥这种蛮横无理的行为竟然也没有兴起任何反抗的念头来！但是很快地，我们头脑里所有的困惑都解开了。那天下午，斯特普尔顿先生突然登门造访，为他早上对亨利的粗鲁行为表达了愧疚。他们最终约定下个星期五到梅里皮特庄园去吃晚饭，为此他和亨利在书房里谈了好长时间，消除了他们之间的隔阂。

"现在，我也无法说他不是疯子。"亨利爵士说，"尽管我承认，没有人能够如同他现在这样，给我一个令人满意的道歉，但我始终忘不了的是，他今天早上冲我们跑过来时脸上的那种神情。"

"那么，他是怎样解释自己的那种行为的？"

"他说，他把妹妹看成是他生命中的一切。当然，我也很高兴他能这样珍惜他的妹妹。他们一直相依为命，没有片刻的分离。按照他的说法，只有妹妹一直陪伴在他身边，要不然的话，他是一个非常孤独的人。如果失去了妹妹的话，他将会十分难过。他说当他亲眼看到我和他妹妹之间这一切时，他并不认为我已经爱上了他的妹妹，所以看到我将要把他的妹妹带离时，犹如有人给他当头一棒，导致他一时失去了理智。他也意识到自己将如此漂亮的妹妹强行留在身边，让她孤独地度过一生，是一件多么自私和愚蠢的事情。他为自己的所作所为感到十分愧疚。他也意识到与其让他的妹妹远嫁他乡，倒不如嫁给我这样知根知底的邻居，如果她注定要离开的话。但不管怎样，和他一起生活这么长时间的妹妹被别的男人带走，对他都是一个沉重的打击，他需要给自己一些时间去面对这一切。他说，如果我能给他三个月的时间，用来培养我和他的妹妹之间的感情，而在此期间，不容许我向他的妹妹提及任何有关爱恋的话题。那么，他就不会反对我们相爱了。我自然是没有任何迟疑地答应了他的要求，所以这件事也就告一段落了。"

犹如在沼泽深处痛苦挣扎的人，双脚触到了沼泽的底部。我们的一个小疑团就这样迎刃而解了。现在我们总算弄明白了，斯特普尔顿为什么对包括亨利爵士在内的一切追求他妹妹的人都是如此的不悦。现在，让我们把视线转到之前提到的巴里莫太太夜间的哭泣，脸上的泪痕，以及管家秘赴西窗的事情上来。福尔摩斯先生，请你告诉我，在这些事上我没有让你失望！我也没有辜负你之前对我所寄予的信任吧。因为我们只花了一个晚上就彻底弄清楚了这些事情。当然，严格来说其实应该是两个晚上，因为在第一个晚上我们扑空了。直到凌晨三点，我们一直坐在亨利的房间里等待，事实上一点动静都没有，除了楼上滴滴答答的钟声。最终我们两人都在椅子上不知不觉睡着了，这肯定是一次极其郁闷的守候。庆幸的是我们决定第二天晚上继续蹲守，坚决不放弃这个可能使事情得到解决的机会。时间似乎十分缓慢地向前爬行。这真是令人难受的夜晚！在等待的过程中，我们将烛光的亮度调低，静悄悄地在那里抽着烟卷。钟声敲响了一次又一次，我们在绝望地等待着，结果似乎还和之前一样毫无所获。突然，从走廊里传来吱吱嘎嘎的脚步声。我们俩马上从椅子上坐起来！好像疲惫不堪的我们又变得精神起来了。

我们听到那脚步声很轻，经过房门，并渐渐消失在远处。这个时候，准男爵悄悄地打开门，也尾随着他出去了。走廊里一片漆黑，我们所追寻的人已经走过回廊。当我们轻手轻脚地走过去，刚好在回廊的一端看到那瘦高的黑色人影。他正踮着脚尖，猫着腰向楼下走去。随后我们看着他走进了那晚去过的房间，烛光从黑暗中透射出一束微弱的淡黄色光影，并投射在走廊里。我们在双脚踏上每一块地板之前，都先用脚尖试探试探，小心谨慎地向前凑近。甚至为了减小脚步声，我们还把靴子都脱掉留在了身后。即使这样，我们踩在破旧的地板上，仍然发出了吱吱嘎嘎的响声。有好几次，我们觉得他肯定听到了我们在楼道制造的足音。然而，他对此毫不知情，只是在那儿神情专注地做着自己的事情。这真是一件令人感到庆幸的事，他的耳聋的确很严重。当我们走到门口时，从门缝里瞧进去，看到他斜倚在窗户边上的身影，手上还持着蜡烛。和我上次看到的情景一模一样，他那苍白的脸靠近窗户，神情显得非常紧张。准男爵认为，最直接的方式通常也是最自然、最有效的方式，尽管我们在先前并没有做过战斗的计划。爵士径直走进房间，受惊的巴里莫先生看到来人后一下子跳了起来，嘴里还发出急促的呼吸声。他浑身发抖地站在我们面前，脸色苍白，两只乌黑的眼睛在烛光的映衬下更显得闪闪发亮。他看看亨利爵士，又看看我，面上充满了恐惧与诧异。

"亲爱的巴里莫先生，你在这儿做什么？"

"哦，我并没在这儿做什么，先生。"蜡烛的光影随着他那颤抖的手而上蹿下跳，他恐惧得差一点说不出话来，"是看看这窗户，先生，我就是过来看看这窗户是不是关好了。"

"你是指二楼的窗户？"

"不是的，先生，是所有的窗户。"

"请看着我，巴里莫先生。"亨利爵士严肃地说道，"我建议你最好早点老实交代，省得大家都麻烦！我们已经决定将事情的真相弄清楚，说吧，不许撒谎！你准备在这个窗户边做什么？"

巴里莫先生的双手紧紧地搓在一起，还用绝望的眼神盯着我们看，似乎有着难言之隐，表现出一副极度无可奈何的样子。

"我只是拿着一支蜡烛站在窗前，先生。我没有做什么坏事。"

"那你为什么要手持蜡烛一直站在窗前呢？"

"请别问我，亨利先生，求您别问了！相信我吧，先生，假如这与别人没有关系，只是关于我一个人的事情，我就告诉您了！这不是我一个人的秘密，所以我是不能告诉您的。"

我灵机一动，突然从这位管家颤抖的手里抢过了蜡烛。

"让我们看看外面会不会有回应的信号。"我说道，"他多半是把烛光作为约好的信号。"

我把脸贴近窗户，就像他一样手拿着蜡烛，两眼盯着窗外漆黑的夜空。我只能隐隐约约地看到一排排若隐若现的树木，还有那泛着淡淡光亮的广袤无垠的沼泽地，因为月亮隐藏在云层的最里面。突然，远处有一个小小的黄色亮点刺破了漆黑的夜幕传来。那粒亮点正好映射在这扇窗户的中心。

"那儿有情况！"我叫道。

"不，不是！先生，那儿什么也不是！"管家叫道，"先生，我向您保证！"

"请在窗前来回晃动您手持的蜡烛，华生。"准男爵叫道，"你们快看，那边的亮点也在向我们晃动！那么，你还会说这动作不是信号吗？说吧，你那同伙是谁？你们在搞什么见不得人的事情？！"

巴里莫先生的脸上露出了一种公然挑战的神情。"我是一定不会讲的。这不关您的事情，而是我自己的事情！"

"那请你马上离开我的地盘。"

"好极了，如果我有必须离开的理由，我肯定马上离开！先生。"

"我的上帝，你会走得很不体面。现在，我发现你正在进行不利于主人的罪恶勾当。我相信你会为自己今天的行为感到耻辱的。要知道你的家族和我的家族，可是在同一个屋檐下生活了上百年！"

"不，不是的！我确信他没有做过对不起您的事！先生。"门口传来一个女人的声音。巴里莫太太站在门口，不过她的脸色比她丈夫的脸色更加惨白，神情更加紧张。她那短裙和披肩在这种紧张的情景下，显得很滑稽、很可笑。

"艾莉萨，一切都结束了，我们走吧！"管家说，"你现在去收拾我们的东西吧。"

"哦，亨利爵士，这是我自己的事情，全是我的事情！约翰什么也没做，是我牵连他到这般地步。他只是为我好，是我让他这么做的。"

"那么，请说出来，这到底是怎么回事？！"

"我那不幸的弟弟在沼泽地挨饿呢。我们之间相互联系的信号就是这烛光，我告诉他食物已经准备好了；我们不能眼睁睁地看着他饿死在我们的门口啊。那远处的灯光，就是他在告诉我们应该把食物送到什么地方。"

"那你的弟弟是谁？"

"塞尔登，其实他现在就是个逃犯。先生，就是那个逃犯。"

"先生，我太太给你们讲的事是真的。"巴里莫先生说道，"我说过不能告诉您，这不是我自己的秘密。现在您已经知道这个秘密了，我并没有在做对不起您的事情，您现在明白了吧。"

上面就是关于巴里莫先生在夜间潜行和持烛站在窗户边的秘密。我和亨利先生都惊讶地看着面前这位女士，难道那个罪无可赦的逃犯，和眼前这位让人尊敬的、感情内敛的女士，血管里流淌着相同的血液？

"是的，他是我排行最小的弟弟，先生。我也姓塞尔登。在他还是个小孩子的时候，我们什么事情都任由着他，把他给宠坏了，给他造成一种错觉，他想做什么就可以做什么，这个世界就是为了让他快乐而创造出来的。他长大之后，又结交了一帮坏孩子，他们互相影响。最终，他伤透了亲人的心，也让整个家族因他而蒙受了巨大的耻辱。他在某条路上走得很远很远，从一种罪恶走向另一种罪恶。他没有被送上断头台，只是因为上帝的仁慈罢了。可是，在我的内心，他一直还是我那个头发蜷曲的小弟弟。因为我是他的姐姐，我和他一起在嬉戏中长大，我抚育过他。他越狱之后，知道我在这儿，就投奔了我，他也知道我不会不管他的。有一天夜里，他被狱卒追得精疲力竭，饥渴难耐，当他拖着疲惫的身躯来找我们，而他的身后还有追兵，我们还能怎么做呢？只能悄悄地把他留下来，给他食物，照料他活下去。当你们来这里后，弟弟认为沼泽地里比任何地方都要安全，所以他就在沼泽地里藏了起来，他要在这里避避风头。我的丈夫每隔一个晚上，就要去看看他是否还在沼泽地。信号就是这亮在窗前的烛光，当他将信号发回来的时候，就是需要我的丈夫给他送些面包和肉食过去。他在这儿，我们不忍心不管他。虽然我每天都在希望他离开这里。这就是您所想要知道的整个事情的真相。我想，如果您因为这件事要来怪罪谁，您就怪罪我吧，我是一个忠诚的基督教徒。我丈夫在这件事上牵涉不深，他之所以这么做，只是为了我。"

这位女士的话让人无比信服，口气也很诚恳。

"巴里莫先生，事情的真相是这样的吗？"

"是这样的，她的每句话都是真实的。先生。"

"好的，我知道了。你是在为自己的妻子做事，我不会怪罪你。请你们两个回房间去吧，忘掉我前面所说的话，明天早上我们再说这事。"

他们回房间之后，我们二人又往窗外看了一下。亨利爵士顺手打开了窗户，我们的脸面上不时有夜晚冰凉的寒风吹过。那点微弱的亮光，依然在遥远的夜空下闪烁着。

"我在想他为什么敢这么做？"亨利爵士说道，"那光点或许只有在这里才可以看到。"

"我觉得这事很有可能。那么，你觉得那里离这儿的距离有多远呢？"

"我想那里大概是在裂岩山附近吧。"

"这么说，大约是一两英里的距离。"

"我想应该差不多吧。"

"可能不会太远，因为巴里莫先生要从这里送食物过去。他还在那里等待，这个恶魔肯定就在那烛光附近。上帝啊，华生，我们要去那里抓住他才对！"

这个时候，同样的念头也在我的脑海里闪现着。巴里莫夫妇向我们讲出实情是迫不得已，他们似乎并不信任我们。这个逃犯是一个罪不可赦、大胆妄为的家伙，他的存在对整个社区构成了严重威胁，我们没有任何可以同情他的理由。我们应该履行自己应尽的义务，乘这次机会抓住他，把他送到他应该去的地方。这个粗暴和野性的家伙，很可能因为我们的袖手旁观，伤害到他人。或许，斯特普尔顿小姐会在毫无防备中遭到他的攻击，在这个夜里。亨利爵士十分热衷于这一冒险活动，或许正是出于这种考虑。

"我要和你一起去。"我说。

"那就请你穿上靴子，带上你的左轮手枪和我一起去吧。那家伙要是突然间熄灭了手中的蜡烛，就会溜之大吉了，所以，我们出发得越早越好。"

很快，五分钟过去了，我们终于准备好来到大门口，要出发了。嗖嗖的秋风不停地从耳边吹过去，我们脚步匆匆地穿过了黑压压的灌木丛，身边是那不断翻飞的落叶。浓重的阴潮霉味在深夜的空气中弥漫着。天空依然很黑，月亮偶尔会从布满了乌云的云层里探出头来。天开始下起了小雨，但当我们刚走进沼泽地的时候，可以看到那点烛光依然亮着。

"你身上带武器了吗？"我问道。

"带了，是一支狩猎用的长鞭。"

"据说他是个穷凶极恶的家伙，所以我们必须迅速地靠近他。这样，我们就能乘他不备，在他拼命抵抗之前就能抓获他。"

"我想你说的对，华生。"准男爵说道，"想想看，在这样一个漆黑的夜晚，四周正值邪恶力量嚣张之时，如果福尔摩斯在这里，你觉得他会有什么想法？"

突然远处传来一阵奇异的怪叫，好像在回答着他刚才提出的问题，声音响彻阴森广漠的沼泽地。怪叫声顺风而来，这种怪叫我曾在大格林本泥潭边上听到过，叫声刺破了沼泽地上寂静的夜晚。由一声悠长而低沉的哀怨开始，接着是一声高昂的长啸，最后声音在痛苦的呻吟中渐渐消失。似乎整个夜空都因这声音一遍又一遍地响起，而为之颤抖。它刺耳、狂野而极具威胁。黑暗中亨利爵士那苍白的脸上泛着白光，他紧紧地抓住了我的衣袖。

"天哪，那是什么东西啊，华生？"

"这是沼泽地里的一种声音，我也不知道是什么声音。我以前曾听到过一次。"

怪叫声终于消失了，沼泽地又恢复了之前死一般的沉寂，没有任何声响传来，即便我们静静地站在那儿，伸长了耳朵，也什么声音都捕捉不到。

"华生，你听听，这是猎犬发出的叫声。"准男爵说道。

他说话的时候，声音在无意中停顿了一下，那是因为有一种巨大的恐惧向他袭去。我全身上下的血液也是一阵冰凉。

"您说说，他们管这种声音叫什么？"

"您说的是指谁？"

"哦，我忘了说明一下，我所指的是这里的村民。"

"哦，别在意他们管这声音叫什么！他们都是些无知的人。"

"华生，请你告诉我，他们把这种声音叫什么？"

我没有办法回避他的问题，犹豫了一会儿说道："他们说这是巴斯克维尔猎犬的叫声。"

他沉默了一会儿，口里嘀咕了一下，说道："是猎犬的叫声，但叫声似乎在几英里之外，或者更远。"

"我认为很难判断这声音是从哪里传出来的。"

"这声音时高时低，随着风传过来，你觉得这声音是不是从大格林本泥潭那边传过来的？"

"是的。"

"哦，是的。华生，你认为这是不是猎犬的叫声？那么就把事实的真相讲给我吧！"

"有次我和斯特普尔顿听到过这种叫声，在我们还在一起的时候，他说这声音可能是一种怪鸟的叫声。"

"不，不，这其实是猎犬的叫声。难道他们所说的那些故事都是真的吗？难道我真的将自己置身于某种危险之中？华生，请问您相信这一切吗？"

"不，我不怎么相信。"

"在这漆黑的茫茫沼泽地，假如真的听到这种怪叫确实会让人恐惧不已。在伦敦，类似此类事情甚至会作为笑料。在我叔叔倒下的地方，留有大猎犬的足印。太可怕了，这一切现在已经被连在一起。我觉得自己浑身上下的血液都结成冰块了，我不认为自己是个怯懦的人！摸摸我的手！"

他的手不知道为什么像冰冷的石头一样。

"明天一切肯定都会好起来的。准备做什么呢？"

"现在我们打算做什么？我想我是不会忘记这种吵人睡觉的怪叫声的。"

"要不，我们就这样先撤回去吧？"

"不，上帝啊！我们去抓逃犯吧！我们出来就是为了抓逃犯的啊！那邪恶的猎犬似乎不在我们身后，而我们却在逃犯的后面。赶快走吧，我们一定要坚持下来啊，即使所有的沼泽地中的妖魔怪兽出穴而来，也不要中途放弃了。"

在黑暗中，我们跌跌撞撞地缓慢向前摸去，前方那道微弱的灯光还在亮着，我们周围是黑黝黝的山影。有时看到那灯光似乎远在地平线以外，有时又仿佛看到它出现在咫尺之内。在这种环境中，没有什么比灯光更容易引人上当了。最终我们知道确实离它不远了，我们也看到灯光的具体位置了，那是一支流着蜡油的蜡烛插在岩石缝隙里。蜡烛的四周都用石块围着，这么做的原因，一方面是为了确保只有巴斯克维尔庄园那边的人才可以看得到烛光；另一方面则是为了不使它被风吹灭。我们隐藏在一块突出的花岗岩巨石后面，那里也正好可以掩盖我们的行踪。我们就在巨石后面盯着那盏信号灯来静候四周的变化。这一盏明灯在这广漠的沼泽地中心燃烧着，这事看起来着实让人感觉怪异。除了那束黄色的火苗以及它四周岩石壁上的亮光外，附近完全没有发现有生命的痕迹。

"现在我们已经找到地方了，下一步应该怎么办？"亨利爵士悄悄问道。

"先在这儿等等，我们在灯的附近观察一下，看能否看到他的身影。"

不料我们的话音刚落，就看到他出现了。就在那块插着蜡烛的石缝旁的岩石上，一张邪恶的蜡黄色的脸孔猛然探出来。这张脸孔上面刻满了卑劣的印记，如野兽般的恐怖。这个人蓬头垢面，脏兮兮的头发，下巴上留着蓬乱的胡须，看上去像刚从深山里的洞穴中爬出来的远古时代的野人一样。他的那双小眼睛在燃烧的蜡烛映照下闪烁着光芒，如同是一只凶狠而狡猾的野兽突然听到了猎人迫近的脚步，凶残的目光在黑暗中不停地扫视四周。

显然，应该是某些东西引起了他的怀疑。可能又有什么说不清的原因，在警示这家伙有些地方不太对劲。也或许是巴里莫先生并没有告诉我们某种特定的暗号，可以给他传递某种信息。不管是什么原因提醒了他，他那张恶魔般的脸上此时写满了恐惧。他看起来随时都会从蜡烛下面逃开，然后在茫茫夜幕中消失不见。我和亨利爵士先后跃了出去。就在这时，他向我们抛过来一块大石头，尖叫着咒骂了一句，巨石击到我们藏身的花岗石上，然后撞得粉碎。他突然跳起来，转身就跑。月亮就在这个时候正好穿过云层，我们借着月光，看到逃犯那矫健的身躯，他的个儿虽不高，但显得强健有力。当我们冲过山坡时，看到他像一只山羊般在山坡的另一边迅速奔跑着，并且穿过乱石快速地向前奔去。如果远距离射击，我的左轮手枪可以使他跛足不前。可是我带左轮手枪来是用来自我防卫的，以防万一遭到攻击时可以保护好自己。可是面对一个手无寸铁的逃犯，我不能随意开枪。

我们两个也算是长跑健将，都受过很好的训练，但很快我们发现几乎没有可能超越他。我们一直看到他在月光下向前奔跑，很长时间里都保持这样，直到后来，变成了一个在远山下的巨石间快速移动的小点。我们一直在追逐，在奔跑，但到了后来，我们之间的距离也越来越大。最终，我们喘着粗气停了下来，这回彻底跑不动了，便坐在两块岩石上休息，眼睁睁地看着逃犯消失在远方。

就在这时，一件奇怪的，让我们意想不到的事情发生了。就在我们准备从岩石上站起来往回走，决定放弃那徒劳的追赶时，高耸的花岗石顶峰掩映在一片月光中，而月亮遥挂在天际的右侧。在这银色的背景之下，我突然发现有一个人影出现在峰顶，远远看去就像是一座乌黑的雕塑一般。福尔摩斯先生，请不要认为我所描述的这一切是一种幻觉，我认为这是我生平中看得最真切的一次，我可以跟你承诺。这是一个瘦高个儿的人影，他站在那里，低着头，双手在胸前紧握着，两腿略微分开，似乎在凝望着他面前的这一望无际的黑暗笼罩下的罪恶的沼泽地。我由此可以判断出，他或许就是这块罪恶之地的灵魂吧。因为逃犯在这么短的一段时间内，肯定没有逃离到这么远的距离，所以我认为他一定不是那个逃犯，况且逃犯远没有他个儿高。我想指给亨利爵士看，结果在我惊讶地叫了一声，准备抓住准男爵的衣袖之前，他却突然消失了。之前发现的那静默不动人影不见了，而那高耸的花岗岩顶峰依然映照在月亮的下半部，此时的月光很美。

我们的追踪距离的确有些遥远，我和我们的朋友也想沿着那边去追寻，所以也就没有心思去做新的冒险。结果他依然沉浸在那令人恐惧不已的叫声中，此时他突然想起了自己家族里那恐怖的故事。今天他没有看到峰顶上那个孤独的人的身影，哪怕是看到那人威严的神态，自然感觉不到由此带来的恐惧。

"我认为那些人是狱卒，肯定是的。"他说道，"这里随处可见狱卒，自从那逃犯越狱之后。"我想进一步证实这一切，或许他的解释有一定的道理。令人遗憾的是，我们并没有亲手抓住逃犯，而我几乎就要成功了。这就是我们昨晚在沼泽中的冒险经历。报告很详尽吧，福尔摩斯先生，我报告给你的这些事情，可能很多与本案关系不大，不过我还是要把这一切都报告给你，请你自己衡量，并做出自己的判断。我们已经弄明白了巴里莫一家人的行为及其动机，解开了一些迷雾，的确取得了一定的进展。我认为，在神秘的沼泽地里，或许下个电报里会有点新的调查结果。不过无论如何，最好你能亲自过来一趟。那么，你会收到我新的报告，在接下来的几天里，该说的话也都说过了。

十　重要的发现

迄今为止，我都是依靠以前写给福尔摩斯先生的各种报告而写作的。现在，我打算放弃这种写作方式。我要借助我当时所写的日记，我相信自己的记忆力。以下是从日记里摘录的几段，可以借此机会重现记忆在脑海深处的某些细节，还原当时的情景。

10 月 16 日

这是一个阴暗的日子，四周浓雾笼罩，天空飘着牛毛细雨。在房屋周围，乌云萦绕翻滚，偶尔可以看到那茫茫的沼泽地。遥远的小山上似乎披着薄薄的面纱，一会儿隐一会儿现。屋内屋外都一片沉寂，而远处湿漉漉的巨石也隐约可见。准男爵今天的心情极度沉闷，没有了昨晚的某种兴奋之情。我总感觉到有一种巨大的危险即将袭来，这是一种确实存在的危险，而这种不明晰的危险传播开来后会让人更加恐慌。曾有那么一会儿我的心情也十分沉重，是什么导致了我的这种感觉？可能，有一种巨大的邪恶隐藏在我们身边。巴斯克维尔庄园上一任主人的意外死亡，确切地印证着这个强大的家族的某种传说。而这里的村民，在不断地讲述着沼泽地里有某种怪兽出没的故事。想想这些发生的事件，最终一切都指向一点。有两次我亲耳听到来自远方的似乎是猎犬的狂啸。我相信这不是超自然的，它也不可能是超自然的。想想它的狂叫，想想猎犬的印记，就知道这一切是在现实生活中真实存在的。默蒂莫医生可能会相信这些传说，斯特普尔顿或许也会相信这些传说，但是我绝不会相信这一切的，要是我有点常识的话。在这里的村民之间流传着一种说法，他们说沼泽地里有一只凶残的猎犬，还说它是一只眼里、嘴里都会喷火的怪兽。福尔摩斯自然不会相信这些传奇，而我作为他的搭档，肯定也不会相信了。假如相信它了，我就相当于将自己的认知水平拉低到当地村民的认识水准了。事实上，要是真的有一只巨大的猎犬出没于这块沼泽地，那么这一切解释起来就容易多了。可是这样一只大猎犬又是从何处而来的呢？它会藏身何处呢？为什么从来没有人在白天见过它呢？它是从何处获得食物的呢？不得不承认，合理的自然解释，就如同超自然力量的解释一样，二者都显得那么苍白无力。但是无论如何，这起案件里应该有人的作用存在，除了那只神秘的猎犬之外，还有那封提醒亨利爵士远离沼泽地的书信，以及伦敦那辆出租马车里的人影，至少这些事情是真实存在的。这也许是敌人的鬼花招，更或许是朋友对他的保护行为。那么，我有些不解，他会不会就是我那天晚上看到的站在花岗岩顶峰的神秘人呢？

我敢说，我只是瞥见了他一眼，就能知道我所看到的一切是真真切切的。我已经认识了这里所有的邻居了，不过他不是其中的任何一个人。他的身高要比斯特普尔顿高许多，体型要比弗兰克兰德瘦许多。与他们相比，巴里莫先生的体型和他差不多，可是他就在巴斯克维尔庄园，我确定他不会跟踪我们到这里来，而是有另外一个神秘的人在尾随着我们，就像上次在伦敦有不明身份的神秘人物跟踪我们一样。实际上，如果我能够抓到这个神秘的跟踪者，至少我们在慢慢接近这起错综复杂案件的尾声。而为了这一目的，我会将全身心都投入到工作中去。

我想在第一时间把自己的计划告诉亨利爵士，但转念一想，我需要自己去做，没有必要告诉任何人，其实这也是很明智的做法。亨利爵士一副心不在焉的神情，一句话也不说。沼泽地里的怪叫，无疑已经使得他的神经受到重创。我打算独自行动，以达到我想要达到的目标。另外我不想说一些事情，同时也可以避免让他的内心更加焦虑不安。

今天吃过早饭后，发生了一件很不起眼的小事。巴里莫先生和亨利爵士两人在书房关起门来谈了一会儿。显而易见他们是在谈论着昨天晚上的事情。我坐在弹子房里，也留心着他们的谈话，不过他们的声音忽高忽低，好些话我都没听清楚。过了一会儿门开了，亨利爵士叫我进去。

"巴里莫先生出于自己的意愿，他把秘密告诉我们，而我们却利用这个秘密去追捕他的亲戚。他认为这是不公平的，因此他觉得自己很冤屈。"亨利爵士说道。

巴里莫先生很镇定地站在我们面前，脸色越发苍白。

"或许我说的话有点过分，如果接下来我的话冒犯了您，请谅解。"他说道，"今天早上自你们二位绅士回来，我才得知你们连夜穿过沼泽地去追捕塞尔登，我对此感到十分吃惊。他现在是个可怜的家伙，不要再给他添麻烦了，目前已经够他受的了。"

"事实上，如果是你自愿告诉我们的，那就是另外一回事了。"准男爵说道，"可是，无论是你，包括你的妻子，你们都没有主动告诉我这个秘密的事情。"

"我没有想到您要去利用这一点的，真的，我是真的没有想到。"

"那人是个穷凶极恶的家伙，你只要看他一眼就会知道的。事实上，他对公共安全已经造成了威胁。除非抓捕他，要不然对每一个人都是一种威胁。在这沼泽地，几所孤零零的房子散布在各处。比如说斯特普尔顿家，他们保护自己的能力是很弱的。"

"我向您保证，他不会对这里的任何人构成威胁，特别是他也不会强行进入任何人家的。亨利爵士，我向您保证，等我们这边做好了必要的准备之后，他会到南美去。看在上帝的份儿上，亨利爵士，我恳求您不要告诉警察他仍然在沼泽地里这个事实。要是警察不去追捕他，他就可以安安静静地藏在这里，等待着船只的到来。我想您应该不会告发的，爵士，如果你们告发了，那么，我和我妻子就陷入了麻烦之中，所以我请求您，千万不要对警察说出我们的这个小秘密！"

"您是怎样认为的呢，华生？"

我耸了耸肩，开口说道："要是他能安全离开这里，也算是给纳税人减轻了一些负担。"

"但是在他离开之前，假如因他的行为，而威胁到他人的安全呢？"

"先生，请放心，我们保证提供给他所需要的一切物品。如果他去犯罪，无异于自我暴露藏身之地。因此，他应该不会有这种疯狂举动的。"

"希望你说的这些都是真的。"亨利爵士说道，"好吧，巴里莫——"

"上帝保佑您！我要发自内心地谢谢您！如果他因为泄密而再次被抓，我那可怜的妻子就会因此而痛不欲生！"

"我想我们是在帮助和纵容一个罪犯逍遥法外，华生。但是听了巴里莫先生所讲的事，我想我不会继续追究这件事了，过去的事情就让它过去吧。好了，你可以走了，巴里莫先生。"

巴里莫先生说了几句感谢的话，转身要走，结果他犹豫了一下，又走回来了。

"就今天的事，我愿意尽自己所能来回报您，您对我们一家人真的是太好了。或许我早就应该告诉您了，我了解一些事情，这是在警方调查之后我才发现的。我从来没有对任何人提起过这件事，我觉得这事应该与可怜的查尔斯爵士的死亡有关。"

我和准男爵都站了起来，我问道："你知道他是怎么死的？"

"不，我不知道。先生！"

"那你究竟知道一些什么事情？"

"我现在终于知道当时他为什么在大门口站着，他是在等待一位女士出现。"

"他在等待一位女士？"

"是的，先生。"

"谁知道那位女士的姓名？"

"我知道她姓名的缩写是 L.L.，不过却不知道她的全名。"

"巴里莫先生，你是怎么知道这事的？"

"哦，亨利爵士，您伯父平时就有很多信件，因为他是一位公众人物，并且大家都知道他心地善良、乐于助人，很多人有困难都会找他帮忙的。那天早上有一封信被送到了他手里。我当时特别注意了一下，能够看出那是一位女士的笔迹，而且信是从库姆·特莱西寄来的。"

"之后的情况呢？"

"先生，之后要不是我妻子的原因，我想我永远不会记起来这事的。自从查尔斯先生去世以后，他的书房就始终维持着原来的样子，而没有动过。而就在前几周，当我妻子收拾他书房时，无意中在壁炉后面发现了一封烧毁了的信。信的最后一页的一小片还在，除了这个，信的大部分都已烧焦，不过把残片拼在一起勉强还可以辨认，尽管纸已熏黑，字也变成了灰褐色。这部分应该是信的附言，上面写道：'您是位绅士，请求您读完后把这封信烧掉吧！请您于十点钟到大门口。'信的结尾署名为 L.L.。"

"请问那张纸还在吗？"

"先生，它早就不在了，一碰它就变成了碎片。"

"那么，查尔斯先生以前是否收到过同一笔迹写来的信？"

"哦，先生，我平时一般都不会特别注意他的来信。因为那天只收到了这一封信，因而引起了我的注意。"

"那么，你认为 L.L. 会是谁的代号呢？"

"不知道，先生，其实我和您一样对此事一无所知。但是我觉得，如果我们想知道更多与查尔斯爵士死亡相关的情况，就需要找到这位女士。"

"巴里莫先生，我不能理解的是，你为什么一直向我们隐瞒了如此重要的消息呢？"

"是这样的，亨利爵士，当我们知道这一情况之后，我们自己的麻烦就接着来了。况且，我和妻子对查尔斯先生都很尊敬，他为我们做了很多事情。对我们可怜的主人来说，把这一消息说出去，也不会给他带来什么好处，何况这一事件中已经卷入了一位女士。"

"你认为这样做会损害他的声誉？"

"是的，先生，我之前是觉得把这事说出来对大家都没什么好处。现在，您为我们做了如此多的事情，要是我不把自己知道的一切消息告诉您，我觉得这样对您不公平。"

"很好，巴里莫先生，你去吧。"

目送管家离开后，亨利爵士转向我，问道："华生，请问，您怎么看这线曙光？"

"它的存在只是使黑暗加剧，让一切变得更加令人费解。"

"我是这样想的，如果我们能通过各种方式找到那位女士，我感觉整个事件就会有点眉目了。我想肯定有人知道事情的真相，只要我们能设法找到她。你觉得接下来我们该怎么做呢？"

"尽快让福尔摩斯知道这些情况，这会给他一些线索，这是他一直在寻找的线索。我感觉如果没有让他亲自来，那么简直犯了一个大错。"

我回到自己的房间，整理了一下早上要报告给福尔摩斯的谈话。从贝克街的来信向来很少也很简短，其中对我提供的信息也很少加以评论，更不用说对我工作的评价了。看来他最近特别忙，很显然，他在专注地侦破那起匿名恐吓信案件。我估计将这一新的线索发给他后，肯定会激起他的兴趣，我自然是希望他能来到这里。

10 月 17 日

大雨不间断地下了一整天，雨水顺着屋檐不断地滚落到地面上，沙沙作响。我想起了在这阴森寒冷的沼泽地里，一个逃犯还藏匿着，这个倒霉的家伙在这里没有一处栖身之地。当然，他需要为犯下的罪行付出重大的代价！此时我又想起了另一个人——出租马车里的那个人。还有那个黑暗中的人影，是不是也始终孤身一人在沼泽地里生活？就在傍晚时分，我穿好雨衣，走在满是泥泞的沼泽地里，感觉随处都充满着黑暗的阴影。雨点击打着地面，就算以前坚硬的路面此时也变成了一片泥沼。最后我找到了那座黑色的花岗岩峰，我曾经就是在这里看到了那位威严的守望者。厚重的乌云低垂在远处的地平线上，雨水还在无情地继续冲刷着红褐色的岩峰。左边空旷的山谷里，巴斯克维尔庄园的两座高耸细长的塔楼透过迷雾时隐时现，密布在山坡上的那些史前人类居住的小屋也隐约可见。而我两天前的夜里看到的那位孤独的守望者，这次则没有任何踪影。

就在我回去的路上，默蒂莫医生驾着马车终于赶上来了。他驾车所走的这条坑坑洼洼的路实际上是通往远方弗欧麦尔农场的。实际上，默蒂莫医生几乎每天都会来到巴斯克维尔庄园嘘寒问暖。他坚持让我坐上他的马车，带我走一段路。我发现他对自己的那条小狗的失踪感到十分伤感。那条小狗有一次在沼泽地里四处游荡，然后就再也没有回来。虽然我一直在尽自己所能去安慰他，可我认为他或许永远不会见到他的小狗了，就像格林本泥沼里的小马一样。

在凸凹不平的小路上，我们一行几个人，颠簸而行。

"顺便问一下，默蒂莫医生，我想在这周围转转，附近的人您都认识了吧？"

"是的，我都认识。"

"那您能不能告诉我，全名缩写为 L.L. 的女人是谁呢？"

他想了一会儿，说道："我想我也不清楚这个人到底是谁。其实这里已经很少有我叫不上名字的吉普赛人或当地农民。不过在农民或者贵族里，似乎没有一个人的名字是这样的。让我再想想。"他沉思了片刻，然后说道："有一个叫劳拉·里昂的女人，她的姓名的缩写是 L.L.，不过她居住的地方是库姆·特莱西。"

"她是哪位？"我问道。

"是弗兰克兰德的女儿。"

"什么，就是那个倔老头弗兰克兰德？"

"一点没错。她嫁给了一个来沼泽地写生的艺术家，名叫里昂。后来被这个无赖抛弃了。当然我听说过错也不全是单方面的。因为她的父亲并没有同意他们的这桩婚事，可能还会有其他的理由吧，她父亲拒绝为她做任何事情。总之这对父女之间的关系一度十分紧张。"

"她靠什么维持生活呢？"

"我想弗兰克兰德可能会给她一点帮助，但应该不会太多，因为他自己的事情已使他疲于应付了。或许没有人愿意看着她就这样绝望地堕落下去，不管她之前是多么的罪有应得。当她的故事传开以后，很多人希望给她提供帮助，以便让她足够维持一种体面的生活，比方说，斯特普尔顿就帮过她，还有查尔斯爵士也帮过她，我也曾经给过她一些资助，这些资助主要用于帮助她经营打字的生意。"

我向他打听这些事情，终于唤起了他的怀疑。因为没有充分的理由让我们去相信每一个人。在不至于暴露过多秘密的前提下，我尽可能多地满足了他的好奇心。明天早上我想去库姆·特莱西，寻找那位声名有争议的劳拉·里昂女士。要是一切顺利的话，就能解开这一系列神秘事件背后的秘密。我想自己或许已经拥有了狡猾机灵的智慧。当我不便回答默蒂莫医生的问题的时候，我便设法转移了话题，问他一些比较专业且冷僻的事情，诸如弗兰克兰德的头骨属于哪一种类型的问题。然后在剩下的时间里，我们只谈有关头骨学方面的问题。我感觉自己并没有虚度在福尔摩斯先生身边生活的五年时光！

在这个暴风雨天，还有一件值得记下来的事情，那就是我和巴里莫先生的谈话。我通过这次谈话，得到了一张可以在合适的时间里打出的王牌。这个时候，默蒂莫医生留下来和我们一起吃晚饭，饭后他和亨利爵士打牌。这样我有机会趁管家到书房送咖啡给我时，问他一些问题。

"哦，你那位'宝贝'亲戚还依旧游荡在沼泽地吗，还是已经走了？"我问道。

"这事我还真不知道，先生。他留在这里只会给人带来麻烦，要是他走了那可就谢天谢地了。自从三天前给他送去食物之后，我这里就再也没有他的消息了。"

"你三天前看到他了？"

"没有，先生。但我再次过去的时候，放在那里的食物却不见了。"

"那说明他肯定还在那里待着呢。"

"我认为您可以这样理解，除非是还有另外一个人拿走了我放下的食物。"

"你之前就知道沼泽地里还有一个人？"我坐在那儿，把刚要往嘴边送的咖啡又停了下来，盯着他问。

"是的，先生，沼泽地里还有一个人。"

"那么，你看到过他？"

"没有，先生。"

"那你是怎么知道有这个人的？"

"是一两周前塞尔登告诉我的，先生。那个人也藏匿在沼泽地里，但我想他应该不是个罪犯。华生医生，其实我不想说这件事的，还是告诉您吧！"

巴里莫先生似乎在为自己说过的话而感到后悔，不过他犹豫了片刻，又似乎找不到合适的词语来表达自己内心的感受。

他最终说了出来。"这一连串的事情！"他的双手挥舞着，面对着那扇朝向沼泽地的湿漉漉的窗户大声说道，"我保证，这里一定有一个巨大的阴谋！这里有一种看不见的罪恶在横行！我多么希望亨利爵士回到伦敦去啊！"

"可是你为什么会产生这种警觉呢？"

"如同验尸官说的那样，您看看查尔斯先生的死亡！那场景非常恐怖！傍晚之后，您再听听沼泽地里的怪叫，即使你肯出很多钱，也没人愿意穿过沼泽地！看看藏匿在远处的那个人，他在窥视，也是在等待！那么，他在等待什么呢？这意味着什么呢？这对巴斯克维尔庄园的任何一个人来说，无疑都是件凶多吉少的事！我真希望早点将这一切完结，让巴斯克维尔庄园新来的管家早点来接替我！"

"您能告诉我关于那个神秘人的一些情况吗？塞尔登是怎么说他的？塞尔登是否知道他的藏身地在哪？或者说他在干什么？"

"他是个讳莫如深的人，塞尔登看见他的次数也就一两次，其中没有露出任何蛛丝马迹。刚开始塞尔登以为他是个警察，但很快发现那人凡事都有他自己的安排，可以有条不紊地将工作和生活处理妥当。他判断那人在生活中应该是一位优雅的绅士，但他并不知道对方在干什么。"

"他说那人住在什么地方了吗？"

"住在山坡上那些古人住过的小石屋。"

"可他平时都吃些什么？"

"塞尔登说，他发现那人找了一个小伙子向他提供所需要的一切，为他做事。我敢说，他应该是从库姆·特莱西这个地方弄到所需要的东西的。"

"很好，巴里莫先生。我们以后找机会再深入谈论这一问题吧。"当管家离开之后，我靠近了那扇漆黑的窗户，并透过模糊的玻璃，看着窗外随风摇曳的树影，还有那翻滚的乌云。我在屋内都觉得这应该是一个狂暴的夜晚，那么在那沼泽地里的小石屋内又是什么情况呢？那个人为何要在这种时候待在那里？什么样的目的使得他愿意经历这种考验？看来时刻困扰着我的各种问题的答案，可能就隐藏在那沼泽地里的小石屋内。我发誓明天一定找过去设法把这一堆问号拉直。

十一　岩岗上的人

我从日记中摘录内容书写了上一章，时间定格在 10 月 18 日。自此之后，这一系列神秘事件，开始慢慢揭开谜底。我会逐一详述接下来的几天发生的大小事件，不用去查阅当时的记录，这些事件都深深地刻印在我的脑海里。下面我就从发现了两条重要线索之后的第二天开始叙述吧。第一条重要线索就是曾经给巴斯克维尔庄园的查尔斯爵士写信的库姆·特莱西的劳拉·里昂，二者约定了见面的时间和地点，然后查尔斯先生在同一时间同一地点死亡。第二条重要线索就是那位藏匿在沼泽地山坡上小石屋里的神秘人物。掌握了这两条重要线索之后，就能使这一系列复杂的案件取得突破性的进展，要不然只能说明我的智商低下或勇气不足了。

前一天晚上，亨利爵士和默蒂莫医生在打牌，一直到很晚才打完，因此我没有机会告诉准男爵有关里昂太太的情况，在早饭时间，我跟他说了我的发现，并让他和我一起去库姆·特莱西。刚开始他很乐意和我一块儿过去，不过很快我们都改变了主意，或许我一个人去结果会好一点，因为这种去基层的走访越是正式，得到的有效信息往往会越少。我让马车夫载着我去进行新的摸索活动，而把亨利爵士留在家里，这个时候我心里深感不安。我们到达库姆·特莱西之后，我让珀金斯停好马车，我自己去打听要去拜见的里昂太太的住处。在城市的中心地带，找到她的住处其实很容易。她的住处装修得不错。一位仆人随和地带我进去。当我走进起居室，看到一台雷明顿牌打字机前坐着一位女士。她站起来，微笑着表示欢迎我的到访。但当她看到来的是一位陌生人时，脸上的笑容消失了，开始坐下来询问我的来意。

我对里昂太太的第一印象是她十分漂亮。她是一位有着浅黑肤色的女人，有淡褐色的眼睛和头发，稍带些绯红的脸颊，虽然有很多雀斑，但对她来说，这种美则是恰到好处的，犹如黄色玫瑰中崭露着精致的粉色。我承认我对这位女士的首要印象的确是美丽漂亮，但之后的印象就有点挑剔了。我觉得，她的表情有些粗犷，有损她那完美姣好的面容，还有眼神似乎也不柔美，有点松垂的嘴唇也让她的美丽打折不少。当然这一切都是过后才有机会想起的问题了，当时站在一位这样漂亮的女士面前，我几乎将自己的使命忘记了，当她问我来找她的目的时，才回过神来。

"你好，我很荣幸地告诉你，我认识你的父亲。"我说道。

那位女士听了上面的话后的反应，让我觉得自己的开场白是那么不合时宜。

"我和父亲之间没有任何你想象中的包括感情在内的东西。"她说，"他的朋友不是我的朋友，我不欠他什么东西。从小到大他也没管过我呢，要不是已经去世的查尔斯·巴斯克维尔爵士和其他一些好心人的资助，我早就饿死了。"

"哦，我来找你，就是为了向你了解关于已经去世的查尔斯先生的一些事情。"

她闻言脸色一下子变得苍白，就连脸颊上的雀斑也变得更加明显了。"那么，你需要我告诉你什么事情呢？"她问道，显得十分局促，手指在不停地拨动着键盘上的标点键。

"你认识他，这个应该是事实吧？"

"他是个好人，我亏欠他很多。并且我已经说过，他对我很好。我能自己把自己养活，在不幸的处境中挣扎长大，我认为在很大程度上是由于他的帮助。"

"那么，你给他写过信吗？"

"你问这话是什么意思？"她郑重地问道。在她那浅褐色的眼睛里，很短时间内就燃起愤怒的火花。

"是为了尽量避免丑闻被公开。我在这儿问你，总比让这些事情传出去而造成不良的影响要好一点吧。"

她沉默下来了，脸色依然惨白。最后，她平复了一会儿心情，换上一副满不在乎和富有挑战性的神情。"好吧，就这样吧，你问我答。那么，你的问题是什么？"她问道。

"那我再问一遍，你给查尔斯先生写过信没有？"

"为了感谢他对我的慷慨解囊和体贴关怀，我确实给他写过一两封信。"

"那么，你记得你发信的日期吗？"

"抱歉，不记得了。"

"好吧。那你和他见过面没有？"

"见过，有一两次吧，是他来库姆·特莱西的时候。他一直很喜欢暗地里为他人做好事，为他人排忧解难。可能你并不清楚，他是一个喜欢隐居的人。"

"哦，你给他写信不是很多，你们之间也很少见面，但如你所说，他却帮了你不少忙，那他是怎么知道你遇到了难题而来帮助你的呢？"

我感觉这一问题并不容易回答，但她还是很坦然地回答了我。"有几位绅士联合起来帮我，他们知道我不幸的过去。其中有一位绅士是查尔斯的邻居和密友，他叫斯特普尔顿先生。他非常善良，查尔斯就是通过他的介绍了解到我不幸的经历的。"

我认为这位女士所讲的一切应该是真实的，因为我知道查尔斯·巴斯克维尔曾多次让斯特普尔顿先生作为施赈人员。

"你是否曾写信请求查尔斯先生和你见面？"我继续提问。

里昂太太又一次因我的问题而愤怒起来，她满脸通红地反抗道："先生，你提出的这个问题真的很过分！"

"哦，非常抱歉，太太，但我有必须问这一问题的理由。"

"那我就回答你吧，我的答案是：当然没有！"

"既然这样，我想知道的是，在查尔斯先生死亡的那天，你有没有用任何理由约他见面？"

我面前随即又出现一张惨白的面孔，而她脸上的绯红也迅速不见了。她干裂的嘴唇似乎说不出"不"，这个字与其说是我听到的，还不如说是我看到的。

"我想，可能是你的记忆力欺骗了你。"我说道，"你可以仔细回想一下。我甚至可以背诵你信中的一段话："您是位绅士，请求您把这封信烧掉吧！请您于十点钟到大门口。'"

我怀疑她听到这些话可能会晕厥过去，可这次我的判断错了，她以惊人的力量很快就恢复了过来。

"这个世界上真的有绅士吗？"她向我叫道。

"哦，我想补充一下，查尔斯先生的确按照你的要求烧毁了信件，可是有时候仔细辨认烧毁了的信件，还是可以辨认得出的，所以，你冤枉了他。现在，你承认那是你写的信了？"

"是的，那信确实是我写的。"她叫道，开始滔滔不绝地讲话了，"就是我写的，我为什么要否认呢？我希望他能伸出援助之手帮帮我。我没有理由为此感到羞耻。我认为如果我想得到他的帮助，就需要和他面对面谈一次，这就是我约他见面的原因。"

"但为什么选择那个时间见面？"

"因为我没有办法提前赶到那里去，而我听说他第二天要去伦敦，可能需要几个月后才能回来。"

"那么，你为什么要在信里把见面的地点选择在大门口，而不是在双方的房间里呢？"

"你认为，一个女士在那个时间独自到一个单身男子家里去见面合适吗？"

"好吧。请你告诉我，当你到那儿之后你们之间到底发生了什么事情？"

"事实上，我并没有去那儿。"

"里昂太太！"

"我确定没有去和他见面！我可以用自己认为最神圣的事物发誓，我那次真的没有去。后来发生了一些足以阻止我去赴约的事，所以我就没去。"

"那么，到底发生了什么事？"

"哦，抱歉！我不会回答这个问题，因为这是非常隐私的事情。"

"是吗？你主动要求和查尔斯先生见面，可是结果查尔斯先生死了，就在你约定的时间和地点。然后你告诉我，你没有和他见面？"

"事实就是如此。"

我反复地问她，但并没有得到更多的信息。

"里昂太太！"经过长时间没有意义的拉锯后，我决定换个方式和她交流，"我认为查尔斯先生的死，你负有很大的责任，但你却不愿意将你所知道的一切坦诚地告诉我。这样，你将自己置身于一种非常不利的境地。你的麻烦仅仅是个开始，如果我不得不请警方出面的话。我有个疑问：你刚开始为什么要否认你那天给查尔斯先生写过信呢？假如你是清白的。"

"因为我怕自己被动陷入一场丑闻，由于某个错误的结论。"

"那么，请你告诉我，你为什么要求查尔斯先生烧毁你写给他的信件呢？"

"哦，我想如果你读了信，你是知道原因的。"

"我好像没有说过我读完了信。"

"你引用了其中的一些话。"

"事实上我提到的只是那封信的附言。至于那封信的内文，被烧毁了，已经无法辨认。好了，我再问你一次，你为什么要请求查尔斯先生烧毁你写给他的信件——就是他死亡那天收到的你写的信件？"

"抱歉，这是我的隐私，我不想回答你的这个问题。"

"我认为你不想回答我的问题，其中更重要的原因，恐怕是你想避免公开调查此事吧？"

"好吧，我告诉你。你应该知道我比较轻率地结婚了，如果你听说过我的不幸的故事，或许会知道，我向来为此感到很遗憾很后悔。"

"是的，我听到过一点。"

"从小到大，我的生命历尽了数也数不清的折磨。嫁给一个自己痛恨的男人，而法律还是站在他的一边，我每天都面临着被迫和他同居的可能。后来我得知如果支付一定费用，我就有能够重获自由的希望。你可能不知道这对我意味着什么：心灵的平静、幸福和自尊——所有的一切！我给查尔斯先生写信，是由于我知道查尔斯先生慷慨大方，我想面对面把我的故事讲给他听，我想他是会帮助我的。"

"那后来你为什么没有去赴约呢？"

"因为在那段时间内我通过其他途径获得了足够的帮助。"

"那么，你为什么没有及时写信给查尔斯先生解释一下这件事情呢？"

"我曾想过写信解释的，可是没想到第二天就在报纸上看到了他的死讯。"

这位女士给我讲的故事情节很合理，内容无懈可击，我承认我一度也找不出漏洞。或许，唯一能验证这事真假的办法，就是重点调查在悲剧发生前后，她是否真的有过起诉丈夫，申请离婚的行为。

因为她去巴斯克维尔庄园一定要乘坐马车去，等回到库姆·特莱西少说要等到第二天早上，这么久的旅行是无法不走漏半点风声的。如果她去过巴斯克维尔庄园，她应该不敢撒谎说没有去过。那么，她说的话应该是实情，或者说了一部分实情。没想到在这里我又一次碰壁了，似乎在通往我完成使命的每一条道路上，都少不了这堵墙。我一直认为她有一些信息并没有跟我讲。当我一次又一次地想起那位女士的脸色和神态时，突然想起几个问题：为什么只有在她没有办法否认时才肯承认事实呢？她的脸色为什么会突然变得惨白呢？还有，为什么在我提到查尔斯先生的悲剧时，她立刻沉默不语呢？当然这些问题的解释，肯定特别复杂，不会像她告诉我的那样简单。现在，根据我所了解的信息，我没有办法再继续前进了，看来只好转向另一条线索了，就是要努力爬到到山坡上的小石屋里去寻找那个人。

我感觉这是个十分模糊的方向。我曾听巴里莫先生说过，那位神秘的人生活在废弃的石屋里。然而，在沼泽地的各个角落，像这样的石屋有成千上万座，我不可能一一去搜寻。也许，我曾经的经历可以提供一点线索，因为我曾看过那个神秘人士站在岩岗的峰顶上，如果以此为中点向四周搜寻，可能有点希望。不管怎样，我决心找遍周围的每一间石屋，直到找见那人为止。到时我会让他亲口回答为什么要长时间尾随着我们，并告诉我他是谁。如果有必要，我会用左轮手枪指着他，让他无处可逃遁。事实上，在这孤寂的沼泽地，他也会不知所措的！当然，如果我找到了那神秘人士所住的石屋，而它的主人却不在屋里，我会一直在那里等他回来，不管这等待是多么漫长！在伦敦，他运气很好，竟然在福尔摩斯的眼皮底下溜走了，师傅的抓捕行动宣告失败。要是徒弟能亲手抓住他，这该是一场多么大的胜利啊！

我在这次调查中，起初总是不走运，可最终还是有了一点运气。这个给我带来好运的人，就是弗兰克兰德先生。他面色红润、胡须花白，正站在花园的门外，那花园的大门正对着我要经过的马路。

"华生医生好！"他朝我喊道，我很少能见到他有如此的好心情。"快进来与我一起喝酒，顺便让你的马儿休息休息，咱们好好地庆祝庆祝！"

实际上，自从听说他怎样对待他的女儿之后，我对他就没有了好感。不过这是一个好机会，我可以乘机打发掉珀金斯和马车。我便下了车，让人给亨利爵士捎去了口信，告诉他我会在晚饭时间步行回家的。随后，我去了弗兰克兰德先生的起居室打算和他喝酒庆祝庆祝。

"先生，今天是我大喜的日子，是伟大的一天。"他边说边笑，"我今天了结了两起诉讼案件，我想让他们知道，在这里，还有一个很喜欢打官司的人！在这里，法律就是法律。我证实有一条马路穿过米德尔顿公园中心，离他家的前门也就有一百码的距离。你遇到这种事情会怎么想？这些大财主全然不顾老百姓的权利，我要教训教训他们！这些肆无忌惮的人们还认为天底下没有产权一说，他们可以四处随意丢弃废纸和空瓶，为所欲为。现在通过诉讼，我将费恩沃西家野餐的树林关闭了。华生医生，这两起诉讼我都胜诉了。自从我控告约翰·莫兰先生在自己蓄养场射击一案胜诉以后，我很长时间都没有过这么高兴的日子了。"

"那么，你这么做，到底是为了什么？"

"看看这个本子，先生。我认为它值得一读——弗兰克兰德对莫兰、高等法院。虽然它花了我二百英镑资金，可我最终获得了胜诉裁决。"

"哦，这对你到底有什么好处呢？"

"完全没有好处，先生。我可以自豪地宣布，在这些诉讼里，我并没有得到任何利益。我之所以这么做，完全是出于维护公众利益的责任感。我甚至可以肯定，比如说，费恩沃西一家人会在今天晚上把我扎成草人来烧掉！上次他们这样给自己出气的时候，我告诉警方，应该阻止他们试图用这种无耻的行为来伤害我，但地方警局的做法真是丢人现眼，因为他们没有给予我应有的保护。而弗兰克兰德对女王政府的诉讼案很快就会引起公众的注意。我告诉过他们，他们如果这样对待我，总有一天会后悔的！现在，我以前说过的话变成了现实。"

“是吗？”我问道。

这老头立马得意扬扬地说道：“我能够告诉他们一些内幕消息，而这些消息他们竭尽全力都想知道，可是没有什么东西可以诱使我把消息告诉这帮混蛋。”

之前我一直在寻找脱身而去的借口，以远离他的闲聊，但现在，我倒希望能从他那里听到更多的消息。我看得出来，这是个性格古怪的狡猾老头子，一旦你表现出对某事的强烈兴趣的话，就会引起他的猜疑。

“这肯定是有关偷猎的事情了？”我装作漫不经心地说道。

“哈哈，孩子，我说的是比这还严重得多的事情！对了，那个沼泽地里的逃犯现在的情况怎么样了？”

我大吃一惊地问道：“难道你知道他藏匿在哪里？”

“不知道你是否考虑过，要想将逃犯抓住，可以从他获得食物的途径入手，然后跟踪他。虽然我并不知道他确切的藏身之地，但我确信，我一定能够帮助警方抓住他。”

他似乎正在慢慢接近事实的真相，这个发现实在让人忐忑不安。

“当然了！”我说道，“但是，你怎么知道那个逃犯就在沼泽地里？”

“那还不简单，因为我亲眼看到有人给他送去食物！”

我觉得巴里莫先生被这样一个爱管闲事的恶老头子抓住把柄，实在是一件很麻烦的事情。所幸他接下来的话终于让我松了口气。

“给他送去食物的是一个孩子，你很惊讶吧！我每天都可以通过架在屋顶的望远镜看到这个孩子。假如他不是去找逃犯，那么他每天在同一时间沿着同一条路走过去，会是找谁呢？”

真是太幸运了！我压制着自己强烈的好奇心。没想到居然是一个孩子！我记得巴里莫曾说过给那位神秘人提供食物的是一个孩子。看来弗兰克兰德发现的其实不是逃犯的踪迹，而是那位神秘人的踪迹！我想，如果我能从他这儿得到相关信息，那就不需要我疲惫不堪地长时间去追寻嫌疑人了。我想我应该表现出怀疑和漠不关心的样子，这是我打出的王牌。

“我想，这事更可能是住在沼泽地里的一位牧人的孩子去给父亲送饭吧。”

没料想我的这点反对意见立刻激起了这位倔强老头的怒火，他就如同一只生气的猫儿一样，用满怀恶意的眼睛狠狠地瞪着我，就连花白的胡须都竖了起来。

"我发誓我说的都是真的，先生！"弗兰克兰德先生说道，他指着屋外茫茫无际的沼泽地，"这里可以说是整个沼泽地里乱石最为集中的场所！你看看远处那黑色的岩岗，再看看那布满多刺树林的山峦，难道一个牧人会选择在这样的地方放牧吗？先生，你的说法实在是太荒唐、太可笑了！"

我马上十分谦逊地向他道歉，说是自己不了解当地的情况，我的就范明显地让他很高兴，也骗取了他对我进一步的信任。

"先生，我觉得你应该相信，我做出的每一个判断都是有足够证据支撑的。我经常观察到那个孩子往沼泽地里送东西，而且送了很多次。他每天都去，有时一天去两次。我能够——等会儿，难道是我的眼睛在欺骗我？还是有什么东西在那边的山坡上移动？"

虽然离这儿有几英里的距离，但我还是清晰地看到有一个黑点在一片深绿色中移动。

"快来，先生，快来！"弗兰克兰德一边朝我叫道，一边冲上楼去，"现在你可以亲眼看到是什么情况，自己判断去吧！"

弗兰克兰德在屋顶平坦的地方架起一台巨大的望远镜，下面支着一个三脚架。弗兰克兰德拿眼睛凑近望远镜，嘴里还不时发出一声满意的叫声。

"快！华生医生，快过来！要不他就翻过山了。"

没错，确实有一个小孩，正拖着沉重的脚步在山坡上缓慢前行，他的肩上也确实背着一个小包。当他走到峰顶时，我终于看到了这个小孩的样子。他衣衫褴褛，但表现得十分警惕，鬼鬼祟祟地向四周张望，可能是担心有人在跟踪他，之后很快就消失在山的另一边了。

"瞧，这回我说对了吧？"

"是的，我看到一个小男孩似乎在偷偷地做着一件秘密的差事。"

"他在干什么，我认为任何一个地方警官看一眼都能猜得出来，但我不会告诉他们的。华生，你也要保守秘密，一个字都不许往外说！明白吗？"

"好，我不会往外说的。"

　　"他们对待我的态度很可耻！当弗兰克兰德对女王政府的诉讼案件公之于众之后，我敢说，全国上下会有一股愤怒的潮流涌现。我相信没有什么东西可以诱使我以任何方式帮助警方破案。因为他们在意的或许仅仅是我，而不是我的个人形象。你别走，干完这瓶酒，我们一起来庆祝这伟大的时刻！"

　　我婉拒了他想让我陪着他去做的一切恳求，并且成功地谢绝了和他一起散步回家的邀请。我在回家的路上走了很远，直到他看不见我时，便离开大路，进入沼泽地，往那个小孩消失的地方走去。我告诫自己不要因为精力不足和不够坚持，就错过这天赐良机。

　　当太阳就要落山时，我才爬到山顶。我脚下的斜坡，一边是雾蒙蒙的阴影；一边在落日映照下呈现出一片金光闪闪的绿色。地平线已经显现出了一抹淡淡的暮色，在暮色中矗立着奇形怪状的贝里弗和维克森岩岗。在一片苍茫空旷中，一只灰色的大鸟在湛蓝的天空飞过。可能是只海鸥，或许是麻鹬，除此之外，就没有其他的生物了。举目望去，四周一片孤寂，这段时间以来，我要执行的神秘而紧迫的任务，让我心中一阵紧张。没有发现那个男孩的踪影。古老的石屋在我脚下的山谷里环绕了一圈。中间的一间屋檐比较完好，可以作为遮风挡雨的屏障。这一定就是那位神秘人藏身的地方了。当我看到这一切时，心中也不禁充满了一种成就感，我马上就要将他的神秘面纱揭开了！

　　就像前面讲过的斯特普尔顿握着捕蝶网，悄悄地捕获停落着的蝴蝶一样，我小心谨慎地靠近了石屋，心里十分激动，这地方真的有人居住过的痕迹。有一条在乱石间若隐若现的小路，通向那破败不堪的大门。门里面悄然无声，那位神秘人可能正潜行在沼泽地里，或许就潜伏在门里面。我将烟蒂扔掉，心中充满了冒险的激动与兴奋，手摸在左轮手枪的枪柄上，很快逼近门口，然而里面却没有人。

实际上，我并没有找错地方，石屋里面有足够的生活迹象能够证实我的观点。毫无疑问，这个石屋就是那人生活的地方。一块防雨油布包裹着几条毯子，放置在一块石板上，这石板或许正是那人休息的地方。室内还有火燃后留下的灰烬，都在一个粗糙的石槽里；除此之外，还有用剩的半桶水和一些炊具。这一切迹象表明，他在这里生活有一段时间了，屋里一堆胡乱扔着的空罐足以证明我的观点。我的双眼慢慢地适应了石屋里斑斑点点的光影，这个时候我才找到机会看一下屋子里还有些什么东西。我看到角落里有半瓶白酒和一只金属酒杯。石屋的中间有一块扁平石块被当作桌子，桌子上面有一个小小的布制口袋。这口袋和我在望远镜里看到搭在那个男孩肩上的袋子好像是同一件东西。我对口袋进行了检查，里面有一块面包、一盒牛舌和两听桃子罐头。当我将口袋放回原处的时候，发现了一张纸条，经仔细检查，发现纸条上面写着这样一行潦草的铅笔字："华生医生已经去了库姆·特莱西。"

我在那里站了挺长时间，一直在考虑一个问题，那就是这张纸条传递了一个什么样的信息？也许可以认为这位神秘人物在跟踪我，而不是跟踪亨利爵士！这个人并没有亲自跟踪我，而是派了一个人，也许我应该对那个小孩引起警觉，他可能在我身后秘密地尾随着我。或许，我在沼泽地里的每个举动都被人监控，最后报告给他。我总感觉到，在我的四周，始终有一种无形的力量，然后又精心编织而成的大网，它并不会将你紧紧地网在里面，让你动弹不得，而只是在关键时刻，会让你知道自己已经被网在了里面。

如果有一份报告，应该还会有其他报告，可是结果我什么也没有找到。我四处寻找，这人居住在这里的意图和他的性格特征真的是让人不知道说什么好了。也许他具有斯巴达人的生活习惯，对生活环境舒适与否并不在乎。屋顶裂开了一道口子。我想想那天的倾盆大雨，足见其为了达到目的所付出的艰辛！正是这种坚强意志，才使得他长期潜伏在如此荒凉的地方。他是我们凶残的敌人？还是正巧是来保护我们的天使？我一定要把这事查个水落石出，要不然我无法弄清楚，到底是谁在这石屋居住。

大格林本泥沼池塘的水面在太阳的余晖映照下，泛起点点红光。远处，属于巴斯克维尔庄园的两座塔楼静静地矗立在那里，缕缕炊烟自格林本村庄升起，斯特普尔顿的家就在它们的后面。在金色余晖的照射下，一切都显得柔美、恬静而祥和。然而，我的心灵却在颤抖，根本无法享受这份大自然的平静。怀着激动的心情，我设想着随时都有可能会遭遇到那神秘而恐怖的陌生人，然后接下来该如何处理。我静坐在屋里，耐心地等待着某个未知的目标的出现。终于听到那人的声音了！那是从远处传来的一阵刺耳的声音，是靴子踩在碎石上发出的声响。很快，声音渐渐地靠近了我这边。我将口袋里的手枪扳机打开，退到最黑暗的角落，我要确保不会被人先发现，进而失去进攻的良机。他停了下来，声音也停止了好长时间。过了一会儿传来一阵脚步声，在石屋的门口出现了一个人影。

"亲爱的华生，你好啊！"一个让我听起来很熟悉的声音说道，"我想，待在外面是要比待在里面舒服得多啊。"

十二　沼泽地里的惨案

我坐在那里好像连呼吸都停止了，几乎不敢相信自己的耳朵所听到的内容。几分钟后，当我缓过神来，还没弄明白究竟发生了什么事情。同时，我背负的沉重的责任感，顷刻间就在心头消散了。因为在这个世界里只有他一人惯于用那冰冷尖锐、冷嘲热讽的口气说话。

"喂，福尔摩斯！"我叫道，"福尔摩斯！"

"啊，你出来吧！"他说道，"千万要小心你的左轮手枪别走火了。"

他在外面的一块石头上坐着。我弓腰站在石屋那粗陋的石门框下，看到他那双灰色的眼睛在快乐地打量着我惊讶的表情。他显得很疲惫，身体也有点消瘦，不过看起来依然精明警惕。他的脸因风吹而变得粗糙了许多，同时被太阳炙烤成了棕色。他看起来和其他来沼泽地旅行的游客浑身上下没什么两样，身上穿着粗花呢衣服，头上戴着布制帽子。他的胡须刮得十分干净，衣服与生活在贝克街时一样整洁干净，他在设法保持着像猫一样爱整洁的一贯特点。

"在我的生命中，从来没有因为见到一个人而让我这么高兴过！福尔摩斯。"我紧紧地抓着他的手说。

"哦，你或许更多的是惊讶吧？"

"是啊，我不得不承认这点。"

"告诉你吧，不仅仅是你一个人惊讶，我也同样吃惊。我离屋子大约二十步的距离时才感觉到你在这里。我可没想到你会发现我的临时藏身之处，更没想到你就在石屋里等着我呢！"

"我想是因为我的脚印出卖了我吧？"

"不是，华生，我还真的没有看出是你的脚印，在世界上这么多的脚印中很难识别出某个人的脚印。我想你得换换你常抽香烟的品牌，假如你想要蒙骗过我的话。我从一开始就知道我的朋友华生先生也在这不远的地方。因为我看到烟蒂上有'布雷德雷，牛津大街'的字样，而且那烟蒂还在路边，你完全可以去看看。你是在准备进入石屋的时候扔掉烟蒂的，这点毫无疑问。"

"是的，没错。"

"我是这样想的，你一定会躲在黑暗深处，手持武器，等待着石屋主人的到来。以你坚强的意志，你一定会这么做的。那么，你真的认为我是罪犯吗？"

"哦，其实我并不清楚谁在这里住下来了，但我决心弄清楚这件事。"

"很好，华生！你是怎么发现我的？也许那晚我大意地让自己在月光下暴露了。你追捕逃犯的时候看到我了。"

"是的，当时我看到你了，只是没认出来。"

"那你来到这里之前，肯定找遍了整个石屋地区？"

"没有，我们是通过你雇佣的小男孩的行踪，得到线索的。"

"你肯定是通过那位老绅士架在屋顶的望远镜看到的。我刚开始还弄不明白那闪闪发光的镜头是什么玩意。"

他站了起来，似乎在无意中朝石屋里瞥了一眼，说道："哈，卡特莱特已经把东西给我送过来了。这张纸上写了些什么话？你是不是去过库姆·特莱西了？"

"是的。"

"你是去走访劳拉·里昂太太吗？"

"一点没错。"

"你做得很好！把我们各自的调查结果综合分析一下，我想会对我们全面了解这个案件提供不小的帮助，因为我们的调查保持在同一个方向上。"

"好的，我打心底里高兴你能来这儿！说实在话，我差一点儿无法承受那些责任和谜团，但是你是如何来到这里的？你在这里又做了什么？我还以为你在贝克街的老房子里正忙于那起匿名恐吓信案件呢！"

"我希望你这么认为。"

"这么说你对我不信任，在利用我！"我有些恼火地叫道，"我想我在你心目中的地位不应该是这样吧？福尔摩斯先生！"

"亲爱的伙计，对我来说，你的价值是无可估量的。在这起案件里，在其他许多案件中都是一样，请你谅解，如果你认为我对你有所欺骗的话。事实上，我意识到你正在面临危险，我来这里部分原因就是考虑到你的安全，所以才亲自到这里来查看问题。我们得到的结论将会完全一致，假如我和你一起待在亨利爵士家里，就会是这样的结果。同时，我的出现会惊动我们可怕的敌人，他们会躲起来或者自我保护起来。我住在这里，不像在庄园里。在这里我就可以自由行动。在这起案件里，我饰演的角色不为人所知，而在关键时刻，我可以倾注全部力量扑上去！"

"但你所做的一切为什么要瞒着我呢？"

"因为假如让你知道了，或许会暴露我的行踪，而这对我们侦破案件不会有任何帮助。你肯定想要告诉我一些线索，或者，因为你的好心肠，就会给我们带来一些本可以避免的危险，比方说会带我到你认为比较舒服的地方或做点别的什么事情。我带卡特莱特来到这里，你大概还记得我们在邮局雇佣的那小男孩吧，他叫卡特莱特，主要负责照管我的简单需要———块面包和一件干净的衬衫。一个人还需要什么东西呢？他给我增添了一双眼睛和一双勤快的脚，这对我来说都是非常重要的。"

"那我发给你的所有报告都被浪费了？"

福尔摩斯顺手从口袋里掏出一叠纸。

"亲爱的朋友，这就是你的报告，我把每篇都仔细地研读过了。在这起造成你很困窘的案件里，你表现出了非常大的热情和智慧，非常感谢！在路上它只会延误一天，我做了妥当的安排。"

福尔摩斯对我的欺骗行为，让我心里很生气，不过他那温暖的赞扬又驱走了我心中的怒火。我感觉他说的很有道理，这样做自是非常明智的，要实现我们的目标，我不应该知道他就藏匿在沼泽地里。

"这就好。"看到我的怒火消散，他说道，"你现在告诉我，你上门拜访劳拉·里昂太太的结果怎样？对我来说，猜到你去库姆·特莱西的目的是去拜访劳拉·里昂太太并不难，因为我知道在这件事情上，她可以帮我们的忙。事实上，如果你没有上门去拜访她，我很可能就去了。"

太阳落山了，暮色笼罩着整个沼泽地。气温逐渐变得很低，我们走进石屋去取暖。在暮色中，我们坐在一起沟通最近一段时间的收获，我把我和那位女士的谈话内容完整地告诉了福尔摩斯。他表现出很感兴趣的样子，有时我得重复讲一遍，他才会满意。

"这事很重要。"当我说完时，他说道，"这把我无法衔接上的这一复杂事件给连在一起了。你是否意识到，斯特普尔顿和这位女士的关系非常亲密？"

"你是说，他们之间的关系非常亲密？"

"是的，这一点没有问题，他们之间交往很深，他们约会，相互交流信息。这样，我们手中就有了秘密武器，可以用此联合他妻子。"

"他妻子？"

"看在你给我的情报的分上，我也告诉你一些情报作为回报吧。这里的斯特普尔顿小姐其实就是他的妻子。"

"天哪！福尔摩斯先生，你确定自己说的话是事实吗？那他怎么能容许亨利爵士和他妻子相爱呢？"

"亨利爵士爱上她，事实上只会对亨利本人造成伤害。她没准一点儿都没有受到伤害。你也看到了，他一直非常小心，极力阻止热恋中的亨利爵士向他妻子求婚。我重复一遍，斯特普尔顿小姐不是他的妹妹，而是他的妻子。"

"为什么要这样精心编造一个骗局呢？"

"或许他认为，斯特普尔顿小姐是一位有着自由身份的女子会对他更有用。"

我所有的直觉，所有的猜疑，一下子因此而变得清晰起来，一切问题都聚焦在这位生物学家身上。那位经常戴着草帽，拿着捕蝶网的人，冷漠而乏味。一位非常有耐心的专业人士，在他的笑脸背后却隐藏着一颗无比凶残的心。

"在伦敦，是他在尾随我们？那他就是我们的敌人了？"

"我是这样解释这一谜团的。"

"而那次的警告，肯定是她干的了？"

"没错！"

就这样，困扰我很久的一起罪恶的阴谋，一半靠猜测，一半靠察觉，真相就在黑暗中隐隐约约地浮现了。

"但是，福尔摩斯先生，你确定你跟我讲的是事实吗？你是怎么知道那女人是他的妻子呢？"

"因为你们第一次见面的时候，他忘记了自己的真实身份，无意中告诉了你他过去的一段真实的经历。事实上，他说完后一直非常后悔。他曾是英格兰北部一所小学的校长。现在没有什么比查明一所小学校长的身份更容易的了，教育机构可以确认任何在教育行业的从业人员的身份。另外，一个小小的调查显示，曾有一所小学因经营状态非常糟糕，被迫倒闭了。而小学校长和他的妻子二人下落不明，好像已经逃走。尽管校长夫妻和我们邻居名字并不相同，但是双方的特征描述还是能够对得上的。当我得知那人也特别喜欢昆虫学后，我对他们的身份确认工作也就圆满结束了。"

"如果那位女士的确是他妻子而非他妹妹的话，劳拉·里昂太太是如何闯入他们之间的呢？"我问道。

"这一点，你的调查提供了一些证据。你和那位女士的谈话明确了很多事情。我不知道她正在和丈夫闹离婚。如果确认的话，她认为斯特普尔顿仍然是未婚身份，对自己成为他的妻子不会有任何怀疑。"

"那她岂不是仍然不知道实情？"

"是的，所以我们得去找她帮忙。我们两个明天的首要任务就是去拜访她。华生，你应该待在巴斯克维尔庄园才对。"

天边最后一丝阳光已经消退，夜幕降临在沼泽地上，紫色的天空有几颗星星若隐若现地闪烁着。

"这是我要问的最后一个问题，福尔摩斯先生，"我说着站了起来，"我们之间当然应该没有任何秘密了。那这一切意味着什么？他在追逐什么？"

福尔摩斯的声音突然变得低沉起来。"这是谋杀，华生，是精心策划的谋杀，凶残的蓄意谋杀。不用问我一些细节是什么样子的。我编织的大网正在向他靠近，而他的网同样正在靠近亨利爵士。因为有了你的帮助，如今他几乎已经在我的掌控中了。再过一天，最多要两天时间，我的案件调查就会结束。在这段时间内，你要照看好你的当事人，要像父母照看生病的孩子一样。事实上，你今天的行动很有意义，可我更希望你和他形影不离以保护好他。嘿，听！"

这时，一声悠长的饱含着恐惧而又痛苦的尖叫将沼泽地的沉寂打破了。这恐怖的尖叫似乎让我的血液凝结起来了。

"啊！我的天哪！"我叫道。

这个时候福尔摩斯一跃而起。我看到石屋门口他那矫健的黑色身影，正弯着腰，头向前探着，在凝望那漆黑的沼泽地。

"别出声！"他低声说道，"我们要悄无声息地摸过去！"

这叫声似乎是从远处黑暗的平原地带传过来的。这声音穿透力非常强，越来越近，越来越响，比之前的尖叫声更加给人一种紧迫感。

"这声音是从哪儿传过来的？"福尔摩斯轻声地问。他的声音变得有些神秘起来，可能，这位硬汉的心也在随着这难测的声音而颤抖。

"华生，你说这声音是从哪传来的？"

"也许是这边，"我伸出手在黑暗中指向远处某个地点，"不，应该在那边。"

当那拼命挣扎的呼叫声又一次穿越寂静的夜空，听起来发出声音的地方距离我们似乎越来越近，在尖叫声中还夹杂着另一种低沉的咆哮声，这种声音富有节奏，同时又凶残野蛮，就像猛兽在不停地咆哮。

"猎犬！"福尔摩斯转身叫道，"快走！华生，快走！上帝哪，我们可一定不要被猎犬给追上了！"

他快步穿梭在沼泽地中，我紧追在他身后。就在离我们不远处某个破碎不平的地方，又传来一声饱含绝望情绪的尖叫，然后就听到一声沉闷的声响。这个时候，我们停止了奔跑，仔细听了好久，那个地方再也没有声音传过来，夜空显得非常的安静，好似什么事情都没有发生过一样。福尔摩斯突然变得精神恍惚起来，用手摸着前额，突然，他抬起脚狠狠地踹向了地面。

"我们反应真是太迟钝了，他打败我们了，华生。"

"不，不会！肯定不会！"

"我旁观了这么长时间，一直没有寻找到有利的时机出手，简直太愚蠢了。而你和我没差多少，离开你的当事人的后果，现在还用说么！不过，要是我们预料中最坏的事情发生了，我们一定不能放过凶手的！"

我们跌跌撞撞地走在乱石间，在黑暗中寻找前行的路径，摸索着奔走。我们艰难地走过灌木丛，然后爬上小山，又冲下山坡，一直朝着那尖叫声传来的方向走去。福尔摩斯在每一个高处，都会警惕地向四周查探一番，可是沼泽地里的夜晚一片漆黑，附近也没有任何让人不安的动静。

"你看到什么东西了吗？"

"我跟着跑，什么也没有看到。"

"嘘，别出声，听这是什么声音？"

一声低沉的呻吟声从我们左边传了过来，接着我们又听到了一声呻吟。那边是一条岩石山脊，它的尽头便是悬崖峭壁，在那坎坷不平的表面，有一个呈"大"字形的不规则的黑色东西。我们跑到它的前面，才看清了那是一个俯身趴在地上的人！他的头以恐怖的角度对折在身下，身体蜷缩成一团，似乎十分难受的样子。这情景如此惨烈，一时间我无法相信。我们俯身查看黑暗中的那人，他如同死了一样，没有任何动静，也没有任何声响。福尔摩斯伸手去碰了碰他，收回手的时候，他突然发出了一声令人害怕的叫声。福尔摩斯划着了一根火柴，在火光的照耀下，我们看到地上这人双手紧握着，头骨破裂了，头在冒血，血慢慢地将周围的土地染成一片可怕的红褐色。这是亨利·巴斯克维尔爵士的尸体！我们两人都没有忘记那件红色的粗花呢衣服，这是我们在贝克街第一次看到亨利爵士时他所穿的那件衣服。就在我们刚要再好好看看的时候，火光闪烁了一下熄灭了，我们心中的最后一线希望也随之消亡了。

"混蛋！这个混蛋！"我握紧拳头叫道，"福尔摩斯，我永远无法宽恕自己，我把他一个人留下，结果他遭到了如此的厄运！"

"华生，我更无法宽恕我自己。为了让我的案件圆满地完成，我竟枉顾当事人的生命安全，这将对我的职业生涯造成无比沉重的打击。可是，我怎么会知道——怎么会知道——他竟然不顾我的警示，冒着生命危险，而一个人又出现在沼泽地呢？"

"我们听到的应该就是他的喊声。我们听到了，可就是没有能力帮助他！那只追逐致他死亡的可怕猎犬如今在哪里呢？它可能就藏在附近的岩石后面！而斯特普尔顿又在什么地方呢？他要对这件事情全权负责！"

"对，他应该负责！伯父和侄子都被他阴谋害死了。伯父看到猎犬，将它当作超自然怪物，被活活地吓死了；而侄子因为想逃脱追赶而不顾一切地奔逃，最后落下悬崖摔死了。现在我们要做的就是要将猎犬和主人之间的关系证明清楚。单凭我们所听到的，无法证明猎犬的存在，因为显而易见亨利爵士是掉下悬崖而死的。可是，不管他有多么狡诈，早晚有一天，我会抓住他的！"

我们站在这具血肉模糊的尸体旁边，情绪难以安定。经过长时间的疲惫奔波，没想到结果却是这样一场突如其来的灾难，我们痛心不已但是又没有办法挽回。月亮渐渐地升起来了，我们攀上了崖顶，在这里远望着那隐约可见的沼泽地。远处几英里的地方，只有格林本方向有一处灯光还在静静地亮着。那是斯特普尔顿的家。

"我们为什么不现在就去逮捕他呢？"

"我们的案件并没有完结，那家伙十分狡猾，而且很警惕。问题不在我们知道了多少，而在于我们能够有多少有利的证据。假如我们稍有闪失，他或许就会溜走。"

"那我们应该怎么做呢？"

"明天需要我们做的事情有很多。今晚我们只能给我们这位可怜的朋友处理一下他死后的事情。"

我们一起走下陡峭的山坡，来到那具尸体跟前。在反射着白光的乱石中间，黑色的尸首看得很清楚。看到他那扭曲变形的四肢，我的心头不免泛起一股酸楚，泪水将我的双眼模糊了。

"福尔摩斯先生，我们得需要人帮助，我俩不能把他抬到庄园去——啊，上帝哪，你疯了吗？"

福尔摩斯低下身子看了尸体一眼，然后突然尖叫一声，拉着我的手，一边欢快地跳舞，一边放声狂笑。我这位严肃而稳重自持的朋友因为受到重大刺激而走火入魔了吗？怎么会突然变成这般疯狂了呢？

"胡须！胡须！这人长着胡须！"

"胡须？"

"这人是我的邻居，那位逃犯！不是亨利爵士！"

我们急忙把那具血肉模糊的尸体翻过来，看到那长长的胡须在月光下晃动。毫无疑问，这就是我上次在烛光下看到的躲在岩石后面的那张脸，那高凸的前额，深深凹陷的野兽般的眼睛我清楚记得，就是那逃犯——塞尔登！我马上想明白了这其中的因果关系。我记起准男爵跟我说过这事。他把旧衣服送给了巴里莫，而巴里莫为了协助塞尔登逃离，又把这衣服送给了塞尔登，所以，这会儿塞尔登身上的靴子、衣服还有帽子，自然全都是亨利爵士的旧物。尽管现在这还是悲剧，不过根据本国法律，塞尔登本来就是死路一条。我心里一下子充满了庆幸与喜悦，我马上把我现在的想法都告诉了福尔摩斯先生。

"原来是那旧衣服导致了这个坏家伙的死亡。"他说，"很显然，猎犬对这家伙紧追不停，直到他坠下悬崖，是因为它嗅过亨利爵士衣物的气味，我估计那只在旅馆里不翼而飞的靴子，就是为了让猎犬嗅爵士的气味。然而有个地方我现在也没弄明白，塞尔登在黑暗中是怎么知道有猎犬在追踪他？"

"这个不难做到，我想他是听到声音了吧。"

"一般来说，在沼泽地里听到一只猎犬的声音，不会让一个穷凶极恶的暴徒如此害怕，并冒着被警察抓捕的危险而呼救。我根据他的呼救声可以推测，在知道有猎犬追踪他之后，他中间应该跑了很长一段距离，所以，问题来了，他是怎么晓得被猎犬追踪的呢？"

"我的疑惑在于这只猎犬，假如我们所有的推测结果都成立的话……"

"我现在什么都不想靠推测。"

"好吧，为什么这只猎犬会在今晚被放了出来？我想它并不会每天都在沼泽地里游走。斯特普尔顿也不会经常放它出来在沼泽地转悠的，除非他知道今天晚上亨利爵士会在沼泽地出现。"

"在这两个难题里，我觉得你的问题很快就会有答案，而我的问题则可能会永远成为一个谜。我们现在需要解决的问题是，该如何处理这个坏家伙的尸首？如果对其放着不管不问，让狐狸或乌鸦吃掉它好像不太合适吧？"

"我的意见是把它暂时放在某一个石屋里，在我们通知警方处理之前。"

"很好，我们两个人现在可以把它弄过去。哦，华生，你看看那是什么？那人过来了！真是胆大不要命了！别提关于我们对这案子的猜疑，一个字也不要和他提，否则我的计划就泡汤了！"

沼泽地里有个人正在向我们这边走来，虽然还有一段距离我还是看到一支点燃了的雪茄上星星点点的烟火。这个时候，正好有月光洒在他身上，我马上就认出来对方是谁，就是那位生物学家，他短小精悍的身躯，迈着快活得意的步伐走过来。看到我们，他的脚步停了一下，之后又继续走过来。

"啊，华生医生，怎么会是你呢？我绝对想不到在晚上这个时间，会在沼泽地里看到你！哦，我的天，发生什么事啦？有人受伤了？别，别告诉我这人就是我们的朋友亨利爵士！"他匆匆地从我身边经过，低下身子去看那尸体。这个时候，我听到他猛地倒吸了一口凉气，雪茄也从指间滑落，掉在了地上。

"谁？——这，这人是谁？"他结结巴巴地问道。

"我想他应该就是塞尔登，那个从王子镇逃出来的罪犯。"

斯特普尔顿的脸色立马变得一片苍白，他死死地打量着我和福尔摩斯，并极力掩饰住了自己的惊讶与失望之情。

"哦，我的天哪，这是一件多么令人震惊的事情啊！他是怎么死的？"

"看样子是不小心掉在这些岩石上，摔断了脖子。当时我正在和我的朋友在沼泽地散步，听到了惨叫声就跑过来，然后就看到了这出令人吃惊的惨剧。"

"哦，我也听到了惨叫声，就跑出来看看，因为我很担心亨利爵士。"

"你为什么偏偏要担心亨利爵士呢？"我忍不住追问了一句。

"因为我已经和他约定来我这里，可是他却没有按时过来。当我听到沼泽地里传来的惨叫时，很担心他的安全。我想问一下，"他的目光从我身上又转向福尔摩斯，"除了惨叫声，你们还听到别的声音了吗？"

"我们没有，你听到了吗？"福尔摩斯问道。

"我也没有。"

"那你这样问我们是什么意思？"

"哦，情况是这样的，这里的农民讲述过一只幽灵般猎犬的故事。据说晚上在沼泽地偶尔会听到它的叫声。我不知道，今天晚上那只传说的猎犬是否活动了。"

"我们从来就没有听到过这种声音。"我说。

"那么，你认为这家伙是怎么死的？"

"我认为，可能是焦虑和长期露宿野外，让这家伙变得精神有些不正常了。他肯定是在沼泽地里疯狂地奔跑，然后不小心掉下了悬崖，摔断了脖子。"

"这个听起来是最合理的解释了。"斯特普尔顿说道，看来我的解释让他长舒了一口气，"那么，您又是怎么认为的，福尔摩斯先生？"

我的朋友向他欠身以示礼貌，说道："您的识别速度很快！"

"自从华生医生来到我们这里以后，我们都在期盼着您的到来。没想到等您来了却正好赶上了一起悲剧。"

"是啊，的确是一起悲剧。我完全认同我朋友对这件事的解释，实在是无懈可击。可是明天我又得带着不愉快的记忆回到伦敦去了。"

"哦，您明天就要回去？"

"初步是这样打算的。"

"我想您的到来，是不是查明了一些一直困扰我们的问题的答案？"

福尔摩斯将肩膀耸了耸，"一个人不可能总会像自己期望的那样顺风顺水。一位侦查员需要的是确凿的事实，而不是那些不可信的传说或谣言。这是一个让人很为难的案子。"福尔摩斯以他惯有的坦率和漫不经心的态度说道。

斯特普尔顿依然死死地盯着他看，过了一会而又把目光转向我，"我本来想把这家伙的尸体运到我家去，但这样做肯定会将我妹妹吓坏的，所以这样做不太合适。我认为假如找些东西盖在他脸上，天亮之前应该没有什么问题发生的。"

接下来大家就这么做了，我和福尔摩斯先生委婉地拒绝了斯特普尔顿的盛情邀请，向巴斯克维尔庄园走去，而他则一个人回去了。回头望去，他的身影缓慢地在宽旷的沼泽地里向前挪动，而他身后那个闪闪发亮的山坡上有一个黑点，死者就躺在那里，曾经让人如此害怕的他如今却是如此可怜地走到了生命的尽头。

十三　引蛇出洞

"我想，终于可以逮捕他了！"当我们一起穿越沼泽地时，福尔摩斯说道，"不得不说，这家伙的意志十分坚强啊！本该会让人惊讶瘫软的事，但是他却保持得如此的镇静，尤其是当他发现掉入陷阱的死者不是他预谋杀害的人时。华生，还记得在伦敦时我跟你说过的话吗？现在我再重复一遍，我们这次的敌人，比以前遇到过的任何敌人都更值得交手。"

"很遗憾，还是让他发现你了！"

"是啊，刚开始我也这样想，但事已至此，也没法改变了啊。"

"现在他知道你在这里，这对他的计划实施会有怎样的影响？"

"我想这会使他更加小心翼翼，或许会促使他狗急跳墙，立即采取穷凶极恶的手段。不过，像所有狡猾的罪犯一样，他会过分相信自己的小聪明，认为他已经完全骗过了我们。"

"那么，我们为什么不立刻采取措施直接抓住他呢？"

"华生，我亲爱的朋友，这么和你说吧，你骨子里就是一个急性子的人，你的本性总是想风风火火地大干一场。如果我们今晚抓了他，究竟会得到哪些好处呢？我们手里没有任何证据可以起诉他。因为他一直像恶魔一样的狡诈！假如他是通过利用某人实施犯罪，我们也许可以找到这些犯罪证据。可是在光天化日之下，我们拽出来一条大犬，就能把绳索套到其主人的脖子上吗？"

"我们手里当然有足够的证据啊。"

"不是吧？恐怕是连一点影子都没有！所有的'证据'都是推测和猜想。别人会笑掉大牙的，假如我们在法庭上讲出这样的故事和证据来的话。"

"可是，查尔斯先生的死亡就是证据啊。"

"查尔斯先生是死了，可是他的尸体上没有留下任何有用的印记，他是被吓死的，而且我们都知道他是被什么东西吓死的，可是如何让十二位冷面陪审员和我们一样相信这个事实呢？案件的"凶手"——猎犬又在哪里活动呢？它的齿印又在哪里呢？当然我们知道猎犬不会撕咬尸体的，所以，我们可以得出结论：查尔斯先生在猎犬走近他之前就已经死掉了，但我们需要证明这一切是真相！而目前我们没有任何有力的证据。"

"那么，今天晚上的呢？"

"今天晚上？我们的情形并没有向更好的方向发展，还是一样，依然没有证据能够证明猎犬和它的主人间的关系。虽然我们多次听到猎犬的嚎叫了，可是无法证明它就是追赶死者的那条猎犬，特别是无法证明它就是凶手。我们从来没有亲眼看到过猎犬。这个案件也完全缺乏罪犯的犯罪动机，至少没有一个令人信服的说法。亲爱的华生，我们要不惜一切代价找到证据！因为到目前为止，我们手里还没有合理的解释，也没有任何证据。"

"那你认为我们接下来应该怎么做呢？"

"也许我们会从劳拉·里昂太太那里得到更多的帮助，要是我们向她把一切问题讲清楚。而且我还希望在明天我们会取得最终的胜利，当然我还有自己的打算。虽然车到山前必有路，我不应该为明天的事情忧虑。"

除了这些，我再没有从他那里获得更多的东西。他一路走着，同时又进入深度的思考中。一直走到巴斯克维尔庄园门口，我问道："你是不是也进去？"

"不错，我没有理由再藏起来了，不过我要告诫一句，华生，不要和亨利先生提猎犬的事情，就让他认为塞尔登的死亡原因就像斯特普尔顿希望我们相信的一样。这样，他就会保持最好的状态去经受明天他所要面对的各种考验。明天他要去和这个家伙吃饭。要是我没有记错的话，你的报告里提到过这事。"

"是的，我也去。"

亨利爵士看到福尔摩斯先生，他的内心更多的是高兴而不是惊讶，因为最近发生的一些事情，让他一直希望福尔摩斯先生能够来到这里。但当他发现福尔摩斯身边没有任何行李，也没对此做任何解释时，他又显得有点惊讶。我们很快满足了他的好奇感。在享用这迟来的晚餐时，我们给亨利爵士讲了一些我和福尔摩斯先生所遭遇到的事情。我也接受了一件不太让人开心的任务，那就是把塞尔登的死讯用适当的方式通知巴里莫夫妇。对巴里莫先生来说，这个消息也许可以令他获得彻底解脱；可他的太太听了这一消息之后，用围裙将脸遮盖，痛苦地哭泣了起来。对于全世界而言，塞尔登就是一个暴徒，他的体内住着野兽和魔鬼，一半是野兽一半是魔鬼；可是在巴里莫太太眼里，塞尔登永远是童年时代那个不听话的小男孩，经常拉着她手的小弟弟。真是个邪恶的家伙，在他临死的时候，也没有一个女人在身边替他伤心落泪！

"早上华生离开之后，我一个人无所事事地在屋里待了一整天。"亨利爵士说道，"我想这事值得表扬吧，因为我信守了我和他之间的承诺。要是我没有承诺一个人不会单独去沼泽地闲逛的话，我想我可能会有一个非常开心美好的夜晚，因为斯特普尔顿先生已经捎信约我去他那里见面。"

"你可能会度过一个非常精彩美好的夜晚！谁知道呢！"福尔摩斯先生有些冷漠地说道，"顺便说一下，当你知道我们误以为你被摔断了脖子而在一旁伤心的事情后，你还会觉得很开心吗？"

亨利爵士有些莫名其妙地瞪大了眼睛，问道："您说的这到底是怎么回事啊？"

"那个可怜的家伙身上穿的全是你的衣服。可能是您的仆人把您的衣服送给他穿的吧，这或许会招来警察找他的麻烦。"

"我认为不会的，据我所知，我的那些衣服上并没有任何特别的标记。"

"这无论对他，还是对你们全家人来说，都很幸运！因为根据法律规定，在这件事情上，你们都是要负担责任的。我想作为一名忠诚正直的侦探，我应该做的第一件事情就是先把你们抓起来。华生的报告是将你们牵扯进去的最有力的证据。"

"可我的案件你们调查得怎么样了呢？"亨利爵士问道，"不知道在这团迷雾中，您理出了点什么头绪没有？自从我和华生来到这里，我们觉得自己的才智已经所剩不多了。"

"我想用不了多久，我就能帮你理清头绪。这是一起十分复杂困难的案件，还有几点我们需要弄明白，不过很快就会水落石出的。"

"我们有过一次经历，华生一定已经跟您讲过了，就是我们在沼泽地里听到了猎犬的叫声。所以我觉得沼泽地那个传说不是虚无缥缈的谣传。我在美国西部曾做过一些有关猎犬的小小研究，那声音让我感觉确实有只猎犬。假如您能够给它戴上口罩，并套上绳索，我敢说您就是任何时代最伟大的侦探了！"

"我想假如有您这样的人来帮我，我一定会做到这些事情的。"

"您说怎么做，我都照做。"

"很好，我希望您做的时候是用心的，不要总问为什么。"

"那我们就全听您的吩咐了。"

"要是您这样做了，我确信，我们遇到的一些小问题马上会得到解决的。"

他突然停下来，整个身子一动不动，专注地盯着我头顶上空，甚至连灯光投射在他脸上，他的眼神都没有变化，看起来就像是一尊精雕细琢的经典雕塑，象征警惕和期盼的雕塑。

"那是什么？"我俩都不约而同地问道。

只是当他低头时，我确信他在压制着一种强烈的情感。不过他的神态依然十分镇定，丝毫不引人关注。

"请理解一位鉴赏家的欣赏。"他说道，同时指着对面墙上的一排画像，"我和华生对作品的看法有差异，他总认为我不懂艺术，纯粹是嫉妒我比他懂得多。看，那都是真正有价值的画像。"

"啊，我的确很高兴听您这么说。"亨利爵士说道，向我朋友投去十分惊异的目光，"我不能装出我对这种东西很在行的样子，我对画的研究，还不如对一匹马或一头小公牛的研究。我真不清楚您还有时间研究书画！"

"我看一眼就能知道书画作品是好是坏，我看出来了，我敢说那张是名家奈勒的作品，就是边上身穿蓝色丝绸衣服的那幅。还有那位戴着假发、体态肥胖的一定是著名画家雷诺兹的真迹。我想这都是些家庭肖像？"

"应该说，是我们家族祖先的画像。"

"您知道他们叫什么吗？"

"巴里莫先生给我都介绍过了，我想我记得很清楚。"

"手上拿着望远镜的那位是谁？"

"是海军少将巴斯克维尔，他以前在西印度群岛效力于罗德尼部队；那位穿着蓝色外套，手持纸卷的是威廉·巴斯克维尔爵士，他在皮特首相时期曾任下议院委员会主席。"

"正对着我的身着黑色天鹅绒斗篷、带有饰带的那位骑士，是谁？"

"好的，您确实要认识一下他，他是邪恶的休戈，一切不幸的源头，由他开始才有了巴斯克维尔猎犬的传说。我们似乎应该永远铭记住他。"

我也很有兴致地看着那幅画像，心里暗暗地有点惊讶。

"上帝！"福尔摩斯说道，"他看起来多么绅士，非常平和、非常温顺，不过我敢说他的眼睛里深藏着邪恶。在我眼里，他应该随时可以变化为比这更加强悍、更加残暴的人。"

"画布的后面记有日期和姓名，日期是1647年。因而，它的真实性不容置疑。"

福尔摩斯没有继续说下去，可是这位老恶魔的画像似乎将他的兴趣勾起来了，晚饭期间，他还偶尔抬头看看那张画像。直到晚些时候，亨利爵士回到自己卧室之后，他又拿着自己卧室里的蜡烛，带我到了餐厅，认真揣摩墙壁上那些年代久远的画像。

"你看出来什么了没有？"

我看到了宽大的羽饰帽子、披肩的卷发、白色的带饰边的领子，衣领之上那张呆板而严肃的面孔。这张面孔说不上凶残，不过却很冷酷而严肃。薄薄的双唇紧闭，眼睛里透着冷酷与邪恶。

"你觉得这画像里面的人像不像你认识的某一个人？"

"他的下巴有点像亨利爵士。"

"可能有一点像吧，等一等再说。"

他站在一把椅子上，左手拿着一支蜡烛，用弯曲的右胳膊将宽大的帽子和长长的卷发挡住。

"上帝哪！"我惊讶地叫道。这个时候，只见画布上闪现出的是斯特普尔顿的面孔。

"哈，现在你看出来了吧。我的眼睛也是很毒辣的，专挑人物的面孔看而忽略它周围的饰物。这个就是透过假象查看本质，它是每一位刑事案件侦探员所应具备的第一素质。"

"这简直太神奇了！完全就是他的画像！"

"不错，这是在遗传学方面传播的一个新闻，从外表到灵魂都很相近。对家族画像的研究确确实实可以让一个人相信投胎再生学说。那家伙说不定就是巴斯克维尔家族的后代。"

"想利用阴谋获取家族财产。"

"极有可能。我们无意间看到的画像给我们提供了一段我们之前所没有找到的断裂的链条。华生，他已经在我们的掌控里了。我敢发誓，明天晚上他就会如同他以前捕到的蝴蝶一样，在我们的网子里瞎扑腾了。我们只需要一根别针、一块软木和一张卡片，就可以将他送到贝克街的标本室了。"

在离开那画像的时候，福尔摩斯大笑了一声，我并不经常听到这种大笑，它往往预示着某一个人将凶多吉少了。第二天早上，我起床很早，可福尔摩斯先生起得更早，我在穿衣服时，看到他从外面的马路上走过来了。

"早上好，也许今天我们得忙一整天。"他边说边高兴地搓着双手，"网已经布置好了，很快就会收网了。过不了多久，我们就会知道网住了什么东西，是尖嘴大梭鱼，还是其他什么东西？"

"对了，你已经去过沼泽地了？"

"我从格林本向王子镇发了份电报，通知警方塞尔登的死讯。我想在这个问题上我可以发誓，在这件事上，从现在起你们每个人都会是安全的。同时，我也给我那忠实的小家伙发了封信，告诉他我目前还是安全的。要不然的话，他就会像一条忠实的小狗蹲守在主人的墓地前一样，静静地在石屋门口守着，因焦急不安而憔悴不堪。"

"那么，接下来我们需要做什么？"

"去见亨利爵士。哦，他已经来了。"

"早上好！福尔摩斯先生。"亨利爵士说道，"您看上去如同一位准备出征的将军，正和您的参谋在商讨计划。"

"正是，华生正在请求行动呢。"

"那好，我也请求配合行动！"

"很好。据我所知，您今天有约了，晚上要去我们的朋友斯特普尔顿家吃晚饭。"

"我希望您也能和我们一起去，他们是十分好客的，我相信他们看到您也会十分高兴。"

"恐怕华生和我都得回伦敦去。"

"回伦敦？"

"不错。在我看来，就目前的情况而言，我们回到伦敦或许对解决问题更有利。"

可以看得出来，亨利爵士生气了。"我希望你们能够帮我调查清楚这些事情，我一个人待在这庄园和沼泽地，实在算不上一件愉悦的事情。"

"我亲爱的爵士，您应该对我有绝对的信心，请完全按我说的去做吧。您告诉您的朋友，我们本来十分乐意和您一起共进晚餐，不过我有件紧急的任务，我们必须赶回伦敦去。我们希望能够很快回到德文郡。一定不要忘记跟他说这些啊！"

"假如您坚持这么做，我会做到的。"

"我们已经别无选择，放心吧！"

我看到亨利爵士的眉头布满阴云。他以为我们这是不管他了，这使他深深地受到了伤害。

"请问，你们打算什么时候动身回伦敦呢？"他表情冷漠地问道。

"我们吃完早餐就马上出发。我们坐马车到库姆·特莱西。华生把他的一些东西留下，保证他一定会回来的。华生，你要给斯特普尔顿写张便条，向他说明你不能前去赴约的遗憾之情。"

"我很希望和你们一起回伦敦。"亨利爵士说道，"为什么一定要把我一个人留在这里呢？"

"因为这里需要你。你曾经对我发誓说，会按照我说的去做，这就是我要你去做的事情。"

"那好吧，我就留在这里继续工作。"

"哦，对了，我希望您驱车到了梅里皮特庄园后，将马车打发回来，让他们了解你准备步行穿过沼泽地回家。"

"一个人步行穿过沼泽地回家？！"

"不错。"

"这可是您一直警告我不允许我这么做的事啊！"

"这次您这么做不会有任何危险的。我对您的神经系统和勇气持有极大的信心，所以才会选择你来做这些事情。"

"那我就准备开始做了。"

"为了保证你的人身安全，您在穿越沼泽地的时候，请径直走梅里皮特庄园到格林本的那条直路，这是您回家的必经之路。"

"放心吧，我一定完全按照您说的要求去做。"

"很好，吃完早餐我们就马上出发，我们需要下午就要到达伦敦。"

虽然前一天晚上，福尔摩斯就跟斯特普尔顿讲过，他将于第二天结束自己的拜访返回伦敦，可是我还是被他的这一安排惊呆了。我之前从来没有想到过，他会让我跟他一起离开。我想不明白这是为什么，他说现在是关键时刻，而为什么偏偏要在这时我们两个都要离开呢？然而，我除了绝对服从命令，没有其他的选择。我们告别了一个闷闷不乐的朋友，两个小时后，我们到达了库姆·特莱西车站，打发马车回去了。这个时候，一个小男孩正在站台上等我们。

"请问您有何吩咐，先生？"

"你要坐这趟火车去伦敦，卡特莱特。请你一到城里就以我的名义给亨利爵士发封电报，告诉他假如我的一个记事本落在了他的房间里，就请他用挂号信将它寄到贝克街。"

"好的，先生。"

"你现在去车站邮局看看有没有我的电报，有的话直接带回来给我。"

时间不长，小男孩就拿着一封电报回来了。福尔摩斯顺手把电报递给我，只见上面写着：电报收到，带着未签拘票，五点四十分抵达。雷斯垂德。

"这封电报就是对我早上发去电报的回复。我认为他是这个行业里相当出色的警员，他的加入会对我们断案有所帮助的。华生，现在我认为，打发我们剩下的时间的方式是去见一见与你有过一面之缘的那位劳拉·里昂太太。"

福尔摩斯的战斗计划慢慢浮出水面。他是想利用亨利爵士的掩护，以便让斯特普尔顿相信我们的确回伦敦了。假如亨利爵士会提到那封来自伦敦的电报，斯特普尔顿就会彻底消除心中的疑虑。我好像已经看到了我们撒下的网正在向那条尖嘴梭鱼靠近。

劳拉·里昂太太就在她的办公室，福尔摩斯先生非常坦诚直率地和她开始了对话。对话的内容使她大吃一惊。

"你好，我是来调查已故查尔斯·巴斯克维尔爵士意外死亡的有关情况的。"他说道，"我的朋友华生已经把你们的交谈内容告诉了我，我也得知你隐瞒了一些与此案有关的情况。"

"我隐瞒什么了？"她用富有挑战的口气反问道。

"你承认曾约过查尔斯爵士在十点钟见面，而据我们所知，查尔斯爵士恰好死于同一时间、同一地点。你跟我们隐瞒了这些事件之间的关系。"

"它们之间没有关系。"

"那么说这是巧合，这也未免太神奇了吧！我想，我们最终会发现这些事情之间的联系的。我想非常坦诚地面对你，同样也希望你能如此面对我。因为这件事涉及一起谋杀案，有证据显示，他不仅和你的朋友斯特普尔顿有一定的关系，也和他的太太有关系。"

那位女士大吃一惊，从椅子里跳起来，惊叫道："什么，他的太太？"

"事实上这已经不是什么秘密了。假扮他妹妹的那个女人，实际上就是他的太太。"

里昂太太颓然坐回到椅子里，她的双手紧紧地抓着扶手，由于用力过大，我看到她那粉色的指甲变得发白。

"他的太太？"她又一次叫道，"他的太太！可是他没有结婚啊！"

福尔摩斯先生无奈地耸了耸肩。

"请你拿出证据来，证明他结了婚！假如你能证明——"她的眼睛里闪烁着仇恨之光，已经无须用语言表达。

"我来找你就是准备给你证明的。"福尔摩斯说，然后从口袋里掏出几张纸来。

"这是四年前他们夫妇在约克郡拍的照片，虽然上面写着'范德勒先生和太太'，不过你认出他并不困难。假如你见过他太太，认出她也不难了。这些是值得信赖的目击者对范德勒先生和太太的描述，他们当时经营着一家名叫圣奥利弗的私立学校。请看一下，看看你是否会确认他们的身份？"

她把那几张纸扫视了一遍，然后抬头看着我们，脸上是一副绝望的表情。

"福尔摩斯先生，"她说道，"这个人跟我说假如我和我的丈夫离了婚，他就和我结婚。现在看来，他是在骗我，这个家伙在想尽办法骗我！他对我没有说过一句真话。为什么？他这样做到底是为什么？我原先还以为他都是为我好！但现在我算是明白了，我对他来说什么也不是，只是他手里的工具而已。他从来没对我忠实过，那么我为什么还要如此对他呢？我为什么要隐瞒他的邪恶行为造成的后果呢？你们想要知道什么都可以问我，我什么也不会隐瞒的。不过有一件事我可以发誓我绝对不是故意的，我在写那封信的时候，万万没有想到会对老先生造成伤害，要知道我们之间可是有着最好的友情的。"

"我完全相信你！"福尔摩斯说道，"要回忆这些事情对你来说或许会很痛苦，或许让我来告诉你究竟发生了什么会好一点，假如我的推理有什么重要错误，你就纠正过来。我们现在开始吧！那封信是斯特普尔顿让你写的，是这样吧？"

"是他口述我写的。"

"我想他的借口应该是：你可以从查尔斯爵士那里得到你离婚所需的费用。"

"对，完全正确。"

"当你把信发出去以后，他是不是又劝说你不要去赴约？"

"是的。他说如果让别人为这件事情付钱，这样做会伤害到他的自尊。他说尽管他是一个穷人，但他愿意花掉自己拥有的最后一个便士，来扫清横在我们之间的各种障碍。"

"他极力在你面前将自己包装成一个始终如一的男人，但之后你再也没有听到任何和他们相关的消息，直到你在报纸上看到查尔斯先生的死讯。是这样的吧？"

"不错。"

"他是不是还让你发誓，说不会把你和查尔斯爵士约会的事情讲出去？"

"是的。他和我说查尔斯爵士死得十分离奇，要是把这事说出去，我肯定会被人怀疑。他威胁我不要说出此事。"

"是这样的，那你有没有怀疑过他的行为？"

她想了片刻，眼睛朝下看着，"我感觉他与这件事有关系。不过我觉得要是他忠实于我，我也会忠实于他的。"

"我想无论事实如何，你已经幸运地躲过了一劫。"福尔摩斯说道，"你抓住了他的把柄，而他也知道这一点，但你却依然活着。你已经在生死边缘走了好几个月了！我想我们不得不说再见了，里昂太太，可能很快你就会听到我们的消息了。"

就在我们等待从城里来的火车的时候，福尔摩斯说道："一个个的困难在我们面前都被解决了，我们的案件很快就要完美结束了。很快我将会根据我这段时间的经历写出一部小说，讲述一个当代既离奇神秘又耸人听闻的案件。刑法学专业的学生可能记得类似的案件，比如 1866 年发生在小俄罗斯的谋杀案，当然还有发生在卡罗来纳州的安德森谋杀案，不过这个案件有它自己独有的特点。到目前为止，我们还没有控告那个狡猾家伙的证据。不过假如今晚我们上床睡觉之前还得不到相关的证据的话，那就太让我感到意外了。"

这个时候，来自伦敦的火车轰鸣着进站了，一位身材矮小、但十分健壮的人从头等车厢下来了。我们三人一一握手，从雷斯垂德投向我同伴的那种谦和的眼神里，我可以猜想出来，自从我们几个人合作调查案件以来，他从福尔摩斯身上肯定学到了不少东西。我还记得，当初他曾经以讲究推理的方式轻蔑地对这位讲究务实的人嘲讽过呢。

"现在一切都好吗？"

"这是我们几年来遇到的一件大案。"福尔摩斯说道，"现在离我们开始行动还有两个小时，雷斯垂德先生，我认为我们可以利用这短暂的时间享用晚饭，然后我想让你呼吸呼吸达特穆尔沼泽地里夜间的清新空气，借以净化一下你在伦敦吸入的雾气。以前没有来过这里吧？我敢说你应该不会忘记第一次来这里所经历过的事。"

十四 巴斯克维尔的猎犬

福尔摩斯做事有一个特点，那就是假如在任务没结束之前，他从不愿意把自己的全部计划告诉别人。其中一个重要的原因是由于他傲慢的性格，他一直喜欢支配一切，以给他周围的人惊喜为乐趣。另一个原因是缘于职业的警惕性，这种职业要求他降低任何风险。这样作为他的助手或密探，日子就不好过了。我已经经历过很多这样的考验了，但都没有像这次长时间在黑暗中摸索前行更让人难受了。现在严峻的考验就要来临了，我们就要发起最后的进攻了，可是福尔摩斯先生依然守口如瓶，我只有靠我自己的推论去想象我们的行动方案了。脸庞被冷风吹过，小路的两边是黑暗空旷的原野，我知道我们再一次踏入了沼泽地领域。对即将要采取的行动的期待，让我的神经高度紧张起来了。马匹每前进一步，车轮每转动一次，距离我们伟大的行动也就越来越近了。

由于马车是租来的，我们的谈话由于马车夫的存在而受到约束，所以我们只能谈一些不痛不痒的话题，不过我们的神经因冒险的心情和期待却一直没有放松。经过长时间的压抑，我们终于来到了弗兰克兰德先生家门口，我长长地呼出一口气，知道马上就要到达庄园了，到达行动地点了。我们不是坐马车到庄园里的，在门外的路边我们就下了马车。在给马车夫付完费用后，要求他径直回库姆·特莱西，我们开始向梅里皮特庄园方向进发。

"你携带武器了吗，雷斯垂德？"

小个子侦探低低笑着说："假如我穿裤子了，后面肯定有口袋，而有口袋，那枪也肯定在里面。"

"不错，我和我的朋友也都为紧急情况做了准备。"

"对这件事你守口如瓶，福尔摩斯先生，能告诉我们行动计划吗？"

"请等待。"

"我的感觉告诉我这里不是一个让人心情愉悦的地方。"探员打了一个寒战说道。他看了看周围灰蒙蒙的山坡，又眺望着远处格林本泥沼湖面上漂浮的雾气。"我看到前方屋里有灯亮着。"

"那是梅里皮特庄园的灯光，是我们这次旅行的终点站。我警告你们一定要踮着脚尖走路，而且说话的声音也不要超过耳语。"

我们十分谨慎地朝前走着，看来我们是要到梅里皮特庄园里去了。可是在距离房间大约二百码的时候，福尔摩斯却让我们停止朝前走。

"到这儿就行了。"福尔摩斯说道，"右边的这些岩石是我们最好的屏障。"

"我们就在这里等？"

"不错，我们就潜伏在这里等待进攻。雷斯垂德，你到下面这条小沟里来。你到过他家，是吧华生？是否还记得他家房间的布局？边上有方格窗户的房间是做什么用的？"

"我记得那是厨房。"

"远一点的那间，就是灯光最亮的那个房间呢？"

"那是客厅。"

"百叶窗拉着呢，你对这里的位置最熟悉，你轻轻地走过去，看他们在屋里干什么呢。一定要小心，不要让他们发现被监视。"

我踮着脚尖蹑手蹑脚走过去，我来到一堵矮墙后面，矮墙周围是一片果园。我借助果树的掩护隐藏起来，这里可以看到没有窗帘遮挡的窗户。透过窗户我看见房间里有两个人，一个是亨利爵士，另一个是斯特普尔顿。两人坐在一张圆桌两旁，都侧面对着我。他们都抽着雪茄，咖啡和酒杯在他们面前的桌子上放着。斯特普尔顿在十分兴奋地谈论着什么，而亨利爵士脸色发白，一副没精打采的样子。可能想起要一个人穿越那充满邪恶预兆的沼泽地时，他的心情不由得压抑难过。

就在这个时候，斯特普尔顿突然站起来离开了房间。亨利爵士又给自己的杯子里斟上酒，然后向后一仰倚靠在椅子上，吞吐着烟圈。我听到门被推开的吱吱声，接着是靴子踩在碎石上清脆的响声。听脚步声是沿着小路来到了我趴伏那堵矮墙的另一端。我循着声音看过去，发现那位生物学家在果园角落里的一间外屋门口停下来，然后传来钥匙打开门的声音，之后又从里面传来怪异的扭打的声音。一两分钟的时间后，钥匙转动的声音再一次传来。斯特普尔顿从我身边走过，又回到了屋里。看到两人又在一起了，我就轻轻地潜回到我朋友的身边，告诉他们我所看到的情况。

"你是说屋子里没有那位女士，是这样吗，华生？"我报告完毕后，福尔摩斯问道。

"是的，没有那位女士。"

"那她会在哪里呢？除了厨房，其他房间的灯都没有亮。"

"我也无法猜出她会在哪里。"

之前我已经提及，在格林本泥沼上空有一大片白色的浓雾。现在它正在向我们这边飘移过来，那情形如同一堵低矮、厚重的墙悬垂在我们一侧。月光下，它好像一座闪闪发光的冰原，它的上面浮现着远处岩岗峰顶的影子，就像冰原上外露的岩石一般。看着那片缓慢飘移的浓雾，福尔摩斯有些烦躁，突然嘟囔了一句。

"华生，浓雾在向我们这边飘移。"

"这问题严重吗？"

"很严重，真的。它也许会将我的计划打乱。他不会待得太久，现在已经十点钟了。我们的成功甚至他的性命，可能都取决于他是否能在浓雾将道路淹没之前出来。"

夜空笼罩四野，星星发散出清冷的寒光，半圆的月亮洒出柔和而朦胧的光芒，地面的一切都被笼罩着。我们面前是一片模糊不清的房屋的阴影，锯齿状的屋顶、高耸的烟囱，悄无声息地矗立在星空里。窗户里射出的宽宽的金色灯光，平铺在果园和沼泽地里。仆人从厨房离开了，只有客厅的灯还在亮着。那两个男人，杀机满腹的主人和蒙在鼓里的客人，还在一边抽着烟一边聊着天。

低矮厚重的白雾已经将一半沼泽地都湮没了，每一分钟都在向房屋这边逼近。第一抹淡淡的雾气已经萦绕在闪着金色灯光的窗前。果园围墙的那一端已经看不太清楚了，果树在旋涡状的白色蒸汽中变得模糊不清。我们依然在那里守候，涌动的浓雾已经将房屋边角掩盖了，那情形就好像形成了一道厚重的白色堤岸，而屋顶和二楼的房间似乎是在恐怖的海面上漂浮的一艘奇怪的大船。福尔摩斯的手狠狠地砸击着面前的岩石，十分烦躁地跺着脚。

"假如再过一刻钟他不出来，这路就彻底看不见了，再过半个小时我们就会无法看清自己面前的手指了。"

"我们是不是往后退一点，到较高的地方去？"

"嗯，应该这样，这样会好一点。"

就这样，随着浓雾的步步逼近，我们不断向后退却，一直退到离房屋有半英里的距离，而浓雾依然不顾一切地慢慢向前推进。它的上面浮现着清冷的月光，犹如汹涌的白色海洋。

"我们离得有些远了。"福尔摩斯先生说道，"要知道我们不能够离得过远，要不然，在亨利爵士没走到我们这里的时候，就要被追上。不管任何情况我们得在这里守候了，不能再后退了。"他低下身子跪在地上，将耳朵凑近地面，"哦，谢天谢地，我想我听到他走出来了。"

一阵急匆匆的脚步声将沼泽地里的宁静打破了。隐藏在岩石后面的我们眼睛一眨不眨地盯着前方闪闪发亮的白雾。脚步声越来越近，从白雾里闪现出一个人来，他就像从大幕后面走出来的一样，他就是我们一直苦苦等待之人。当他步入夜晚明亮的星空下的沼泽地时，以警惕的眼神打量着他周围。之后他快步向前走，在经过我们藏身的处所后径直向我们身后那条山坡走去。在向前走的时候，他没有停止向两边看，神情明显地焦虑不安。

"不要出声！"福尔摩斯叫道。我耳边传来左轮手枪子弹上膛的声音。"注意，来啦！"福尔摩斯又说道。

不知在浓雾深处的什么地方，传来一阵虽细小但是很清晰的嗒嗒声。我们就在浓雾外约五十码的地方，一眨不眨地盯着浓雾层，不知道会从里面出现什么样的恐怖怪物。我的位置在福尔摩斯先生臂肘一侧，我看了一下他的脸，发现他苍白的脸上充满了期待和兴奋的表情，他的眼睛在月光下闪闪发亮，突然他的眼睛直勾勾地死死盯着前方，由于心情激动嘴唇轻轻地抖动了一下。几乎与此同时，雷斯垂德发出一声恐怖的尖叫，然后脸朝下埋了下去。我一跃而起，不听使唤的手指僵硬地抓着左轮手枪。我的思维几乎停止了转动，从浓雾里冒出来的庞然怪物将我的神经刺激到了极点。那是一只猎犬！一只巨大的炭黑猎犬！不过却不是人们常见的那种猎犬，它有一张大得吓人的嘴，张开的时候似乎在喷火，眼睛向外射着炽热的光芒。它的嘴巴、脖子上下的皮毛都在莹莹发光。就是一个神志不清的人在做一个离奇的梦，恐怕也不见得会梦见这样一只怪兽！从浓雾里跃然出现在我们面前的这只黑影和它残暴的脸，让我们的神经紧绷，那凶残的样子让我们心惊胆战！

这头可怕的怪物跳跃着，沿着小路快速向前奔去，它在紧紧地追随着我们要保护的人的足迹。我们的思维被这只怪物吓得停止了运转，等我们回过神来的时候，它就要从我们身边追踪了过去，这时我和福尔摩斯同时开枪了，那怪物随即发出一声可怕的嚎叫，这说明至少有一枪击中了它，不过它没有停下来，继续向前跳跃追踪。我们看到亨利先生在远处回过头看，月光下他脸色苍白，他的手在空中恐怖地、混乱地挥动着，无助地看着向他扑去的这只可怕的怪物。

猎犬那可怕的嚎叫声，使得我们原先的恐惧一下子烟消云散，因为假如它会受伤，就说明它不是什么超自然的，而且我们能够使它受伤，就可以将它打死。从来没有见过一个人在黑夜里会像福尔摩斯一样健步如飞。我曾被认为是飞毛腿，可还是被他远远地抛在后面，如同我把雷斯垂德远远地甩在身后一样。我们向前飞奔，耳边不时传来亨利爵士一遍又一遍的尖叫和猎犬低沉的咆哮声。我看到那怪物跳起来将亨利先生扑倒在地，并向他的喉咙处咬去。就在危急时刻，福尔摩斯左轮手枪里的五发子弹接连射向猎犬的侧腹部。随着一声痛苦的吼叫，猎犬在空中胡乱狂咬了一口后仰面栽了下去！四只爪子在空中乱抓了几下，然后就瘫软了下去。我气喘吁吁地俯下身，用枪顶在它的头部，再开枪没有任何必要了，它已经没气了。

亨利爵士躺在地上，神志不清。我们拉开他的衣领看了看，福尔摩斯先生祈祷着，长长地舒了口气。我们的朋友身上没有任何伤痕，看来我们的营救总算不晚！我们朋友的眼睛微微地动了一下，身体略略挣扎着动了动。雷斯垂德往他嘴里灌了点白兰地，随后我们的朋友睁开眼睛，眼神依然惊恐。

"上帝呀！"他低声说道，"那是什么？上帝呀！是什么啊？"

"无论它是什么，现在都没了气息。"福尔摩斯说道，"我们永远地将您家族传说中的妖魔除掉了！"躺在我们面前的这只猎犬，仅看它的形体和力量，就已经够让人惊叹的了。它不是纯种侦探猎犬，也不是纯獒犬，可能是这两者结合的产物，有狮子般大小，可怕又凶猛，即使现在已经没了气息，一动不动地躺在这里，巨大的嘴巴似乎还在喷射着蓝色火苗，深陷的凶恶的眼睛里也透着厚重杀机。我用手摸了摸它那闪闪发光的嘴巴，当我收回手的时候，发现手上也闪闪发光，在黑暗中犹如喷火一般。

"是磷粉。"我说道。

"狡诈的花招。"福尔摩斯说着，他近距离闻了闻猎犬尸体，"没有什么气味可以不被它嗅到。亨利先生，让您受了这么大的惊吓，实在有些对不住。本想是一只猎犬，可没有想到会是这样一只怪物。由于有雾的阻碍，我们没有足够的时间对付它。"

"可是你们还是挽救了我的生命！"

"不过也确实让您受到了很大的惊吓。您还能不能站起来？"

"给我再喝一口白兰地，我想我应该就没有任何问题了。哦，可以将我扶起来吗？现在你们打算怎么做呢？"

"暂时你还需要留在这里，今天晚上不能再让您冒险了。假如您乐意等一会儿，我们之中肯定会有一个人陪您回到庄园去。"

他脸色苍白，摇摇晃晃地站立起来，并试图走动，可是，每走一步都会引来身体一阵战栗。我们将他扶坐在一块岩石上，他用手捂着脸，身体不停地颤抖着。

"我们现在马上就要离开了，"福尔摩斯说道，"我们要抓紧去完成后面的工作，每一分钟都至关重要。只要将他抓捕归案，我们的案件就圆满结束了。"

在我们快速沿着小路返回去的时候，福尔摩斯继续说道："要想在家里抓到他我认为那是痴心妄想，听到枪声，他肯定知道自己完蛋了。"

"我们离他家有一定的距离，浓雾也许将枪声吞没了。"

"他跟在猎犬后面，以便随时叫停——原因你是很清楚的。所以，现在他肯定已经跑了，不过我们还是需要去确认一下。"

前门敞开着，我们冲进去，在每一间房子里搜寻。在过道里，我们发现一位满脸惊恐表情的老男仆。客厅的灯还亮着，福尔摩斯提着灯找遍了房间的每一个角落，果真没有找到我们要找的人。然而在二楼，我们发现一间卧室的房门是锁着的。

"里面有人！"雷斯垂德喊道，"我听到里面传出动静，快把门打开！"

里面传出低低的呻吟声和窸窸窣窣的声音。福尔摩斯抬起脚在锁孔的地方猛力踹了一下，门被踹开了，可是我们在屋子里并没有发现那个穷凶极恶、我们期望看到的家伙的踪影！相反，屋子里奇怪的、意想不到的一幕把我们都惊呆了。

这里布置得如同一个小小的展览馆，一排玻璃小盒子镶嵌在墙壁上，里面全是些蝴蝶和飞蛾，估计应该是狡诈的危险分子消遣娱乐的东西。房间的中央竖立着一根立柱，是为了支撑屋顶横梁的。屋顶上木质横梁由于虫蛀的缘故，已经破损得不成样子了。在这根立柱上赫然捆着一个人。那人上下都用布单裹着，所以很难分清是男是女。脖颈上勒着一条手巾，固定在身后的立柱上；脸的下半部分也被一条毛巾裹着，只露出一双眼睛。这双眼睛里面充满了悲伤和耻辱，此时正用惊恐质疑的目光看着我们。我们迅速将绑捆在那个人身上的布单和手巾解开，斯特普尔顿太太瘫软在地，倒在我们面前！当她那漂亮的脸低垂在胸前时，我发现了她脖颈上红色的鞭痕。

"这个混蛋！"福尔摩斯叫道，"雷斯垂德，将白兰地拿过来！快把她扶到椅子上，她因为虐待和疲惫好像已经昏了过去。"

没想到她将眼睛睁开了，并问道："他没有危险了吧？他逃脱了吗？"

"他不会从我们的手掌里逃脱出去的，太太！"

"不，不，我不是问我的丈夫，我问的是亨利先生，他没有事了吧？"

"是的，他没事了。"

"猎犬呢？"

"被我们打死了。"

她长长地舒了一口气。

"真是感谢上帝！感谢上帝！哎，你们看，这个恶魔就是如此虐待我的！"她快速卷起衣袖，展现在我们眼前的都是可怕的伤痕，"这些都没什么，真的都没什么！可他不断地折磨我的灵魂，玷污我的心灵！虐待、欺骗、亵渎，无所不用其极，假如我能看到他还爱我的丝毫希望，这一切我都能够忍受！可是我现在想明白了，我也被愚弄了！我只不过是他手中的棋子而已。"她一边说一边伤心地哭泣着。

"太太，您不要对他还有什么不切实际的幻想！"福尔摩斯说道，"告诉我们在哪里可以找到他。假如你曾经帮他做过坏事，现在帮我们，就当作是一种将功赎罪吧！"

"只有一个地方是他的避难所，除了这个地方，他没有地方可去。"她回答道，"泥沼地的中心有一个小岛，那里有一个荒废的矿井。他在那里豢养着猎犬。同时，做了一些储备，以便自己有危险时避难。那是他能躲避的唯一地方。"

浓雾就像团团白色的羊毛在窗外堆砌翻滚，福尔摩斯拿着灯走近窗户。

"看吧，今晚恐怕没有人能够走过格林本大泥沼。"福尔摩斯说道。

她的眼里和嘴角突然显露出欣喜的快乐之情，她拍着手，兴奋地说道："他能够走进去，可是却无法再走出来了。我和他一起插在泥沼里借以标明出入的木棍，如果今天我把它们都拔掉，那他肯定就跑不掉了。"

显而易见，在浓雾没有散尽之前去追捕将是不现实的。雷斯垂德留下来负责看守那房子，我和福尔摩斯先生则陪着亨利爵士返回庄园。我们再没有必要隐瞒斯特普尔顿家的故事了，亨利爵士听了他所深爱的那个女人的故事之后，出人意料地承受住了打击。不过，他的精神却因为沼泽地里的遭遇而无法振作起来，天没亮的时候他就开始发高烧，沉睡不醒。默蒂莫医生负责看护他。他们两个已经商量好，在亨利爵士恢复健康之后，要去做一次环球旅行。要知道，亨利爵士在成为这不祥财产继承人之前，是一个精神多么饱满的人啊！

现在我就要结束对这个故事的叙说了。在这个故事里，读者从中感知和体味到了这种黑暗中的恐怖以及模糊不清的推测，这一切在我们脑海中萦绕了好长一段时间，而却又以这样一个悲剧结束！

猎犬死亡的第二天早上，浓雾已经消散干净，在斯特普尔顿太太的带领下，我们来到了他们所发现的通往泥沼中心的小路。斯特普尔顿太太十分兴奋地带领着我们追捕自己的丈夫，由此可以看出她丈夫所施加在她身上的痛苦和折磨！我们让她留在那个狭长的小岛边上，那里泥煤质的地面稍微坚挺一些。这狭长小岛绵延在广阔的泥沼里，它的尽头可以看到一根根木棍插在泥里，没有这些引路木棍，陌生人根本不知道如何穿越这里。小路曲曲折折蜿蜒在一堆灌木和另一堆灌木丛之间，两边是飘着绿色物质的水坑和散发着恶臭的泥沼。从高高的芦苇和丛生的水草中不时散发出一股股浓浓的发霉腐烂的气味，这污浊的气味充斥在这附近的空间。我们不止一次地掉进那可以淹没膝盖的黑色的、颤巍巍的泥沼里。黏黏糊糊的泥浆粘在鞋上，走过好远也甩不干净。我们向前走的时候，那泥巴就像有意在拖着我们不让我们往前走似的。当我们陷入泥沼的时候，它们一只只邪恶的"手"在往下拉我们，想有意把我们拽入那可怕的黑暗深处。向前走着的时候，我们看到应该有人在我们前面走过这条险恶的路。在一处棉草茂盛的地方，有一个黑色的东西露在外面，福尔摩斯路过的时候迈过去抓它，没想到一下子陷进泥潭，污泥淹过他的腰部。如果不是我们在那里把他拽上来，他可能永远不会回到坚硬的陆地上来了。他手里举着一只旧皮靴，鞋的内侧印着"迈耶斯·多伦多"的字样。

"为了它冒个险也是有必要的！"他说道，"这是我们朋友亨利爵士莫名其妙丢失的那只靴子。"

"斯特普尔顿在逃跑的时候，将它丢在了这里。"

"完全正确。他让猎犬嗅了它的气味之后，一直拿在手里。当他发现自己的阴谋暴露之后，在逃离的时候还没有丢弃它，在他跑到这里的时候他将它丢弃了。这也表明，至少他在到达这里的时候还是安全的。"

然而，仅此而已，其他的似乎注定永远不会得知了，尽管我们有多种猜测，可是在泥沼中再也无法看到任何足迹，因为不断涌出的泥浆将所有的印迹都淹没了。我们终于走过泥沼地，来到了坚硬的地面上，我们急切地想找寻足迹，可是却一无所获，任何蛛丝马迹我们都没有发现。假如大地没有欺骗我们，那么，斯特普尔顿昨晚一定迷失在浓雾中，而并未踏上这个避难之岛。在格林本泥沼中心的某个地方，污浊的泥浆无情地将他吞没了，这位冷酷凶残的恶魔被永远地埋葬在了沼泽深处。

在泥沼中的小岛上，我们发现了许多他以往的痕迹。在这里他豢养着他的伙伴。我们看到了一个巨大的废弃的方向盘，填了很多垃圾的大坑道，可以看出这里曾是一座矿井。它的周围全是矿工们的一些遗留物品，可以很容易地推测出他们是被周围泥沼中的恶臭熏走的。在一个小房子里，一枚U形钉、一条锁链和一些啃过的骨头引起了我们的注意。这里应该是豢养猎犬的地方。在一堆残骸中，有一具骷髅上面黏附着褐色的毛发。

"这是只狗的残骸！"福尔摩斯叫道，"上帝呀，一只卷毛的西班牙猎犬。可怜的默蒂莫医生永远不会再见到他喜爱的狗儿了。就这样吧，我想这个地方不会再有什么我们没有发现的秘密了。他虽然可以把猎犬藏起来，可是却没有办法不让它嚎叫。人们大白天有时也能听到可怕的吼叫声就是这个原因。在紧急情况下，他可以把猎犬带到他的外屋去，但这毕竟不安全，除非他确信，一切都没有闪失的时候才会这样去做。这罐子里的涂膏一定是他用来涂抹猎犬身上的东西，这东西可以闪闪发亮。这当然是受到爵士家族里邪恶猎犬故事的启发，以此来吓死查尔斯先生的。想想发现有这样一只怪物在黑暗中紧紧追着，难怪那个可怜的邪恶逃犯会大呼尖叫！就像我们的朋友亨利先生一样，假如是我们中的任何一人碰到这情况，表现也是会如此的。这是一个狡诈的伎俩，除了追赶受害者致其死亡以外，还让很多农民看到它。虽然很多人看到过它，可是就这样一只怪物在沼泽地出没，谁敢去更多地过问此事呢？华生，我在伦敦曾给你讲过，在这里我再重复一遍，我们从来没有协助追捕过，一个像埋葬在沼泽地里的这个家伙这么危险的罪犯。"福尔摩斯出神地望着广漠而色彩多样的沼泽地。

十五　大结局

　　快到十一月底了。一个天气寒冷、多雾的晚上，我和福尔摩斯面对面坐在贝克大街起居室里的炉火旁。我们在处理完德文郡那起悲惨的案件之后，我的朋友又处理了两起十分重大的案件。第一个案子就是他揭露了阿伍德上校在"无敌俱乐部"纸牌舞弊案中的恶行；第二个案子则是保护了无辜的蒙特邦希尔太太，将罩在她身上的谋杀继女的嫌疑消除了。卡莱，她的继女，大家不会忘记那位年轻女士，六个月后在纽约被人发现还活着并且已经结婚。这一系列困难而又重要案件的成功处理，使得福尔摩斯的兴致很高，所以我就有了一个好机会让他谈起了巴斯克维尔案的细节。实际上我一直在耐心地寻找让他说出来的机会，因为我知道福尔摩斯从来不愿意将案件重叠，他清晰又缜密的头脑不愿目前正在处理的案件受到以前案件的影响。伦敦的亨利爵士和默蒂莫医生正计划进行一次长途旅行，以放松亨利先生紧张的神经。那个下午，他们过来探访了我们，于是大家很自然地谈起了那件往事。

　　"事情的全部过程，"福尔摩斯先生说，"从自称斯特普尔顿的那个人的角度看来，是比较简单明了的。可是对我们而言，从一开始我们并不知道他有什么动机，情况也只知道一部分，所以案件不免显得有些复杂。幸亏我和斯特普尔顿太太谈了两次话，现在这个案件已经全部清楚了。你们在我的案件资料里找到 B 字栏，里面有我的一些记录。"

"你能凭记忆跟我们讲讲那个案件的有关内容吗？"

"没问题，不过不能保证所有的细节都记得很清楚。高度集中注意力可能会使我忘掉之前一些事。就像一个大律师，可以就目前正在处理的案子清楚地与专家争论探讨，可是过了一两周之后可能就记不清很多东西了，我也一样，每一个案子会代替了前面的，卡莱小姐的案子就让我对巴斯克维尔案情有些模糊。可能明天又有了什么事件，占据了美丽的法国姑娘和臭名远扬的阿伍德的位置。不过，关于这个猎犬案子，我可以尽自己能力给你们讲正确的情况，假如我遗忘了哪些环节，你们尽可以提出来。

"我的判断是正确的，巴斯克维尔家的画像没有骗人，那个家伙确实是巴斯克维尔的后代。他是查尔斯爵士的弟弟罗杰·巴斯克维尔的儿子。罗杰臭名远扬，逃到南方时依然坏名声在外，据说他死于当地，并且没有结婚，但实际上，他不但结了婚，而且还有一个孩子。这个孩子的名字和他的父亲的名字一样。后来这个孩子和一位哥斯达黎加的漂亮女孩贝丽尔·加西亚结了婚，工作中他偷了大量的公款后，改名为范德勒，然后逃到英格兰来了。在英格兰的约克郡东部，他办了一座私立学校。他之所以办了一座学校，是因为归乡途中他认识了一位有肺病的教师，想借这位老师的能力闯出一条路。可是令他没想到的是这位名叫福雷斯的教师却死了，而因为一种传染病死了几个孩子，他的学校臭名远扬了，无法办下去了。范德勒两口子觉得还是改叫斯特普尔顿比较好，于是就改了名，带着剩下的财产，以及对未来的打算、对昆虫学的爱好又跑到英格兰南部去了。在大英博物馆，我查到在昆虫学领域，范德勒算得上是一位权威人士。他在约克郡时首先发现并描述了一种蛾子，自那以后这种蛾子就以他的名字命名了。

"他的那段生活还是令我感到了极大的兴趣。这个家伙经过了一番详细的调查后显然发现，有两个人有碍于他得到巨大的财产。我认为他在去德文郡的时候，还没有什么清晰的计划。不过他让太太伪装成自己的妹妹，又显示出他一开始就动机不纯，可能他那个时候还没有想好整个计划的细节，不过已经打定主意要利用自己的太太做诱饵了。他决定不择手段、不惜任何代价将财产弄到手。他的第一个计划是想尽一切办法接近祖宅，并在附近定居下来。第二个计划是努力和查尔斯·巴斯克维尔爵士扯上关系，并和他的邻居们也处好关系。

"查尔斯·巴斯克维尔爵士亲口跟他讲述了关于猎犬的家族故事,实际上这无异于为自己铺就了一条死亡之路。斯特普尔顿,我还是继续这样称呼他吧,他了解到这位老人有严重的心脏病,一个惊吓就可以致命。他从默蒂莫医生那里也了解到不少情况,知道了查尔斯爵士有些迷信,把这个吓人的故事很当回事。他开始处心积虑地谋划起怎样将爵士干掉,又不会让人把怀疑的矛头指向自己。

"自从产生了杀人的念头之后,他开始处处留心起来。他决定利用那个传说。一般的人可能找只普通的猎犬也就算了,不过斯特普尔顿的杀人计划里,他要把一只猎犬涂得像魔鬼一样,并让这只猎犬极其凶恶。在伦敦莱姆街的犬商罗斯和曼格斯那里,他买了一条最壮、最凶恶的猎犬。为确保不露出破绽,他故意坐北德文郡的火车,又穿越了很长的沼泽地才将猎犬带回家。以前在捕捉昆虫的时候,他已经发现了如何深入到格林本沼泽。他要在那里为那条凶狠的猎犬找个藏身之所,等待好机会的到来。

"可是好机会不是说来就来的。上了年纪的查尔斯爵士晚上总是不愿出门。有几次斯特普尔顿带着猎犬藏身在附近,但都无功而返。偏偏有一次猎犬还被几个农民看到了,于是关于魔犬的传说再次被传扬开来。他又设想让自己的妻子引诱查尔斯出来,从而置他于死地,可是没想到,这一点上她表现得极其有主见。她不愿意这样做,因为那样的话有可能将老爵士害死。无论斯特普尔顿怎样威胁、恐吓,甚至可能还殴打她,都没有迫使她改变自己的意见,总之,她就是不愿意干,所以有一段时间,斯特普尔顿的阴谋无从施展。

"机会还是让斯特普尔顿等到了。那位善良的爵士已经将斯特普尔顿当作了自己的朋友,所以在帮助那位不幸的劳拉·里昂太太的时候,他让斯特普尔顿负责掌管自己的慈善金。由于斯特普尔顿以单身汉的身份出现,以至于他的言行决定了她的一切。他对她说,假如她与她的丈夫离婚,他就会迎娶她进门。当他获知,查尔斯爵士在默蒂莫医生的建议下计划暂时离开庄园时,他的计划如箭在弦上不得不发了。但是表面上,他还要装出对查尔斯爵士的这一决定表示支持,暗地里他的阴谋就要加快施行了,否则的话爵士一离开,他就无能为力了。因此,他逼着劳拉·里昂太太给查尔斯爵士写了一封信，恳求他在去伦敦之前与她见上一面。随后他又编造了一个合情合理的理由，不让她前往赴约，就这样，寻觅良久的好机会终于等到了。

"太阳快要落山的时候，他乘车从库姆·特莱西回来。他将猎犬全身上下涂满涂料，并将它从小岛上带到栅栏门前，他认为在那个地方会有机会遇到老爵士。猎犬受了主人的指使，越过栅栏门就向不幸的男爵追去。而可怜的老爵士吓得魂飞魄散，被追得高声尖叫，他沿着紫杉巷道一路狂奔下去。在那样阴暗的夹道里，无论是谁被那样一只身型庞大、尖牙利齿、两眼冒火的怪物追赶，都会魂飞魄散的。果真如所料想的，时间没多长，极度的恐惧让老爵士心脏病发作，倒地身亡了。因为猎犬是在长满草的路边跑，而查尔斯爵士是在小路上跑，因此只发现了老爵士自己的脚印。老爵士倒地之后，猎犬可能上前嗅了嗅老爵士，发现他已经没了气息。也就是在这个时候，它留下了爪印，后来被默蒂莫医生观察到。猎犬被叫走并被匆忙送回格林本沼泽的窝里。老爵士到底是如何死的？当局无法查清这一谜团，同时也使乡亲们感到莫名惊骇，最后，我们接手了这样一个案子。

"查尔斯·巴斯克维尔爵士就是这样悲惨死去的。从中可以知道那个家伙阴险狡诈之极，因为几乎无法对真正的凶手提起诉讼，而他唯一的同伙又永远不会供出他。那令人匪夷所思的离奇手法，又让凶手往往更容易成功。本案中涉及的两个女人，一个是斯特普尔顿夫人，一个是劳拉·里昂太太，她们都怀疑此事是斯特普尔顿干的。斯特普尔顿夫人知道丈夫要阴谋杀害这位老爵士，还知道丈夫找了一条猎犬。虽然劳拉·里昂太太对这些情况毫不知情，可是老爵士却偏偏死于那个没有取消的约会的时间，而这个约会的知情人只有她和他，这也让劳拉·里昂太太不由得将怀疑的目光对准了他。但是这两个女人都处在斯特普尔顿的控制之下，所以他并不惧怕她们。虽然他计划的头一半已经很顺利地完成了，可是剩下的另一半将更加困难。

"斯特普尔顿或许不清楚在加拿大还有一个遗产继承人，可是最终他还是很快从他的朋友默蒂莫医生那里了解到了这一情况。除了这个消息，他还从默蒂莫医生那里知道亨利·巴斯克维尔要来的具体情况。斯特普尔顿的脑海里产生的第一个念头，就是不必非要等到这个加拿大来的陌生继承人到德文郡的时候再除掉他，在伦敦就可以动手。自从他的妻子坚持意见不帮助他诱惑查尔斯爵士的时候，他就已经对她失去了信任，不过，他担心的是会失去对这个女人的控制权，所以他不敢让妻子长时间离开自己。也因此去伦敦的时候，他把她带在了身边。后来我知道，他们居住在科瑞文大街的梅克斯波私人旅馆里，我曾派人到那里搜集过证据。在那里，他将妻子锁在下榻的私人旅馆中，而自己带上假胡子，跟踪默蒂莫医生到了贝克大街，随后又到了车站，还去了诺森伯兰旅馆。

"他的妻子虽然对他的计划有所察觉，可是由于她对自己的丈夫非常害怕，这种惧怕缘于她丈夫对她的虐待，所以她不敢写信去提醒那个处于危险中的人。要是万一信件落入斯特普尔顿的手里，她自己的性命也可能无法保全。后来，我们了解到她用了权宜之计，她从报纸上剪了一些字拼凑成了一封恐吓信寄给亨利先生。这封信到了准男爵那里，给了他危险将要到来的第一个提醒。斯特普尔顿知道想用猎犬害死亨利爵士，就一定要弄到一件亨利爵士的衣物之类，因为要给猎犬一个追踪的气味。凭借着他特有的快速和大胆，斯特普尔顿马上按照计划行动起来。

"我认为旅馆里的那些男仆和女仆们，肯定收受了他大量的贿赂才甘愿帮助他偷东西的。不过不凑巧的是，第一只给他取来的鞋竟然是新的，这对斯特普尔顿来说没有价值，于是就把它还了回去，而且又偷了另外一只。这个细节对我们侦破案件至关重要，因为这个细节让我们知道，和我们打交道的应该是一只真正的猎犬，因为没有别的理由可以解释为什么不要新鞋，而非要一只旧鞋。越是这样稀奇古怪的细节，就越是需要认真地研究；越是看起来使案件错综复杂的地方，假如能够正确思考、科学处理，就越能使问题得到正确的解决。

"第二天亨利爵士又来拜访我们的时候，斯特普尔顿一直坐在马车里对他们监视着。从他对我们的房子和我的相貌的了解情况判断，我开始意识到，他犯的案子应该不止巴斯克维尔这一件。我知道在过去的三年当中，西部曾发生了四起较大的入室盗窃案，但均没有抓到罪犯。最后一件是五月间在福克斯通庭院发生的。这次不同寻常，一个仆人因惊吓到了戴着面具的单身盗贼，而被对方残忍地用枪打死了。我相信斯特普尔顿就是以这种方式补充了自己日渐减少的财富。这么多年来，他一直就是这么一个危险的亡命之徒。

"那天早上，他成功地从我们手里逃走，并且让马车夫传达我的名字的时候，我们就对他的狡诈有所领教了。也就是从那个时候起，他知道我们已经接手了这个案子，由此他认为自己在伦敦没有什么机会了。他返回沼泽地，在那里静候亨利准男爵的到来。"

"打断一下！"我说，"虽然你已经把案子讲得很清晰明了了，不过有一点你没有提到，那就是当他在伦敦的时候，他的那只猎犬谁来管呢？"

"这一点我已经特别注意过了，显而易见这一点是十分重要的。实际上，斯特普尔顿有一个心腹。虽然是心腹，可是显然斯特普尔顿自有主见，并没有把自己的所有计划都告诉他。他叫安东尼，在梅里皮特府邸做管家，他和斯特普尔顿家族的关系可以追溯到很多年前斯特普尔顿开办私人学校的时候，因此他知道他的男主人和女主人是夫妻关系。这个人现在已经逃跑了。在英格兰，很少有人姓安东尼的，而在西班牙语国家也不常见。与斯特普尔顿夫人一样，这个人可以讲一口标准的英语，不过却带有点奇怪的大舌头音。我亲眼见过这个老头跑过格林本沼泽的小路，而斯特普尔顿曾在小路上做过标记，由此我推断当斯特普尔顿离开的时候，由他来照看猎犬，不过关于猎犬的作用他很有可能并不知道。

"后来斯特普尔顿夫妇回到了德文郡，随后你和亨利爵士也回去了。我讲一下我个人在那时候的想法。你们或许没有忘记，当我检查剪字拼起来的那封信的时候，我曾将信纸拿到眼前仔细看了那上面的水印。在离信纸几寸远的时候，信纸上面散发出来的茉莉花香十分清晰。香水大约有七十多种，作为侦探专家要能够分辨出来。我在侦查过程中，曾多次地依靠辨识香味将案件侦破了。这种茉莉花香提示我这个案件涉及一位女士，于是我的思路又回到了斯特普尔顿夫妇身上。同时我也肯定本案中有一条猎犬，因此在我们回到西部乡下之前，我就已经知道了谁是罪犯。

"我来到沼泽地观察斯特普尔顿的一举一动，但很明显，我必须单干，否则必然会引起斯特普尔顿的警惕之心。我骗了所有人，包括你，华生。大家一致认为我在伦敦的时候，实际上我已经悄悄来到了沼泽地。我面临的困难没有你们想象的那么大。这些都是小事，不能让这些小事破坏了整个案件的进展。我大部分时间都在库姆·特莱西，只有紧急关头，我才会住在沼泽地上的小屋中。卡特莱特装扮成一个农村小孩和我一起来了。我的衣食住行都由他来负责，他给我帮了大忙。我在对斯特普尔顿监视的时候，卡特莱特正在监视着你，华生，所以我才能兼顾得过来。

"我早就跟你说过了，你写的信能很快到我手上，因为它们只要一到贝克街，就被送到库姆·特莱西来了。这些信息对我有着非常大的帮助，尤其是关于斯特普尔顿的身世的那些信息恰好又都是正确的，这样就为我的调查提供了一个极好的方向。我已经可以断定就是那个男人和女人了，最后我又制定了应该怎样办这件案子的计划。那个逃犯和巴里莫之间的关系使得案情有些错综复杂，不过你已经为我理清了这一切，我也可以排除干扰做出新的判断了。

"你在沼泽地发现我的那个时候，我已对整个案情有了一个完整的认识了，不过要进入法庭诉讼还为时尚早，我还缺乏确凿的罪证。即使斯特普尔顿想要杀死亨利爵士，结果却误杀了那个倒霉的逃犯，也都不足以起诉他谋杀。如果没有在犯罪现场抓住他，好像就没有别的更好的办法了，于是只有将亨利爵士当作诱饵，而且还必须让他处在独自一人无人保护的状态下，要不然是无法打动斯特普尔顿而让他下手的。我们这样做了，所付出的代价就是我们的委托人亨利爵士受到了很大的惊吓，不过终于让我们有了确凿的证据可以将斯特普尔顿送上法庭。我不得不承认，使亨利爵士身处极度的危险之中，是这件案子令人最不满意的地方，我们没有想到那猎犬竟是那样凶残恐怖，我们也没有预测到会有大雾出现。我们付出了不小的代价，才将这个案子调查清楚。不过咱们的专家默蒂莫医生向我保证，这只是暂时的。一次长途旅行就可以让亨利爵士从神经惊吓当中恢复过来，还可以治愈他心灵上的伤疤。他一直对那位太太情有独钟，对他而言，最伤心的就是被她欺骗了。

"现在我来评述一下这位女士在本案中的角色。显而易见，斯特普尔顿控制着她，她既爱着斯特普尔顿，同时也害怕他，两者都有，因为这两种情感实际上是可以共存的，而且这种综合起来的感情是非常有效的。就是在这种混合感情的作用下，她答应装作他的妹妹，但她同时又拒绝帮助他害人，这说明这种控制还是有一定限度的。后来她决定给亨利爵士提醒，但又不能暴露自己的丈夫，她一次次尝试这样做。

"当亨利爵士向她求婚的时候，斯特普尔顿忍不住勃然大怒，虽然这也在他的计划范围之内。这就说明，他平时一直在刻意隐藏自己暴躁的性格，同时也说明他是有很强嫉妒心的。为了和亨利爵士套近乎，他经常邀请亨利爵士到他家做客，这样他迟早会有好机会。但关键的那个晚上，他的妻子却突然不听他的了。因为那个逃犯的死已经让她了解了事情的真相，她知道那条猎犬就隐藏在屋外，而亨利爵士就在那晚登门拜访，并共进晚餐。于是，她极为愤慨地谴责了丈夫的罪行，斯特普尔顿盛怒之下说出了自己已另有新欢。这让她一贯的忠诚柔顺变成了深深的怨恨。斯特普尔顿意识到妻子会坏了自己的好事，于是将她捆在那根柱子上，这样她便没有机会通知亨利爵士了。显而易见，斯特普尔顿想让亨利爵士死掉的消息传开后，众人把爵士的死归结于是他们家族神秘魔咒发生效用的结果。那时，妻子自然会回到他的身边，并愿意为他保守一切秘密。我认为这次他的算盘打错了，一个西班牙血统的女人，不会如此容忍别人这样侮辱她，所以即便我们没有到那里去，这家伙恐怕也会遭到报应。好了，亲爱的华生，我需要看看自己的记录了，否则没法给你更详尽的描述了，我不清楚我是不是漏掉了什么重要的解释。"

"还有一个问题，那就是斯特普尔顿即使进入了遗产继承人之列，他又如何解释自己是遗产继承人之一，却以另外一个名字悄无声息地生活在庄园附近呢？也就是说他如何继承财产又不引起他人的怀疑呢？"

"关于这个问题，我没有能力予以准确解答。过去的和现在发生的都在我的调查范围之内，不过关于斯特普尔顿打算将来如何操作，确实让人难以回答。斯特普尔顿夫人有几次曾经听到过自己丈夫盘算未来。大概有三种可能：其一，他可能在南美洲继承那笔财产，当地的英国当局可以为他出具身份证明，这样他就可以不用再来英格兰；其二，在伦敦短期逗留期间乔装打扮；其三，再找一个同伙为他提供书面证明，证明自己是这笔财产的继承人。凭着我对他的了解，这个人总是能找到办法搞定这些疑难问题的。好了，亲爱的华生，我们已经连续工作几周了，今天晚上，就让我们放松一下吧，我们去听戏。我在洛格诺预定了一个包间，你听过德·雷兹凯演的歌剧吗？半小时内请收拾好，路上我们到马赫希尼饭店享用晚餐，我的建议不错吧？"